TOM FINNEK

TOTENBAUER

Münsterland-Krimi

be THRILLED

beTHRILLED

Vollständige ePub-to-Print-Ausgabe des in der Bastei Lübbe AG erschienenen eBooks »Totenbauer« von Tom Finnek

beTHRILLED by Bastei Entertainment in der Bastei Lübbe AG

Textredaktion: Dr. Arno Hoven
Lektorat/Projektmanagement: Stephan Trinius
Covergestaltung: Christin Wilhelm, www.grafic4u.de unter Verwendung von Motiven von © shutterstock: schankz | Artem PEREBYINIS | Mimadeo
Satz: 3w+p GmbH, Ochsenfurt
Druck: Books on Demand GmbH, Norderstedt

ISBN 978-3-7413-0090-5

www.be-ebooks.de
www.lesejury.de

MIX
Papier aus verantwortungsvollen Quellen
Paper from responsible sources
FSC® C105338

Tom Finnek

Totenbauer

Über den Autor

Tom Finnek wurde 1965 im Münsterland geboren und arbeitet als Filmjournalist, Drehbuchlektor und Schriftsteller. Er ist verheiratet, Vater von zwei Söhnen und lebt mit seiner Familie in Berlin. Sowohl unter dem Pseudonym Tom Finnek als auch unter seinem richtigen Namen, Mani Beckmann, hat er bereits zahlreiche Krimis veröffentlicht. Zu seinen größten Erfolgen gehören neben der historischen Moor-Trilogie die London-Romane »Unter der Asche«, »Gegen alle Zeit« und »Vor dem Abgrund«.

»Lass ruh'n den Stein, er trifft dein eigen Haupt.«
Annette von Droste-Hülshoff, »Die Judenbuche«

Erster Teil

Damals

1

Was für ein Reinfall! Was für eine grandiose Zeitverschwendung! Dies war vermutlich der langweiligste und blödeste Urlaub seit der Erfindung der Sommerferien. Daniel hasste seine Eltern dafür, dass sie ihn überredet hatten, gemeinsam mit ihnen und den Große-Daltrups nach Kreta zu fliegen. Nun war er fast drei Wochen lang gezwungen gewesen, in einem schicken, aber verschnarchten Beach Resort am Sandstrand der Nordwestküste abzuhängen und sich zu Tode zu langweilen.

Eigentlich hatte er die Ferien zusammen mit seinen Schulfreunden in einem Jugendlager auf der Nordseeinsel Langeoog verbringen wollen, aber dummerweise hatte er die Anmeldefrist verpasst: Als er die Reise hatte buchen wollen, waren alle Plätze schon belegt gewesen. Anschließend hatte er noch andere Alternativen in Betracht gezogen. Statt mit den Eltern in Urlaub zu fahren, wäre er lieber auf eigene Faust nach London gefahren, wo gerade die Olympischen Spiele stattfanden, oder allein zu Hause geblieben, um die »sturmfreie Bude« auszukosten. Aber sein Vater hatte das strikt untersagt. London sei während Olympia ohnehin völlig ausgebucht, und die sturmfreie Bude komme erst recht nicht infrage. Dann könne er das Haus gleich selbst in Schutt und Asche legen, hatte er gemeint und ums Verrecken nicht mit sich reden lassen.

Schließlich hatte seine Mutter den Vorschlag gemacht, gemeinsam nach Griechenland zu fliegen: Immerhin seien es die letzten Sommerferien vor Daniels Abi - ein letzter Familienurlaub, bevor es ihn »in die weite Welt« hinausziehen würde. So spießig und altmodisch, wie Daniel immer behaupte, seien die Große-Daltrups gar nicht, hatte sein Vater hinzugefügt. Nur weil die Eltern manchmal Plattdeutsch redeten, heiße das nicht, dass sie Hinterwäldler seien. Außerdem sei ja auch Johnny mit von der Partie.

Johnny war der Sohn der Große-Daltrups. Er hieß eigentlich Johannes und war genauso alt wie Daniel. Sie waren Nachbarskinder, hatten aber außer diesem zufälligen Umstand und der gemeinsamen Grundschulzeit so gut wie keine Schnittmengen. Während Daniel aufs Gymnasium ging, hatte Johnny die Realschule besucht und war anschließend auf die Handelsschule gewechselt, um später einmal im Landmaschinenhandel des Vaters zu arbeiten und dieses Geschäft irgendwann zu übernehmen. Johnny war zwar ein Pedant und Langweiler, aber zumindest kein völliger Schwachkopf, auch wenn die Tatsache, dass er aus freien Stücken die Sommerferien mit seinen Eltern verbrachte, dieser Einschätzung fundamental widersprach. Für Daniel war es allerdings ein bis dato ungelöstes Rätsel, weshalb seine Eltern ihren Sommerurlaub ausgerechnet mit den Große-Daltrups verbringen wollten. Angeblich hatte sein Vater mit der Hilfe des Nachbarn irgendein lukratives Geschäft gemacht, das nun mit einem gemeinsamen Urlaub gefeiert werden sollte.

Johnny und seine Eltern waren jedoch nicht der Grund dafür, dass dieser Urlaub sich als ein Fiasko erwiesen hatte. Es war das verdammte Beach Resort … mehr noch, der gesamte verfluchte Urlaubsort, der Daniel auf die Nerven ging! Horrorpolis, wie er das Dorf insgeheim nannte, war ein einziger Albtraum. In der luxuriösen Hotelanlage, die für die Große-Daltrups eigentlich ein bisschen zu kostspielig war, wohnten nur wohlbetuchte Rentner und Scheintote, für die einst der «Tanztee« als größtmögliche Vergnügung erfunden worden war. Und das Kaff selbst - einst ein Fischerdorf, das inzwischen aber mit hässlichen Hotels, Tavernen und Apartmentblöcken zugepflastert war - hatte den Charme einer vorstädtischen Fußgängerzone und lag direkt an der vielbefahrenen Landstraße zwischen Rethymnon und Chania. Beton, Asphalt, Mauerwerk und Pflastersteine, so weit das Auge reichte. Vom ursprünglichen dörflichen Flair war nichts übrig geblieben.

Am schlimmsten aber waren die Leute, die hier Urlaub machten. Entweder waren es russische All-Inclusive-Idioten, die zwar viel Geld, aber keinen Benimm hatten und sich unentwegt wie Neandertaler aufführten, oder englische Proleten, die sich in ihren britisch geführten Pubs mit holländischem Bier betranken und grölend durch die Straßen oder über den Strand wankten. Am Wochenende gesellten sich noch die griechischen Großfamilien aus den umliegenden Städten dazu, die in Schwärmen die schönsten Plätze an der Küste besetzten und sie anschließend als Müllhalden zurückließen. Dass es in den Clubs und Bars regelmäßig zu Schlägereien und Randale kam, lag beinahe auf der Hand. Es war zum Kotzen!

Daniels schlechte Laune hatte aber auch damit zu tun, dass es in Horrorpolis einfach keine coolen oder interessanten Mädchen gab. Jedenfalls keine, die ihrerseits einen siebzehnjährigen deutschen Touristen toll fanden, der obendrein in Begleitung seiner Eltern war. Sowohl die Russen als auch die Engländer blieben grundsätzlich unter sich, bildeten regelrechte Wagenburgen um ihre Frauen und Mädchen, und die deutschen Zombies in den Rentner-Resorts hatten in den seltensten Fällen ihre hübschen Enkelinnen im Gepäck. An Backpacker-Touristinnen war schon gar nicht zu denken: Die waren allesamt an der felsigen Südküste Kretas unterwegs, wo der Pauschal- und All-Inclusive-Tourismus, allein schon wegen der beschwerlichen Anfahrt über die Berge, noch nicht so um sich gegriffen hatte. Kurzum, außer einem kurzen Flirt mit einer deutschen Kellnerin, die er am nächsten Tag in den Armen ihres griechischen Chefs wiedergesehen hatte, war Daniel ohne einen nennenswerten Kontakt zum anderen Geschlecht geblieben.

Und was die Sache noch schlimmer machte: Seitdem seine Freundin ihn vor vier Monaten wegen eines fünf Jahre älteren Jura-Studenten aus Münster verlassen hatte, lebte er wie ein verdammter Mönch, und eigentlich hatte er sich fest vorgenommen, in diesem Urlaub etwas daran zu ändern. Pustekuchen!

Doch bald würde dieser Albtraum enden, denn heute war ihr letzter Abend auf der Insel. Als es auf Mitternacht zuging, lungerten Johnny und er an der Strandpromenade herum, tranken Bier und beobachteten die Engländer, die mit bedröppelten Gesichtern und in volltrunkenem Zustand über das Pflaster torkelten. Die britische Fußballmannschaft war soeben beim Olympiaturnier sensationell im Viertelfinale gegen Südkorea ausgeschieden, und nun wehten über den Pubs, wo das Spiel natürlich in dröhnender Lautstärke übertragen worden war, die Union Jacks quasi auf Halbmast. Sehr zur Schadenfreude der Russen, deren Team sich allerdings erst gar nicht für Olympia qualifiziert hatte. Was sie nicht davon abhielt, die Engländer mit hämischen Gesängen zu verhöhnen. Vermutlich würde es heute Nacht wieder Randale geben.

»Lass uns zurückgehen«, sagte Johnny und warf seine leere Bierdose in einen bereits randvoll gefüllten Mülleimer. »Passiert doch eh nichts mehr.«

»Noch ein Bier im ›Happy Days‹? Ist doch unser letzter Abend.«

»Gibt sowieso nur wieder Stunk mit den Engländern. Außerdem geht unser Flug um acht. In ein paar Stunden müssen wir schon wieder aufstehen.«

»Wir können ja im Flugzeug schlafen«, meinte Daniel, zuckte dann aber mit den Schultern. »Wahrscheinlich hast du recht. Vielleicht kriegen wir noch was in der Hotelbar.«

»Die ist doch längst zu«, entgegnete Johnny und gähnte. »Strand oder Straße?«

»Hab heute keinen Bock, über die Felsen zu kraxeln.« Daniel deutete zur Straße. »Geht schneller.«

Das Beach Resort lag etwa anderthalb Kilometer vom Dorfkern entfernt, und auf dem Weg dorthin sprachen weder Daniel noch Johnny ein Wort. Dafür machten die Singzikaden einen Heidenlärm. Kein Mensch war auf der Straße unterwegs, und nur selten rauschte ein Wagen an ihnen vorbei. Es war ziemlich dunkel, weil das Gebiet zwischen Ortsrand und Hotelanlage kaum bebaut und deshalb nur spärlich beleuchtet war. Als sie etwa fünfhundert Meter vom Hotel entfernt waren, hörten sie auf einmal ein seltsames Würgen aus den Büschen neben der Straße. Es war sogar lauter als das Zirpen der Zikaden. Die beiden schauten sich überrascht an und blieben stehen.

»Was ist das?«, fragte Johnny.

»Da kotzt einer«, antwortete Daniel, dem solche Geräusche nicht unvertraut waren.

»Quatsch!«

Doch Daniel hatte recht, wie sich im nächsten Augenblick herausstellte.

Plötzlich torkelte vor ihnen ein vielleicht sechzehnjähriges Mädchen aus den Büschen, wischte sich mit dem Ärmel ihrer Sweatjacke über den Mund und spuckte auf den Boden. Die Kleine fuhr erschrocken zusammen, als sie aufblickte und die beiden Jungs vor sich stehen sah. *»Fuck!«*, rief sie, taumelte zurück ins Gebüsch und kippte hinter den Sträuchern um. Hart landete sie auf dem Rücken. Beim Versuch, sich wieder aufzurappeln, fiel sie zur Seite und blieb auf dem sandigen Boden liegen.

Die beiden Jungs gingen zu ihr hin.

»Ach, du Scheiße!«, rief Daniel und lachte erschrocken auf.

»Was ist denn mit der los?«

»Was soll sein? Die ist hackendicht.«

»Krass! Und was machen wir jetzt?«

»Wieso? Was sollen wir machen?«, antwortete Daniel grinsend. »Ausgekotzt hat sie sich ja schon. Die schläft jetzt ihren Rausch aus, und gut ist.«

»Wir können die doch nicht einfach so liegen lassen«, meinte Johnny, bückte sich über die reglose Gestalt und begann, die Taschen der Sweatjacke zu durchsuchen. »So nah an der Straße.«

»Solange sie nicht *auf* der Straße liegt …«, erwiderte Daniel achselzuckend. »Oder hast du ›ne bessere Idee?«

»Allerdings!« Johnny reichte Daniel einen Schlüssel, den er aus einer der Taschen gefischt hatte. Auf dem Schlüsselanhänger stand »Zeus 3«.

Die »Zeus Studios« waren eine Ansammlung einstöckiger Bungalows gleich neben dem Beach Resort. Diese heruntergewirtschafteten Unterkünfte der billigsten Touristenklasse wirkten seltsam deplatziert neben der noblen Hotelanlage: wie eine Leprasiedlung vor den Toren einer florierenden Stadt.

»Du willst die doch wohl nicht etwa bis dahin schleppen?«, fauchte Daniel und zeigte Johnny einen Vogel. »So betrunken, wie die ist, kriegt die ja keinen Fuß mehr vor den anderen.«

»Dann tragen wir sie eben«, antwortete Johnny ungerührt und fasste das Mädchen, das undeutlich vor sich hinbrabbelte, unter den Achseln. »Wir sind immerhin zu zweit, und die ist so spindeldürr, dass das kein Problem sein sollte.«

»Ich fasse es nicht«, knurrte Daniel, half Johnny aber dennoch, das Mädchen hochzuhieven und halbwegs in der Senkrechten zu halten. »Mann, wie die stinkt!«, maulte er. »Die hat sich selbst angekotzt.«

»Sie ist rückwärts in die eigene Kotze gefallen«, verbesserte Johnny ihn und deutete auf den Rücken des Mädchens, der mit Erbrochenem verschmiert war.

Jetzt war es Daniel, der »*Fuck!*« rief.

2

Mit vereinten Kräften und unter Ausstoß zahlreicher Flüche, die zunehmend unflätiger wurden, schafften sie es, das Mädchen bis zum Anfang der »Zeus Studios« zu schleppen. Die beiden mussten dann die Kleine tatsächlich an Armen und Beinen packen und sie die letzten Meter tragen, weil sie vollends das Bewusstsein verlor und keine eigenen Schritte mehr machen konnte. Schließlich hatten sie den Bungalow Nummer drei erreicht und setzten ihre Fracht vor der Tür ab. Ein Bewegungsmelder ließ eine blanke Glühbirne über der Tür aufleuchten. Daniel schaute an sich hinab und rümpfte die Nase. Er war völlig verschwitzt und stank nun ebenfalls nach Kotze.

»Lass uns gehen!«, sagte er schnaufend und stützte sich mit den Händen auf den Oberschenkeln ab. »Wenn die morgen aufwacht, wird sie die paar Schritte ins Bett auch allein kriechen können.«

»Wir bringen sie rein«, widersprach Johnny.

»Und wenn die nicht allein in dem Bungalow wohnt?«

»Das werden wir ja gleich sehen.« Johnny ging zur Tür, öffnete mit dem Schlüssel und rief: »Hallo? *Kalispera!* Ist da jemand? *Anybody home?*« Als niemand antwortete, drehte er sich zu Daniel um und sagte: »Siehste!«

Auf der Straße, die nur ein paar Meter von dem Bungalow entfernt war, hielt in diesem Augenblick ein Auto. Eine Fensterscheibe surrte, und eine Frau fragte aus dem unbeleuchteten Inneren: »Alles in Ordnung bei euch? Braucht ihr Hilfe?«

»Ja, alles in Ordnung«, antwortete Daniel und hob abwehrend die Hand. »Sie hat nur zu viel getrunken. Alles okay! Danke!«

»Verstehe!« Wieder surrte das Fenster, und das Auto verschwand in der Dunkelheit.

Ein wenig verblüfft fragte sich Daniel, ob sie so auffallend teutonisch aussahen, dass man sie in Griechenland automatisch auf Deutsch ansprach. Dann schaute er auf Johnnys Outfit – ein Trikot der deutschen Nationalmannschaft mit der Nummer sieben und dem Namen »Schweinsteiger« auf dem Rücken – und lachte.

»Was ist so lustig?«, wollte Johnny wissen.

»Nichts«, antwortete Daniel und fasste das bewusstlose Mädchen an den Fußknöcheln. »Nimm du den Oberkörper! Und dann rein mit ihr.«

Sie schleppten das Mädchen in einen Vorraum und von dort ins angrenzende Zimmer. An der Wand stand ein Doppelbett, auf dem sich jedoch nur eine Garnitur Bettwäsche befand. Mit letzter Kraft brachten sie das Mädchen zur Bettkante, ließen den Oberkörper in die Kissen fallen und hievten die Beine hoch.

»Sollten wir nicht einen Arzt rufen?« Johnny schaltete die Lampe auf dem Nachttisch an. »Die ist ja bleich wie ein Gespenst.«

»Spinnst du?« Daniel tippte sich an die Stirn. »Nur weil sie betrunken ist? Die hat morgen bloß einen Kater und ›nen ordentlichen Filmriss. Davon stirbt man nicht.« Er schaute sich in dem Zimmer um und verzog angewidert das Gesicht. Der Raum war eine einzige Müllhalde; überall lagen leere Bierflaschen, Zigarettenkippen, Essensreste und Verpackungsabfall herum. Auch die Klamotten des Mädchens waren im ganzen Zimmer verstreut, obwohl es einen Kleiderschrank gab. Dessen Türen standen offen, darin gähnende Leere.

»Hier stinkt's!«, rief Johnny und öffnete die gläserne Verandatür auf der anderen Seite des Zimmers. »Kein Wunder, so wie's hier aussieht! Wie kann man nur so hausen? Scheint ›ne ziemliche Schlampe zu sein.« Er ging zum Rucksack, der auf dem Boden lag, nahm den Gepäckaufkleber in Augenschein und buchstabierte laut das Kürzel für den Abflughafen: »L.T.N.« Er wandte sich an Daniel und fragte: »Wofür steht denn das?«

»Luton. In der Nähe von London.«

»Engländerin«, sagte Johnny und lachte. »Das erklärt einiges.«

Zum ersten Mal, seitdem sie das Mädchen am Straßenrand aufgegabelt hatten, betrachtete Daniel es genauer. Eigentlich ganz niedlich, die Kleine! Blondierte, schulterlange Haare, ein Nasenpiercing, jede Menge Sommersprossen und wild wuchernde rötliche Augenbrauen. Allerdings war das Mädchen dürr wie ein Gerippe. Magersüchtig oder auf Drogen, tippte Daniel und zog ihr mit etwas Mühe die stinkende Sweatjacke aus. Darunter kam ein weißes Tanktop mit einem Union Jack auf der Brust zum Vorschein.

»Was machst du da?«, fragte Johnny und zog den bis zum Boden reichenden Vorhang vor die offene Verandatür.

»Willst du sie etwa in ihren verkotzten Klamotten liegen lassen?«, entgegnete Daniel und warf die Jacke neben das Bett. Ein seltsames Kribbeln fuhr ihm über den Rücken und den Nacken. Dann griff er nach dem Tanktop.

»He!« Johnny stellte sich auf die andere Seite des Bettes. »Was soll das? Die Unterwäsche ist doch gar nicht dreckig!«

Doch Daniel hatte dem Mädchen das Top bereits über Kopf und Arme gezogen und betrachtete die kleinen, etwa mandarinengroßen Brüste, deren Warzen seltsam blass und nach innen gewölbt waren. Daniel spürte, wie sich etwas in seiner Hose regte, und bevor er wusste, was er tat, griff er nach der rechten Brust des Mädchens und fuhr mit den Fingern über den weichen Nippel. Es fühlte sich gut an.

»Lass den Scheiß!« Johnny lief ums Bett herum. »Bist du bescheuert?!«

»Wieso? Was ist denn daran so schlimm?«, antwortete Daniel und lachte abfällig. »Davon merkt die doch gar nichts.« Er spürte, wie sein Herz raste und sich ein Kloß in seinem Hals bildete.

»Eben drum. Die ist ohnmächtig. Das ist doch pervers!«

»Reg dich ab!« Daniel räusperte sich und nahm zögerlich die Hand von der Brust. »Zieh ihr lieber die Schuhe aus!«

»D-die Schuhe?«, stammelte Johnny. »Ach so, die Schuhe. Meinetwegen.«

Während Johnny dem Mädchen die Chucks auszog, griff Daniel nach dem Bund der Leggings und schob die Hose nach unten.

»Verdammt!«, protestierte Johnny. »Hör auf mit dem Mist!«

»Die Hose stinkt auch nach Kotze«, behauptete Daniel. »Jetzt mach hier keinen Aufstand und zieh ihr die Scheiß-Leggings über die Füße!«

»Aber dann gehen wir.«

»Ja, doch!«, knurrte Daniel und berührte mit der Hand die Innenseite der nackten Oberschenkel des Mädchens. Langsam fuhren seine Finger in Richtung Slip, der beim Ausziehen der Leggings etwas nach unten gerutscht war. Über dem Bund waren einige rötliche Schamhaare zu sehen, und beim Gedanken daran, dass das Mädchen im Intimbereich nicht rasiert war, schoss ihm das Blut in den Kopf. Und nicht nur dahin. Sein Schwanz war steif wie eine Kanone. Auch weil seine Finger inzwischen den Slip berührten und langsam unter den Saum fuhren.

Im selben Augenblick traf ihn Johnnys Schlag an der Schulter, und er flog seitlich gegen den Kleiderschrank.

»Ich hab gesagt, du sollst mit dem Scheiß aufhören!«, schrie Johnny, warf die Leggings auf den Boden und zerrte an der Bettdecke, bis er das Mädchen halbwegs damit bedeckt hatte.

»Ist ja gut.« Daniel rieb sich den schmerzenden Oberarm. »Kein Grund, gleich auszuflippen. War doch nur Spaß!«

»Fand ich aber nicht witzig«, knurrte Johnny mit finsterer Miene. »Mach die Verandatür zu! Und dann hauen wir ab.«

»*Aye, aye, Sir!*« Daniel salutierte wie ein Soldat und setzte leise hinzu: »Spielverderber.« Dann verschwand er hinter dem Vorhang und zog die Verandatür zu. Allerdings lehnte er sie nur an, sodass sie von außen problemlos zu öffnen war.

Johnny wartete bereits an der Eingangstür auf ihn; in der Hand hielt er den Schlüssel des Bungalows. »Was soll ich damit machen?«

»Leg ihn da vorne auf den Tisch«, antwortete Daniel achselzuckend und deutete auf einen Beistelltisch im Vorraum.

Johnny nickte, deponierte den Schlüssel auf dem Tisch, schaute ein letztes Mal auf das Mädchen im Nebenraum und folgte Daniel dann nach draußen. Als sie die Tür ins Schloss gezogen hatten, flammte über dem Eingang die blanke Glühbirne auf, und Johnny rief: »Wir haben vergessen, die Nachttischlampe auszumachen.«

Ich werde sie nachher ausmachen, dachte Daniel und grinste.

»Was ist so lustig?«, fragte Johnny.

»Nichts«, erwiderte Daniel.

Lustig würde es erst später sein. Dafür würde er schon sorgen.

Zweiter Teil

Heute

1

Mona hätte ihn umbringen können.

Viel zu schnell und mit viel zu schwerem Atem hetzte sie durch den Altwicker Stadtpark und suchte ein Ventil für ihre Wut. Verdammtes Arschloch! Diesem Mistkerl war es schon wieder passiert! Sie wusste, dass sie bei dem Tempo bald Seitenstechen bekommen würde und dass dieser »Amoklauf« wenig mit orthopädisch sinnvollem Joggen zu tun hatte. Aber wenn sie nicht wie eine Irre durch den nebligen und menschenleeren Park rannte, würde sie vermutlich vor Wut und Ärger laut schreien. Oder wie ein kleines Kind heulen – was auch nicht besser wäre! Vor allem nicht an ihrem Hochzeitstag.

Sie hatte das kleine Waldstadion der Eintracht Altwick inzwischen zum dritten Mal umrundet und bog nun in Richtung Schützenplatz ab, der ebenfalls ringsum von Bäumen umstanden war und dessen Rasen unter dem immer dichter werdenden Bodennebel kaum zu erkennen war. Typisches Aprilwetter! Vor zwei Wochen war sie noch in kurzer Hose und T-Shirt durch den Park gejoggt, und jetzt war es so nasskalt wie im Herbst. Für den Abend waren Regenschauer und Windböen angekündigt; es begann bereits zu nieseln. Mona musste sich beeilen, wenn sie noch einigermaßen trocken nach Hause kommen wollte.

Der Gedanke an Zuhause ließ sie nun doch einen wütenden Schrei ausstoßen: »Mistkerl!« Wie konnte er bloß ihren Hochzeitstag vergessen? Zum zweiten Mal hintereinander! Am Morgen hatte sie noch gedacht, er erlaube sich einen Spaß mit ihr und spiele den abermals Vergesslichen, um sie dann am Abend mit einem funkelnden Geschenk, hübschen Blumen oder einer Einladung zum Essen zu überraschen. Doch als sie am späten Nachmittag von der Arbeit gekommen war, hatte ein Zettel auf dem Küchentisch gelegen: »Bin bei Jan. Warte nicht mit dem Essen auf mich. Kuss, Max.«

Jan hatte ein Sky-Abo, und es war Freitagabend. Vermutlich schauten sie Fußball, vermutlich beide in königsblauer Kluft und mit sauerländischem Sponsoren-Bier an den Lippen.

Mona hatte Mühe, die Tränen zurückzuhalten, und legte den Kopf in den Nacken, als sie an einer Parkbank anhielt, um durchzuschnaufen und ihre Muskeln zu dehnen. Die Seitenstiche waren längst da und ließen sie noch mehr verkrampfen. Sich aufzuregen brachte nichts, aber sie regte sich dennoch auf. Alles tat weh, und damit meinte sie nicht nur ihre Muskeln und ihr Zwerchfell. Wieder entfuhr ihr ein Wutschrei: »Scheißkerl!«

Als wäre das sein Stichwort gewesen, erschien in diesem Moment ein junger Mann auf der gegenüberliegenden Seite des Schützenplatzes. Er tauchte im wahrsten Sinn des Wortes wie ein Phantom aus dem Bodennebel auf: Zuerst erspähte sie nur undeutlich seinen Kopf, dann seinen Oberkörper und schließlich, als er den Platz etwa zur Hälfte überquert hatte, konnte sie ihn in Gänze sehen. Für einen kurzen Augenblick hatte sie gehofft, dass es Max wäre, der nach ihr suchte, um sich bei ihr für seinen dummen Witz zu entschuldigen. Doch der Mann hatte langes, lockiges Haar und war viel schlanker und größer als ihr bierbäuchiger und glatzköpfiger Max.

Irgendetwas stimmte nicht mit dem Kerl, aber es dauerte eine kleine Weile, bis Mona begriff, was es war. Der Mann schwankte oder torkelte, außerdem trug er trotz des nasskalten Wetters weder Mantel noch Jacke: Offenbar war er betrunken. Obwohl er in Schlangenlinien ging, den Blick zu Boden gerichtet hatte und überhaupt nicht auf den Weg zu achten schien, hielt er irgendwie Kurs auf die Parkbank, an der Mona ihre Dehnübungen machte. Sie hörte damit auf, und eine innere Stimme riet ihr, unverzüglich wegzugehen. Trotzdem blieb sie regungslos an Ort und Stelle und starrte wie gebannt zu dem Mann, der hörbar kicherte und sich über irgendetwas zu amüsieren schien. Es war unheimlich, auch weil weit und breit kein anderer Mensch zu sehen war. Nur sie und der Betrunkene.

Der Mann blieb schließlich direkt vor der Bank stehen, schien aber Mona überhaupt nicht wahrzunehmen. Dann setzte er sich plötzlich hin. Nein, er sackte auf die Bank, als hätte man bei einer Marionette die Fäden durchtrennt. Mona kam der Mann bekannt vor, doch ihr wollte nicht einfallen, wo sie ihn gesehen hatte.

Sie stand immer noch wie paralysiert neben der Bank. Nach ein paar Sekunden räusperte sie sich und fragte leise: »Hallo, alles in Ordnung?«

»Toter Bauer?«, hörte sie den Mann mit nuschelnder Stimme sagen. Als Nächstes lachte er laut auf. »So ›n Quatsch!« Dann hustete er plötzlich und verstummte.

Ein kalter Schauer lief Mona über den Rücken. Sie wandte sich ab und schloss den Reißverschluss ihrer Trainingsjacke, als sie plötzlich eine Berührung an ihrer Pobacke spürte. Ebenso erschrocken wie angewidert sprang sie zur Seite und rief: »He, lassen Sie das!«

Im selben Augenblick kippte der Mann, der sich mit der Schulter an Monas Hintern angelehnt hatte, seitlich von der Bank und landete bäuchlings auf dem Boden. Mona öffnete den Mund wie bei einem Aufschrei, doch zu ihrer eigenen Verwunderung kam kein Ton über ihre Lippen. Dafür klingelte in diesem Moment ihr Handy in der Jackentasche. Während sie sich zu dem Mann bückte, dessen Gesicht mit der Nase nach unten im feuchten Gras lag, zog sie das Handy heraus und nahm automatisch den Anruf entgegen, ohne auf dem Display nachzuschauen, wer sie sprechen wollte.

»Ja?«, sagte sie und drehte mit einer Hand den Kopf des Mannes vorsichtig zur Seite.

»Wo steckst du, Mona?« Es war Max.

»Was?« Irgendetwas stimmte mit den Haaren nicht. Sie waren verfilzt und klebten seitlich am Kopf, als wären sie dort mit etwas eingeschmiert worden.

»Wo steckst du? Wir warten alle auf dich.«

»Max?«, fragte sie verwirrt und starrte fassungslos auf ihre Hand, mit der sie den Mann berührt hatte. Ihre Finger waren blutverschmiert – ebenso wie die Haare, wie sie jetzt erst bemerkte. Als Nächstes fiel ihr die seltsame Delle an der Schläfe des Mannes auf. Nein, keine Delle – eine tiefe Wunde!

»Wer denn sonst?« Max lachte ungläubig. »Wo bist du? Wir sind alle hier und wollen mit dir anstoßen. Jan und Mareike. Anton und Lisa. Meine Eltern sind auch schon da. Wir wollen feiern.«

»Feiern?« Monas Hand begann zu zittern, und sie öffnete ein weiteres Mal den Mund zu einem Schrei, der nicht zu hören war.

»Unseren Hochzeitstag, Schatz! Du hast doch nicht ernsthaft geglaubt, ich hätte ihn schon wieder vergessen? Ich wollte dich nur ein bisschen foppen.«

»Foppen?«, wiederholte sie wie ein Papagei und dachte, was für ein seltsames Wort das war. Irgendwie unpassend. Sie sank auf die Knie und schüttelte den Kopf.

»Mona?«

Gleich hinter dem Schützenplatz, gegenüber vom Verkehrskreisel, befand sich die Altwicker Polizeiwache. Sie wollte aufstehen und hingehen, doch die Beine versagten ihr den Dienst.

»Mona? Alles in Ordnung?«

»Nein, nichts ist in Ordnung«, entgegnete sie und beendete das Telefonat. Jetzt wusste sie wieder, woher sie das Gesicht kannte. Aus dem Altenheim!

Sie wählte 110 und wartete auf das Freizeichen.

2

Heinrich Tenbrink hasste Besuche beim Arzt. Nicht nur, weil er während seiner Zeit im Krankenhaus und der anschließenden Reha zu viele Ärzte gesehen hatte und gezwungen gewesen war, zu viele Untersuchungen und Behandlungen über sich ergehen zu lassen. Sondern auch, weil er das Gefühl des Ausgeliefertseins und der Ohnmacht nicht ertragen konnte. Im Angesicht eines Mediziners kam sich Tenbrink immer vor wie ein dummer Schüler oder unerfahrener Lehrling, der sich darauf verlassen musste, dass der Lehrer oder Meister das Richtige tat oder sagte, ohne irgendeine Möglichkeit der Kontrolle oder Korrektur zu haben. Ärzte waren wie Richter, die Urteile sprachen und Maßnahmen anordneten; doch anders als vor Gericht war Tenbrink nicht Experte genug, um diese einschätzen zu können. Und er hasste es, der Unterlegene oder Unwissende zu sein.

Ein halbes Jahr war inzwischen seit jenem »Vorfall« in Holland vergangen, der ihm einen Schädelbasisbruch und ein schweres Schädel-Hirn-Trauma eingehandelt hatte. Noch immer litt er unter unregelmäßig auftretenden Kopfschmerzen, Schwindelanfällen und plötzlicher Übelkeit, die eine Rückkehr in den Polizeidienst zum jetzigen Zeitpunkt unmöglich machten. Wenn er diese Rückkehr denn überhaupt wünschte. Doch es waren nicht die Folgen seiner Kopfverletzung, die ihn heute zur Neurologie der Uniklinik geführt hatten. Jedenfalls nicht nur. Denn die »Beschwerden«, wie Dr. Eichler sie verharmlosend nannte, hatten lange vor den Schlägen auf den Kopf angefangen. Das Problem bestand also darin, die zuvor schon vorhandenen Beschwerden von den Folgen der Verletzung zu unterscheiden, denn Bewusstseinsstörungen und Amnesie waren klassische Symptome eines Schädel-Hirn-Traumas. Tenbrink hätte gern geglaubt, dass seine Vergesslichkeit und die geistigen Aussetzer durch die Kopfverletzung bedingt waren, aber diese Selbsttäuschung funktionierte nicht. Tenbrink wusste es besser. Und deshalb hatte er auch all die Untersuchungen und Tests über sich ergehen lassen, deren Ergebnisse nun in schriftlicher Form vor ihm ausgebreitet auf dem Schreibtisch lagen.

»Womit sollen wir anfangen?«, fragte Dr. Eichler lächelnd und schaute auf den Wust von Papieren. Er schob seine Brille auf die Stirn und setzte die Lesebrille, die an einer Kette um seinen Hals hing, auf die Nase.

»Machen Sie's kurz und schmerzlos, Doktor«, antwortete Tenbrink und fragte sich, ob der Neurologe schon mal etwas von Gleitsichtbrillen gehört hatte. »Aber bitte so, dass ich es als Laie verstehe.«

»Ganz so kurz wird es nicht gehen.« Dr. Eichler griff sich ein Papier aus dem Stapel. »Schließlich haben wir eine ganze Reihe von Untersuchungen an Ihrem Kopf vorgenommen. Röntgen, MRT, CT und diverse Blutanalysen. Außerdem habe ich hier die Ergebnisse der neuropsychologischen Tests vorliegen. Vorab kann ich Ihnen mitteilen, dass es gleich mehrere gute Nachrichten für Sie gibt.«

»Außer der einen schlechten?«

»Darauf komme ich später zurück«, erwiderte der Arzt, schaute auf das Papier und räusperte sich. »Einen Tumor oder ein Geschwulst hatte ich ja bereits beim letzten Mal ausgeschlossen, das Gleiche gilt für ein Hirnödem oder Ähnliches, das physischen Druck auf ihr Gehirn ausüben könnte. Nichts davon ist auf den Bildern zu sehen. Auch die Schwellungen und Ergüsse infolge der erlittenen Fraktur sind vollständig zurückgegangen. Sie haben in der Tat einen strapazierfähigen Schädel und ein robustes Hirn, Herr Tenbrink.«

»Dickkopf«, sagte Tenbrink und nickte, als wäre er erleichtert.

»Kommen wir zur Möglichkeit einer Arteriosklerose«, fuhr Dr. Eichler fort und wühlte in den Unterlagen, bis er das gesuchte Papier gefunden hatte. »Anhand der MRT-Bilder können wir eine arteriosklerotische Enzephalopathie ebenfalls ausschließen. Eine vaskuläre Demenz liegt also nicht vor.«

»Was heißt das auf Deutsch?« Tenbrink rückte seine Brille zurecht, obwohl sie gar nicht verrutscht war.

»Die Adern in Ihrem Hirn sind nicht verstopft oder verhärtet, das Blut zirkuliert, Ihrem Alter entsprechend, ganz normal. Eine arterielle Unterversorgung mit Sauerstoff liegt nicht vor, auch einen unbehandelten Schlaganfall können wir ausschließen. Eine durch Durchblutungsstörungen hervorgerufene Demenz kommt daher als Ursache der Beschwerden nicht infrage.«

»Also kein Alzheimer?«

»Die Alzheimer-Krankheit ist nur *eine* Art der Demenz und hat mit der vaskulären Demenz nichts zu tun. Alzheimer und Demenz sind, wie Sie vielleicht wissen, nicht deckungsgleich.«

»Also *doch* Alzheimer?«, entfuhr es Tenbrink, der auf seinem Stuhl immer weiter nach vorne gerutscht war, sodass er nun auf der Kante saß und das Sitzmöbel zu kippeln anfing.

»Zum jetzigen Zeitpunkt deutet nichts darauf hin«, antwortete Dr. Eichler und hob abwehrend die Hände. »Eine Alzheimer-Diagnose ist nicht ganz einfach, weil die Krankheit schwer von anderen psychischen oder neurologischen Störungen abzugrenzen ist. Im Prinzip müsste man eine feingewebliche Untersuchung des Gehirns vornehmen, um Alzheimer sicher zu diagnostizieren.«

»Dann tun Sie das doch!«

»Dafür müssten Sie tot sein.«

»Oh!« Tenbrink wäre um ein Haar vom Stuhl runtergerutscht.

»Aber, wie gesagt, zum jetzigen Zeitpunkt gibt es keine Hinweise darauf, dass Sie an Morbus Alzheimer erkrankt sind. Auch die neuropsychologischen Tests, die wir an Ihnen vorgenommen haben, legen einen solchen Befund nicht nahe. Nein, Alzheimer schließe ich mit an Sicherheit grenzender Wahrscheinlichkeit aus.«

»Aber was ist es dann?« Tenbrink schob seinen Hintern zurück und schlug die Beine übereinander, um das Zittern der Knie zu unterdrücken. »Creutzfeldt-Jakob oder Multiple Sklerose oder Parkinson oder was?«

»Sie waren im Internet, richtig?« Dr. Eichler lachte und schüttelte den Kopf, sodass seine blonde Löwenmähne wie die Perücke eines Clowns hin und her schwappte. »Habe ich Ihnen nicht gesagt, Sie sollen Wikipedia und all diese Medizin-Blogs meiden?« Nach einem weiteren Kopfschütteln setzte er schnaufend hinzu: »Parkinson!«

»Aber was fehlt mir denn? Ich bilde mir das doch nicht ein!«

»Rein körperlich fehlt Ihnen nichts; jedenfalls haben wir nichts gefunden, was die Symptome erklären würde. Da Sie sich die Gedächtnisstörungen aber erwiesenermaßen nicht einbilden, muss es einen anderen Grund für die zeitweilige Amnesie geben.«

Tenbrink tippte sich an die Stirn und fragte: »Werde ich bekloppt?«

»Unsinn!« Erneut lachte Dr. Eichler, doch es klang in Tenbrinks Ohren ein wenig gezwungen. »Allerdings ist nicht auszuschließen, dass es psychische Ursachen für Ihre Beschwerden gibt. Das kann Stress sein, ein heftiges Trauma oder übermäßige Belastung. So was in der Art.«

Ich *werde* bekloppt, dachte Tenbrink.

»Ich will ganz ehrlich sein«, fuhr der Arzt in ernstem Ton fort.

Tenbrink schluckte. Das hörte sich nicht gut an.

»Die Gedächtnislücken an sich machen mir wenig Kopfzerbrechen.« Dr. Eichler kicherte, als wäre das Wortspiel beabsichtigt gewesen. »Der Berliner Amnesietest hat in dieser Hinsicht keine signifikanten Auffälligkeiten ergeben. Die Ergebnisse liegen gerade noch im Toleranzbereich. Sie werden bald sechzig Jahre alt, da wird man eben vergesslich oder kann sich Sachen nicht mehr so gut merken. Allerdings finde ich die Kombination mit den Aussetzern, die Sie mir beschrieben haben, recht ungewöhnlich. Sie haben diese Situationen, glaube ich, ›Zeitlöcher‹ genannt.«

»Es ist so, als würde ich aus einem Traum aufwachen, nur dass ich überhaupt nicht geschlafen habe. Und alles, was vorher war, ist wie ausradiert.«

Dr. Eichler nickte. »Das erinnert mich an ein Phänomen, das die Psychologen ›Fugue‹ nennen.«

»Fuge?«, fragte Tenbrink. »Wie in der Musik oder wie beim Bau?«

»Nein, ›Fugue‹ wie Flucht. Menschen mit einer solchen Erkrankung erleben etwas ganz Ähnliches wie Sie: Auch sie finden sich plötzlich in einer Situation oder an einem Ort wieder, ohne zu wissen, was zuvor mit ihnen geschehen ist oder wie sie an diesen Ort gelangt sind. Manchmal haben die Betroffenen nicht einmal eine Ahnung, wer sie überhaupt sind.«

Tenbrink zuckte unwillkürlich zusammen. Auch das war ihm schon passiert. »Und was hat das zu bedeuten?«

Dr. Eichler räusperte sich. »Wissen Sie, was eine Dissoziation ist?«

»Nicht genau.« Tenbrink wusste, was eine dissoziative Identitätsstörung war, weil das bei einer polizeipsychologischen Fortbildung behandelt worden war. In dem Fallbeispiel war es um einen Mann mit multiplen Persönlichkeiten gegangen, der einen Mord begangen hatte, ohne sich dessen bewusst zu sein, weil nur eine der Persönlichkeiten für die Tat verantwortlich war, während die anderen keine Ahnung davon hatten.

»Wenn wir mit bestimmten konfliktbeladenen Dingen nur schwer umgehen oder sie nicht wirklich verarbeiten können ...« - Dr. Eichler setzte die Brille fürs Lesen ab und ließ die für die Fernsicht von der Stirn herabgleiten -, »dann ist unser Hirn manchmal in der Lage oder sogar gezwungen, diese Dinge aus dem Bewusstsein abzuspalten. Das ist so eine Art Selbstschutz.«

Tenbrink nickte. Er kannte das vor allem von Fällen, in denen Kinder Opfer von Gewalt, oft durch nahe Verwandte, geworden waren. Um nicht zugrunde zu gehen und weiter in der Familie leben zu können, wurden die Taten verdrängt. Was nicht selten zu einem Teufelskreis wurde. Aber was hatte das mit ihm zu tun?

»Eine Form der Dissoziation ist die sogenannte dissoziative Amnesie«, fuhr Dr. Eichler fort. »Oft hervorgerufen durch ein psychisches Trauma und manchmal einhergehend mit solchen Fuguen, wie Sie sie beschrieben haben.«

»Ich habe die Erinnerungslücken und Aussetzer, weil ich unter einem Trauma leide?« Tenbrink schüttelte ungläubig den Kopf.

»Ich bin Neurologe und kein Psychologe«, entgegnete der Arzt schulterzuckend. »Aber es wäre zumindest eine denkbare Erklärung.«

»Ich erinnere mich an kein solches Trauma.«

Dr. Eichler zuckte erneut mit den Schultern. Das reichte als Antwort.

»Ich habe das Trauma vergessen, meinen Sie?«, schlussfolgerte Tenbrink verwirrt. »Und immer wenn mich etwas unbewusst an das Trauma erinnert, verdränge ich auch das?« Das klang doch sehr nach Küchenpsychologie, wie er fand.

»Wann haben die Beschwerden angefangen?«

»Keine Ahnung«, log Tenbrink und rieb sich die lädierte Schläfe, die stark zu pochen begonnen hatte.

»Ungefähr.«

»Vor ein paar Jahren.«

»Etwas genauer?«

Tenbrink zögerte die Antwort hinaus, obwohl sie bereits auf seiner Zunge lag. Die Kopfschmerzen breiteten sich von der Schläfe über den ganzen Schädel aus. Er brauchte ein Aspirin, nein: besser zwei. Dann sagte er: »Nach Karins Tod.«

»Wäre der Tod Ihrer Frau nicht eine mögliche Erklärung? Trauer kann ein enormer Stressfaktor sein. Der Verlust eines geliebten Menschen schmerzt manchmal wie eine körperliche Wunde. Oder sogar mehr.«

»Mag sein«, erwiderte Tenbrink und nahm die Brille ab, weil auf einmal die Nasenwurzel brannte, als wäre sie wund. »Aber Karins Tod war kein Trauma für mich, jedenfalls nicht im Sinne einer plötzlichen seelischen Erschütterung. Sie ist ja nicht völlig unerwartet gestorben. Karin hatte Gebärmutterkrebs, und uns blieben noch einige Monate, um uns auf ihr Lebensende vorzubereiten. Es war eine sehr schwere Zeit, vor ihrem Tod und danach, aber …« Er wollte nicht sagen, dass ihr Tod auch eine Erlösung gewesen war, für Karin und für ihn. Deshalb beließ er es bei dem »aber« und einem tiefen Seufzer.

»Können Sie sich an den Tod Ihrer Frau erinnern?«

»Sie ist zu Hause gestorben«, antwortete Tenbrink und blinzelte. »Karin wollte nicht im Krankenhaus sterben, und darum haben wir sie zu Hause gepflegt.«

»Ist das eine Antwort auf meine Frage?«

Tenbrink verstand nicht, was der Arzt damit meinte, wurde nervös und wollte sich die Brille zurechtrücken. Doch sie befand sich nicht auf seiner Nase. Eine seltsame Panik befiel ihn.

»In Ihrer Hand«, sagte Dr. Eichler.

»Hm?«

»Ihre Brille.«

»Ach ja, wie dumm von mir.« Tenbrink setzte sie auf und kam sich wie ein Trottel vor. Wie einst in der Schule, als er an der Tafel gestanden und nicht gewusst hatte, wann genau der Dritte Punische Krieg gewesen war. Er hasste es, ahnungslos zu sein. Oder sich vor anderen zum Narren zu machen.

»Herr Tenbrink?«

»Ja?«

»Hören Sie mich?« Dr. Eichler sah nun wirklich besorgt aus.

»Entschuldigung, Doktor …« Tenbrink lächelte verkrampft. »Was haben Sie gesagt?«

3

Der Auffindeort war weiträumig durch graue Stellwände und Sichtblenden abgesperrt, und weil es nach wie vor regnete, hatte man direkt über der Leiche einen Faltpavillon aufgestellt, um die erste Leichenschau vornehmen zu können. Aus seinem Gespräch mit der Zeugin wusste Maik Bertram, dass der Todesort aller Voraussicht nach nicht der Tatort war, und so begutachtete er den Platz vor der Parkbank nur flüchtig. Er grüßte Bremer, der neben dem Rechtsmediziner stand und ihm stirnrunzelnd über die Schulter schaute, mit einem flüchtigen Kopfnicken. Bertram konnte sich einfach nicht daran gewöhnen, dass Arno Bremer nun Erster Hauptkommissar und Leiter des Kriminalkommissariats 11 war. Es fühlte sich irgendwie falsch an.

»Guten Abend, Herr Bertram«, begrüßte ihn der junge Rechtsmediziner, der über die am Boden liegende und bereits entkleidete Leiche gebeugt war und aus den Augenwinkeln zu ihm herüberschielte. »Mistwetter, was?«

"'n Abend! Dr. Kemper, richtig?« Bertram lächelte, als der Mediziner bestätigend nickte. »Sie waren der Rechtsmediziner beim letzten …«

»Die Frau am Galgen«, unterbrach ihn Dr. Kemper und nickte erneut. »Da fällt mir ein: Wie geht es eigentlich Herrn Tenbrink?«

»Besser, aber er befindet sich immer noch in der Reha«, antwortete Bertram und schaute zu Bremer, dessen Miene sich merklich verfinsterte. Wenn das denn überhaupt möglich war. Und nur um Bremer zu ärgern, setzte er hinzu: »Heinrich Tenbrink hat einen echten Dickschädel. Den kriegt keiner so schnell klein.«

»Dieser Mann hier hatte leider weniger Glück.« Dr. Kemper deutete auf die Leiche, deren Schädel an der linken Schläfenpartie merklich verformt war. »Dabei dürfte die Verletzung ganz ähnlich sein wie damals bei Hauptkommissar Tenbrink. Ein schwerer Schlag mit einem stumpfen Gegenstand. Keine scharfen Kanten und nichts Spitzes; sonst sähe die Wunde anders aus. Das ist allerdings bislang nur eine erste Vermutung. Genaueres nach der Obduktion.«

»Können Sie schon sagen, wann dem Mann der Schädel eingeschlagen wurde?«, wollte Bremer wissen und zupfte nervös an seinem Schnurrbart, den er seit Neuestem an den Enden gezwirbelt trug.

»Wieso bist du so sicher, dass hier ein Fremdverschulden vorliegt?«, fragte Bertram und wusste sogleich selbst die Antwort darauf. Bremer *wollte*, dass dem Mann der Schädel eingeschlagen worden war, denn dann hätte er sein erstes Tötungsdelikt als Leiter des KK11. Ohne seinen Vorgesetzten anzusehen, setzte er hinzu: »Der Mann könnte auch gestürzt sein.«

»Das ist zum jetzigen Zeitpunkt natürlich nicht auszuschließen«, erklärte Dr. Kemper, bevor Bremer etwas erwidern konnte. »Allerdings gibt es keine weiteren Verletzungen oder Hämatome am restlichen Körper, was bei einem Sturz eher untypisch ist. Und zur genauen Tatzeit kann ich leider noch nichts sagen. Die Wunde ist bereits verschorft und sicherlich nicht frisch, aber sie befindet sich noch in der Exsudationsphase.« Bevor einer der Kommissare fragen konnte, erklärte der Mediziner: »Früher nannte man das Entzündungsphase. Die kann jedoch bis zu drei Tage dauern.«

»Geht's etwas genauer?« Bremer kaschierte nicht einmal ansatzweise, dass er genervt war.

»Zwei Stunden, vielleicht vier.« Dr. Kemper zuckte bedauernd mit den Achseln. »Genauer geht's leider nicht. Der

Regen hat die Wunde aufgeweicht. Sie werden sich gedulden müssen, bis wir den Schädel seziert haben, Herr Hauptkommissar.«

»Wieso ist der Mann nicht sofort nach dem Schlag oder Sturz gestorben?«, fragte Bertram und betrachtete eine Tätowierung auf dem Oberarm des Toten. Eine Art Tribal-Tattoo, das sich wie eine Girlande um einen Namen wand. *Lisa,* las Bertram im Stillen und setzte hinzu: »Wieso erst Stunden später?«

»Sehr wahrscheinlich eine Einblutung ins Gehirn.« Der Rechtsmediziner deutete auf die Schläfe des Mannes. »Deshalb ist, mit Blick auf die Schwere der Verletzung, auch relativ wenig Blut nach außen gedrungen und keine Schwellung zu sehen. So ein Epiduralhämatom drückt immer mehr aufs Gehirn: Die Folgen sind Übelkeit, Erbrechen, Wahrnehmungsstörungen und oft auch Bewusstlosigkeit. Wenn die Blutung nicht gestillt oder der Schädel nicht geöffnet wird, tritt irgendwann der Tod ein. Das hängt natürlich davon ab, wie stark die Blutung ist und ob eine Vene oder eine Arterie verletzt wurde.«

»Soll das heißen, dass der Mann wohlmöglich stundenlang mit der offenen Wunde am Kopf durch die Gegend gewankt ist?«, fragte Bremer.

»*Wo*möglich«, murmelte Bertram, der dem Reflex nicht hatte widerstehen können, seinen Chef zu korrigieren. Er hasste falsches Deutsch.

»Was?«, entfuhr es Bremer.

»Nichts.« Bertram schaute zu Boden.

»Das ist durchaus denkbar«, antwortete schließlich Dr. Kemper, »aber nicht sehr wahrscheinlich. Vermutlich wurde der Mann direkt nach dem Schlag bewusstlos und war es auch die meiste Zeit danach.«

»Und dann ist er aufgewacht, um hierher zu kommen und zu sterben«, folgerte Bertram. »Wie weit kann man mit einer solchen Verletzung gehen? Oder war er sogar noch in der Lage, mit dem Auto zu fahren?«

Ein Achselzucken des Rechtsmediziners war die Antwort.

»Na, wunderbar!«, rief Bremer. »Wir wissen nicht, wann der Mann niedergeschlagen wurde, und wo das geschehen ist, wissen wir auch nicht.«

Ob das geschehen ist, wissen wir ebenfalls noch nicht, dachte Bertram, hielt diesmal aber seinen Mund und biss sich auf die Lippen.

»Und zu allem Überfluss haben wir keine Ahnung, wer der Ermordete ist, weil er nämlich weder Papiere noch ein Handy bei sich hatte.« Bremer deutete auf die Kleidung des Toten, die in einer durchsichtigen Asservatentasche auf der Parkbank lag.

»Der Mann heißt Peter Gausling«, sagte Bertram und kramte seinen Notizblock hervor. »Er arbeitete als Pfleger in einem Seniorenheim in Oldenhook.«

»Woher weißt du das?«

»Die Auffindezeugin, Mona Rensing, hat Gausling wiedererkannt. Ihre Großmutter lebte einige Zeit in dem Altenheim, und Gausling war einer ihrer Pfleger. Ich hab Bernd die Daten bereits nach Münster durchgegeben. Er kümmert sich darum, sobald er im Büro ist, und meldet sich dann.«

»Und warum erfahre ich erst jetzt davon? Ich möchte, dass man mich über solche Ermittlungsergebnisse umgehend auf dem Laufenden hält.«

»Ich sag's dir doch gerade«, antwortete Bertram und versuchte, nicht mit den Augen zu rollen. »Brauchst du mich hier noch?« Er wartete nicht auf eine Antwort, sondern wandte sich ab und verließ den abgesperrten Bereich.

Arschloch!, dachte er und stieß beinahe mit Heide Feldkamp zusammen, obwohl die im leuchtend weißen Overall der Spurensicherung eigentlich nicht zu übersehen war. Heide war die Tatortspezialistin in ihrem Team und hatte gerade mit den Kollegen den Schützenplatz und den angrenzenden Fußballplatz nach Spuren abgesucht.

»Und?«, fragte Bertram.

»Nichts.« Heide nahm die Kapuze vom Kopf. »Keine Spur von einer Jacke oder einem Mantel. Und in der Dunkelheit werden wir auch keine Blutspuren finden.« Sie deutete auf die Scheinwerfer, die den weitläufigen Platz nur unzureichend erhellten. »Jedenfalls nicht mit diesen Funzeln.«

»Die Wunde war nicht frisch und das Blut bereits verkrustet. Hier werden wir auch bei Tageslicht keine Blutspuren finden.«

»Ist Arno inzwischen da?« Heide kratzte sich die Kopfhaut und setzte die Kapuze wieder auf.

»Und ob! Schlecht gelaunt wie immer.«

Während Heide die Augen verdrehte und den Faltpavillon betrat, folgte Bertram dem beleuchteten Pfad, den die Kollegen von der Spurensicherung auf beiden Seiten mit Flatterband abgesperrt hatten. Dies war der Weg über den Schützenplatz, den der Verstorbene laut Mona Rensing bis zur Parkbank gegangen war. Getaumelt, wie sie sich ausgedrückt hatte, und irgendetwas vor sich hin brabbelnd.

»Toter Bauer«, wiederholte er eine Äußerung des Toten, die ihm die Zeugin mitgeteilt hatte.

Bertram ging bis zum Ende des Schützenplatzes und durchquerte einen kleinen Hain, der den Platz von der angrenzenden Kreisstraße trennte. Rechts ging es zum Verkehrskreisel, an dem sich auch die Polizeiwache Altwick befand, und linker Hand führte die Straße in Richtung Holland. Nur einen Steinwurf entfernt stand das Ortsausgangsschild von Altwick, und auf der gegenüberliegenden Straßenseite begann ein Neubaugebiet mit zahlreichen, beinahe identisch aussehenden Einfamilienhäusern aus rotem, braunem oder sandfarbenem Klinkerstein. Die meisten Häuser waren bereits fertiggestellt und bewohnt, aber am Rand der Siedlung befanden sich einige Bauten noch im Rohzustand. Hier waren die Häuser zum Teil noch ohne Dach, und zwei beleuchtete Baukräne ragten in den regnerischen Himmel. Dies war die sogenannte Baumsiedlung, deren Straßen allesamt nach irgendwelchen Bäumen oder Sträuchern benannt waren. Auch das wusste Bertram von Mona Rensing, die mit ihrem Mann Max im Ahornweg wohnte.

»Guten Abend, Herr Kriminaloberkommissar«, wurde Bertram von einem uniformierten Kollegen angesprochen, der mit einem weiteren Beamten den Zugang zum Gelände sicherte und sich nun zum Gruß an den Mützenschirm tippte.

»Kennen wir uns, Herr Polizeihauptkommissar?«, fragte Bertram, nachdem er die drei Sterne auf den Schulterklappen erblickt hatte.

»Ewerding«, antwortete der PHK mit seiner Bassstimme und deutete zur Polizeiwache. »Stellvertretender Dienststellenleiter. Wir sind uns vor ein paar Monaten begegnet. Ich habe Ihnen und Ihrem Chef unsere neue Wache gezeigt.«

»Ich erinnere mich.« Bertram nickte. »Und man hat Sie als stellvertretenden Dienststellenleiter zur Tatortsicherung verdonnert?«

»Ist ja sonst nicht viel los.« Ewerding zuckte mit den Achseln. »In Altwick gibt's nicht so oft einen Mord zu untersuchen.«

»Noch ist nicht gesagt, dass es sich um Mord handelt.«

Ewerding schaute etwas enttäuscht drein, und wieder gingen seine Schultern in die Höhe.

»Wohin führt diese Straße?«, wollte Bertram wissen.

»Holland«, antwortete Ewerding und rieb sich die beachtliche Bierwampe.

»Etwas genauer bitte.«

»Erst nach Oldenhook und dann durchs Hooker Venn bis zur B 70.«

»Wie weit ist es bis Oldenhook?«

»Drei, vier Kilometer«, antwortete Ewerding verwundert. »Wieso?«

»Kennen Sie das Altenheim dort?«

»Sicher.«

Bertram machte eine auffordernde Geste mit der Hand.

»War früher mal ein katholisches Krankenhaus«, setzte Ewerding hinzu und schnaufte, als hätte er Mühe beim Atmen. »Heute nennt es sich Senioren-Wohnpark und ist so exklusiv und teuer, dass es sich kein Normalsterblicher leisten kann. Pflegeheim, betreutes Wohnen, Senioren-WGs, Wellness, Sportplatz und Turnhalle, das ganze Programm. Wie ein Dorf im Dorf. Halb Oldenhook lebt von dem Altenheim. Und das nicht schlecht.«

»Danke, Herr Ewerding«, sagte Bertram und wandte sich ab.

»Gruß an den Chef!«, rief der PHK ihm nach.

Im selben Augenblick trat Bremer aus dem Wäldchen, schaute Ewerding überrascht an und fragte: »Kennen wir uns?«

»Wieso?«

»Weil Sie mich grüßen lassen.«

»Ich meinte den anderen Chef«, antwortete der Polizeihauptkommissar verwirrt. »Hauptkommissar Tenbrink, den Kommissariatsleiter.«

Bremer knurrte etwas Unverständliches und nicht sehr Freundliches in Ewerdings Richtung, zog seinen albernen Borsalino-Hut in die Stirn und wandte sich dann an Bertram: »Bernd hat angerufen und die Personalien des Toten durchgegeben. Peter Gausling, 24 Jahre alt, ledig. War zuletzt in Oldenhook gemeldet. Am Nonnenbusch 14.«

»Komische Adresse«, fand Bertram.

»Ich sagte ja, es war mal ein katholisches Krankenhaus«, erklärte Ewerding und kam ein paar Schritte näher. »Mit Nonnen als Krankenschwestern. Von dem einstigen Busch ist aber nicht viel übrig geblieben.«

»Was?«, fragte Bremer. »Wovon reden Sie?«

»Vom Altenheim. Am Nonnenbusch. So heißt das.«

»Gausling *wohnte* in einem Altenheim?«, rief Bremer verwundert.

»Das ist nicht bloß ein Altenheim«, entgegnete Ewerding und faltete die Hände vor der Brust. »Da gibt's betreutes Wohnen, Seniorenwohngemeinschaften, Wellnessangebote und jede Menge Sportanlagen.«

»Das ganze Programm«, fügte Bertram hinzu und ging zu seinem Wagen.

4

Bertram hatte schon viele Reaktionen auf den Erhalt einer Todesnachricht erlebt. Manche begannen zu weinen oder zu schluchzen, laut oder leise. Andere stammelten zusammenhangslos oder in Halbsätzen, zuckten wie unter Anfällen und konnten nicht begreifen, was so einfach auch nicht zu verstehen oder zu akzeptieren war. Wieder andere hörten gar nicht auf zu reden und eine ganze Batterie von Fragen zu stellen, die entweder nicht zu beantworten oder zum aktuellen Zeitpunkt überhaupt nicht relevant waren. Plapperten Banales oder Offenkundiges, nur um das Schweigen zu brechen. Und natürlich gab es die Desinteressierten, die den Tod eines Bekannten, Arbeitskollegen oder Verwandten mit einem Achselzucken oder einem verwunderten Kommentar quittierten. Selbst offene Schadenfreude oder nur leidlich verschleierte Genugtuung hatte Bertram bereits erlebt. Doch die Reaktion von Beate Lohmann, Leiterin des Senioren-Wohnparks »Am Nonnenbusch«, war für ihn ein Novum: Sie reagierte überhaupt nicht, weder durch Worte noch durch Gesten.

Bertram und Bremer hatten die Heimleiterin vor ihrem Arbeitszimmer im Hauptgebäude angetroffen, als sie gerade die Bürotür hinter sich abgeschlossen hatte und Feierabend machen wollte. Beate Lohmann lauschte Bremers knappen und recht vagen Ausführungen aufmerksam, aber ohne erkennbare Gefühlsregung, nickte lediglich ein oder zwei Mal, schaute dann zu Boden und verharrte anschließend bewegungs- und geräuschlos. Wie eine Statue.

Bremer und Bertram schauten sich an und warteten, doch nichts geschah. Sie war und blieb wie zur Salzsäule erstarrt, wirkte dabei aber nicht geschockt oder entsetzt, sondern schlichtweg leblos. Als hätte man ihr den Stecker gezogen.

»Frau Lohmann?«, sprach Bertram sie nach einer Weile an. »Alles in Ordnung?«

Keine Antwort. Keine Bewegung. Nur der starre Blick zu Boden.

»Hallo! Hören Sie mich?«, versuchte es Bremer und berührte sie am Oberarm.

Wie unter einem Stromschlag fuhr sie plötzlich zusammen, starrte die Kommissare beinahe wütend an und fragte in einem seltsam geschäftsmäßigen Tonfall: »Sie wollen vermutlich seine Wohnung sehen, nicht wahr?«

Wieder ein irritierter Blickwechsel zwischen Bertram und Bremer, der schließlich antwortete: »Die Spurensicherung wird die Wohnung untersuchen, ja. Auch um festzustellen, ob es sich um den Tatort handelt.«

»Wieso Tatort?« Sie fuhr sich hektisch durch die blondierten, etwa schulterlangen Haare. »Sagten Sie nicht, dass Peter in Altwick gestorben ist?«

Beim ersten Anblick hatte Bertram die Heimleiterin auf Ende Dreißig geschätzt, doch beim genaueren Hinsehen vermutete er nun, dass sie gut zehn Jahre älter war. Zwar hatte sie die Falten um Nase, Mund und Augen unter Make-up recht gut versteckt und vermutlich mit Botox nachgeholfen, und auch der oft so verräterische Hals war unter einem seidenen Halstuch nicht zu sehen, doch die leicht knittrige und durchscheinende Haut auf ihren Handrücken verriet ihr Alter.

»Herr Gausling ist in Altwick gestorben, das ist richtig«, bestätigte Bremer und nickte. »Aber den Tatort kennen wir …«

»Ich hole den Schlüssel«, unterbrach ihn Beate Lohmann, drehte sich abrupt um und schloss die Bürotür wieder auf. Sie ging hinein und warf die Tür hinter sich zu, bevor die beiden Kriminalbeamten auch nur einen Blick in den Raum werfen konnten.

»Was war denn das?«, wunderte sich Bremer.

»Eine bröckelnde Fassade«, vermutete Bertram.

Bremer schaute ihn verwirrt an.

Wenige Augenblicke später stand Beate Lehmann wieder vor der Tür und hielt einen Wohnungsschlüssel in der Hand. »Dann wollen wir mal«, sagte sie und deutete den Gang hinunter. »Hier entlang, bitte!«

Bertram hatte den Eindruck, dass in ihren Augenwinkeln das Kajal ein wenig verschmiert war. Aber vielleicht täuschte er sich auch. »Kannten Sie Herrn Gausling gut? Was war er für ein Mensch?«

»Freundlich, zurückhaltend, beliebt«, antwortete sie, für Bertrams Geschmack etwas zu schnell und abgedroschen. »Die Heimbewohner mochten ihn, die Kollegen auch. Jedenfalls ist mir nichts Gegenteiliges bekannt.« Nach kurzem Zögern setzte sie hinzu: »Peter war eher ein Einzelgänger, aber er kam eigentlich mit allen gut klar.«

Was heißt hier eigentlich?, dachte Bertram, hakte aber nicht nach.

»Seit wann arbeitete Herr Gausling hier?«, fragte Bremer, als sie das Hauptgebäude verließen, in dem sich die Verwaltung, die Küche und das sogenannte Begegnungscenter befanden. Während die umliegenden Häuser des Senioren-Wohnparks auffallend modern und funktional wirkten – man hatte sie mit viel Glas, Stahl und Beton errichtet -, war der Zentralbau ein altmodischer zweistöckiger Klinkerkasten mit winzigen Fenstern und spitzem Walmdach. Dies musste das ehemalige Krankenhaus sein.

»Seit etwa vier Jahren«, antwortete Beate Lohmann und führte sie über den gepflasterten Parkplatz und durch das angrenzende Wäldchen, das dem Wohnpark seinen Namen gegeben hatte. Der Weg durch den Busch hieß Pastorenpättken und führte an einer Kapelle vorbei, die in dem Dickicht und der Dunkelheit kaum auszumachen war. Ebenfalls ein Relikt aus alter Zeit, wie Bertram vermutete.

»Und seit wann wohnte er im Heim?«, wollte er wissen.

»Er wohnte nicht im Heim«, entgegnete Beate Lohmann, und es klang beinahe schnippisch. »Das Seniorenheim verfügt über vier Hausgemeinschaften mit jeweils zehn Einzelzimmern. Darin wohnen natürlich nur Senioren mit entsprechender Pflegestufe.«

»Aber er wohnte doch im Wohnpark«, beharrte Bertram. »Jedenfalls war er hier polizeilich gemeldet.«

»Wir bieten auch betreutes Wohnen an.« Die Heimleiterin deutete auf einige zweistöckige weiße Gebäude, die am Rand des Komplexes zu sehen waren. »Ein Großteil der Wohnungen wurde mit öffentlichen Mitteln errichtet, daher wird von den Mietern ein Wohnungsberechtigungsschein verlangt. Aber einige Wohneinheiten sind frei finanziert und können daher wie normale Wohnungen ohne Altersvorgabe oder sonstige Einschränkungen vermietet werden. Die Serviceleistungen werden durch einen getrennten Betreuungsvertrag geregelt. Es sind Wahlleistungen, die nicht zwingend in Anspruch genommen werden müssen.«

»Ist es üblich, dass die Pflegekräfte hier untergebracht sind?«

»Nein, natürlich nicht.« Beate Lohmann öffnete die barrierefreie und auffallend breite Haustür eines zweistöckigen Gebäudes, an dessen Fassade die beleuchtete Hausnummer 14 prangte. »Aber in Herrn Gauslings Fall haben wir eine Ausnahme gemacht.«

»Warum?«, fragten Bertram und Bremer wie aus einem Mund, während sie einen geräumigen Flur betraten, von dem links und rechts zwei Wohnungstüren abgingen. Geradeaus befand sich ein Fahrstuhl, gleich daneben führte eine Treppe ins obere Stockwerk.

»Er hat sich vor zwei Monaten von seiner Freundin getrennt oder sie sich von ihm, um genau zu sein, und er musste recht plötzlich aus der gemeinsamen Wohnung in Altwick ausziehen. Weil bei uns gerade zwei Wohneinheiten durch Sterbefälle frei geworden waren, hat die Hausleitung entschieden, eine Einheit übergangsweise an Herrn Gausling zu vermieten.«

»Die Hausleitung?«, hakte Bertram nach, dem nicht entgangen war, dass Beate Lohmann den Verstorbenen zuletzt nicht mehr beim Vornamen, sondern beim Nachnamen genannt hatte.

»*Ich* habe das entschieden«, konkretisierte sie und öffnete die Wohnung auf der rechten Seite mit ihrem Schlüssel. »Bitte sehr!«

»Wie heißt diese Freundin?«, wollte Bremer wissen.

»Ich glaube, Lisa.«

Bertram dachte an das Tattoo auf Gauslings Oberarm und fragte: »Und weiter?«

»Den Nachnamen kenne ich leider nicht«, antwortete sie und blieb auf der Türschwelle stehen, während Bremer die Wohnung betrat. »Herr Gausling hat ihn mir gegenüber nie erwähnt. Ich habe diese Lisa auch nur einmal gesehen, bei einer Betriebsfeier vor Weihnachten. Eine hübsche Person, aber … nun ja … ein bisschen gewöhnlich.« Für einen kurzen Moment entglitten ihr die Gesichtszüge, fand Bertram. Sie wirkte beinahe angewidert.

«Sollten wir nicht auf Heide und die Spurensicherung warten?«, rief Bertram seinem Chef hinterher, erhielt jedoch keine Antwort.

Also folgte er Bremer in den Wohnungsflur, der ebenfalls sehr geräumig war. An einer Seite des Flurs befanden sich ein Stellplatz für Rollstühle oder Rollatoren, auf dem nun aber diverse ungeöffnete Umzugskisten und gefüllte Reisetaschen übereinandergestapelt waren.

Die Wohnung bestand aus vier Räumen: Bad und WC, Küche samt Essplatz, Schlafzimmer, Wohnraum. Und in keinem davon waren Hinweise auf einen Kampf oder Blutspuren zu sehen, jedenfalls nicht auf den ersten Blick. Sämtliche Räumlichkeiten machten auf Bertram einen unpersönlichen und beinahe unbewohnten Eindruck. Sie waren durchaus geschmackvoll eingerichtet, aber sie erinnerten ihn an Ferienwohnungen oder Hotelzimmer. Lediglich ein Laptop auf dem Wohnzimmertisch, eine Akustikgitarre auf dem Sofa und etwas dreckiges Geschirr in der Spüle deuteten darauf hin, dass hier jemand bis vor wenigen Stunden gewohnt hatte. Auch die Regale waren nur mit einigen wenigen Büchern und CDs gefüllt.

»Herr Gausling schien noch nicht wirklich in dieser Wohnung angekommen zu sein.« Bertram drehte sich zu Beate Lohmann um, die nach wie vor in der offenen Tür stand, als hielte sie ein Bann vom Betreten der Wohnung ab. Er deutete auf die Umzugskartons und setzte hinzu: »Oder hatte er bereits eine neue Wohnung gefunden?«

Die Heimleiterin zuckte mit den Schultern, schüttelte dann den Kopf und schaute drein, als hätte sie nicht wirklich verstanden, was er gefragt hatte.

»Hatte Herr Gausling Familie in der Nähe? Eltern, Geschwister?« Bertram betrachtete die Garderobe neben dem Eingang. Dort hingen eine wollene Hausjoppe, eine braune Steppweste, ein Holzfällerhemd sowie eine hellblaue Arbeitskleidung, eine Art Kittel oder Kasack, wie man ihn auch in Krankenhäusern trug. Kein Mantel, keine wetterfeste Jacke.

»Seine Eltern haben in Altwick gewohnt«, antwortete Beate Lohmann und schluckte. »Sie sind vor einigen Jahren bei einem Autounfall ums Leben gekommen. Es gibt noch einen älteren Bruder, aber der lebt, glaube ich, nicht im Münsterland. In Köln, wenn ich mich nicht irre.«

Bremer kam aus dem Wohnzimmer zurück und schüttelte den Kopf.

»Lass uns abwarten, bis die SpuSi hier durch ist«, sagte Bertram. »Heide wartet mit den Kollegen bestimmt schon vor dem Hauptgebäude.«

Bremer nickte und wandte sich an die Heimleiterin: »Die Wohnung wird versiegelt, bis sämtliche Spuren gesichert und für die Ermittlungsarbeit relevante Objekte abtransportiert sind. Geben Sie uns bitte den Schlüssel?«

»Sicher.« Sie reichte Bertram das Gewünschte.

»Außerdem brauchen wir eine Liste aller Angestellten und Heimbewohner. Und die Dienstpläne der letzten Wochen. Wir müssen außerdem mit den Kollegen von Herrn Gausling sprechen.«

»Kein Problem. Aber es sind größtenteils Kolleg*innen*.«

Im selben Augenblick öffnete sich die Wohnungstür auf der anderen Seite des Hausflurs, und der grauhaarige Kopf einer Frau erschien im Türspalt. »Wusste ich's doch, dass ich was gehört habe«, sagte sie und atmete erleichtert auf, als sie die Heimleiterin erkannte. »Ach, Sie sind's, Frau Lohmann! Ich dachte schon, es wären Einbrecher.«

»Nein, alles in Ordnung, Frau Lütkebohmert. Hier gibt es keine Einbrecher.«

»Ich wollte schon die Polizei rufen, aber Erwin meinte, ich bilde mir das alles nur ein.« Sie wandte sich um und rief in die Wohnung: »Auf meine Ohren ist immer noch Verlass! Das lass dir mal gesagt sein! Ich mag zwar nicht mehr viel sehen, aber hören kann ich wie ein Dachs.«

»Luchs«, verbesserte Bertram sie, der in diesem Moment in den Hausflur getreten war.

»Was?«, fragte die Frau unfreundlich. »Wer sind Sie denn?«

»Oberkommissar Bertram. Kripo Münster.«

»Also doch!« Wieder wandte sich die alte Frau zu ihrem nicht sichtbaren Mann um und verkündete mit lauter Stimme: »Es ist die Polizei, Erwin! Hab ich es nicht gesagt?« Ihr Gesicht erschien erneut im Türspalt. »Ich hab doch gewusst, dass da was nicht stimmt.«

»Wie meinen Sie das?«, fragte Bremer, der nun ebenfalls in den Hausflur trat.

»Gott, da ist ja noch einer!« Sie fasste sich an den Mund. »Haben Sie mich erschreckt.«

»Was hat nicht gestimmt?«, hakte Bremer nach. »Hatte das was mit Herrn Gausling zu tun? Haben Sie irgendetwas gesehen oder gehört?«

»Das war ja nicht zu überhören, so wie die sich angeschrien haben! Sogar Erwin hat das gehört, und der ist eigentlich taub wie ein Fisch.«

Bertram schluckte den Kommentar herunter, der ihm auf der Zunge lag, und fragte: »Mit wem hat Herr Gausling gestritten? Und wann war das?«

»Gestern Nachmittag. Ich hatte mich gerade auf die Couch gelegt, aber an Schlafen war nicht zu denken, so wie die nebenan getobt haben! Herr Gausling und ein anderer Mann. Beschimpft haben die sich, das glaubt man nicht! Lauter schlimme Ausdrücke.«

»Konnten Sie verstehen, worüber sie sich gestritten haben?«

»Es ist ja nicht so, dass ich mit den Ohren an der Wand hänge.«

»Nein, natürlich nicht. Das würde ich niemals denken.«

»Ich höre eben noch sehr gut für mein Alter.«

»Wie ein Dachs«, sagte Bertram und grinste.

»Genau«, erwiderte die Alte und war für einen Moment irritiert. Dann sagte sie: »Dass er sie endlich in Ruhe lassen und mit dem Mist aufhören soll, hat der andere Mann geschrien. Und dass er sich endlich verpissen soll. Sonst ...« Sie schaute sich nach allen Seiten um, als hätte sie Angst, ein Unbefugter könnte ihre Worte hören.

«Sonst?«, fragte Bremer.

»Sonst schneidet er ihm den Schwanz ab und stopft ihm damit das Maul, damit endlich Schluss ist.« Sie räusperte sich, hob abwehrend die Hand und setzte hinzu: »Genau so hat er's gesagt. Nicht meine Worte, Herr Kommissar.«

»Haben Sie die Stimme erkannt oder den Mann gesehen?«

Sie schüttelte den Kopf.

»Und dann?«

»Dann hat die Tür geknallt, und es war wieder ruhig.«

Beate Lohmann hatte die ganze Zeit regungslos im Flur gestanden und keinen Ton von sich gegeben. Wie vorhin vor ihrer Bürotür. Als Bertram sich nun zu ihr umwandte, erschrak er über die gespenstische Blässe in ihrem Gesicht. Sie sah aus, als könnte sie jeden Moment ohnmächtig zusammenbrechen.

»Alles in Ordnung?«, fragte er und legte die Hand an ihren Oberarm, um sie gegebenenfalls zu stützen. »Geht es Ihnen nicht gut?«

»Entschuldigen Sie mich bitte!« Sie hielt sich die Hand vor den Mund und rannte zur Tür hinaus. Im nächsten Moment waren von draußen würgende Geräusche zu hören.

Bremer und Bertram sahen sich an. Bremer nickte wissend, Bertram zuckte mit den Schultern.

»Hab ich was Falsches gesagt?« Die alte Frau schaute Bertram beinahe flehentlich an. »Ich hab doch nur wiedergegeben, was ich gehört hab. Es waren nicht meine Worte.«

Zum ersten Mal meldete sich die knurrige Stimme ihres Mannes aus dem Hintergrund: »Was hast du denn jetzt wieder angestellt, Frieda?«

5

Ein schrilles Klingeln riss ihn aus dem Schlaf. Tenbrink brauchte eine Weile, um sich zu orientieren. Er saß auf dem Sofa, ein aufgeschlagenes Fotoalbum auf dem Schoß und eine leere Kaffeetasse vor sich auf dem Couchtisch. Es war kurz vor Mitternacht, wie ihm ein Blick zur Wanduhr verriet. Wieder hörte er ein Klingeln: Es war die Schelle an der Haustür. Mühsam rappelte er sich auf, schlurfte in den unbeleuchteten Flur und sah einen Schatten auf der gelben Riffelglasscheibe.

Er schaltete das Licht an, öffnete die Tür und war nicht im Mindesten überrascht, als er Bertram vor dem Haus stehen sah. »Hallo, Maik!«, grüßte er ihn und trat einladend zur Seite. »Endlich Feierabend?«

»Ich war auf dem Weg nach Hause und hab Licht bei dir gesehen«, antwortete Bertram und kraulte sich den Fünftagebart, der ungepflegt aussehen sollte, obwohl Bertram ihn, wie Tenbrink wusste, täglich auf die exakt gleiche Länge stutzte. »Hab ich dich geweckt?«

»Komm rein!« Tenbrink schüttelte den Kopf und ging in die Küche, um Bertram ein Bier aus dem Kühlschrank zu holen. »Wie immer?«

»Gerne.«

Bertrams gelegentliche Besuche nach Dienstschluss waren für Tenbrink in den letzten Monaten zu einer lieb gewordenen Routine geworden. Auf diese Weise blieb er auf dem Laufenden und fühlte sich in gewisser Hinsicht weiterhin als Teil des KK11, dessen Leiter er offiziell immer noch war. Auch wenn alle wussten, dass er niemals ins Kommissariat zurückkehren, sondern nach seiner endgültigen Genesung in den Leitungsstab Behördencontrolling abgeschoben würde. Samt Beförderung zum Polizeirat. Aufs Abstellgleis!

»Hast du's schon gehört?« Bertram hängte seine Lederjacke an die Garderobe und folgte Tenbrink in die Küche.

»Der Tote im Park?«, antwortete Tenbrink und schmunzelte, als er das Etikett auf der Bierflasche betrachtete. »Hab's im Radio gehört. Kommst du gerade aus Altwick?«

»Fast.« Bertram setzte sich an den Küchentisch. Neben das Fenster, wo er immer saß, um sein Feierabendbier in Empfang zu nehmen. »Ich war in Oldenhook. Ein kleines Dorf in der Nähe.«

»Da gibt's ein ziemlich großes Altenheim.« Tenbrink freute sich diebisch, als er seinem Kollegen die geöffnete Bierflasche vor die Nase stellte.

»Du kennst das Heim?«, wunderte sich Bertram und prostete Tenbrink zu, ohne die Flasche näher zu betrachten. »Warst du schon mal da?«

»Eine Schwägerin von mir wohnt dort. Also eigentlich ist es eine Schwägerin von Karin: die Frau ihres verstorbenen Bruders.«

»Warum wohnt sie im Altenheim?«, erkundigte sich Bertram und nippte an dem Bier. »Wie alt ist sie denn?«

»Sie geht auf die Achtzig zu«, antwortete Tenbrink und öffnete sich ebenfalls eine Flasche. »Karins Bruder war eigentlich ihr Halbbruder - von einer anderen Mutter und viel älter als Karin. Gertrud hatte vor einigen Jahren einen Schlaganfall.«

»Wer ist Gertrud?«

»Meine Schwägerin. Also Schwippschwägerin.«

Bertram nickte nachdenklich, schien sich aber nicht wirklich für Tenbrinks Verwandtschaft zu interessieren und nahm einen weiteren Schluck.

»Und?«, fragte Tenbrink und grinste. »Schmeckt's?

Bertram nickte erneut, schaute eher beiläufig aufs Etikett und blickte dann erstaunt auf. »Magdebier? Wo hast du das denn aufgetrieben?«

»Ich bin zufällig bei ›nem Feinkosthändler in Münster darüber gestolpert und dachte, du würdest dich vielleicht über was Heimisches freuen.«

Bertram deutete auf das Etikett. »Das Bier von hier«, las er und schüttelte den Kopf. »Als ich in Magdeburg gelebt habe, gab's dieses Bier, glaube ich, noch gar nicht.« Er nahm einen großen Schluck und setzte hinzu: »Trotzdem danke.«

Tenbrink war ein wenig enttäuscht, ließ sich aber nichts anmerken. »Im Radio hieß es, ihr geht von einem Tötungsdelikt aus.«

»Sieht ganz so aus.« Bertram kratzte sich die Stoppelfrisur. »Aber wir haben leider den Tatort noch nicht ausfindig gemacht. Den genauen Tatzeitpunkt kennen wir auch nicht. Und dass wir die Identität des Opfers so schnell ermitteln konnten, verdanken wir einem glücklichen Zufall.« In knappen Worten berichtete er, was sie im Altwicker Stadtpark und später im Oldenhooker Seniorenheim erfahren hatten, und nun verstand Tenbrink auch, warum Bertram so überrascht auf die Erwähnung seiner Schwippschwägerin reagiert hatte.

»Kennst du die Heimleiterin?«, fragte Bertram. »Beate Lohmann?«

»Ich hab Gertrud nur ein paar Mal in Oldenhook besucht«, antwortete Tenbrink und schüttelte den Kopf. »Ist schon lange her; damals hat Karin noch gelebt. Mit der Heimleitung oder dem Personal hatte ich nie was zu tun.«

»Arno glaubt, dass Gausling und die Lohmann was miteinander hatten.«

»Nach dem, was du mir von ihrem Verhalten erzählt hast, ist der Verdacht nicht ganz unbegründet, oder?«

»Mag sein.« Bertram nippte an seinem Bier. »Dass da irgendwas zwischen denen war, glaube ich auch. Aber eine engere Beziehung? Dafür war die Reaktion der Frau zu seltsam. Und außerdem: Gausling war ein hübscher Kerl von Mitte zwanzig, und Beate Lohmann ist eine Frau, die verzweifelt versucht, nicht wie fünfzig auszusehen. Sie ist doppelt so alt wie er und könnte seine Mutter sein.«

»Na und?«, entgegnete Tenbrink achselzuckend. »Vielleicht stand er ja auf ältere und erfahrene Frauen. Und du darfst nicht vergessen, dass sie seine Chefin war. So was kann sehr anziehend wirken.«

»Oha!« Bertram verschluckte sich beinahe an seinem Bier. »Spricht hier jemand aus Erfahrung, Chef?«

»Blödmann!«, knurrte Tenbrink und räusperte sich. »Was ist mit der anderen Frau? Seiner Ex-Freundin?«

»Lisa Körkemann. Wohnt in Altwick, allerdings nicht in der Nähe des Stadtparks, sondern am anderen Ende der Stadt, gleich hinterm Bahnhof. Das ist die Wohnung, in der Gausling mit ihr gelebt hat. Wir haben Frau Körkemann aber nicht angetroffen, weil sie heute auf irgendeinem Konzert im Ruhrgebiet ist. Freitagabend eben. Wir werden sie morgen früh befragen. Genauso wie Johannes Große-Daltrup, ihren neuen Freund.«

»Ist das der Mann, der im Altenheim herumgeschrien hat?«

»Anzunehmen - aber noch nicht bestätigt.«

»Eine Beziehungstat?«

»Arno geht davon aus.«

»Du nicht?«

Als Antwort zuckte Bertram mit den Schultern und nahm einen großen Schluck. Dann seufzte er tief und rieb sich das Kinn.

»Was ist?«, fragte Tenbrink.

»Es bedeutet vermutlich nichts«, antwortete Bertram und lächelte gequält. »Aber Gauslings letzte Worte gehen mir nicht aus dem Kopf.«

»Der tote Bauer?«

Bertram nickte und sagte: »So ein Quatsch!«

Tenbrink verstand nicht.

»Laut Zeugin waren Gauslings letzte Worte: ›Toter Bauer. So ein Quatsch!‹ Das ist doch seltsam, oder? Warum sagt er so was?«

»Er hatte Einblutungen im Schädel, die auf sein Gehirn gedrückt haben. Sein Gebrabbel hat womöglich gar nichts zu bedeuten. Gab es denn irgendwelche Todesfälle in letzter Zeit? Irgendwelche toten Bauern in der Nähe?«

»Bernd Hölscher kümmert sich darum. Morgen wissen wir vermutlich mehr.« Bertram wiegte nachdenklich den Kopf hin und her und setzte hinzu: »Ich weiß auch nicht. Es ist nur so ein Gefühl.«

»Lass das bloß nicht Arno hören«, erwiderte Tenbrink und lachte. »Kommissare mit Gefühlen kann dein neuer Chef gar nicht leiden. Halte dich lieber an die nackten Fakten.«

»Das sagt mir der Richtige!« Bertram hob seine Bierflasche. »Auf Heinrich Tenbrink, das personifizierte Bauchgefühl. Den Erfinder und Verfechter des sechsten Sinns.«

»Prost!« Tenbrink stieß mit ihm an. Sie tranken und schwiegen eine Weile. Ein angenehmes und einvernehmliches Männerschweigen.

Schließlich fragte Bertram: »Und bei dir? Was macht die Reha?«

»Fortschritte. Wenn nur die Kopfschmerzen nicht wären. Aber das wird sich mit der Zeit geben, meint der Arzt. Außerdem gibt's ja Aspirin.«

»Und die Gedächtnislücken?«, hakte Bertram nach. »Hattest du nicht diesen Termin beim Internisten? Gibt's schon Ergebnisse?«

Tenbrink nickte und tippte sich mit dem Zeigefinger an die Schläfe.

»Du spinnst?«, folgerte Bertram und grinste, als wäre dies keine Neuigkeit für ihn. »Lautet so der Befund?«

»Jedenfalls gibt es keine körperliche Ursache für die Aussetzer. Die Untersuchungsergebnisse deuten nicht darauf hin, dass mit meinem Gehirn etwas nicht stimmt. Dr. Eichler hat mir eine Überweisung zum Psychotherapeuten mitgegeben.« Zögerlich setzte er hinzu: »Er vermutet eine dissoziative Amnesie.«

»Das ist doch ein gutes Ergebnis.« Bertram klopfte erleichtert auf die hölzerne Tischplatte, als wollte er ihm Glück wünschen. »Oder wäre dir ein Tumor lieber gewesen? Oder Alzheimer?«

»Du weißt, was eine Dissoziation ist?«, fragte Tenbrink, obwohl er die Antwort kannte. Bertram war ein wandelndes Lexikon, auch wenn er gern den Unwissenden und Ahnungslosen mimte.

»So ungefähr.« Bertram tat so, als müsste er erst in seinem Gedächtnis kramen. »Du spaltest irgendetwas aus deinem Bewusstsein ab, das dir nicht in den Kram passt. Klingt genau nach Heinrich Tenbrink.«

»Sehr witzig. Der Arzt meint, es könnte mit Karins Tod zusammenhängen. Ein Trauma, mit dem ich anscheinend nicht fertig werde und das ich deshalb verdränge. Nur dass das Verdrängen nicht immer reibungslos funktioniert. Oder eben zu gut.«

»Aha?« Bertrams Blick wurde lauernd.

»Er hat mich gefragt, ob ich mich an ihren Tod erinnern kann.«

»Und? Kannst du?«

»Das Dumme ist: Ich weiß es nicht.« Tenbrink nahm die Brille von der Nase und putzte sie mit einem Geschirrtuch, obwohl sie noch ganz sauber war. »Ich hab mir nie darüber Gedanken gemacht. Warum auch? Ich wusste ja, was mit Karin geschehen und woran sie gestorben ist. Das dachte ich zumindest immer. Aber jetzt bin ich mir nicht mehr so sicher.«

»Sie hatte Krebs, oder?«, fragte Bertram verwundert. »Ich war ja damals noch nicht in Münster, aber so hast du es mir erzählt.«

»Gebärmutterkrebs«, bestätigte Tenbrink und nickte. »Das Seltsame ist aber, dass ich die Details vergessen habe. Ich weiß noch, dass sie bereits Metastasen in der Lunge hatte, als der Tumor festgestellt wurde. Aber es ging am Ende alles so schnell und …« Statt den Satz zu beenden, zuckte er mit den Schultern.

«Warst du dabei, als sie gestorben ist?«

»Ich hab sie gefunden.«

»Danach habe ich nicht gefragt.«

»Ich weiß, was du gefragt hast, aber das ist alles, was ich dazu sagen kann.« Tenbrink hob abwehrend die rechte Hand, während die linke das Geschirrtuch knetete.

»Wo hast du sie gefunden?«

»Zu Hause.«

»Wo genau? Und warst du allein?«

»Lass gut sein, Maik!« Tenbrink schüttelte den Kopf und suchte seine Brille. Gerade hatte er sie doch noch in seiner Hand gehalten. »Ich kann mich tatsächlich nicht erinnern. Meine Frau ist tot, und ich habe keine Ahnung, wie sie gestorben ist. Das ist doch völlig absurd.« Plötzlich schlug er mit der rechten Faust auf den Tisch und rief: »Wo ist denn meine Scheiß-Brille?«

Bertram nahm ihm das Geschirrtuch aus der Hand und wickelte die Brille aus. »Soll ich mich mal schlau machen?«, fragte er und reichte Tenbrink die Brille. »Es sollte nicht schwer sein, Informationen über ihren Tod zu finden.«

»Nicht nötig.« Tenbrink hob dankend und zugleich entschuldigend die Hand. »Das mach ich schon selbst. Schließlich war sie meine Frau.«

»Wie du willst.« Bertram leerte seine Flasche und stand auf. »Aber wenn du Hilfe brauchst, sag Bescheid.«

»Danke.« Tenbrink tippte sich mit dem Zeigefinger an die Schläfe. »Manchmal denke ich wirklich, ich spinne.«

6

Lisa Körkemann wohnte im Dachgeschoss eines Einfamilienhauses mit etwas verlottert wirkendem Vorgarten und unverbautem Blick auf die Bahngleise und das dahinterliegende Industriegebiet. Das bereits in die Jahre gekommene und renovierungsbedürftige Haus gehörte ihren Eltern, die im Erdgeschoss wohnten und sich, wie die Mutter gleich nach der Begrüßung an der Haustür bemerkte, »nicht in die Angelegenheiten der jungen Leute einmischen wollten«, auch wenn es manchmal schwerfalle. Sie ließ offen, was genau sie damit meinte. Aber sie setzte seufzend hinzu, sie hätten ja schon einiges mitgemacht, aber noch nie »die Polizei im Haus gehabt«.

»Ist Ihre Tochter da?«, fragte Bremer und runzelte die Stirn.

»Oben.« Sie deutete mit einer Kopfbewegung zur Treppe. »Johannes ist auch noch da. Die beiden waren die ganze Nacht unterwegs. Wie meistens am Wochenende.« Wieder seufzte sie und zuckte mit den Schultern. »Aber ich halt mich da lieber raus. Man sagt auch schnell zu viel.«

Der letzte Satz hätte Tenbrink gefallen, dachte Bertram und stieg gemeinsam mit Bremer die Treppe hinauf.

»Seltsame Äußerungen über das eigene Kind, wenn man mit Fremden spricht«, meinte Bremer, als sie im Dachgeschoss standen und an die Wohnungstür klopften. Eine Klingel gab es hier oben nicht.

»Mütter und Töchter«, antwortete Bertram achselzuckend.

»Was soll das nun wieder heißen?«, maulte Bremer, der vage Anspielungen überhaupt nicht ausstehen konnte, wie Bertram nur zu gut wusste. Was womöglich einer der Gründe war, warum er in Bremers Gegenwart so gerne vieldeutig herumorakelte.

Die Wohnungstür öffnete sich einen Spalt breit, und noch bevor Bertram sie im dunklen Flur sehen konnte, roch er Lisa Körkemann bereits: Zigaretten und Bier. Es stank wie in einer Kneipe.

»Lange Nacht gehabt?«, fragte er und zeigte seinen Dienstausweis.

»Erster Hauptkommissar Bremer, Kripo Münster«, stellte sich sein Vorgesetzter vor, ohne auch nur den Hut abzunehmen. »Das ist Oberkommissar Bertram.«

»Kommen Sie rein!«, knurrte Lisa Körkemann mit heiserer Stimme und drückte die Tür weit auf. »Mama hat uns berichtet, dass Sie gestern Abend schon hier waren. Es geht um Peter, oder?«

»Sie wissen, was passiert ist?« Bertram betrachtete neugierig die junge Frau, die in Shorts und T-Shirt vor ihnen stand und offensichtlich gerade erst aus dem Bett gekrochen war. Dafür sprachen auch die kurzen blondierten Haare, die in alle Richtungen abstanden, und die Schlaffalten in ihrem Gesicht. Ein äußerst hübsches Gesicht, wie Bertram fand, auch wenn oder gerade weil es nicht betont weiblich war. Ein Rotzgören-Gesicht, was durch ihren derangierten Zustand noch verstärkt wurde.

»Schreckliche Sache! Mama hat uns davon erzählt«, antwortete sie und ging in die Küche, wo ein junger Mann mit Kaffeetasse in der einen Hand und Zigarette in der anderen am Tisch saß.

Er begrüßte sie mit einem lässigen Kopfnicken und sagte: »Humphrey Bogart, nehme ich an?« Eine Anspielung auf Bremers beigefarbenen Trenchcoat und den breitkrempigen Borsalino.

»Und Sie sind?«, fragte Bremer.

»Das ist Johannes, mein Freund«, antwortete Lisa Körkemann anstelle des jungen Mannes und ging zur Anrichte. »Wollen Sie auch Kaffee?«

Bremer schüttelte den Kopf, doch Bertram sagte: »Danke, gerne. Mit Milch und Zucker, bitte!« Auch eine Sache, die er in den letzten Jahren von Tenbrink gelernt hatte: niemals einen Kaffee, einen Tee, ein Bier oder - wenn's sein musste - einen Schnaps ablehnen. Schließlich war dies das Münsterland. Essen und Trinken dienten nicht nur der Nahrungsaufnahme, sondern galten als eine Art nonverbale Kommunikation. Wer nicht mittrank oder mitaß, konnte nicht mitreden.

»Johannes Große-Daltrup?« Bremer stellte sich vor die Spüle. Weit weg vom Tisch, vermutlich wegen des Zigarettenqualms. Den Hut behielt er auf dem Kopf.

»Sie haben sich erkundigt?« Große-Daltrup zog überrascht die Augenbrauen hoch. Auch er sah etwas übermüdet aus, wirkte aber viel frischer als seine Freundin und trug bereits Jeans und Kapuzenpulli.

»Wir ermitteln in einem möglichen Mordfall«, erklärte Bertram, setzte sich ihm gegenüber an den Tisch und nahm von Lisa Körkemann die gefüllte Kaffeetasse entgegen. »Natürlich haben wir uns erkundigt.«

»Verstehe.« Große-Daltrup stieß verächtlich den Zigarettenrauch durch die Nase aus. »Und natürlich sind wir jetzt die Hauptverdächtigen.«

»Johnny, reg dich ab!«, blaffte Lisa Körkemann ihn an, nahm ihm die Zigarette aus den Fingern und zog selbst daran. »Die machen auch nur ihren Job.« Sie setzte sich ans Kopfende des Tisches, nippte an ihrem Kaffee und legte ihre Beine über die Oberschenkel des Freundes.

»Willst du dir nicht mal was anziehen?«, fragte der und nahm ihr die Zigarette wieder ab.

»Ich *bin* angezogen!«, konterte sie und wandte sich dann an Bertram: »Oder stört es Sie?«

Bertram zuckte mit den Schultern und nahm einen Schluck Kaffee. Sofort entglitten ihm die Gesichtszüge, und seine Eingeweide krampften sich zusammen.

»Der ist zum Wachmachen«, sagte Lisa Körkemann und lachte heiser. »Nicht zum Kaffeeklatsch.«

»Der Tod Ihres Ex-Freundes scheint Ihnen wenig auszumachen.« Bremers Stimme klang so schneidend wie eine Sense. »Dabei haben Sie und Gausling hier zusammen gewohnt. Über zwei Jahre, wie Ihre Mutter uns gestern mitteilte. Geht Ihnen das gar nicht nahe?«

»Natürlich macht mir Peters Tod was aus«, antwortete sie kleinlaut in ihre Tasse. »Ich finde es ganz schrecklich, was mit ihm passiert ist. Entsetzlich! So was wünscht man schließlich keinem.«

»Aber?«, fragte Bertram.

»Peter war ein Psycho«, mischte sich Große-Daltrup ein und drückte seine Zigarette aus, als wollte er den Aschenbecher demolieren. »Ein verdammter Irrer!«

»Und wieso?«, wollte Bremer wissen.

Große-Daltrup setzte zu einer Antwort an, doch Lisa Körkemann hielt ihn mit einer Handbewegung zurück und sagte: »Peter ist nie darüber hinweggekommen, dass ich Schluss gemacht habe. Er wollte es einfach nicht akzeptieren. Ich musste ihm seine Sachen regelrecht vor die Tür stellen, damit er es kapiert.«

Bertram dachte an die immer noch gepackten Umzugskartons in Gauslings Wohnung. »Ich nehme an, der Grund für die Trennung sitzt hier am Tisch?«, fragte er und goss noch etwas Milch in seinen Kaffee. Auch wenn er nicht die Absicht hatte, einen zweiten Schluck zu nehmen.

»Was dagegen?«, maulte Große-Daltrup und richtete seine Gelfrisur, die Bertram an die modische Haarpracht heutiger Fußballstars erinnerte: hinten und an der Seite rasiert, oben mit Tolle.

»Wieso war Gausling ein Irrer?«, wiederholte Bremer seine Frage.

»Peter war schon immer extrem eifersüchtig und launisch«, antwortete Lisa Körkemann. »Er war eben sehr impulsiv und jähzornig. Ständig hat er befürchtet, ich könnte mich mit anderen Kerlen vergnügen, und ist dann fürchterlich ausgeflippt.«

»Ohne Grund?« Bertram schielte zu Große-Daltrup.

Lisa Körkemann zuckte mit den Schultern. »Nach der Sache mit Johannes und unserer Trennung wurde es immer schlimmer …«

»Gestalkt hat er sie!«, rief Große-Daltrup und ließ sich diesmal nicht durch seine Freundin zurückhalten. »Er ist hier ums Haus herumgeschlichen und hat uns durchs Fenster beobachtet; auch auf der Arbeit hat er Lisa belästigt, ständig angerufen und gesimst. Mehrmals hat er ihr nachts unterwegs aufgelauert und sie entweder bedroht oder angebettelt. Von einem Extrem ins andere. Wie ein Geisteskranker. Der totale Psycho-Terror!«

»Haben Sie das Stalking der Polizei gemeldet?«, fragte Bremer.

»Nein«, antwortete sie und nahm die Beine von Große-Daltrups Schenkel. »Das hätte ich vielleicht tun sollen, aber ich dachte, er kriegt sich mit der Zeit schon wieder ein.«

»Hat er aber nicht?«

»Es wurde immer heftiger«, erzählte Große-Daltrup. »Der hatte sich überhaupt nicht mehr unter Kontrolle. Mal hat er angekündigt, dass er sich vor den Zug wirft, direkt vor ihrem Haus, und dann wieder hat er gedroht, dass er uns fertigmacht und wir keine ruhige Minute mehr haben werden. Zwischendurch hat er sogar versucht, sie mit einer Reise zu ködern. So ›ne verdammte Kreuzfahrt.«

»Nach Norwegen«, ergänzte Lisa Körkemann. »Mit dem Postschiff bis ans Nordkap. Das hatten wir immer vorgehabt, aber nie gemacht, weil's zu teuer war.«

»Und weil sie gesagt hat, dass er sich seine Reise sonst wo hinschieben kann, hat er ihr auf offener Straße eine gelangt.«

»Er hat Sie geschlagen, Frau Körkemann?«, entfuhr es Bremer, der nun doch seinen Hut abnahm, als wollte er damit sein Mitgefühl bekunden.

»Es war halb so wild«, meinte sie und schaute ihren Freund vorwurfsvoll an. »Nur eine Ohrfeige. Hab schon Schlimmeres erlebt.«

»Er hat Sie geschlagen«, konstatierte Bremer.

»Ich sag ja, ein Psycho!«, ereiferte sich Große-Daltrup und zündete sich eine weitere Zigarette an. »Vor allem, wenn er ›ne Line genommen oder was geschluckt hatte.«

»Johnny!«, rief Lisa Körkemann.

»Herr Gausling nahm Drogen?«, fragte Bertram.

»Nichts Dramatisches.« Lisa Körkemann schoss mit ihren Augen Giftpfeile in Richtung ihres Freundes ab. »Nur Speed und manchmal etwas Koks. Auch wegen der Nachtschichten im Heim. Der Job war halt ziemlich stressig.«

»Ja, klar!«, höhnte Große-Daltrup und machte eine abfällige Handbewegung. »Von wegen ›impulsiv und jähzornig‹! Wenn der auf Pep war, ist der richtig heißgelaufen. Wie so ›n verdammtes HB-Männchen!«

»Und deshalb sind Sie vorgestern zu ihm ins Altenheim gegangen und haben ihm gedroht, ihn fertigzumachen, wenn er mit dem Mist nicht aufhört.« Bertram schaute zu Lisa Körkemann, um deren Reaktion nicht zu verpassen.

Sie war offensichtlich überrascht und wandte sich abrupt zu ihrem Freund um.

»Wer behauptet das?«, brummte Große-Daltrup, klang aber nun merklich defensiver und tippte mehrmals an seiner Zigarette, obwohl es noch gar keine Asche gab, die herunterfallen konnte.

»Die Nachbarn behaupten das.« Bremer legte den Hut auf die Spüle und zückte sein Notizbuch. »Laut genug waren Sie ja. Ich zitiere: ›Ich schneid dir deinen Schwanz ab und stopf dir damit das Maul, damit endlich Schluss ist!‹ Wollen Sie etwa bestreiten, das gesagt zu haben?«

Johannes Große-Daltrup zögerte kurz, schaute seine Freundin an und beteuerte dann: »Den Schwanz abschneiden, ja. Aber doch nicht den Schädel einschlagen! Er sollte nur mit dem Scheiß aufhören.«

»Der Scheiß hört ja nun auf«, merkte Bertram an.

»Das können Sie mir nicht anhängen!« Große-Daltrup schüttelte aufgeregt den Kopf, als wollte er sich selbst davon überzeugen.

»Ich hab dir doch erklärt, du sollst dich nicht einmischen und ihn in Ruhe lassen«, sagte Lisa Körkemann leise, aber bestimmt. »Den Schwanz abschneiden! Du hast sie ja wohl nicht mehr alle«, setzte sie hinzu, während sie sich gleichzeitig mit einem Augenrollen an Bertram wandte: »Männer!«

Bertram grinste und schwieg.

»Wo waren Sie gestern Nachmittag und Abend?«, fragte Bremer, nachdem er sich laut geräuspert hatte.

»Im Laden.« Lisa Körkemann schlug die Beine übereinander, sodass ihr nackter Fuß beinahe Bertrams Knie berührte. »Ich arbeite in einer Buchhandlung in der Fußgängerzone. Johnny hat mich um sieben dort abgeholt, dann sind wir nach Essen gefahren. Den Rest des Abends waren wir in der Zeche Carl und später noch im Anyway in der Berliner Straße.«

»Und Sie?«, wandte sich Bertram an Große-Daltrup und schob seinen Stuhl etwas zurück.

»Hat Lisa doch gerade gesagt. Wir waren in Essen.«

»Vorher!«

»Bis zwei hab ich gearbeitet. Danach war ich in meiner Wohnung. Hab ein wenig für die Nacht vorgeschlafen.«

»Wo wohnen Sie?«, wollte Bremer wissen.

»In Oldenhook. In einer Einliegerwohnung im Haus meiner Eltern.«

»Irgendwelche Zeugen für Ihren Mittagsschlaf?«, fragte Bertram.

Große-Daltrup überhörte die Zweideutigkeit oder bemerkte sie nicht und schüttelte den Kopf. Dann aber stutzte er und antwortete: »Ein Zeuge in dem Sinne ist das nicht … aber Peter hat mich auf dem Handy angerufen.«

»Wann war das?«

»So gegen drei. Ich hatte mich gerade hingelegt.«

»Was wollte er?«

»Keine Ahnung. Mich beleidigen, wahrscheinlich. Es war schließlich nicht das erste Mal, dass er angerufen hat, um mich zu beschimpfen.«

»Und?«

»Ich hab aufgelegt, was sonst?«

»Also kein Alibi?«, folgerte Bremer.

»Johnny hat ihn nicht ermordet«, versicherte Lisa Körkemann und legte wie beiläufig ihre Hand auf Bertrams Unterarm.

»Vielleicht nicht absichtlich.« Bertram zog ebenso beiläufig seinen Arm weg. »Ein Streit kann schnell mal ausarten, auch wenn man das gar nicht will. Vor allem, wenn jemand so impulsiv und jähzornig ist wie Peter Gausling.«

»Merkst du, was die vorhaben?« Große-Daltrup verschränkte die Arme vor der Brust. »Egal, was wir sagen, sie drehen uns das Wort im Mund herum. Typisch Bullen! Immer auf der Suche nach ›nem Sündenbock. Und deshalb sag ich jetzt gar nichts mehr.«

Lisa Körkemann nickte zustimmend, stand plötzlich auf und ging an Bremer vorbei zur Tür, als wollte sie ihnen den Weg weisen.

»Eine letzte Frage noch«, sagte Bertram, während er sich ebenfalls erhob. »Große-Daltrup? Ist das eigentlich ein bäuerlicher Name?«

Johannes Große-Daltrup schaute irritiert.

»Kommen Sie von einem Bauernhof?«, präzisierte Bertram seine Frage.

»Sie stammen nicht von hier, oder? Ich meine, nicht aus dem Münsterland.« Große-Daltrup schüttelte missfällig den Kopf und drückte die halb gerauchte Zigarette im Aschenbecher aus. »Alle münsterländischen Namen sind eigentlich bäuerliche Namen. Große-Irgendwas, Lütke-Sowieso, Schulze-Blablabla. Was glauben Sie, warum fast alle Namen auf -kamp, -felde, -brink oder -kötter enden? Das sind alles alte Flur- oder Hofnamen. Die haben heute überhaupt nichts mehr zu bedeuten.«

»Sie kommen also *nicht* vom Bauernhof?«, folgerte Bertram und schmunzelte. Offenbar hatte Große-Daltrup die Frage nach seinem Nachnamen nicht zum ersten Mal gehört. Seine knappe, aber flammende Rede über münsterländische Nachnamen hatte er jedenfalls schon öfter gehalten.

»Mit einem Bauernhof kann ich nicht dienen. Tut mir leid. Meine Eltern haben einen Landmaschinenhandel. Dort arbeite ich seit einigen Jahren im Büro.« Mit grimmigem Sarkasmus fügte er hinzu: »Ich dachte, Sie haben sich erkundigt!«

»Das haben wir«, sagte Bertram und ging mit Bremer aus der Wohnung. »Danke für den Kaffee.«

»Immer gerne.« Lisa Körkemann berührte ihn von hinten an der Schulter, wobei sie leicht mit ihrer Hand über seinen Rücken fuhr.

Bertram widerstand dem Impuls, sich umzudrehen, und atmete erleichtert auf, als er die Wohnungstür ins Schloss fallen hörte.

»Was sollte denn der Quatsch mit dem Namen?«, fragte Bremer, als sie wenig später auf der Straße standen.

»Nur so ein Gedanke«, antwortete Bertram ausweichend.

Bremers genervtes Schnaufen war ihm Belohnung genug.

7

Bertram hatte ein Problem mit Frauen. Oder besser gesagt, er hatte eben *keine* Probleme mit Frauen, und genau darin bestand das eigentliche Übel. Situationen wie die am Vormittag in Altwick waren ihm nicht fremd, doch nicht immer war es so leicht wie bei der allzu offensichtlich flirtenden Lisa Körkemann, den kleinen Zutraulichkeiten, heimlichen Blicken oder auch plumpen Annäherungsversuchen zu widerstehen. Viele Frauen standen auf Bertram und ließen das mitunter recht offen durchblicken, wenn sie sich in seiner Gegenwart an vielsagenden Augenaufschlägen übten, vermeintlich zufälligen Körperkontakt suchten oder verbale Zweideutigkeiten von sich gaben, die eigentlich nicht misszuverstehen waren. Dies taten sie manchmal selbst dann, wenn ihre Ehemänner oder Freunde direkt daneben saßen, die gleichwohl nichts davon mitbekamen. Bertram sah gut aus, das wusste er sehr wohl, und er hatte einen durchtrainierten Körper. Aber das allein war nicht die Ursache für seine Wirkung auf das andere Geschlecht. Manchmal glaubte Bertram, dass vor allem sein Beruf als Polizist und Kriminalkommissar die Frauen dazu brachte, bei seinem Anblick ein erotisches Prickeln zu verspüren. Der Bulle als vermeintlich verbotene und deshalb verlockende Frucht, die man sich niemals für die Ehe oder das Kinderkriegen, wohl aber fürs Bett und Vergnügen wünschte.

Bertram war ein gleich mehrfach gebranntes Kind. Die Liebe zu einer Frau hatte ihn einst den Job als Drogenfahnder in Magdeburg gekostet und dazu geführt, dass er anschließend im entlegenen Münsterland gestrandet war. Und die Affäre mit einer anderen Frau machte nun auch hier sein berufliches wie privates Leben zu einem riskanten Drahtseilakt. Dass ihm zudem diese Frau in genau diesem Augenblick bei der Besprechung der frisch zusammengestellten Mordkommission direkt gegenüber saß und unmerklich zuzwinkerte, bereitete ihm mehr als nur ein leichtes Unbehagen. Als Oberstaatsanwältin nahm Martina Derksen normalerweise nicht an den täglichen Besprechungen teil, sondern ließ sich durch den Leiter des Kommissariats auf den neuesten Stand bringen. Doch weil am Nachmittag eine Pressekonferenz anstand, wollte sie die Gelegenheit nutzen, um sich »aus erster Hand zu informieren«, wie sie mit charmantem Lächeln zu Beginn der Zusammenkunft erklärt hatte.

Martina war Bertrams Vorgesetzte, und sie besaß Weisungsbefugnis über das gesamte Ermittlerteam, doch auch in seinem Privatleben schien sie immer mehr die Kontrolle übernehmen zu wollen und Ansprüche an ihn zu stellen, die er nicht erfüllen konnte oder wollte. War ihre Affäre anfangs ein nur sporadisches, aber durchaus aufregendes Abenteuer gewesen, so hatte sich daraus mit den Monaten eine belastende und mittlerweile auch lästige Angelegenheit entwickelt, die ihm kaum noch Freude oder Befriedigung brachte. Immer häufiger ertappte er sich dabei, nach Ausreden zu suchen, um einem Date mit Martina aus dem Weg zu gehen. Natürlich hätte er das Ganze einfach beenden können, doch das war kein Kinderspiel. Schließlich war Martina seine Chefin, und das würde sie auch nach dem Ende ihrer Beziehung bleiben.

Bertram musste an das denken, was Tenbrink über die erotische Anziehungskraft von Chefs gesagt hatte, und kam zu dem Schluss, dass der alte Brummbär vermutlich recht hatte. Ja, die Tatsache, dass Martina seine Vorgesetzte war, hatte für Bertram anfangs einen wesentlichen Teil des Vergnügens und der Herausforderung ausgemacht. Das Vergnügen gehörte inzwischen der Vergangenheit an, geblieben war die Herausforderung.

»Maik?«, fragte Bremer und zwirbelte die Enden seines Schnurrbarts.

Bertram schreckte aus seinen Gedanken hoch. Ein wenig verwirrt blickte er in die Runde und merkte, dass alle ihn anstarrten.

»Ja?«

»Die Obduktion«, half ihm Heide, die direkt neben ihm saß, flüsternd auf die Sprünge. »Die Ergebnisse aus der Prosektur.«

»Natürlich.« Bertram räusperte sich. »Dr. Kemper hat die bereits vermutete Todesursache bestätigt: ein arterielles Epiduralhämatom. Er konnte den Tatzeitpunkt inzwischen anhand des Ausmaßes der Hirnblutung genauer bestimmen. Demnach wurde Peter Gausling am Freitag vermutlich zwischen siebzehn und neunzehn Uhr mit einem stumpfen Gegenstand niedergeschlagen. Da sich winzige Holzpartikel in der Wunde befanden, kann man von einem hölzernen Tatwerkzeug ausgehen. Nicht scharfkantig oder spitz, sondern abgerundet. Ein runder Stock, ein Stuhlbein, der Griff eines Hammers oder einer Axt. So was in der Art.«

»Keine sonstigen Verletzungen?«, fragte Bremer, obwohl er die Antwort bereits von der gestrigen äußeren Leichenschau kannte.

»Nein. Keine weiteren Hämatome, keine Abschürfungen oder Wunden. Nichts dergleichen. Es hat keinen Kampf gegeben, sondern einen einzelnen Schlag.«

»Volltreffer«, sagte Reinhard Gehling und wurde schlagartig rot, als Bremer ihn missbilligend anschaute. Gehling hatte erst vor Kurzem seine Ausbildung beendet und war vom Kommissaranwärter zum Kriminalkommissar auf Probe aufgestiegen. Er gehörte inzwischen zum festen Team des KK11.

»Womöglich ohne Tötungsabsicht«, meinte Bernd Hölscher, der Aktenführer der Mordkommission. Wie üblich hatte er seinen gepolsterten Chefsessel in den Besprechungsraum herübergerollt, weil sein voluminöser Körper auf den fragilen Freischwingern kaum Platz gefunden hätte. »Bei einer vorsätzlichen Tötung hätte der Täter vermutlich mehrmals zugeschlagen, um sicherzugehen, dass Gausling tot ist.«

»Oder der Schlag wurde so heftig und gezielt ausgeführt, dass der Täter vom sofortigen Tod des Opfers überzeugt gewesen ist«, gab Heide zu bedenken. »Vielleicht hat er nicht damit gerechnet, dass Gausling den Schlag überlebt haben könnte.«

»Für die Ermittlungen macht das zum jetzigen Zeitpunkt keinen Unterschied«, stellte Martina fest und zupfte an den Ärmeln ihres dunklen Hosenanzugs. »Einen Unfall oder Sturz können wir jedenfalls ausschließen.«

»Das macht durchaus einen Unterschied«, widersprach Bertram. »Eine eventuelle Tötungsabsicht ist schließlich nicht unwesentlich für das Tatmotiv. Und das Motiv ist entscheidend bei der Tätersuche.«

»Das ist mir durchaus bekannt«, antwortete Martina und verdrehte die Augen. »Sie wissen, was ich meine, Herr Bertram.« Und ihr Blick sagte: *Komm du mir nach Hause, Bursche!*

Natürlich wusste Bertram, was sie gemeint hatte, denn sie war schließlich keine Anfängerin, dennoch konnte er sich eine weitere Spitze nicht verkneifen: »Voreilige Schlüsse sind in diesem Stadium …«

»Danke, Maik!«, unterbrach ihn Bremer und verdrehte nun ebenfalls die Augen. Allerdings in Richtung der Oberstaatsanwältin: als Entschuldigung für den jüngeren, allzu forschen Kollegen gedacht. »Was hat Dr. Kemper zu den Drogen gesagt?«

Speichellecker, dachte Bertram. »Die Untersuchung der Haarprobe steht noch aus. Aber beim Urinschnelltest konnte Amphetamin nachgewiesen werden. Die Aussage von Große-Daltrup war also korrekt: Peter Gausling hat Speed genommen. Für die genaue Menge und den möglichen Konsum von Kokain müssen wir die Ergebnisse der Haaruntersuchung abwarten. Straffällig oder aktenkundig ist Gausling in Bezug auf BTM jedenfalls nicht geworden. In unseren Unterlagen finden sich nur ein paar Bußgeldverfahren wegen überhöhter Geschwindigkeit.«

»Apropos Autofahren«, sagte Bremer und wandte sich an Hölscher: »Was ist mit Gauslings Wagen?«

»Ein BMW, 3er-Coupé.« Hölscher wippte in seinem Ledersessel vor und zurück. »Der Wagen stand in unmittelbarer Nähe des Stadtparks, auf dem Parkplatz des Fußballstadions. Er ist bereits bei den Kollegen der Kriminaltechnik, aber nach erstem Anschein deutet nichts darauf hin, dass der Geschädigte in dem Auto niedergeschlagen wurde. Keine unmittelbar sichtbaren Blutspuren oder Hinweise auf einen Kampf. Gauslings Jacke, sein Handy und die Ausweispapiere wurden ebenfalls nicht gefunden.«

»Das Handy lässt sich vermutlich nicht orten, oder?«, fragte Martina.

»Offenbar ausgeschaltet«, bestätigte Hölscher und nickte. »Der Mobilfunkbetreiber ist bereits informiert und wird die Verbindungsdaten und die Position der zuletzt benutzten Mobilfunkzelle übermitteln. Das kann am Wochenende aber dauern.«

»Der Tatort muss also in der Nähe des Stadtparks sein«, folgerte Bertram.

»Oder Gausling ist mit eingeschlagenem Schädel noch Auto gefahren«, gab Heide zu bedenken. »Ist nicht auszuschließen.«

»Dann werden die Kollegen von der KT Blutspuren im Wagen finden«, folgerte Bremer und fügte mit Blick auf Bertram hinzu: »Falls das nicht der Fall ist, hast du wahrscheinlich recht, Maik. Er muss seinem Mörder in der Nähe des Parks begegnet sein, und vermutlich befindet sich am Tatort auch seine Jacke.«

»Falls der Mörder sie nicht mitgenommen hat«, sagte Heide. »Wir haben das Gelände rund um den Park weiträumig abgesucht und nichts gefunden.«

»Es ist nicht gesagt, dass er im Freien niedergeschlagen wurde«, wandte Bertram ein. »Der Tatort könnte auch in einem der Häuser in der Baumsiedlung sein. Oder ganz woanders.«

»Was ist mit dem Laptop und den Umzugskartons?«, wollte Bremer von Gehling wissen, dessen Kopf immer noch eine leicht rötliche Färbung aufwies.

»In den Kisten ist vor allem Kleidung. Außerdem einige Bücher und ein paar alte Fotoalben. Auf den ersten Blick der übliche Umzugskram. Ist alles bei den Kollegen der Kriminaltechnik, genauso wie der Laptop.« Gehling kramte in seinen Unterlagen. »Vorher habe ich mir aber schon mal den Browserverlauf und die E-Mails auf dem Rechner angeschaut. Im Internet war Gausling zuletzt auf der Homepage des Oldenhooker Heimatvereins und auf einigen genealogischen Seiten unterwegs. Er hat auch danach gegoogelt.«

»Gene*was*?«, fragte Hölscher.

»Genealogie«, antwortete Gehling.

»Ahnenforschung«, rutschte es Bertram heraus.

»Er hat sich offenbar für Stammbäume und die Geschichte des Dorfes Oldenhook interessiert«, bestätigte Gehling. »Vielleicht wollte er wissen, wer seine Vorfahren waren und woher sie stammten. Viele dieser Datenbanken sind inzwischen online einsehbar.«

»Ein Ahnenforscher?«, wunderte sich Bremer. »Ist das nicht eher ein Hobby für Pensionäre und Rentner? Mit Mitte zwanzig interessiert man sich doch nicht für Stammbäume, oder?«

Allgemeines Achselzucken war die Antwort.

»Und die E-Mails?«, fragte Martina und schaute auf ihre Armbanduhr.

»Hauptsächlich berufliche Nachrichten oder irgendwelche Newsletter. Vermutlich hat Gausling privat vor allem über sein Smartphone kommuniziert. Allerdings habe ich drei interessante Mails gefunden.« Gehling machte eine wichtigtuerische Pause und schien auf eine Nachfrage zu warten, die aber ausblieb, weil die Kollegen seine Vorliebe für rhetorische Pausen kannten. Etwas enttäuscht fuhr er fort: »Eine der Mails stammt von Johannes Große-Daltrup. Darin beschimpft er Gausling und droht damit, ihn fertigzumachen, wenn er nicht endlich aufhört, Lisa Körkemann nachzustellen.«

»Keine Neuigkeit«, bemerkte Bertram achselzuckend. »Dass er Gausling gedroht hat, streitet Große-Daltrup gar nicht ab. Allerdings hatte er es eher auf dessen Gemächt und weniger auf seinen Schädel abgesehen.«

»Gemächt?«, sagte Heide, goss sich Kaffee ein und grinste. »Wo hast du denn das Wort ausgegraben?«

»Welches Wort wäre dir lieber?«, fragte Bertram und zwinkerte ihr zu. »Schniedelwutz? Pillermann? Piephahn?«

Heide lachte und verschüttete etwas Kaffee auf ihre Wildlederjacke, die sie auch im Büro nur selten auszog.

»Zur Sache bitte!«, ging Martina unwirsch dazwischen und bedachte Bertram mit einem Medusenblick. »Was ist mit den beiden anderen Mails, Herr Gehling?«

»Die kamen von Frau Lohmann, der Heimleiterin, und waren irgendwie … komisch.«

»Komisch komisch oder seltsam komisch?«, fragte Hölscher.

»Merkwürdig«, antwortete Gehling und schien nach den passenden Worten zu suchen. »Sie bietet ihm ihre Unterstützung und Hilfe an und betont, dass sie immer für ihn da ist, wenn er nicht weiter weiß oder jemanden zum Reden braucht. Gleich dreimal wiederholt sie, dass sie für ihn da ist. Jederzeit.«

»Sie hatten eine Affäre«, wiederholte Bremer seine Vermutung vom Vortag.

»Kann sein«, erwiderte Gehling, schien jedoch nicht wirklich überzeugt. »Aber irgendwie klang das nicht nach der Nachricht einer Geliebten. Eher wie das Geschwafel irgendeiner Kummertante im Fernsehen. Und warum schreibt sie ihm das in einer Mail? Ich meine, sie sehen sich beinahe jeden Tag auf der Arbeit, und wenn sie eine Affäre haben, sehen sie sich vermutlich auch nachts.« Er legte eine Pause ein und errötete abermals. »Das sagt man dem anderen doch von Angesicht zu Angesicht und schreibt es nicht in einer Mail.«

»Vielleicht *hätte* sie gern was mit ihm gehabt«, vermutete Bertram und widerstand dem Impuls, Martina dabei anzuschauen. »Und wenn sie schreibt: ›Ich bin für dich da‹, dann soll das eigentlich heißen: ›Warum willst du mich nicht?‹ Das würde auch erklären, warum sie ihm eine Wohnung im Seniorenheim überlassen hat. Damit er in ihrer Nähe ist. Falls er es sich anders überlegt.«

»Bisschen kompliziert, finde ich«, meinte Bremer und presste die Lippen aufeinander.

»Liebe ist nicht immer einfach«, antwortete Bertram und schaute nun doch zu Martina, die allerdings wie zufällig zur Seite blickte.

»Und weil Gausling nichts von seiner Chefin wollte, sondern lieber seine Ex stalkte, hat Frau Lohmann ihm den Schädel eingeschlagen?«, fragte Heide, die immer noch mit einem Taschentuch den Kaffee von ihrem Ärmel tupfte. »Klingt nicht nach den Waffen einer Frau.«

»Wir sollten zum jetzigen Zeitpunkt nichts ausschließen«, meinte Martina und schaute erneut auf die Uhr. »Gibt es eigentlich einen Herrn Lohmann?«

»Nein, sie ist unverheiratet«, antwortete Bremer. »Soweit wir wissen, gibt es auch keinen Freund oder Lebensgefährten. Jedenfalls wohnt sie allein.«

Martina nickte. »Was sagen Gauslings Arbeitskollegen?«

»Kolleg*innen*«, korrigierte Bertram. »Er war der einzige Mann im Team. Wir haben erst mit zwei von ihnen sprechen können, aber sie sagen wenig. Keine von denen scheint näher mit Gausling bekannt oder gar befreundet gewesen zu sein. Ein netter, zuverlässiger und hilfsbereiter Kollege, aber privat eher unzugänglich und verschlossen. Mit der Teamleiterin sprechen wir allerdings erst heute Nachmittag. Vielleicht kann die etwas mehr aus dem Nähkästchen plaudern. Auch über ihre Chefin.«

»Und was ist mit diesem Bruder aus Köln?«, fragte Martina.

»Ist auf dem Weg nach Oldenhook«, antwortete Bremer und zückte sein Notizbuch. »Wir treffen ihn nachher im Altenheim. Allerdings hat er am Telefon gesagt, dass er kaum noch Kontakt zu seinem Bruder hatte.«

»Vergessen Sie die Pressekonferenz nicht, Herr Bremer!«, entgegnete Martina. »Oder ist es Ihnen lieber, wenn mich ein Kollege begleitet?« Dabei richtete sie ihren Blick auf Bertram.

»Nein, nein«, versicherte Bremer. »Ich werde natürlich da sein.«

Anders als sein Vorgänger Tenbrink, der die Presse für unnützes Teufelszeug zu halten schien, hatte Bremer keinerlei Berührungsängste mit Mikrofonen und Kameras. Was Bertram in diesem Fall nur recht sein konnte.

»Dann fahren Heide und Maik nach Oldenhook«, fuhr Bremer fort und erhob sich. »Bernd und Reinhard, ihr kümmert euch um Gauslings Handyverbindungen und Bankdaten. Checkt auch die sozialen Medien, Facebook und so. Und fragt bei der Spurensicherung nach, ob die in Gauslings Wohnung noch was Interessantes gefunden haben!«

»Solange wir den Tatort nicht kennen, kommen wir nicht wirklich weiter«, merkte Martina an und stand nun ebenfalls auf. »Wir sollten die Kollegen in Altwick bitten, sämtliche Anwohner des Stadtparks und die Bewohner der Baumsiedlung zu befragen. Vielleicht hat jemand Gausling in der Nähe gesehen. Mit oder ohne Schädelfraktur.«

»Die Kollegen putzen bereits die Klinken«, sagte Heike, die schon an der Tür stand und mit den Beinen trippelte, als müsste sie dringend aufs Klo. »Ewerding, der stellvertretende Dienststellenleiter, kümmert sich darum.«

»Einen Moment noch!«, rief Bertram gegen die allgemeine Aufbruchsstimmung an und hob wie ein Schüler die Hand. »Was ist mit dem toten Bauern?« Er wandte sich an Hölscher, der als Einziger noch in seinem Sessel saß: »Hast du irgendetwas herausgefunden? Irgendwelche ungewöhnlichen Todesfälle in letzter Zeit?«

»Kommt drauf an, was du mit ›in letzter Zeit‹ und ›ungewöhnlich‹ meinst.« Hölscher starrte auf ein Klemmbrett, das er auf seinem Bauch abgelegt hatte.

»Natürlich sind in Altwick und Umgebung in den letzten Jahren Bauern gestorben. Landwirte gibt's da ja genug, wenn auch nicht mehr so viele wie früher. Ich hab mir die wenigen Todesfälle angeschaut, aber nichts Auffälliges oder Verdächtiges gefunden. Krankheiten, Autounfälle, Altersschwäche.« Er räusperte sich und setzte zögerlich hinzu: »Ich bin mir nicht sicher, wonach du eigentlich suchst, Maik.«

»Das weiß ich selbst nicht«, antwortete Bertram. »Schau doch noch mal nach, ob es bei den Todesfällen irgendwelche Verbindungen zu Peter Gausling gab. Nachbarn, Verwandte oder Bewohner des Altenheims, die von ihm gepflegt wurden. So was halt.«

»Das kannst du ja die Teamleiterin fragen, wenn du nachher in Oldenhook bist«, sagte Bremer und wies auffordernd zur Tür. »Aber versprich dir nicht zu viel davon! Du weißt ja, was Dr. Kemper gesagt hat. Mit so einer Hirnblutung redet man viel dummes Zeug.«

»Manchmal auch ohne Hirnblutung«, murmelte Bertram.

»Was?«

»Nichts.«

Statt mit Arno Bremer zur Tür zu marschieren, schritt Martina quer durch den Raum und warf irgendetwas in den Papierkorb am Fenster, nur um anschließend in einem Bogen an Bertrams Platz vorbei zum Ausgang gehen zu können.

»Heute Abend um neun«, flüsterte sie ihm ins Ohr und berührte mit dem Zeigefinger seinen Nacken. »Bei dir.«

»Ich weiß nicht, ob ich …«, antwortete Bertram, doch da war sie längst zur Tür hinaus. »Zeit habe«, beendete er dennoch den Satz. Obwohl er eigentlich *Lust* gemeint hatte.

8

Unwillkürlich hatte Bertram das Bild der Oberschwester Ratched aus dem Film »Einer flog über das Kuckucksnest« vor Augen. Dabei sah Marlies Kruthoff jener sadistischen Schwester überhaupt nicht ähnlich und war zudem mit ihren annähernd sechzig Jahren um einiges älter als die Filmfigur. Vermutlich lag es an der demonstrativen Kälte und Emotionslosigkeit, die von ihr wie ein aufdringliches Parfüm ausging. Ihre schneidende Stimme kühlte die Umgebung derart ab, dass man glaubte, ihren Atem in der frostigen Luft zu sehen. Wie in diesem alten Horrorfilm, dessen Titel Bertram gerade nicht einfiel.

Sie saßen im Begegnungscenter des Seniorenheims und schauten durchs Fenster auf eine großzügig angelegte Terrasse sowie eine parkähnliche Landschaft mit großen Rasenflächen, gestutzten Ziersträuchern und einzelnen ausladenden Eichen, die einst vermutlich zum Nonnenbusch gehört hatten. Anders als auf der Frontseite, die von zweckdienlichen Bauten, gepflasterten Parkplätzen und mit Schotter bedeckten Zufahrtswegen dominiert wurde, erinnerte die Rückseite des Hauptgebäudes tatsächlich an ein idyllisches Erholungsheim inmitten eines mondänen Parks. Der Begegnungsraum selbst hatte allerdings eher etwas von einer Schulcafeteria und war ungefähr so gemütlich wie ein Ikea-Restaurant. Korrekt, funktional, sauber, aber lieb- und leblos. Genauso wie Gauslings Teamleiterin und unmittelbare Vorgesetzte, die ihnen so aufrecht und stocksteif gegenübersaß, als hätte man sie an der Lehne ihres Stuhls festgebunden.

»Ich kann Ihnen wirklich nicht viel über Herrn Gausling sagen«, versicherte Marlies Kruthoff zum wiederholten Mal und unterstrich die Nutzlosigkeit dieser Unterhaltung, indem sie die Nase krauszog. »Über Privates oder Persönliches haben wir nie geredet.«

»Kann ich verstehen«, rutschte es Bertram heraus. Bevor die Teamleiterin etwas erwidern konnte, setzte er hinzu: »Frau Lohmann sagte gestern, Herr Gausling sei eher ein Einzelgänger gewesen. Stimmt das?«

»Nicht bei der Arbeit«, entgegnete Marlies Kruthoff schroff. »Wir arbeiten im Team. Da gibt es keine Einzelgänger. Teamfähigkeit ist eine Grundvoraussetzung für unsere Arbeit. Darauf lege ich großen Wert.«

»Und Herr Gausling war teamfähig.«

»Absolut.«

Heide unternahm einen zweiten Anlauf. »Wie kam er mit den Kolleginnen zurecht? Ich meine natürlich, während der Arbeit.«

»Gut.«

»Gut? Einfach so? Kein *aber*?«

»Nein.«

»Es gab nie Streit, Eifersucht, Konkurrenzkämpfe?«

»Nicht dass ich wüsste.«

»Aber die Arbeit ist doch bestimmt stressig«, hakte Heide nach. »Ich meine … die ständigen Nachtschichten und die Arbeit am Wochenende. Dazu die chronische Unterbesetzung beim Personal. So was laugt einen doch aus. Und die Bezahlung ist auch nicht die beste.«

»Wer sich zum Altenpfleger ausbilden lässt, weiß ja, worauf er sich einlässt«, antwortete die Teamleiterin und hob die Augenbrauen. »Und wir zahlen einen Haustarif, der über dem TVöD liegt.«

»An Peter Gausling ist Ihnen in der letzten Zeit nichts Ungewöhnliches aufgefallen?«, fragte Bertram, dem die Äußerung »wir zahlen« nicht entgangen war. »War er nervös, aufgeregt, gereizt?«

»Nein. Er war wie immer.«

Eher würden wir aus einer steinernen Sphinx etwas Hilfreiches herausholen, dachte Bertram, lehnte sich mit dem Stuhl nach hinten und schaute aus dem Fenster. »Von seinen Beziehungsproblemen haben Sie aber schon gewusst, oder?«, fragte er, ohne den Blick vom Rasen zu nehmen. »Als Teamleiterin bekommt man doch mit, was die Kollegen so treiben.«

"Über Privates habe ich …«

»Ja, schon gut«, unterbrach er sie und wäre beinahe hintenüber gefallen, als er ein älteres Paar über den Rasen schlendern sah. Die Frau mochte um die Achtzig sein, ging am Stock und war ihm unbekannt – im Unterschied zum Mann: Dort hinten spazierte tatsächlich Heinrich Tenbrink! Er hatte sich bei der alten Frau untergehakt und verschwand nun mit ihr hinter einer Hecke.

Tenbrink! Was machte der denn hier? Doch sofort fiel Bertram die Antwort ein: die Schwippschwägerin!

»Wollen Sie sonst noch was wissen?!«, knurrte Marlies Kruthoff, ließ den Satz aber nicht wie eine Frage, sondern wie eine Aufforderung klingen.

Heide schaute Bertram hilflos an und schüttelte den Kopf.

»Was mich noch interessieren würde …«, sagte Bertram, dem allmählich die Galle hochstieg und der deshalb als Nächstes einen Schuss ins Blaue abgab. »Hat es Sie nicht fürchterlich gewurmt, dass Peter Gausling von der Heimleitung so offensichtlich … protegiert wurde?«

«Protegiert?«

»Bevorzugt«, erklärte Bertram.

»Ich weiß, was ›protegiert‹ heißt!«, bellte sie zurück. »Wie kommen Sie darauf?«

»Es war doch ein offenes Geheimnis, dass Frau Lohmann …« Statt den Satz zu beenden, wedelte er bedeutungsvoll mit der rechten Hand.

«Auf Gerüchte gebe ich nicht viel.«

»Schlecht fürs Team?«

»Lachen Sie nur, junger Mann!«, ereiferte sich Marlies Kruthoff, obwohl Bertram gar nicht gelacht hatte. »Aber mit Alten, Kranken und Dementen zu arbeiten ist kein alberner Spaß. Das ist nicht lustig. Nachts sind wir hier manchmal mit zwei Pflegern für sechzig Personen zuständig. Hier sterben die Leute, wenn man nicht bei der Sache ist und Fehler macht. Wenn man sich nicht bedingungslos aufeinander verlassen kann. Und wenn man versucht, das Team zu sprengen.«

»Wurden denn Fehler gemacht?«, bohrte Bertram nach. »War Peter Gausling nicht bei der Sache? Und sind deshalb Leute gestorben?«

»Nein.«

»Sind Sie sicher?«

»Ja!«

»Aber es wurde versucht, das Team zu sprengen?«, fragte Heide.

Als Antwort schwieg Marlies Kruthoff.

»Durch wen?«, wollte Bertram wissen. »Durch die Heimleitung?«

»Wie gesagt …«, erwiderte die Teamleiterin und schaute zur Eingangstür, in der in diesem Moment Beate Lohmann erschien und ihnen ein Handzeichen gab. »Auf Gerüchte gebe ich nichts.«

»Gerüchte über Frau Lohmann und Peter Gausling?«, flüsterte Bertram ihr leise zu. »Gerüchte über ein Techtelmechtel?«

»Das haben *Sie* gesagt«, entgegnete Marlies Kruthoff, stand auf und verließ grußlos den Tisch. Und mit ihr die eisige Polarluft.

»Techtelmechtel?«, raunte Heide ihm zu und lachte ungläubig. »Ehrlich, Maik, du solltest dringend an deinem Wortschatz arbeiten.«

9

Herr Gausling warte bereits vor der Wohnung, hatte Beate Lohmann ihnen mitgeteilt, sie hinausbegleitet und seitdem den Mund nicht mehr geöffnet. Die heutige Kleidung der Heimleiterin unterschied sich auffallend von ihrer gestrigen Garderobe. Statt des türkisfarbenen Kostüms und des bunten Seidenschals trug sie nun einen schwarzen Rock, ein anthrazitfarbenes Rollkragenshirt und darüber eine Strickjacke mit schwarz-weißem Pepitamuster. Nicht im engeren Sinne eine Trauerkleidung, aber auf einer Beerdigung wäre sie mit diesem Outfit sicherlich nicht aufgefallen. Auch ihr Gesichtsausdruck erinnerte, trotz des Make-ups und der Botox-Maske, an leidende Friedhofsmienen.

Wie am Vorabend gingen sie auf dem Pastorenpättken durch den Nonnenbusch und kamen an der Kapelle vorbei, die bei Tageslicht bei Weitem nicht so verwunschen und aus der Zeit gefallen aussah.

»Wird die Kapelle eigentlich noch für Messen oder Andachten benutzt?«, fragte Bertram und glaubte, einen Schatten hinter der bunten Bleiverglasung erkennen zu können.

»Nein, schon lange nicht mehr«, erklärte Beate Lohmann nach einer Weile. Offensichtlich war sie in Gedanken ganz woanders gewesen. »Die Kapelle dient inzwischen als Bibliothek und Leseraum für die Heimbewohner und wird vom Oldenhooker Heimatverein als Archiv benutzt. Der Verein kümmert sich als Gegenleistung um die Instandhaltung des alten Gemäuers.«

»Wie praktisch«, fand Bertram, der die Frage nur gestellt hatte, um die Heimleiterin aus ihren Gedanken hervorzuholen. »War Peter Gausling eigentlich im Heimatverein aktiv?«

»Peter?« Sie schüttelte erstaunt den Kopf. »Nein. Das wäre mir neu. Wieso?«

»Nur so.« Bertram zuckte mit den Schultern. »Der Tod Ihres Angestellten scheint Sie sehr mitzunehmen.«

Beate Lohmann sah ihn erschrocken an. Nein, ertappt! Doch das dauerte nur wenige Sekunden, dann sagte sie möglichst beiläufig: »Es kommt schließlich nicht jeden Tag vor, dass ein Mitarbeiter ermordet wird. Natürlich nimmt einen das mit.«

»Sie haben offenbar große Stücke auf ihn gehalten«, bemerkte Heide und setzte mit einem Achselzucken hinzu: »Wie man so hört.«

Beate Lohmanns Blick wurde lauernd. Sie war auf der Hut und antwortete: »Herr Gausling war ein sehr talentierter junger Mann.«

»Talentiert?«, wunderte sich Bertram.

»Fähig«, betonte Beate Lohmann.

»Sie meinen, zu Höherem berufen?«

»Warum nicht? Ich hätte ihn mir eines Tages durchaus in der PDL vorstellen können.«

»PDL?«, fragten Bertram und Heide synchron.

»Pflegedienstleitung.«

»Das, was Frau Kruthoff derzeit ist?«, erkundigte sich Bertram.

»Frau Kruthoff leitet eine Pflegeeinheit. Die PDL ist übergeordnet und leitet den gesamten Pflegedienst der Einrichtung.«

»Quasi die Verbindung zwischen Heimleitung und Pflegedienst?«

Beate Lohmann nickte. »Im Moment übernimmt ein Team von Einheitsleitern diese Aufgaben, aber ich hatte überlegt, einen Einzelverantwortlichen für die PDL zu gewinnen. Das macht die Strukturen klarer.«

»Und Peter Gausling wäre ein Kandidat gewesen?«, fragte Heide.

Mit Mitte zwanzig, nach gerade einmal vier Jahren im Heim, setzte Bertram in Gedanken hinzu und bekam eine ungefähre Ahnung davon, was Marlies Kruthoff mit der Sprengung des Teams konkret gemeint hatte.

»Das hat sich ja nun erübrigt«, sagte die Heimleiterin, als sie das Haus Nummer 14 beinahe erreicht hatten, vor dem ein Mann im schwarzen Anzug auf sie wartete. »Brauchen Sie mich noch?«, setzte sie hinzu und wollte sich sogleich abwenden, ohne die Antwort abzuwarten.

Bertram fasste sie am Unterarm. »Wir haben die E-Mails gelesen, die Sie Herrn Gausling geschickt haben und in der Sie ihm Ihre Unterstützung und Hilfe anbieten.«

»Und?«

»Haben Sie sich um alle Ihre Angestellten so rührend gekümmert?«, hakte Heide mit unüberhörbar bissigem Unterton nach. »Oder war Herr Gausling auch in dieser Hinsicht eine Ausnahme?«

»Was wollen Sie damit andeuten?«

»Wir wollen gar nichts …«, begann Bertram, doch Heide fuhr ihm über den Mund.

«Hatten Sie eine Affäre mit Peter Gausling – ja oder nein?«, verlangte sie in einem energischen Tonfall zu wissen und stemmte die Hände in die Seiten. »Oder hätten Sie gerne eine gehabt?«

Beate Lohmann zuckte sichtlich zusammen und war zunächst sprachlos, ja regelrecht entgeistert. Dann rief sie wütend: »Wie kommen Sie darauf? Was erlauben Sie sich?!« Tränen sammelten sich in ihren Augenwinkeln. Sie biss sich auf die Lippen, machte auf dem Absatz kehrt und verschwand im Nonnenbusch.

»War das jetzt ein Ja oder ein Nein?«, fragte Heide.

»Weder noch.« Bertram schüttelte verwirrt den Kopf und schaute der Heimleiterin hinterher. Er musste an ihre gestrige Reaktion auf die Überbringung der Todesnachricht denken. Wieder hatte Beate Lohmann ihn überrascht.

»Entschuldigung!«, rief Peter Gauslings Bruder ungeduldig von der Haustür. »Ich hab hier noch einige Formalitäten zu erledigen und muss heute Abend wieder in Köln sein. Könnten Sie sich bitte etwas beeilen?«

»Sicher«, sagte Bertram und holte den Schlüssel aus der Jackentasche.

10

»Das nenn ich eine Überraschung!« Gertrud erhob sich schwerfällig aus dem Lehnsessel im Gemeinschaftsraum der Senioren-WG. »Dass du noch lebst, Heinrich!«

Tenbrink wusste nicht, ob das eine Anspielung auf seinen leidlich überstandenen Schädelbasisbruch sein sollte oder ein bissiger Hinweis darauf, dass er sie seit Jahren nicht besucht und in der Zeit auch nur sehr sporadisch angerufen hatte. Er räusperte sich, reichte ihr zur Begrüßung die Hand und sagte: »Unkraut vergeht nicht.«

»Was geht nicht?«

»Unkraut vergeht nicht!«, wiederholte er etwas lauter.

»Ja, gut, meinetwegen.«

Tenbrink schaute sie verwirrt an. Gertrud wies auffordernd mit dem Krückstock zur Verandatür.

»Was meinst du?« Tenbrink sah sich hilfesuchend nach einer Pflegerin um, doch sie waren allein in dem Raum, der an eine Wohnküche erinnerte und erstaunlich gemütlich wirkte.

»Rausgehen! Das wolltest du doch«, erklärte sie, stand gebückt über ihrem Krückstock und reichte ihm ihren Arm. »Bisschen frische Luft kann nicht schaden.«

Gertrud ist alt geworden, dachte Tenbrink. Nicht nur wegen ihrer Schwerhörigkeit und ihres unsicheren Gangs. Bei ihrem Eintritt ins Pflegeheim war sie eine geistig vitale und körperlich rüstige Mittsiebzigerin gewesen, inzwischen aber wirkte sie wie eine Greisin. Die knapp zwanzig Jahre Altersunterschied zwischen ihnen, die ihm früher nie so sehr aufgefallen waren, traten nun mehr als deutlich zum Vorschein.

»Du bist alt geworden, Heinrich«, stellte Gertrud fest, als sie auf die Veranda hinaustraten und über den frisch gemähten Rasen schauten, der sowohl die modernen Gebäude wie auch das alte Gemäuer der Heimverwaltung umgab.

»Findest du?«, wunderte sich Tenbrink.

»Hast ja kaum noch Haare auf'm Kopp«, antwortete Gertrud grinsend und tätschelte Tenbrinks Bauch. »Und eine ganz schöne Plauze hast du bekommen. Man merkt, dass Karin nicht mehr auf dich aufpasst.«

»Ja, das merkt man«, murmelte er und revidierte seine vorherige Einschätzung. Gertrud schien geistig offenbar immer noch auf der Höhe zu sein, nur ihr Körper war gealtert. Ihre Haut war dünn wie Pergament und vor allem im Gesicht und auf den Handrücken mit großen Altersflecken übersät.

»Frau Büning?«, rief in diesem Augenblick eine weibliche Stimme hinter ihnen. »Warten Sie einen Moment!« Eine Pflegerin im blauen Kittel erschien auf der Veranda und hielt zwei winzige Gegenstände in der Hand. »Sie haben Ihre Hörgeräte vergessen!«

Gertrud nickte dankbar und ließ sich von der Pflegerin die Hörhilfen in den Ohren befestigen. Es fiepte kurz, wie bei einer Rückkopplung, und dann sagte Gertrud: »Hab mich schon gewundert, dass es hier draußen so still ist. Sonst machen die Vögel nämlich einen Heidenlärm. Verdammte Viecher!« Sie drehte an einem Rädchen hinter ihrem linken Ohr, wieder fiepte es, dann setzte sie hinzu: »So! Dann können wir.«

»Sollen wir über den Rasen gehen?«, fragte Tenbrink und betrachtete skeptisch die Gehhilfe. »Oder ist das zu schwierig für dich?« Er erinnerte sich, dass Gertrud nach ihrem Schlaganfall eine Zeitlang halbseitig gelähmt gewesen war und anfangs sogar im Rollstuhl gesessen hatte.

»Ach, was! Die Beine sind wieder ganz in Ordnung«, antwortete sie und deutete mit dem Zeigefinger auf ihren Kopf. »Hier oben ist das Problem.«

»Dein Gedächtnis?«

»Nein, mein Gesicht«, erwiderte Gertrud und schüttelte die graublaue Dauerwelle. »Meine Fläppe hängt auf der einen Seite runter wie bei einer Bulldogge. Da machste nix mehr dran, sagen die Ärzte.«

»Ist mir gar nicht aufgefallen«, log Tenbrink und schmunzelte über ihre Ausdrucksweise. Dass Gertrud gebürtig aus dem Ruhrpott stammte, war auch nach all den Jahrzehnten im Münsterland unüberhörbar.

»Lügner!« Gertrud lachte rasselnd. »Und wie sieht's bei dir aus? Bist du wieder auf dem Damm? Hab in der Zeitung von deinem Unfall gelesen.«

»Es war kein Unfall.«

»Weiß ich doch. Hat man den Kerl eigentlich inzwischen zu fassen gekriegt?«

»Welchen Kerl?«

»Der dich niedergeschlagen hat.«

Tenbrink überlegte. Er wusste es nicht. Nicht einmal an den Namen des Mannes konnte er sich im Moment erinnern. Nur an einen Schuss aus einer Flinte. Aber der hatte ihm nicht den Schädel gebrochen. Er zuckte mit den Schultern.

»Mach dir nichts draus«, sagte Gertrud und tätschelte seine Hand. »Ich werd auch immer vergesslicher. Manchmal weiß ich meinen eigenen Namen nicht. Und ich hab nicht mal einen auf den Dez bekommen.«

Sie gingen eine Weile schweigend über den Rasen, passierten die Rückseite des backsteinernen Verwaltungsgebäudes, in dem sich früher einmal das Krankenhaus befunden hatte, und näherten sich dem Nonnenbusch auf der Ostseite des Geländes.

»Bist du eigentlich beruflich hier?«, fragte Gertrud plötzlich und blieb stehen, als wollte sie die Tulpen in dem Blumenbeet vor ihnen betrachten.

»Wie kommst du darauf?«

»Ich bin zwar alt, Heinrich, aber nicht doof!«, erwiderte sie und hob drohend den Zeigefinger. »Jahrelang lässt du dich nicht blicken, und kaum wird hier ein Pfleger umgebracht, stehst du bei mir auf der Matte.«

»Ich bin immer noch krankgeschrieben. Mit dem Fall hab ich nichts zu tun.«

»Mach mich nicht hellig!«, schimpfte sie ärgerlich, ging mit einem Ruck weiter und zog Tenbrink regelrecht hinter sich her. »Das kannst du einer anderen erzählen. Die Katze lässt das Mausen nicht.«

Tenbrink lächelte ertappt. »Kanntest du Peter Gausling? War er dein Pfleger?«

»Nein, der hat im Haus zwei gearbeitet. Hin und wieder hat er bei uns ausgeholfen, aber ›kennen‹ wär zu viel gesagt. ›Hallo‹ und ›Guten Tag‹; mehr haben wir nicht miteinander gesprochen. Das war eher so ›n Eigenbrötler. Ist ja auch nicht verwunderlich - als einziger Mann unter lauter Frauen.«

»Der Hahn im Korb?«, hakte Tenbrink nach und dachte an das, was Bertram über die Heimleiterin gesagt hatte.

»Ein hübscher Junge, aber auf mich hat er nicht gerade wie ein Frauenheld gewirkt. Eher etwas distanziert und in sich gekehrt.« Sie stutzte plötzlich, als wäre ihr etwas eingefallen, und schüttelte dann den Kopf.

»Was?«, fragte Tenbrink.

»Ingrid Holters hätte dir mehr über ihn erzählen können.«

»Wer ist das?«

»Die hat drüben hinterm Busch gewohnt, in einer von den betreuten Wohnungen.«

»Ja?« Er war ein wenig genervt, denn Gertrud schien Gefallen daran zu finden, sich jedes Wort einzeln aus dem Mund ziehen zu lassen. »Erzähl mir von ihr!«

»Ingrid hatte einen richtigen Narren an dem gefressen. Manchmal sind die beiden gemeinsam spazieren gegangen oder haben die Köppe zusammengesteckt, als wollten sie was aushecken. Dabei war Peter gar nicht fürs betreute Wohnen zuständig. Mir hat Ingrid mal erzählt, dass er sie an ihren verstorbenen Sohn erinnert.« Gertrud runzelte die Stirn und setzte nach einem langen Räuspern hinzu: »Der war psychisch labil und hat als junger Mann Selbstmord begangen. Ingrid hatte sonst niemanden. Keine Familie hier, obwohl sie sogar aus der Gegend kam.«

»Wo wohnt diese Frau Holters jetzt?«

»Auf dem Friedhof«, antwortete Gertrud und presste die Lippen zusammen, wodurch ihr Mund noch schiefer wirkte. »Sie ist von einem Auto angefahren worden und wenige Tage später im Krankenhaus gestorben.«

»Sie ist totgefahren worden?«

»Du nun wieder!« Gertrud schüttelte den Kopf. »Das war doch nicht absichtlich! Sie ist einer jungen Frau direkt vors Auto gelaufen, gleich hier vorm Haus. Die Arme hatte gerade erst den Führerschein gemacht und war vollkommen am Boden zerstört. Ist ja auch nicht schön, so was! Dabei konnte sie gar nichts dafür. Ingrid ist einfach so auf die Straße gelaufen.«

»Einfach so?«, murmelte Tenbrink nachdenklich. Er hatte die Erfahrung gemacht, dass selten etwas »einfach so« geschah, aber das behielt er lieber für sich. Laut fragte er: »Wie alt war diese Frau Holters denn?«

»Um die Siebzig.«

»War sie krank? Oder geistig verwirrt?«

»Nicht dass ich wüsste. Ich glaub auch nicht, dass die ’ne Pflegestufe oder eine Wohnberechtigung hatte. Die

Ingrid war noch gut beieinander und hat hier nur gewohnt, um nicht allein zu sein. Ihr hat es gefallen, immer unter Leuten zu sein.«

»Ganz schön kostspielig, oder? Die betreuten Wohnungen sind bestimmt nicht billig.«

Gertrud zuckte mit den Schultern. Plötzlich stützte sie sich mit beiden Händen auf dem Gehstock ab und schnaufte vernehmlich. Sie hatten inzwischen den Nonnenbusch erreicht; links führte ein schmaler Weg durch das Wäldchen, und rechter Hand ging es zurück zu den Hausgemeinschaften.

»Willst du wieder auf dein Zimmer?«, fragte Tenbrink besorgt. »Bist du müde?«

»Nein, geht schon«, antwortete sie und deutete mit einem Kopfnicken zu einer Kapelle, die im Schatten der Laubbäume stand. »Lass uns in die Bücherei gehen. Da können wir uns hinsetzen.«

»Das ist eine Bücherei?«, wunderte sich Tenbrink und betrachtete die bunten und von innen beleuchteten Bleiglasfenster.

»Offiziell nennen sie es Leseraum, aber man kann die Bücher auch ausleihen, wenn man sich in eine Liste einträgt. Es gibt sogar Hörbücher auf CD für diejenigen, die schlechte Augen haben. Hauptsächlich stehen da aber Bücher und Broschüren vom Oldenhooker Heimatverein.« Gertrud schnaufte abfällig, hielt Tenbrink den Arm hin und ließ sich zum Eingang geleiten. Als sie eintrat, bekreuzigte sie sich. Vermutlich aus Gewohnheit.

Das Innere der ehemaligen Kapelle bestand aus einem einzigen rechteckigen Raum, der durch mehrere Deckenfluter indirekt beleuchtet war und in dem nichts mehr auf die einstige Verwendung als Gotteshaus hinwies, sah man einmal von dem großen Holzkreuz über der Tür ab. Ringsum standen mannshohe Bücherregale an den Wänden. In einer Ecke befand sich ein Tischchen mit einer aufgeschlagenen Kladde, und in der Mitte des Raums waren drei gepolsterte Ohrensessel zu einer Art Sitzgruppe zusammengestellt. An jedem Sessel war eine Leselampe befestigt, und auf einem der Sitzmöbel hatte eine Frau Platz genommen, die inzwischen mit offenem Mund schlief und dabei laut schnarchte.

»Einige nennen die Kapelle scherzhaft auch Dormitorium«, berichtete Gertrud und ließ sich ächzend in einen der Sessel fallen. »Denn hier hat man seine Ruhe und wird nicht andauernd von den Pflegerinnen herumgescheucht. Wenn man mal ungestört die Augen zumachen will, gibt's keinen besseren Ort.«

Tenbrink schmunzelte, betrachtete den Inhalt der Bücherregale und stellte erstaunt fest, dass er von den meisten Titeln und Autorennamen noch nie gehört hatte. Bei den Büchern und Audiobooks handelte es sich zumeist um historische Schmöker, Regionalkrimis, erstaunlich viele Romane mit Katzen oder Hunden auf dem Cover sowie psychologische und medizinische Ratgeber. Offenbar Frauen- und Seniorenlektüre. Oder was die Heimleitung dafür hielt. Lediglich eines der Regale weckte Tenbrinks Interesse, weil es hauptsächlich mit großformatigen Bildbänden, in Leder gebundenen Folianten und diversen Heftsammlungen in Aktenordnern gefüllt war. »Aus alter Zeit«, las er auf einem der Ordner, »Oldenhooker Familienblatt« auf einem zweiten und »Westfälische Nachrichten/Münsterland-Zeitung« auf einem dritten.

»Das Regal ist vom Heimatverein«, erklärte Gertrud, legte den Krückstock quer über die Armlehnen und ihre Beine auf einen Hocker. »Das war Ingrids Reich.«

»Ingrid Holters?«, fragte Tenbrink erstaunt. »Die Frau, die vom Auto angefahren wurde?«

Gertrud nickte. »Ingrid war im Oldenhooker Heimatverein aktiv und hat hier das Archiv betreut. Na ja, was man so Archiv nennt.« Dabei deutete sie auf die Handvoll Ordner im Regal. »Aber die kannte sich gut aus in der hiesigen Heimatgeschichte und konnte immer ein paar lustige Dönekes von früher erzählen, vor allem über die Oldenhooker Bauern und Kirchenleute. Die hatten nämlich ganz schön was auf dem Kerbholz.«

»Wie meinst du das?«

»Na, du weißt schon. Schmuggeln, Schnapsbrennen, ›warmer Abriss‹, heimliche Pastorenkinder. So was eben. Ingrid hat solche Geschichten gesammelt, und einige davon sind auch in den Büchern vom Heimatverein erschienen.«

Tenbrink nickte und überflog die Titel der Bände im Regal. Schließlich nahm er ein voluminöses Buch heraus, auf dessen Cover das Wappen von Oldenhook abgebildet war und das »Oldenhook - Dorf im Venn« hieß. Er klappte es auf und las den Untertitel: »Geschichte und Geschichten. Erlebtes und Erzähltes.«

»Interessantes Hobby. Wenn man die Zeit dazu hat«, meinte er und durchsuchte das Inhaltsverzeichnis. Tatsächlich stieß er schon bald auf den Namen Ingrid Holters. Sie hatte zwei Texte zu dem Buch beigetragen. Der eine befasste sich mit bäuerlichen Bräuchen und Sitten, der andere hatte den plattdeutschen Titel: *»Ne Naober bi de Hand is bääter as ne Frönd up't Land.«*

»Wenn wir hier eines haben, dann Zeit«, antwortete Gertrud, unterdrückte ein Gähnen und lehnte sich zurück.

Bis sie dann plötzlich abgelaufen ist, dachte Tenbrink und stellte das Buch zurück ins Regal. Irgendein vager Gedanke tauchte in seinem Hinterstübchen auf, aber er konnte ihn nicht recht fassen. Es lag ihm auf der Zunge, wollte aber nicht raus. Ein alter Spruch, der dem plattdeutschen Titel aus dem Buch sehr ähnlich war, fiel ihm unwillkürlich ein: »Ein guter Nachbar ist besser als ein ferner Freund.« Aber diese Bauernweisheit war ihm nicht durch den Kopf gegangen. Es hing irgendwie mit dem toten Altenpfleger zusammen. Mit einer Bemerkung, die Bertram gestern Abend gemacht hatte. *»Ne Naober bi de Hand.«* Er kam nicht drauf. Bäuerliche Bräuche? Nein, das auch nicht. Es war wie verhext. Vielleicht hatte es ja keine Bedeutung. Es würde ihm schon wieder einfallen.

Erstaunt stellte er fest, dass er das Buch immer noch in der Hand hielt. Hatte er es nicht gerade erst ins Regal gestellt?

»Oh, je!«, entfuhr es Gertrud. »Ich glaub, ich bin eingeschlafen.«

»Waren ja nur ein paar Sekunden«, meinte Tenbrink und wandte sich zu ihr um. Irgendetwas hatte sich verändert; etwas in dem Raum war anders als zuvor. Doch es dauerte eine Weile, bis er dahinterkam: Der Sessel neben Gertrud war leer, die schnarchende Frau verschwunden. Tenbrink hatte nicht bemerkt, dass sie aufgewacht und den Leseraum verlassen hatte.

Gertrud hielt ihre Armbanduhr ganz dicht vor die Augen. »Fast ›ne halbe Stunde«, stellte sie fest und schob ungläubig die Unterlippe vor. »Ich hoffe, du hast dich nicht gelangweilt.«

»Eine halbe Stunde?«, rief Tenbrink und schüttelte den Kopf. »Das kann eigentlich nicht …« Für einen Moment war er fassungslos; dann setzte er hinzu: »Ich hab in den Büchern geblättert. Und nachgedacht.«

Gertrud streckte sich, nahm die Füße vom Hocker und erhob sich mühsam aus dem Sessel. »Wie geht's eigentlich Maria?«, erkundigte sie sich und griff nach ihrem Krückstock. »Ich hab lange nichts mehr von ihr gehört.«

»Maria?«

»Deine Tochter.«

»Ich weiß, wie meine Tochter heißt.«

»Und?«

»Was?«

»Wie geht's ihr?«, fragte Gertrud erneut und ging mit Tenbrink zur Tür. »Und den Kindern?«

»Wenn ich das wüsste«, entfuhr es ihm, bevor er darüber nachdenken konnte. »Maria meldet sich kaum noch, seitdem sie in Gladbeck wohnt. Auch in der Klinik hat sie mich in der ganzen Zeit nur zweimal besucht. Die Kinder habe ich seit ewigen Zeiten nicht gesehen.« Er zuckte mit den Achseln und hielt Gertrud die Tür auf. »Wir haben uns irgendwie aus den Augen verloren.«

»Willst du das mitnehmen?«, fragte Gertrud und trat ins Freie.

»Was?«

»Das Buch.«

Erst jetzt bemerkte Tenbrink, dass er die Dorfchronik immer noch in der Hand hielt. »Wenn ich darf«, sagte er und räusperte sich verlegen.

»Du nicht, aber ich«, erwiderte sie und deutete mit dem Krückstock zur Kapelle. »Schreib einfach meinen Namen in die Liste. Auf dem Tisch in der Ecke liegt ein Buch, in das man sich eintragen kann.«

Tenbrink ging zurück in den Leseraum, setzte sich an den kleinen Ecktisch und notierte Gertruds Namen, das heutige Datum und den Titel des Buches in die erste freie Zeile der Liste. Als er sich erhob, fiel sein Blick auf die vorherigen Eintragungen, und sofort war er wie elektrisiert. Nur sechs Zeilen über dem aktuellen Eintrag stieß er auf den Namen »Peter Gausling«. Auch der ermordete Pfleger hatte sich vor einiger Zeit ein Buch ausgeliehen. Es trug den etwas ungelenken Titel »Grundlegungen zu einer Pfarrgeschichte von Oldenhook«. Da in der Spalte »Rückgabe« kein Datum angegeben war, befand sich das Buch vermutlich noch in Gauslings Wohnung.

»Na, sieh einer an!« Tenbrink lächelte und freute sich bereits auf sein nächstes Treffen mit Bertram - dann aber mit einem guten münsterländischen Bier. Diese Entdeckung würde den Kollegen sicherlich interessieren. Tenbrink stand auf und verließ die Kapelle.

»Wahrscheinlich macht sie sich Vorwürfe«, mutmaßte Gertrud, als er sie wieder traf. »Deswegen meldet sie sich nicht.«

»Wer?«

»Maria.«

Es dauerte eine Weile, bis Tenbrink begriff, wovon sie sprach. »Wieso sollte sie sich Vorwürfe machen?«

»Weil sie nicht da war, um den Unfall zu verhindern.«

»Was hat denn Maria mit meinem Unfall zu tun?«, wunderte sich Tenbrink und rieb sich die plötzlich schmerzende Narbe an der Schläfe. »Außerdem war es kein Unfall. Ich wurde niedergeschlagen.«

»Ich red doch nicht von dir, sondern von Karin.«

Tenbrink verstand nicht. Er verstand überhaupt nichts. Der Schmerz breitete sich von der Schläfe bis zum Nacken aus. Wie ein Krampf. »Karin hatte Krebs«, murmelte er, als wäre dieser Satz ein Mantra. Es war das Einzige, dessen er sich noch sicher war.

»Aber daran ist sie ja nicht gestorben«, erwiderte Gertrud irritiert.

»Du glaubst, es war ein Unfall?«

»Du nicht?«, rief Gertrud sichtlich verwirrt. »Denkst du, sie ist absichtlich die Treppe hinuntergefallen? Glaubst du etwa, sie wollte sich umbringen?«

Der Schmerz fuhr ihm die Wirbelsäule hinunter und ließ ihn wanken. Die Treppe hinuntergefallen? Welche Treppe? Er holte tief Luft und schloss die Augen, und plötzlich sah er es wieder vor sich. Ein Bild, zu schrecklich, um es jemals zu vergessen. Und doch hatte er genau das getan. Das Bild aus seinem Hirn verbannt: Karin am Fuß der steinernen Treppe, der Kopf seltsam verdreht, die Augen geöffnet, aber der Blick leer, eine klaffende Wunde an der Stirn und ein rotes Rinnsal im Mundwinkel. So hatte er sie gefunden, als er spätabends vom Dienst gekommen war - der Körper noch warm, das Blut noch nicht geronnen. Sie war gerade erst gestürzt.

»Glaubst du das ernsthaft?«, wiederholte Gertrud ihre Frage.

»Nein, natürlich nicht.« Tenbrink musste sich an einen Baumstamm lehnen, um nicht zusammenzubrechen. »Sie hat sich nicht umgebracht.« Völlig unangebracht fing er an zu lachen, doch das Lachen blieb ihm im Hals stecken, und er kämpfte mit den Tränen. »Wenn man Selbstmord begehen will, stürzt man sich nicht die Treppe hinunter. Das ist viel zu unsicher. Wenn's dumm läuft, bricht man sich bloß was und stirbt trotzdem nicht.«

»Du nun wieder!«, rief Gertrud und sah ihn zugleich vorwurfsvoll und besorgt an. »Geht's dir nicht gut? Soll ich jemanden holen?«

Die Treppe! Wie war es möglich gewesen, dass er das vergessen hatte? Dissoziation, hatte der Arzt gesagt. Man streicht aus dem Kopf, was man nicht wahrhaben will. Was man nicht verkraften kann. Wie ausradiert! Als wäre es nie passiert.

»Aber warum sollte sich Maria Vorwürfe machen?«, wiederholte er seine Frage von vorhin. Diesmal jedoch hatte sie für ihn eine ganz andere Bedeutung.

»Weil sie nicht bei Karin geblieben ist, wie ihr es besprochen hattet«, antwortete Gertrud. Dann runzelte sie die Stirn und winkte einer Frau mit schwarz-weiß karierter Strickjacke zu, die auf dem Waldweg in ihre Richtung schritt. »Weil sie nicht gewartet hat, bis du wieder da warst, sondern vorher nach Hause gefahren ist, um nach den Kindern zu schauen. Und genau in der Zeit ist Karin aufgestanden und nach unten gegangen, um aufs Klo zu gehen oder was aus der Küche zu holen.«

Tenbrink nickte und wusste zugleich, dass das nur die halbe Wahrheit war. Er erinnerte sich undeutlich an einen Streit mit seiner Tochter und ahnte, dass Maria nicht nur sich selbst, sondern auch ihm Vorwürfe gemacht hatte. Weil er zu faul und zu bequem gewesen war, das Schlafzimmer ins Erdgeschoss zu verlegen, und stattdessen einen Treppenlift hatte installieren lassen. Einen Lift, den Karin am Ende gar nicht mehr benutzen konnte, weil sie zu schwach auf den Beinen war. Jetzt glaubte er zu wissen, weshalb er all das verdrängt hatte: Karins tödlicher Sturz war seine Schuld gewesen.

Die Frau in der Strickjacke trat zu ihnen. »Kann ich helfen? Brauchen Sie etwas?«

»Mein Schwager fühlt sich nicht wohl, Frau Lohmann.«

»Soll ich einen Arzt rufen?«

Tenbrink schüttelte den Kopf.

»Sie zittern ja und sind ganz bleich.«

»Haben Sie vielleicht einen Schnaps für mich?«, fragte er und lächelte müde.

»Ich befürchte, damit kann ich nicht dienen.«

»Aber ich«, sagte Gertrud und klopfte ihm aufmunternd auf die Schulter. »Ich hab noch einen Magenbitter im Schrank. Der bringt Tote wieder zum Leben.«

»Genau das, was ich jetzt brauche.« Tenbrink versuchte vergeblich, es wie einen Witz klingen zu lassen.

11

Bertrams Laune war unterirdisch. Das hatte nicht nur mit der Jahreszeit und den massenhaft herumfliegenden Blüten- und Gräserpollen zu tun, die seine Augen und Schleimhäute wie Pfeffermehl reizten und ihn unentwegt müde machten. Es war vor allem das abendliche Treffen mit Martina, das ihm schwer im Magen lag und ihn wie ein Raubtier im Käfig durch seine Wohnung tigern ließ. Am liebsten hätte er laut gefaucht und geknurrt.

Er hatte sich fest vorgenommen, ihr heute reinen Wein einzuschenken und die Sache zu beenden, auch wenn er vor den Konsequenzen zurückschreckte und ahnte, dass sie eine solche Abfuhr nicht ohne Weiteres akzeptieren würde. Martina Derksen war es gewohnt, dass sie die wichtigen Entscheidungen traf und ihre Mitmenschen sich danach zu richten hatten, anstatt durch andere vor vollendete Tatsachen gestellt zu werden. Die ganze Zeit zerbrach er sich daher den Kopf, wie er sie dazu bringen sollte, von sich aus die Beziehung mit ihm zu beenden. Ohne zu merken, dass die Trennung eigentlich auf seinem Mist gewachsen war. Denn nur dann würde sie ihn anschließend in Ruhe lassen. Privat wie beruflich.

Auch die zusehends eskalierenden Streitigkeiten mit Arno Bremer machten Bertram zu schaffen, denn daraus folgte womöglich, dass er in Zukunft noch einen weiteren Vorgesetzten zum Feind hatte und er sich schlimmstenfalls einen neuen Job suchen musste. Dass er Bremer vor einiger Zeit, als Tenbrink noch Leiter des KK11 gewesen war, ein verdammtes Arschloch genannt hatte, war nicht besonders förderlich gewesen, und auch der aktuelle Fall half nicht, die Wogen zu glätten. Bremer hatte ihm am Nachmittag vor versammelter Mannschaft vorgeworfen, immer die entgegengesetzte Meinung seines Chefs zu vertreten, und zwar nicht aus sachlichen, sondern aus rein persönlichen Gründen. Eine Unterstellung, die an sich nicht völlig aus der Luft gegriffen, in diesem Fall aber unbegründet war.

Anlass für den Streit war die nach wie vor dubiose Beziehung zwischen Beate Lohmann und Peter Gausling gewesen. Während Bremer zunächst von einer klassischen Affäre ausgegangen war, hatte Bertram eine unerfüllte Liebe der Heimleiterin zu dem viel jüngeren Altenpfleger vermutet. Nach einer Auswertung der ersten Hinweise und Vernehmungen war Bremer inzwischen auf Bertrams Position umgeschwenkt, die auch von den anderen im Team favorisiert wurde. Das Dumme war nur, dass Bertram mittlerweile seine Meinung geändert hatte und nun einen ganz anderen Hintergrund vermutete.

Erste Zweifel waren ihm bereits nach ihrem Gespräch mit Beate Lohmann im Nonnenbusch gekommen. Vor allem deren Reaktion auf Heides direkte Frage nach einem Liebesverhältnis hatte ihn verwundert und irritiert. Die Heimleiterin hatte sie angestarrt, als wäre dieser Gedanke völlig abwegig. Als wäre sie von der bloßen Vorstellung geradezu angewidert. Das anschließende Gespräch mit dem Bruder des Ermordeten hatte dann eine überraschende Neuigkeit gebracht, die Bertrams Hirn in Aufruhr versetzt hatte.

Zunächst hatte Torsten Gausling, der als Maskenbildner bei einem privaten Fernsehsender in Köln arbeitete, ihnen bestätigt, was er bereits am Telefon erzählt hatte:

dass es eigentlich keinen Kontakt zu seinem neun Jahre jüngeren Bruder gab und er Altwick bereits den Rücken gekehrt hatte, als Peter gerade in die Pubertät kam. Sie hätten sich später nur selten gesehen, meist an Feiertagen wie Ostern oder Weihnachten, aber das sei »nach dem Tod der Gauslings« auch eingeschlafen.

»Sie nennen Ihre Eltern ›die Gauslings‹?«, hatte Bertram erstaunt ausgerufen.

»Sie waren nicht meine Eltern«, hatte Gausling geantwortet und den Mund verzogen, als fiele es ihm schwer, darüber zu reden.

»Sondern?«

»Meine Pflegeeltern. Ich war bereits zehn Jahre alt, als ich zu ihnen kam. Meinen leiblichen Vater habe ich nie gesehen, und meine Mutter war ein Junkie, die sich versehentlich eine Überdosis gesetzt hat. Die Gauslings haben mich aufgenommen und später adoptiert.«

»Verstehe«, sagte Heide und nickte. »Aber Sie sind nicht besonders gut mit ihnen ausgekommen.«

»Sie haben sich bemüht, aber sie hatten es nicht leicht mit mir.«

»Weil Sie schwul sind?«, fragte Bertram.

Heide schaute ihn überrascht an.

Gausling grinste aufreizend und fragte: »Wie kommen Sie darauf?«

»Maskenbildner in Köln«, antwortete Bertram achselzuckend. »Hab nur geraten.«

Gausling lächelte und nickte. »Meine Pflegeeltern waren streng katholisch und haben mich wahrscheinlich als Strafe Gottes betrachtet. Doch alles Beten und Levitenlesen hat nichts geholfen. Zum Glück hatten sie den kleinen Peter, der mehr nach ihrem Geschmack war und sich wie ein richtiger Junge benahm. Der sich für Fußball, Lego und Batman-Comics interessierte.«

»Als Sie zu den Gauslings kamen, war Peter bereits auf der Welt?«, fragte Heide und bekam als Antwort ein Nicken.

»Bestimmt nicht leicht, als älteres Pflegekind gegen das niedliche Nesthäkchen anzustinken, das obendrein das eigene Fleisch und Blut der Stiefeltern ist.«

Gausling lachte.

»Was ist so lustig?«

»Die Gauslings hatten kein eigenes Fleisch und Blut.«

»Wie meinen Sie das?«

»Sie konnten keine Kinder bekommen. Ich glaube, es lag an ihm. Heutzutage eigentlich keine große Sache, aber weil sie als gute Katholiken mit künstlicher Befruchtung nichts zu tun haben wollten, haben sie sich fremde Kinder ins Haus geholt, um Gottes Willen zu erfüllen. Gehet hin und mehret euch!«

»Peter war …?«

»Ebenfalls adoptiert«, bestätigte Gausling. »Als Säugling.«

»Wusste er davon?«

»Klar.« Er zögerte kurz. »Das glaube ich jedenfalls.«

»Und wer waren seine leiblichen Eltern?«, hakte Bertram nach.

Gausling zuckte mit den Schultern.

»Das ist ja ›n Ding«, murmelte Heide.

Das war es allerdings: sogar mehr als nur ›n Ding. Es war der Grund, warum Bertram anschließend alle bisherigen Vermutungen über Beate Lohmanns Empfindungen für ihren Schützling über Bord geworfen und ganz neu überdacht hatte. Und zu einem völlig anderen Ergebnis gekommen war. »Entgegengesetzt zur Auffassung seines Vorgesetzten« und »aus persönlichen Motiven«, wie Bremer ihm wutentbrannt vorgeworfen hatte.

Denn Bertram war der Gedanke gekommen, dass Beate Lohmann womöglich die leibliche Mutter von Peter Gausling gewesen sein könnte.

»*Always look on the bright side of life!*« Die Anrufmelodie des Handys riss ihn aus seinen Gedanken. »Tenbrink«, stand auf dem Display. Jetzt nicht, dachte Bertram und ließ es dudeln. »*Remember that the last laugh is on you!*«

Kaum war das Handy verstummt, läutete es an der Wohnungstür.

Bertram schaute genervt zur Uhr. Halb acht. Martina war zu früh. Auch das noch! Er stapfte missmutig in den Flur, holte tief Luft, öffnete die Tür und blickte in das Gesicht einer ihm unbekannten jungen Frau.

»Ja?«, fragte er.

»Hallo, Maik!«

»Ja?«

»Du erkennst mich nicht wieder, oder?« Sie lächelte nervös und trippelte auf der Stelle, als müsste sie aufs Klo. »Ist ja auch schon ein paar Jahre her.«

Bertram durchfuhr es wie ein Blitz. Candice! »Candy Candice, süß wie Zucker«, wie sie sich in ihren Annoncen vorgestellt hatte. Oder Michaela, wie sie mit bürgerlichem Namen hieß! Sie war tatsächlich kaum wiederzuerkennen: das Gesicht ausgemergelt, die Wangen eingefallen, die Haare kurz und schwarz gefärbt. Nur ihr Blick und das Lächeln erinnerten an das hübsche Mädchen von einst. Trotz dunkler Augenringe und spröder Lippen.

»Was willst *du* denn hier?« Automatisch schaute er ins Treppenhaus und hielt Ausschau nach ihrem Zuhälter. Oder Dealer. Oder Komplizen.

»Ich bin allein«, sagte sie und streckte den rechten Arm vor, um ihm die Hand zu geben. »Kann ich reinkommen?«

Eine seltsame, unpassende Geste und eine befremdliche Bitte, fand Bertram. Nach allem, was in Magdeburg gewesen und geschehen war. Er verweigerte den Handschlag und schüttelte den Kopf.

»Bitte, Maik! Ich brauch deine Hilfe.«

»*Ich* soll dir helfen?«, rief er und fuhr sich hektisch über den Stoppelbart. *Dass* sie Hilfe benötigte, war unverkennbar, aber was ging ihn das an? »Du hast ja Nerven! Wie hast du mich überhaupt gefunden?«

»Du stehst im Telefonbuch. Es war nicht schwer, herauszufinden, dass du nach Münster versetzt worden bist. Und so viele Maiks mit ›ai‹ gibt's im Münsterland nicht.«

Wieder schüttelte er den Kopf. Weil ihm die Worte fehlten.

»Bitte! Ich hab sonst niemanden, an den ich mich wenden kann.«

»Brauchst du Geld für den nächsten Trip?« Er nestelte sein Portemonnaie aus der Gesäßtasche, holte einen 50-Euro-Schein heraus und hielt ihn ihr hin. »Oder bist du inzwischen auf Crack oder Schore? Dann wird's natürlich auf Dauer schwierig mit dem Anschaffen.«

»Ich geh nicht mehr auf den Strich, Maik. Und ich bin clean.« Dabei schaute sie auf ihre Füße, die in roten Doc Martens steckten. »Ich nehm keine Drogen mehr. Jedenfalls nichts Hartes.«

»Ja, sicher, das sieht man!«, entgegnete er und schnaufte verächtlich. »Warum gehst du nicht zu deinem Kumpel? Wie hieß er doch gleich? Ronny oder Robbie? Vertickt er sein Zeug inzwischen im Westen? Oder bist du sein Kurier aus Holland?«

»Ich hab nichts mehr mit ihm zu tun.«

»Schön für dich!« Er glaubte ihr kein Wort. Er hatte sich geschworen, ihr nie wieder ein Wort zu glauben. »Und jetzt hau ab!«

»Ronny ist der Grund, warum ich Hilfe brauche«, murmelte sie, ohne den Blick vom Boden zu nehmen. »Er will mich fertigmachen.«

»Gut!«, kläffte Bertram. »Dann weißt du wenigstens mal, wie sich das anfühlt. Denn als wir uns das letzte Mal begegnet sind, habt ihr mich fertiggemacht. Wegen dir hab ich meinen Job verloren. Schon vergessen? Erwarte bitte kein Mitleid!«

»Du verstehst nicht«, sagte sie und hob den Blick. Tränen standen in ihren Augen. Auch das hatte sie offenbar immer noch drauf. »Ronny bringt mich um, wenn er mich zu fassen kriegt.«

»Hast du ihn auch verarscht?«

»Er saß wegen mir im Knast. Weil ich gegen ihn ausgesagt hab.«

»Und jetzt ist er wieder draußen?«

»Er ist abgehauen.« Michaela nickte. »Er ist bei einem Transport ins Krankenhaus geflohen. Sein Bruder hat mich gewarnt. Er hat gesagt, dass Ronny nach mir sucht und gedroht hat, mir das Gesicht aufzuschlitzen.«

»Warum?«

»Weil ich ihn verpfiffen hab.«

»Nein. Warum hat sein Bruder dich gewarnt?«

»Raiko kann mich gut leiden.«

»Hast du ihn auch gefickt?«, fragte Bertram und setzte gehässig hinzu: »Als Ronny im Knast saß? Ein Bruder wie der andere. Bleibt ja in der Familie!«

Michaela schluckte und schüttelte den Kopf. »Verstehe. Schon gut.« Die Tränen liefen ihr über die Wangen. Sie wischte sie weg. »Du irrst dich. Mach's gut!« Dann wandte sie sich ab und ging die Treppe hinunter.

Bertram wartete darauf, dass sie sich umdrehte und einen erneuten Anlauf unternahm. Mit einer weiteren herzergreifenden Geschichte und noch mehr Tränen. Doch Michaela war bereits im Erdgeschoss angekommen und öffnete die Haustür.

»Michaela!«, rief er ihr hinterher und wusste im selben Augenblick, dass er einen Fehler beging. Doch da war es schon zu spät. »Warte!«

Dritter Teil

Damals

1

Es dauerte beinahe eine Stunde, bis Daniel endlich wieder auf der Straße war.

Erst hatte Johnny darauf bestanden, die letzte Dose »Mythos«-Bier, die er im Kühlschrank seiner Eltern gefunden hatte, mit ihm am Pool zu leeren. Und anschließend war er seinem Vater in die Arme gelaufen, der eine Gute-Nacht-Zigarette vor der Tür rauchte und ihm einen mahnenden Vortrag hielt; es sei schon ziemlich spät und sie müssten am Morgen sehr früh aufstehen. Auf Daniels Entgegnung, dass er ja auch noch nicht schlafe, antwortete sein Vater mit einem knappen »Ab mit dir!« und wies auf Daniels Zimmertür. »Aber dusch dich vorher! Du stinkst nach Kotze.«

Nachdem er sich gewaschen und neue Kleidung angezogen hatte, wartete Daniel eine halbe Ewigkeit, bis draußen alles ruhig war und er aus dem benachbarten Zimmer seiner Eltern keine Stimmen mehr hörte. Dann erst verließ er sein Zimmer und stieß in der Dunkelheit prompt gegen den dämlichen Mülleimer, der direkt neben der Tür stand. Er zuckte kurz zusammen und fluchte lautlos. Doch nebenan hörte er nur das regelmäßige, leise Schnarchen seiner Mutter, und so schlich er schließlich auf Zehenspitzen davon. Er hatte sich geschworen, noch etwas Spaß zu haben. Und dafür würde er nun sorgen.

Es war inzwischen halb zwei, und selbst die Zikaden schienen vom ewigen Zirpen müde zu sein. Statt auf der

Hauptstraße die wenigen Meter bis zu den »Zeus Studios« zu gehen, schlug er sich zwischen Straße und Strand durch die Büsche und näherte sich dem Bungalow Nummer drei von der Rückseite. Auf diese Weise war er von der Straße aus nicht zu sehen, und er vermied es, dem Bewegungsmelder über der Eingangstür zu nahe zu kommen. Zufrieden stellte er fest, dass weit und breit keine Seele zu entdecken war. In keinem der Studios brannte Licht, keine Stimmen waren zu hören - nur das Plätschern der Wellen und das Jaulen eines Hundes in der Ferne. Vorsichtig näherte er sich der Verandatür. Die Innenflächen seiner Hände waren schweißnass. Seine Atmung war unregelmäßig, und sein Puls raste. Vorsichtig berührte er die Tür. Sie war immer noch angelehnt und nicht verschlossen. Er öffnete sie einen Spalt breit, schob den Vorhang etwas zur Seite und betrat das Studio der Engländerin, in dem es immer noch wie in einer Kneipe roch. Es war dunkel im Zimmer, aber er wusste ja, wo das Bett stand. Als sich seine Augen an die Lichtverhältnisse gewöhnt hatten, konnte er die Umrisse des Mädchens erkennen. Sie hatte die Bettdecke von sich gestreift und lag rücklings auf der Matratze - nur im Slip, das linke Bein seitlich angewinkelt. Ihr Kopf war nicht zu sehen, weil sie sich das Kissen über das Gesicht gezogen hatte. Ihre rechte Hand ruhte noch darauf. Als ob sie das Kissen wie ein Kuscheltier hatte an sich pressen wollen.

Daniel näherte sich dem Bett vom Fußende her und berührte die Engländerin vorsichtig an der Wade. Sie rührte sich nicht, gab nicht den leisesten Ton von sich, weil sie immer noch bewusstlos war. Langsam fuhr er mit den Fingern an ihrem Bein hoch, bis er den Saum ihres verrutschten Slips berührte. Wie vorhin … nur dass ihn diesmal niemand zur Seite schubste. Er spürte seine

Erektion, rieb sich über die pralle Hose und betrachtete die beiden winzigen Brüste, die im Zwielicht geheimnisvoll und einladend zugleich aussahen. Zum Anbeißen! Ihm war heiß, und klebriger Speichel sammelte sich in seinem Mund. Behutsam schob er seine Hand unter ihren Slip, fühlte ihre Schamhaare zwischen seinen Fingern und tastete weiter in die Mitte, während er gleichzeitig mit der anderen Hand an einer Brustwarze herumspielte.

Das war der Moment, als er merkte, dass etwas nicht stimmte.

Nein, als er merkte, dass *drei Dinge* nicht stimmten. Erstens: Es war viel zu leise; nicht einmal ein Atmen war zu hören. Zweitens: Ihr Brustkorb bewegte sich nicht - *überhaupt nicht*. Und drittens: Das Licht war aus!

Wie hatte Johnny vorhin gesagt? *«Wir haben vergessen, die Nachttischlampe auszumachen.«* Und jetzt war es dunkel im Zimmer.

Dass das Mädchen die Lampe ausgemacht hatte, war in ihrem komatösen Zustand kaum anzunehmen. Jemand war in der Zwischenzeit hier gewesen. Wieder fiel sein Blick auf das Kopfkissen, unter dem das Gesicht des Mädchens verborgen war. Die Art, wie das Kissen auf dem Kopf lag, sah nicht normal aus. Nicht natürlich. Wie draufgepresst. Bis kein Atem mehr zu hören war und der Brustkorb still stand.

Daniel fuhr zurück, als hätte ihn jemand nach hinten gerissen. Er schaute sich panisch um. Aber da war niemand. Nur er. Und ein totes Mädchen. Erstickt unter einem Kopfkissen. Beinahe hätte er gellend aufgeschrien, doch er rammte sich die Faust zwischen die Zähne, um jeglichen Laut zu unterdrücken. Und dann schaltete er das Licht ein, weil er die Dunkelheit nicht länger ertrug. Und schob das Kissen zur Seite, um Gewissheit zu haben. Die Engländerin starrte ihn mit offenen Augen und aufgerissenem Mund an. Aber ihre Augen waren blind, und ihr Mund war stumm.

Daniel wollte nur noch weg und rannte zur Vordertür. Raus hier! Dann aber dachte er an die Funzel über der Tür und den Bewegungsmelder und erstarrte. Jetzt bloß nicht durchdrehen, Daniel! Was tun? Er hatte keine Ahnung. Woher auch? Eigentlich müsste er die Polizei rufen, doch was würde das bringen? Und wie sollte er den Leichenfund erklären, ohne selbst als Hauptverdächtiger zu gelten? Er versuchte, sich zu erinnern, was die Leute in den Krimis und Thrillern taten, wenn sie heimlich und unerkannt einen Tatort verlassen wollten. Fingerabdrücke abwischen!, schoss es ihm durch den Kopf. Er sah den Schlüssel mit der Aufschrift »Zeus 3«, den Johnny auf dem Beistelltisch im Flur abgelegt hatte und der immer noch an derselben Stelle lag. Er wischte ihn mit seinem T-Shirt ab. Aber im nächsten Augenblick wurde ihm klar, wie unsinnig das war. Seine Fingerabdrücke waren in der gesamten Wohnung: an der Eingangs- und an der Verandatür, am Kleiderschrank, am Nachttisch, am Bettgestell, überall. Er lief zurück ins Zimmer - mit gesenktem Blick, um das Mädchen nicht anschauen zu müssen -, schaltete die Nachttischlampe aus und rannte zur Verandatür. Ein letzter Blick zurück, ein letztes Zögern, dann trat er hinaus ins Freie.

Keine Seele weit und breit, kein Licht, keine Stimmen. Nur das rauschende Meer und irgendwo das Aufheulen eines Automotors. Wieder schlug er sich durch die Büsche, bis er das Resort und sein Zimmer erreicht hatte. Wieder stieß er gegen den verdammten Mülleimer neben der Tür. Nur wenige Sekunden später hatte er die Tür hinter sich abgeschlossen und ließ sich rücklings aufs Bett fallen. Als wäre nichts gewesen.

Daniel wusste nicht genau, wie lange er so gelegen hatte, als es draußen an der Zimmertür klopfte. Er fuhr in die Höhe und hielt den Atem an. Wieder klopfte es.

»Wer ist da?«, wisperte er und erwartete, dass im nächsten Moment die Polizei die Tür eintrat und hereinstürmte.

Dann hörte er die besorgte Stimme seines Vaters: »Alles in Ordnung, Daniel? Was ist los? Ich hab das Scheppern gehört.«

»Alles okay. Ich bin nur gegen den Mülleimer gestoßen.«

»Wo warst du?«

»Draußen. Nur ›n bisschen Luft schnappen.«

»Wieso? Ist dir schlecht?«

Einen Augenblick lang hatte Daniel das Bedürfnis, seinen Vater hereinzubitten und ihm alles zu erzählen. Doch der Moment verging. Er hatte schließlich nichts getan. Ihm würde schon nichts passieren. Er war es ja nicht gewesen.

»Nein, mir geht's gut«, log er. »Ich hab nur ein bisschen zu viel getrunken. Warum bist du überhaupt noch wach?«

»Schlaf jetzt! Wir müssen morgen sehr früh raus.«

»Ich weiß. Gute Nacht, Papa.«

»Gute Nacht, mein Junge.«

2

In der Nacht machte er kein Auge zu, aus Angst, das tote Mädchen könnte ihm im Traum erscheinen und ihn erneut mit ihrem leeren Blick anstarren. Also lag er die wenigen Stunden wach und starrte zur Decke, während seine Gedanken Karussell fuhren. Er versuchte, klar und logisch zu denken, aber alles, was dabei herauskam, war ein einziges Durcheinander. Irgendwann kam ihm die absurde Idee, dass der Mörder womöglich noch in der Wohnung gewesen war, als er das tote Mädchen entdeckt hatte. Wie John Travolta in »Pulp Fiction«. Auf dem Klo. Unfug!

Einige Details des Studios fielen ihm wieder ein, über die er zunächst nicht lange nachgedacht hatte. Weil sie ihm unwichtig erschienen waren. Das Doppelbett mit den zwei Matratzen, auf dem sich nur eine Garnitur Bettwäsche befunden hatte. Die überall herumliegenden Sachen des Mädchens und der komplett ausgeräumte Kleiderschrank. Außerdem die Zigarettenpackungen auf dem Boden. Wenn er sich nicht irrte, waren es zwei unterschiedliche Sorten gewesen. Die eine Packung klassisch und golden. Benson & Hedges. Die andere schmaler, länglicher und hellblau. Frauenzigaretten. Was nichts bedeuten musste.

Auch die Vorstellung, dass er dem Mörder durch das Öffnen der Verandatür den Weg bereitet haben könnte, ließ ihm keine Ruhe. Machte ihn das nicht zum Helfershelfer? Doch dann erschien es ihm viel wahrscheinlicher, dass der Täter einen Schlüssel zur Wohnung besessen hatte. Oder er war bereits im Studio gewesen, als Johnny und er das bewusstlose Mädchen aufs Bett gehievt hatten. Wie John Travolta im Film. Auf dem Klo.

Und damit ging das wilde und wirre Gedankenkarussell wieder von vorne los. Bis der Wecker endlich klingelte.

Auch die Fahrt zum Flughafen war eine einzige Tortur. Daniel fühlte sich wie ein Zombie oder Aussätziger, auch weil die anderen so gut gelaunt und voller Vorfreude auf ihr Zuhause waren. Mit Ausnahme seines Vaters, der ebenfalls nur sehr wenig geschlafen zu haben schien und kaum ein Wort sprach, waren alle aufgekratzt und bester Dinge. Sogar die Große-Daltrups, die sonst eher mundfaul waren. Johnny wirkte erstaunlich ausgeschlafen und wie aus dem Ei gepellt und unterhielt die anderen mit arg übertriebenen Beschreibungen der gestrigen verbalen Fußball-Scharmützel zwischen den Engländern und Russen. Als der Shuttle-Bus die verschlafen daliegenden »Zeus Studios« passierte, vor denen sich *keine* Menschenmenge und *kein* Polizeiaufgebot versammelt hatten, deutete Johnny auf die schäbigen Bungalows und wollte zu einer weiteren Anekdote ansetzen; doch Daniel, der neben ihm saß, stieß ihn mit dem Ellbogen in die Seite und schüttelte den Kopf.

»Immer noch sauer wegen der Kleinen?«, fragte Johnny leise und sah ihn überrascht an. »Ich fand's halt einfach nicht in Ordnung. Mach doch nicht so ›nen Aufstand deswegen!«

»Halt's Maul, Johnny!«

»Daniel!«, meldete sich seine Mutter aus der Reihe hinter ihnen. »Nur weil du schlechte Laune hast, musst du uns nicht den Tag verderben.«

Als gäbe es daran noch etwas zu verderben!

Am Flughafen von Heraklion erwartete sie die Hölle. Trotz der frühen Stunde war die Abfertigungshalle zum Bersten voll, die Menschen- und Kofferschlangen mäanderten konfus durch den Raum und waren kaum den einzelnen Schaltern zuzuordnen. Es roch nach Schweiß und Reinigungsmitteln, und wenn Daniel den morgendlichen Kaffee nicht schon vor dem Flughafen in die Rabatten gekotzt hätte, wäre er ihm mit Sicherheit während des Wartens auf den Check-in hochgekommen. So aber blieb es beim Würgen und Grummeln im Bauch.

»Na, das ist ja ›ne Überraschung!«, meldete sich plötzlich eine Frauenstimme hinter ihm. »So sieht man sich wieder. Wir haben denselben Flug.«

Als er sich umdrehte, schaute er in das Gesicht von Frau Holters. Auch das noch! Die alte Schreckschraube hatte ihm gerade noch gefehlt. Sie wohnte ebenfalls in Oldenhook und hatte zufälligerweise zur selben Zeit wie sie Urlaub auf Kreta gemacht. In einem Bergdorf oberhalb von Horrorpolis. Sie waren ihr einige Male auf dem Dorfplatz und abends in den Restaurants am Hafen begegnet, hatten aber ansonsten jeden Kontakt gemieden. Ingrid Holters war eine von diesen neugierigen Tratschtanten, die für das Oldenhooker Heimatblatt schrieben und ihre Nase gern in Dinge steckten, die sie nichts angingen. Grund genug für Daniels Eltern, ihr nicht zu nahe zu kommen.

»Ich hab schon eingecheckt«, verkündete sie und deutete auf einen Durchlass, hinter dem sich der Duty-free-Shop befand, der immer noch so hieß, obwohl dort mittlerweile gar keine steuerbefreiten Artikel mehr verkauft wurden. Mit Glitzern in den Augen setzte sie hinzu: »Ich geh jetzt erst mal shoppen. Dauert ja noch, bis unser Flieger geht.«

»Schön für Sie«, sagte Daniel, weil ihm nichts anderes einfiel.

»Habt ihr das Mädchen noch heil nach Hause gebracht?«

Er fuhr zusammen und schaute sie dann verständnislos an.

»Gestern Nacht«, erklärte Ingrid Holters. »Das betrunkene Mädchen.«

»Woher …?«, begann Daniel und schüttelte den Kopf, doch dann fiel es ihm wieder ein: die Frau im Auto, die auf Deutsch gefragt hatte, ob sie helfen könne. Und Daniel hatte gedacht, es läge an Johnnys »Schweinsteiger«-Trikot. Das war Frau Holters gewesen.

»Ja, kein Problem«, antwortete er und versuchte zu lächeln. »Sie hatte nur zu viel getrunken. Jetzt schläft sie ihren Rausch aus und wacht später vermutlich mit einem fürchterlichen Kater auf.«

»Wahrscheinlich der Ouzo«, meinte Ingrid Holters. »Den vertrag ich auch nicht. Krieg ich jedes Mal Kopfschmerzen von. Teufelszeug!«

»Ja«, bestätigte Daniel und nickte. »Kann sein.« Das Lächeln wie festgefroren.

»Na, dann.« Sie winkte zum Abschied. »Wir sehen uns ja später im Flugzeug.«

Daniels Lächeln verrutschte zur Fratze. Die Galle stieg ihm hoch. Er hielt sich die Hand vor den Mund und rannte zum Ausgang.

Vierter Teil

Heute

1

Tenbrink hörte Geräusche hinter der Tür – oder glaubte es zumindest – und klingelte erneut.

Eigentlich wusste er, dass Bertram es nicht leiden konnte, wenn man unangemeldet bei ihm auf der Matte stand. Doch seit gestern Abend hatte er mehrmals vergeblich versucht, seinen jungen Kollegen zu erreichen, sowohl auf dem Handy als auch auf dem Festnetz. Und es sah Bertram gar nicht ähnlich, dass er nicht wenigstens eine kurze SMS als Antwort geschickt hatte, wie zum Beispiel *Geht gerade nicht* oder *Melde mich später* oder *Hör auf zu nerven*. Als Tenbrink dann heute Morgen bei seinen Versuchen stets zum Anrufbeantworter weitergeleitet worden war, hatte er sich schließlich ins Auto gesetzt und war die wenigen Kilometer nach Billerbeck gefahren. Er war so begierig darauf, dem Kollegen mitzuteilen, was er herausgefunden hatte, dass ihm Bertrams mögliche ungehaltene Reaktion egal war. Außerdem meldete sich Bertram auch nie an, wenn er Tenbrink zu Hause besuchte.

Wieder raschelte es hinter der Tür; anschließend hörte er ein Tuscheln oder Wispern. Nach einem abermaligen Klingeln wurde endlich die Wohnungstür geöffnet, und Bertrams zerknautschtes Gesicht erschien im Türspalt.

»Was willst du?«, fragte er unfreundlich und machte keine Anstalten, Tenbrink hineinzulassen.

»Ich muss mit dir sprechen, Maik. Ich hab ein paar Mal angerufen, aber du hast dich nicht gemeldet.«

»Du hättest auf den AB sprechen können.«

»Hab ich«, erwiderte Tenbrink und grinste. »Lange Nacht gehabt?«

»Es ist Sonntagmorgen, Heinrich«, knurrte Bertram und schaute sich erschrocken um, als ein Geräusch aus der Wohnung zu hören war. Ein durchdringender Laut, als würde ein Metallstuhl über einen gefliesten Boden geschoben.

»Ach so, du bist nicht allein«, folgerte Tenbrink und glaubte zu wissen, wer dort in der Küche am Tisch saß und Kaffee trank. Oder Melisse-Ingwer-Tee, wie er die Oberstaatsanwältin kannte.

»Bingo.« Bertram zog eine Schnute. »Ist gerade kein guter Zeitpunkt.«

»Habt ihr heute Morgen keine Einsatzbesprechung?«

»Doch, natürlich. Ich muss gleich los.«

»Dann kann ich ja mitkommen.«

»Ins Präsidium? Das wird Arno aber gar nicht schmecken. Ich glaube nicht, dass er deine Anwesenheit als Höflichkeitsbesuch auffassen wird. Es ist seine erste Mordermittlung als Chef.«

»Wir könnten wenigstens zusammen nach Münster fahren. Hab eh noch was in der Stadt zu erledigen. Unterwegs kann ich dir dann ja erzählen, worauf ich gestoßen bin.«

»Im Oldenhooker Altenheim?«

Tenbrink schaute ihn überrascht an und runzelte die Stirn.

»Ich hab dich gesehen, Heinrich. Dich und deine Schwägerin.«

»Schwippschwägerin.« Tenbrink nickte. »Also?«

Bertram schnaufte resignierend und rollte die Augen. »Meinetwegen. Warte draußen auf mich. Ich bin in fünf Minuten da.«

»Mein Wagen oder deiner?«

»Meiner«, knurrte Bertram. »Sieh selbst zu, wie du anschließend nach Hause kommst.« Damit warf er die Tür ins Schloss.

»Bitte keine blöden Fragen!« Bertrams Laune hatte sich in den letzten Minuten nur unwesentlich gebessert. Sie fuhren auf der Landstraße in Richtung Havixbeck und hatten kaum ein Wort gewechselt, seitdem sie in den Wagen gestiegen waren. »Und keine dämlichen Kommentare.«

Warum soll ich Fragen stellen, auf die ich die Antworten längst kenne, dachte Tenbrink und hob abwehrend die Hände. Er schaute aus dem Fenster, ließ die blühenden Rapsfelder wie ein gelbes Band an seinem Auge vorbeiziehen und fragte: »Warum eigentlich ›blaues Band‹?«

»Was?«

»Mörike«, antwortete Tenbrink. »Du weißt schon. Dieses Frühlingsgedicht. Warum ist das Band blau? Warum nicht grün oder gelb oder rot?«

»Gute Frage.« Bertram machte eine nachdenkliche Miene. »Wahrscheinlich, weil's um Gerüche geht. Um Lüfte und Düfte.«

»Gerüche sind blau?«, wunderte sich Tenbrink.

»Dichterische Freiheit«, vermutete Bertram und zuckte mit den Achseln. »Bist du deshalb mitgefahren? Um mit mir über Eduard Mörike zu reden?«

»Nein, über Ingrid Holters.«

»Wer ist das?«

Tenbrink berichtete in knappen Worten, was Gertrud ihm gestern erzählt hatte. Vom Oldenhooker Heimatverein, vom tödlichen Autounfall vor dem Altenheim, von der Bekanntschaft der Seniorin mit dem Altenpfleger

Gausling, vom Zusammenstecken der Köppe, von der entliehenen Dorfchronik mit dem seltsam ungelenken Titel, den Tenbrink schon wieder vergessen hatte.

»Gausling scheint sich für Ahnenforschung und Stammbäume interessiert zu haben«, erwiderte Bertram, als Tenbrink seine Ausführungen beendet hatte. »Und er war ein Adoptivkind. Vater und Mutter unbekannt.«

»Du meinst, er hat sich für Ahnenforschung interessiert, *weil* er adoptiert wurde«, folgerte Tenbrink und wiegte nachdenklich den Kopf hin und her. »Glaubst du, er hat in den Büchern nach seinen Eltern geforscht?«

»Wäre doch denkbar, oder?«

»In Dorfchroniken stößt man bestenfalls auf die Großeltern oder noch ältere Vorfahren«, entgegnete Tenbrink und schaute erneut aus dem Seitenfenster. »Die eigenen Eltern findet man normalerweise nicht in alten Taufregistern.« Sie hatten inzwischen die höchste Erhebung des Münsterlandes erreicht: Zur Rechten konnte Tenbrink den alten Longinusturm und den rot-weiß gestreiften Sendemast des WDR erkennen. Wie immer, wenn er durch die Baumberge fuhr, fragte er sich, woher diese Gegend ihren Namen hatte. Es gab kaum Bäume, und von Bergen konnte man erst recht nicht sprechen.

»Jetzt rück schon damit raus!«, riss Bertram ihn aus seinen Gedanken. »Du hast doch bestimmt schon eine Theorie. Alles, was du bislang erzählt hast, hättest du mir auch aufs Band sprechen können. Was ist so bedeutsam an dieser Frau Holters? Und was hatte Gausling mit ihr zu schaffen?«

»Es geht um diesen toten Bauern, um Gauslings letzte Worte«, antwortete Tenbrink, öffnete die lederne Aktentasche auf seinen Knien und holte das Buch heraus, das er aus dem Altenheim mitgenommen hatte. »Ingrid Holters hat heimatkundliche Berichte und Artikel geschrieben. Über Oldenhook in alter Zeit. Einen davon hab ich gestern Abend gelesen, und dabei bin ich auf etwas Interessantes gestoßen.« Er schlug das Buch auf und suchte die Stelle, die er mit einem Post-it markiert hatte. »Der Text handelt von bäuerlichen Nachbarschaften und den gemeinschaftlichen Aufgaben in den verschiedenen Bauerngemeinden. Hochzeiten, Erstkommunion, Beerdigungen, Spanndienste, Not- und Erntehilfe. Wie Nachbarn sich früher gegenseitig geholfen und unterstützt haben.«

»Und?« Bertram unterdrückte ein Gähnen.

»Bist du sicher, dass Gausling ›toter Bauer‹ gesagt hat?«

»Wieso fragst du?«

»Könnte es auch ein Wort gewesen sein?«

»Ein Wort?«

»Kein toter *Bauer*, sondern ein *Toten*bauer.«

»Was soll das sein?«

»So wurden früher die Bauern genannt, die sich um die Beerdigungen ihrer Nachbarn gekümmert haben. *Dodenbuer* oder *Dodennaober* hießen die auf Plattdeutsch. Meist waren das die etwas reicheren Bauern, die einen eigenen Pferdespänner besaßen. Um den Sarg zum Friedhof zu transportieren.«

»Pferdespänner?«

»Ich sag ja, es handelt von früher«, erklärte Tenbrink. »Die Bräuche stammen aus einer Zeit, als noch mit Ochsen und Pferden gearbeitet wurde.«

»Und diese Frau Holters beschreibt in dem Buch einen solchen Totenbauern?« Bertram gab sich skeptisch, aber seine Neugier war offensichtlich geweckt.

»Nicht nur, aber auch.« Tenbrink schielte über den Rand seiner Brille. »Es geht unter anderem darum, dass in Oldenhook nicht jede Nachbarschaft einen eigenen *Dodennaober* hatte, sondern dass es einen zentralen *Do-*

tenbuer für das ganze Dorf gab. Der hatte seinen Hof direkt neben dem Friedhof und arbeitete offenkundig auch als Küster und Glöckner in der Kirche. Ingrid Holters nennt sogar seinen Familiennamen: Doedtmann. Der Totenmann. Ein passender Name.«

»Nie gehört«, sagte Bertram, setzte den Blinker und fuhr auf die Zufahrtsstraße zur B 54 in Richtung Nienberge. »Der Name ist bei unseren Ermittlungen bisher nicht aufgetaucht.«

»Kein Wunder«, meinte Tenbrink. »Den Bauernhof gibt's schon lange nicht mehr. Sämtliche Höfe und Kotten wurden vor Jahrzehnten im Rahmen verschiedener Flurbereinigungen aus dem Dorfkern ausgesiedelt, und auch von der Familie des Küsters lebt offenbar niemand mehr in Oldenhook. So steht es jedenfalls im Text dieser Frau Holters. Ich hab im Telefonbuch nachgeschaut. Einen Doedtmann gibt's in Oldenhook nicht. Auch nicht in Altwick und Umgebung. Der Name taucht nirgends auf.«

»Also ist der Totenbauer eine Sackgasse?«

Tenbrink zuckte mit den Schultern. »Peter Gausling hat im Altenheim ein Buch ausgeliehen.« Er holte sein Notizbuch aus der Jackentasche, blätterte darin, fand den Titel und las: »›Grundlegungen zur einer Pfarrgeschichte von Oldenhook.‹ Habt ihr das in seiner Wohnung gefunden?«

»Müsste ich nachschauen.«

»Vielleicht lohnt es sich, mal einen Blick hineinzuwerfen«, bemerkte Tenbrink. »Könnte ja sein, dass in der Chronik etwas über diesen Doedtmann zu finden ist.«

»Du kannst dir doch sicherlich denken, was Arno sagen wird, wenn ich ihm damit komme, oder?«, fragte Bertram und schnaufte laut. »Selbst wenn ich ihm verschweige, dass es auf deinem Mist gewachsen ist.«

»Zu kompliziert, zu spinnert, zu sehr um die Ecke gedacht ...«

»Du sagst es.« Bertram drückte aufs Gaspedal. »Vielleicht ist es ja tatsächlich so, dass Gausling mit seinen letzten Worten recht hatte.«

»Wie meinst du das?«

»Nach ›Totenbauer‹ hat er noch ausgerufen: ›So ein Quatsch!'"

»Ja«, musste Tenbrink zugeben. »Das ist natürlich auch möglich.«

Sie hatten inzwischen die B 54 erreicht, und Bertram fuhr die letzten Kilometer mit deutlich überhöhter Geschwindigkeit. Es war kurz vor zehn, und vermutlich würde er zu spät zur Besprechung kommen. Tenbrink dachte etwas wehmütig an die Euphorie, die er gestern Abend empfunden hatte, als er in dem Buch des Heimatvereins auf den Begriff »Totenbauer« gestoßen war. Schon als Bertram die letzten Worte des Ermordeten zum ersten Mal erwähnt hatte, war es Tenbrink so vorgekommen, als müsste ihm das etwas sagen. Doch er war nicht drauf gekommen. Nun aber schien Gauslings wirres Gestammel eine ganz neue Bedeutung zu bekommen. Seine seltsame Beziehung zu einer älteren Frau, die »einfach so« auf die Straße gelaufen und von einem Auto überfahren worden war. Sein erstaunliches Interesse an alten Dorfgeschichten und Heimatkunde. *»Ne Naober bi de Hand.«* Bis ihm der Schädel eingeschlagen wurde. Das alles kann kein Zufall gewesen sein, dachte Tenbrink. Nein, er *wollte*, dass es kein Zufall war!

Vielleicht hatte er sich auch deshalb auf diese Ingrid Holters und ihre Dönekes aus alter Zeit gestürzt, um sich von den eigenen Geschichten und Geheimnissen abzulenken. Die Suche nach dem ominösen Totenbauer kam Tenbrink sehr gelegen und hielt ihn in gewisser

Weise davon ab, die eigenen Gespenster zu jagen. Aber die Erinnerung war zurück, die Büchse der Pandora geöffnet. Er konnte nicht länger seine Vergangenheit verdrängen. Karins Sturz von der Treppe ließ sich nicht länger leugnen. Gleiches galt für seine Schuld daran. Der Selbstbetrug war aufgeflogen und funktionierte nicht mehr.

»Du weißt, dass es so etwas wie Deckerinnerungen gibt?«, fragte Bertram.

Tenbrink fuhr erschrocken zusammen. Hatte er das alles etwa laut mit Bertram besprochen? Oder war es denkbar, dass er gleichzeitig geredet und an etwas anderes gedacht hatte? Manchmal bekam er regelrecht Angst vor sich selbst. Vorsichtig erkundigte er sich: »Du meinst die Sache mit Karin?«

Bertram grunzte genervt. »Wovon haben wir denn die ganze Zeit gesprochen?«

Gute Frage, dachte Tenbrink und sagte: »Was meinst du mit Deckerinnerung?«

»Na ja, versteh mich nicht falsch. Aber bist du sicher, dass es tatsächlich so gewesen ist? Dass Karin gestürzt ist und du sie gefunden hast?«

»Das würde zumindest einiges erklären. Klingt doch logisch, oder?«

Als Antwort zuckte Bertram mit den Schultern.

Das fand Tenbrink beunruhigend. »Wieso Deckerinnerung?«, wiederholte er seine Frage. »Was soll denn damit zugedeckt werden?«

»Eine andere, vielleicht noch schmerzlichere Erinnerung.« Bertram bog links in den Stadtring ein. »Du weißt schon. Wie bei diesem klassischen Fall des Mädchens, das sich an das harmlose Petting mit dem Bruder erinnert, um sich nicht an den Missbrauch durch den Vater erinnern zu müssen.«

»Worauf willst du eigentlich hinaus? Weißt du irgendetwas, das ich nicht weiß? Spuck's aus, Maik!«

»Ich weiß gar nichts, ich hab nur laut gedacht.« Bertram räusperte sich. »Als Grund für deine Aussetzer kommt mir der Treppensturz jedenfalls etwas … dürftig vor.«

»Dürftig?«, entfuhr es Tenbrink. »Karin ist dabei ums Leben gekommen.«

»Mag sein. Aber es war schließlich nicht deine Schuld. Treppenlift hin oder her. Du hast den Sturz ja nicht verursacht.«

»Und wenn doch?«, rief Tenbrink und merkte, dass er plötzlich kaum noch atmen konnte. Es fühlte sich an, als würde seine Luftröhre schlagartig zuschwellen. Wie nach dem Stich einer verschluckten Wespe. Sie hatten sich gestritten! Er erinnerte sich plötzlich an eine wütende Auseinandersetzung mit Karin, aber er konnte sie nicht einordnen, weder zeitlich noch inhaltlich. Alles blieb verschwommen und verzerrt.

»Bist du in Ordnung, Heinrich?«, fragte Bertram und ließ das Beifahrerfenster herunterfahren. Sie hatten inzwischen den Friesenring erreicht. Bertram setzte den Blinker und wartete den Gegenverkehr ab, um auf das Gelände des Präsidiums abzubiegen. »Brauchst du einen Arzt? Soll ich dem Pförtner Bescheid geben?«

»Nicht nötig«, wisperte Tenbrink und öffnete seinen Hemdkragen. »Geht schon wieder. Wahrscheinlich die stickige Luft im Auto.« Er streckte den Kopf aus dem Fenster und atmete tief ein. Damit sich der Nebel im Kopf auflöste.

»Oh, nein!«, murmelte Bertram.

Tenbrink schaute auf die Straße und sah, dass ihnen die Oberstaatsanwältin in ihrem BMW aus der anderen Richtung entgegenkam und ebenfalls auf das Gelände des Polizeipräsidiums einbiegen wollte.

»Hat sie uns überholt?«, wunderte sich Tenbrink. Kaum denkbar, so wie Bertram gerast war, um sich nicht zu verspäten. »Und wieso kommt sie aus der verkehrten Richtung?«

Bertram antwortete nicht und schaute aufs Armaturenbrett, als wollte er dem Blick der Staatsanwältin ausweichen, die ihrerseits demonstrativ an ihnen vorbeistarrte und auch Tenbrinks Handzeichen geflissentlich ignorierte, während sie mit quietschenden Reifen vor dem Pförtnerhäuschen zum Halten kam.

»Habt ihr euch gestritten?«, fragte Tenbrink und ließ das Fenster wieder nach oben surren. »Oder war sie etwa gar nicht ...?«

»Keine blöden Fragen, hatte ich gesagt!«

2

Wenn Blicke töten könnten! Martina stierte ihn unverwandt an und hatte ihre Augen zu Schlitzen verengt. Wie waagerechte Schießscharten, aus denen sie unentwegt Salven auf ihn abfeuerte. Trommelfeuer!

Bertram hatte sich vorgenommen, ihren Blicken nicht auszuweichen, aber das war auf Dauer kaum auszuhalten. Also zog er es schließlich vor, abwechselnd seine Schuhe oder seine Fingernägel zu betrachten, während die Kollegen die neuesten Ergebnisse zusammentrugen und die Aufgaben für den Tag verteilten. Dass Martina als Oberstaatsanwältin erneut an der täglichen Dienstbesprechung teilnahm, sollte vermutlich unterstreichen, wie wichtig der Fall in ihren Augen war. Ihr Erscheinen galt jedoch nicht zuletzt Bertram. Martina war immer noch zutiefst beleidigt wegen der peinlichen Szene vom Vorabend. Sie hatte seit ihrem Eintreffen im Präsidium noch kein Wort mit ihm gewechselt und ließ ihn mehr als deutlich spüren, dass sie nicht gewillt war, die Angelegenheit einfach so auf sich beruhen zu lassen. Was würde sie erst tun, sollte sie die wahren Gründe erfahren?

Kurz nachdem er Michaela hinterhergelaufen und mit ihr in seine Wohnung zurückgekehrt war, hatte er Martina angerufen, um das Treffen abzusagen. Doch wie nicht anders zu erwarten, war sie bereits auf dem Weg gewesen und hatte seine fadenscheinigen Gründe schlichtweg für nichtig erklärt. Sie werde seine Müdigkeit schon verscheuchen und ihm seine nicht weiter erklärte Unlust gewiss austreiben. Als Bertram mit Nachdruck wiederholt hatte, dass ihm wirklich nicht nach einem Date sei, hatte sie nur gelacht und kurzerhand aufgelegt.

Um Punkt acht Uhr stand sie vor der Tür und lächelte ihn verführerisch an. Als hätte es das Telefongespräch wenige Minuten zuvor gar nicht gegeben.

»Heute nicht«, wiederholte Bertram und baute sich wie ein Türsteher vor ihr auf.

»Unsinn!«, entgegnete sie und hob die Flasche Champagner in ihrer Hand. »Ich habe eine Witwe dabei. Zur Feier des Tages.«

»Gibt's was zu feiern?«, wunderte sich Bertram, ohne sich von der Stelle zu bewegen. »Hast du Geburtstag?«

»Sechs Monate.«

Bertram verstand nicht.

»Es ist jetzt ein halbes Jahr her …«, erklärte sie grinsend und hob vielsagend die Augenbrauen, »seit dem ersten Mal.«

»Du zählst die Monate?« Bertram verdrehte die Augen. »Das ist nicht dein Ernst, oder?«

Martinas Grinsen verrutschte zuerst und verschwand anschließend. Sie schaltete auf Angriff um. »Jetzt zick nicht so rum, Maik! Das ist doch lächerlich. Erst lädst du mich ein, und dann lässt du mich nicht in die Wohnung? Was soll der Quatsch?«

»Du hast dich selbst eingeladen.«

»Ich kann mich nicht erinnern, dass du Nein gesagt hast.«

»Ich sage jetzt Nein.«

»Bisschen spät, findest du nicht?«

»Du kannst nicht immer einfach über mich bestimmen, Martina.« Bertram presste die Lippen zusammen und hob abwehrend die Hand.

»Ach, Gott, wie niedlich!«, entgegnete sie und lachte abfällig. »Was soll das werden? Willst du mir jetzt beweisen, wer der Herr im Haus ist?«

Da er wusste, dass eine Antwort sinnlos war, blieb er stumm. Gleichzeitig hoffte er, dass Michaela wie besprochen im Wohnzimmer blieb und keinen Mucks von sich gab.

»Soll ich das zahme und hörige Weibchen spielen, damit du dich besser fühlst? Ist das so eine Art Machtkampf? Brauchst du das, um dein lädiertes Ego zu streicheln? Soll ich im Kleidchen erscheinen, damit du derjenige bist, der die Hosen anhat?« Sie redete sich zunehmend in Rage, auch weil er beharrlich schwieg und sich nicht vom Fleck bewegte. »Jetzt sei nicht kindisch, Maik! Ich werd dich schon nicht auffressen.«

»Warum kannst du nicht einfach ein Nein akzeptieren?«

»Ist das was Grundsätzliches?«, rief sie und verengte ihre Augen. »Geht's darum? Willst du mich loswerden? Wie so ›ne alte Autobatterie!«

Seltsamer Vergleich, dachte Bertram und schüttelte den Kopf. Dies wäre der Augenblick gewesen, ihr die Wahrheit zu sagen und die Sache zu beenden. Doch das überstieg seine Kräfte. Deshalb beließ er es beim Kopfschütteln und antwortete: »Ich möchte heute Abend einfach nur allein sein.«

»Na, dann viel Spaß dabei!«, fauchte sie, drückte ihm den Champagner in die Hand und stapfte wütend davon. »Arschloch!«

Das war gestern gewesen. Doch wenn er gehofft hatte, dass sich ihr Ärger über Nacht verflüchtigen oder wenigstens abmildern würde, so war er im Irrtum. Ihre Blicke sagten auch heute Morgen noch das Gleiche: *Arschloch!*

»Kommt morgen!« Hölscher wippte in seinem Sessel hin und her.

Bertram war so in seine Erinnerungen an den gestrigen Abend vertieft gewesen, dass er nicht zugehört hatte und daher nicht wusste, wem diese Antwort galt oder worauf sie sich bezog.

»Und Gauslings Kontodaten?«, fragte Bremer.

Hölscher zuckte entschuldigend mit den Schultern.

Bremer knurrte missfällig. »Sind wir eigentlich die Einzigen, die am Sonntag arbeiten?«

»Wir und ein paar Bäcker«, antwortete Hölscher, ohne die Miene zu verziehen. Wie bei ihm üblich war nicht ersichtlich, ob seine Bemerkung ernst oder als Witz gemeint war.

»Und Altenpfleger«, fügte Gehling hinzu. Das sollte vermutlich ein Witz sein, doch weil keiner lachte, bekam er einen roten Kopf. Wie üblich.

»Hat das Klinkenputzen in Altwick etwas ergeben?«, fragte Martina in die Runde und landete mit ihrem Blick unweigerlich wieder bei Bertram.

»Bis jetzt nicht«, antwortete Heide. »In der Baumsiedlung hat niemand Gausling gesehen. Weder vor dem Schlag noch anschließend. Ein Torkelnder mit blutigem Schädel wäre dort an einem Freitagnachmittag sicherlich aufgefallen. Ich glaube nicht, dass der Tatort in der Siedlung ist.«

Es trat ein kurzes Schweigen ein.

»Du hattest mich doch nach auffälligen Todesfällen gefragt …«

Bertram brauchte ein paar Sekunden, bis er begriff, dass Hölscher ihn angesprochen hatte. Er nickte und sagte: »Korrekt, Bernd. Hast du was gefunden?«

»*Im* Pflegeheim nicht. Zwar gab es in den letzten Monaten einige Todesfälle, aber das ist in einem Altenheim nicht weiter verwunderlich. Es war jedoch nichts Ungewöhnliches dabei. Die üblichen Krankheiten wie Krebs oder Herzinfarkt. Und Altersschwäche natürlich. Bei keinem der Fälle wurde vom Arzt eine unnatürliche oder unbekannte Todesursache vermerkt.«

»Aber?«, fragte Bertram, dem Hölschers einleitender Satz nicht entgangen war.

»*Vor* dem Pflegeheim gab es einen tödlichen Unfall. Vor einigen Wochen ist eine Bewohnerin des Heims von einem Auto angefahren worden und kurz darauf im Altwicker Krankenhaus an ihren Verletzungen gestorben.«

»Ingrid Holters«, murmelte Bertram.

»Du weißt davon?«, wunderte sich Hölscher.

»Eine Heimbewohnerin hat den Unfall erwähnt, als wir gestern in Oldenhook waren.«

Heide sah ihn überrascht von der Seite an und runzelte die Stirn.

»Warum steht davon nichts in eurem Bericht?«, wollte Bremer wissen.

»Wird nachgeholt«, versicherte Heide und schaute Bertram streng an.

»Es war eher eine beiläufige Bemerkung.« Bertram räusperte sich und wandte sich dann an Hölscher. »Wie ist es zu dem Unfall gekommen?«

»Die Frau ist vor der Einfahrt des Heims schnurstracks auf die Straße gelaufen, ohne auf den Verkehr zu achten.« Hölscher blätterte in seinen Unterlagen, überflog den Inhalt und setzte dann hinzu: »Die Fahrerin des Wagens heißt Frederike Meier, ist achtzehn Jahre alt und wohnt in Altwick. Sie hatte gerade erst ihre Führerscheinprüfung bestanden und fuhr auf der Altwicker Landstraße nach Norden, Richtung Enschede.«

»Keine schuldhafte Verursachung?«, fragte Bremer.

Bertram schmunzelte über diesen hölzernen »Beamtensprech«. Er erwartete beinahe, dass Bremer »des schädigenden Ereignisses« hinzufügte.

»Nein.« Hölscher schüttelte seinen dicken Kopf und ließ dabei den Sessel beben. »Die Unfallfahrerin hatte keine Chance auszuweichen. Sie ist auch nicht zu schnell gefahren oder unaufmerksam gewesen. Ingrid Holters ist ihr einfach vor den Kühler gelaufen.«

»Sonstige Fremdeinwirkung?«, hakte Martina nach. »Gab es weitere Beteiligte?«

Wieder schüttelte Hölscher den Kopf. »Nichts dergleichen. Die Geschädigte hat einfach nicht aufgepasst.«

»Dann weiß ich nicht, was das mit unserem Fall zu tun hat«, knurrte Bremer.

»Maik hat mich gefragt, ob …«

»Danke, Bernd«, unterbrach ihn Bertram und lächelte ihm aufmunternd zu. »Kannst mir ja für alle Fälle mal die Adresse dieser Frau Meier geben.«

»Können wir uns jetzt wieder um den Fall Gausling kümmern?«, sagte Bremer und schaute entschuldigend zur Oberstaatsanwältin.

Sie drehte sich ihm zu, und die beiden steckten die Köpfe zusammen und begannen, etwas Vertrauliches miteinander zu bereden.

Heide stieß Bertram verschwörerisch an. »Glaubst du, dass die was miteinander haben?«, fragte sie mit ganz leiser Stimme.

»Wer?«

»Arno und die Derksen«, flüsterte Heide und zwinkerte ihm zu. »Ist doch kein Zufall, dass die Oberstaatsanwältin jetzt jeden Tag hier reinschaut. Und Arno scharwenzelt um sie herum, als wäre er ein verliebter Teenager.«

»Nee«, antwortete Bertram, der ebenfalls seine Stimme gesenkt hatte, und starrte gebannt auf die Tischplatte. »Kann ich mir nicht vorstellen.«

»Und ich *will* es mir lieber nicht vorstellen«, erwiderte Heide und hatte Mühe, ein Lachen zu unterdrücken. »Sonst kommt mir das Frühstück wieder hoch.« Sie kicherte in sich hinein.

In diesem Augenblick beendeten die Oberstaatsanwältin und Bremer ihre Unterhaltung.

»Scheinst ja gute Laune zu haben, Heide«, sagte er und zeigte ein Reptilienlächeln, das nichts Gutes verhieß. »Dann kannst du ja die Kollegen in Altwick erheitern, während ihr die Tatortsuche intensiviert. Hauptkommissar Ewerding ist bestimmt froh über jede Hilfe.«

Heide seufzte und verdrehte die Augen. So leise, dass niemand außer Bertram es hören konnte, setzte sie hinzu: »Jawohl, Herr Lehrer!«

»Ich werde noch mal zum Altenheim fahren und mit der Heimleitung sprechen«, fuhr Bremer fort, richtete seine Worte aber vor allem an die Oberstaatsanwältin. »Ich glaube, Frau Lohmann hat uns noch längst nicht alles gesagt.«

»Da bin ich dabei!«, rief Bertram und hob die Hand. Dann dachte er an Heides Bemerkung und ließ den Arm schnell wieder sinken.

»Nein, Reinhard kommt mit mir«, verkündete Bremer und klopfte dem sichtlich überraschten Neuling aufmunternd auf die Schulter. »Maik, du kannst dich mit den Eltern von diesem Johannes Große-Daltrup befassen. Wir haben sein Alibi noch nicht überprüft.«

»Er hat doch gar kein Alibi«, entgegnete Bertram. »Er hat geschlafen. Allein.«

»Genau das gilt es zu überprüfen.« Bremer nickte zufrieden, klappte den Ordner vor sich zu und klopfte mit dem Kugelschreiber auf den Tisch. »Na, dann frohes Schaffen!«

»Ich soll euch übrigens alle von Heinrich grüßen«, sagte Bertram und genoss die unterschiedlichen Reaktionen der Kollegen: Bremer schaute alarmiert, Hölscher desinteressiert, Gehling schien überhaupt nicht zu wissen, wen Bertram meinte, und Heide schaute ein wenig schuldbewusst drein - vermutlich, weil sie Tenbrink so selten im Krankenhaus besucht hatte.

»Hab ich also doch richtig gesehen«, merkte Martina an und kniff die Augen zusammen. »Er hat neben Ihnen im Auto gesessen, oder?«

Bertram gab darauf keine Antwort.

»Wie geht's ihm denn?«, erkundigte sich Heide.

»Soweit ganz gut. Er ist fast wieder der Alte.«

»Ist das gut oder schlecht?«, fragte Hölscher, ohne die Miene zu verziehen.

»Warum ist er nicht reingekommen, um Hallo zu sagen?«, wollte Bremer wissen und zwirbelte nervös die pomadisierten Enden seines Schnurrbarts.

»Er hatte noch was in der Nähe zu erledigen«, antwortete Bertram achselzuckend. »Außerdem wäre es ihm wahrscheinlich peinlich gewesen, wenn alle ihn mit ›Chef‹ angesprochen hätten.« Bertram freute sich, als er sah, dass Bremer unter diesem Wirkungstreffer zusammenzuckte.

Das hatte gesessen!

3

Der Garten sah wüst aus. Überall wucherte Unkraut; das Fallobst und das braune Laub des letzten Jahres verfaulten auf dem Rasen, der inzwischen einer stacheligen Wildwiese ähnelte. Ungehinderter Spontanbewuchs, wie ihn sich kein Kleingärtner schlimmer ausmalen konnte. Das war natürlich nicht verwunderlich, denn seitdem Maria im Spätsommer nach Gladbeck gezogen war, hatte sich niemand um Bäume, Beete oder Rasen gekümmert. Im Herbst und Winter war das noch nicht so aufgefallen, doch nun, im Frühling, wirkte der Garten inmitten der frisch gemähten, gestutzten, gejäteten und geharkten Parzellen wie ein eitriger Furunkel in einem hübschen Gesicht.

Weil der Garten, der sich am südlichen Ende des Stadtparks Wienburg befand, offiziell immer noch Tenbrink gehörte, hatte sich die unvermeidliche Beschwerdepost des Vereinsvorstands auf seinem Schreibtisch gesammelt und war dort unbeachtet geblieben. Tenbrink hatte in den letzten Monaten wahrlich anderes zu tun gehabt, als sich um Baumschnitt, Rasenpflege oder Bepflanzung zu kümmern. Inzwischen hatte er den Pachtvertrag, den er vor ziemlich genau dreißig Jahren abgeschlossen hatte, gekündigt und einen Schätzer beauftragt, den Wert des Kleingartens und der steinernen Laube festzusetzen, um einen reibungslosen Pächterwechsel zu ermöglichen.

Wehmut überkam ihn, als er das hölzerne Gartentor aufschloss und den mit Waschbetonplatten belegten, inzwischen aber weitgehend überwucherten Weg zur Laube betrat. Eigentlich hatte er nur kurz nach dem Rechten sehen wollen, auch um sicherzugehen, dass es im Winter keinen Laubeneinbruch oder irgendwelche Frostschäden gegeben hatte. Jetzt war er selbst überrascht, wie sehr die Erinnerungen und Emotionen plötzlich in ihm aufstiegen. Damals, vor drei Jahrzehnten, hatten sie in einer kleinen Wohnung im Stadtteil Coerde gewohnt, und Maria war noch im Kindergarten gewesen. Karin hatte darauf bestanden, sich um einen Kleingarten in der Nähe zu bemühen, denn wenn sie sich schon kein eigenes Haus mit Garten leisten konnten, so wollte sie wenigstens auf diese Weise etwas zu gärtnern haben. »Ein bisschen in der Erde buddeln«, wie sie es untertreibend genannt hatte.

Eigentlich war es immer Karins Garten gewesen. Zwar hatte sich Tenbrink um die eher grobmotorischen Aufgaben wie Baumschnitt, Häckseln oder Rasenmähen gekümmert, doch den grünen Daumen hatte nur Karin besessen. Was sie anfasste, blühte, gedieh und spross. Auch später, als sie das Reihenhaus mit Garten in Schöppingen gekauft und den Schrebergarten an die inzwischen erwachsene Tochter übergeben hatten, war Karin so oft wie möglich in der Kolonie gewesen. Um Maria ein wenig zur Hand zu gehen. Auch das eine kolossale Untertreibung.

Die steinerne Laube im hinteren Teil der Parzelle war äußerlich noch gut in Schuss, lediglich der Rauputz und die Eingangstür konnten einen frischen Anstrich vertragen, und die Mückengitter vor den Fenstern waren zerrissen oder ganz abgefallen. Auch im Inneren sah es nicht so schlimm aus, wie Tenbrink befürchtet hatte. Natürlich roch es muffig und abgestanden, das Mobiliar war etwas angestaubt, die kleine Küchenzeile mit Rost- und Fettflecken übersät, und an der Decke hatten sich

Spinngewebe gebildet. Doch es gab nichts, was man nicht mit einem ordentlichen Frühjahrsputz wieder auf Vordermann bringen könnte.

Das letzte Mal war Tenbrink vor knapp einem Jahr in der Laube gewesen. Damals hatte er den alten Fernseher hierhergebracht, der seit Karins Tod unbenutzt geblieben war – als Überraschungsgeschenk für die Enkelkinder. Wegen des Geräts hatte es jedoch einen Riesenkrach mit Maria gegeben, weil Tenbrink es in der Laube abgestellt hatte, ohne seine Tochter vorher zu fragen. Maria war der Auffassung gewesen, die beiden Mädchen würden ohnehin schon den ganzen Tag entweder vor der Glotze oder dem Tablet hängen und bräuchten im Garten »nicht noch so ein Scheißteil«. Es reiche völlig, wenn Robert sie an den Wochenenden jeden Mist machen oder gucken lasse - danke sehr!

Robert war Marias Ex-Mann und wohnte mit seiner zweiten Frau und deren Sohn in Kinderhaus. Tenbrink hatte keine Zweifel, dass Maria hauptsächlich wegen Robert mit den Mädchen nach Gladbeck gezogen war. Als Erzieherin hätte sie überall eine Stelle bekommen können, auch und gerade in Münster, doch eine große räumliche Distanz zu ihrem Ex-Mann schien ihr wichtig gewesen zu sein. Und Tenbrink konnte das sogar nachvollziehen. Robert war ein echter Nichtsnutz und Tagedieb, der sich Schriftsteller schimpfte, weil er ein paar Regionalkrimis für irgendeinen ostwestfälischen Verlag geschrieben hatte, aber sonst allen Leuten, nicht zuletzt seinen jeweiligen Frauen, auf der Tasche lag. Selbst Tenbrink hatte er mal um ein Darlehen angebettelt. Wohlgemerkt, *nachdem* er Maria betrogen und sie und die Kinder wegen einer anderen Frau verlassen hatte!

Tenbrink schaute sich in der Laube um und suchte nach dem Fernseher. Er stand weder auf der Kommode noch in dem dafür vorgesehenen Fach des Wandschranks, den Tenbrink damals verkleinert hatte, damit er in die Laube passte. Schließlich fand er den klobigen Apparat unter dem Esstisch, mit einer Wolldecke zugedeckt und noch immer in dem zugeklebten Pappkarton, in dem Tenbrink ihn hergeschafft hatte. Er schluckte und biss sich auf die Lippen. Er hatte es doch nur gut gemeint!

Tenbrink hatte nach der Kündigung des Pachtvertrags seine Tochter angerufen und sie gefragt, ob sich in der Laube noch Sachen befänden, die ihr wichtig seien und die er nach Gladbeck schaffen solle. »Das kann alles weg!«, war ihre Antwort gewesen. »Von mir aus kann der ganze Kram auf den Müll.« Trotzdem wollte er nun noch einmal einen Blick in die Schränke und Regale werfen, um sicherzugehen, dass sie nichts übersehen oder vergessen hatte. Tatsächlich stammten die meisten Dinge, auf die er in den Schubläden und Fächern stieß, noch aus der Zeit, als Karin und er die Laube ausgestattet hatten: altes Werkzeug, aussortiertes Geschirr, angelaufenes Besteck in vorsintflutlichem Design, allerlei Ersatzteile und Bedienungsanleitungen für längst entsorgte Gasteninstrumente und Elektrogeräte. Nichts Persönliches, nichts Wichtiges. Alles für den Müll!

Er machte das Licht aus und erinnerte sich im selben Moment daran, dass er noch den Stromvertrag mit den Stadtwerken kündigen musste. Und sich den Zählerstand des Wasserzählers für die Endabrechnung notieren sollte.

Plötzlich fiel ihm noch etwas ein. Er wandte sich um und schaltete die Deckenlampe wieder an. Im Esstisch gab es eine Besteckschublade, in der sie immer die wichtigen Unterlagen aufbewahrt hatten. Pachtrechnungen, Karins Bepflanzungspläne, dringende Schreiben der

Stadtwerke. Tenbrink zog die Schublade heraus und war überhaupt nicht überrascht, dass sich darin tatsächlich eine Art Sammelmappe befand. Doch darin waren keine Rechnungen oder Mahnungen, wie er angenommen hatte, sondern Kinderzeichnungen im DIN-A4-Format. Bunte und krakelige Bilder, die früher an der Wand hinter dem Klappsofa gehangen hatten und allesamt mit »Nelly« oder »Jana« signiert waren. In den Ecken hatte Maria die jeweilige Jahreszahl notiert und manchmal auch den von der jeweiligen Künstlerin ersonnenen Gemäldetitel: »Grünes Kamel mit drei Höckern für mehr Wasser« oder »Krokodil mit Kopf aber ohne Schwanz«. Tenbrink kamen die Tränen, als er durch die kleine Sammlung von »Kunstschätzen« blätterte. Ein Bild hieß »Oma und Opa« und zeigte zwei Strichmännchen; eine der Figuren hatte eine Blume in der Hand, die andere etwas Gekrümmtes, das entfernt an eine Pistole erinnerte. Tenbrink lächelte gerührt. Dann aber stieß er auf etwas, das dort eigentlich nicht hingehörte. Vielleicht war es versehentlich in die Mappe gerutscht. Ein länglicher Briefumschlag, adressiert an Maria, in Karins Handschrift. In dem Umschlag steckte ein Papier, doch statt es herauszuziehen, klappte Tenbrink erschrocken die Mappe zu. Als hätte er etwas Verbotenes getan. Oder etwas Unerhörtes gesehen.

Im selben Augenblick klingelte sein Handy.

»Hallo, Maik«, grüßte er, nachdem er sich einigermaßen beruhigt hatte. »Was gibt's?«

»Lust auf einen Ausflug?«

»Wohin?«

»Zu einem Friedhof.«

»Gerne.« Dann fiel ihm etwas ein, und er fragte: »Maik?«

»Ja?«

»Brauchst du einen Fernseher?«

»Kommt drauf an. Hat er HDMI und WLAN?«

»Keine Ahnung«, antwortete Tenbrink und zog die Stirn kraus. »Aber er hat eine Fernbedienung.«

Dann klemmte er sich die Mappe unter den Arm, schaltete das Licht aus und verließ die Laube.

4

Bertram hätte eigentlich wissen müssen, wie Tenbrink reagieren würde, und doch war er überrascht, als der ihn zunächst fassungslos anstarrte und anschließend wütend anblaffte: »Hast du sie noch alle? Wie kann man nur so dämlich sein!«

»Hätte ich ihr etwa die Tür vor der Nase zuschlagen sollen?«

»Natürlich! Was denn sonst?«

Was denn sonst! Bertram wusste, dass Tenbrink recht hatte. Dass es ein Fehler gewesen war, Michaela in die Wohnung und bei sich übernachten zu lassen. Und doch konnte er nicht finden, dass er falsch gehandelt hatte. Was natürlich ein Widerspruch in sich war.

»Hast du vergessen, was sie getan hat?«, fragte Tenbrink und hob beide Hände, als verzweifelte er an Bertrams Dummheit. »Sie hat dich nach Strich und Faden verarscht. Wie einen blutigen Anfänger hat sie dich in die Falle gelockt. Und jetzt fällst du wieder auf sie rein!«

»Ich falle auf gar nichts rein«, konterte Bertram, setzte zum Überholen an und drückte aufs Gaspedal. Sie fuhren auf der B 54 in Richtung Grenze und hatten gerade die Ortschaft Ochtrup hinter sich gelassen. »Ich bin weder ein Idiot, noch leide ich unter Gedächtnisschwund.« Er merkte, wie Tenbrink unwillkürlich zusammenzuckte, und setzte eilig hinzu: »Ich hab mich heute Morgen bei den Kollegen in Magdeburg erkundigt. Was Michaela mir erzählt hat, entspricht den Tatsachen. Ihr Ex-Freund Ronny ist vor Kurzem aus der Haft geflohen. Er saß wegen Totschlags, Zuhälterei und Nötigung in der JVA Burg und hat einen Krankentransport genutzt, um abzuhauen. Michaela hat im Prozess als Hauptbelastungszeugin gegen ihn ausgesagt; nur deshalb konnte er verurteilt werden. Er hat eine seiner Huren totgeprügelt.«

»Und jetzt ist er hinter Michaela her?«

»Er hat gedroht, ihr das Gesicht aufzuschlitzen. Ronny Kruse ist ein brutales und gefährliches Arschloch. Dem ist alles zuzutrauen.«

»Warum hat sie dann gegen ihn ausgesagt?«

»Vielleicht, *weil* er ein Arschloch ist?«

»Ja, klar!« Tenbrink lachte und schüttelte den Kopf. »Und sie ist plötzlich eine Heilige geworden. Du bist doch nicht etwa immer noch in sie verliebt, oder?«

»Ich hab gerade gesagt, dass ich kein Idiot bin.«

»*Cui bono*«, knurrte Tenbrink.

»Was meinst du damit?«

»Wem nützt es.«

»Ich weiß, was *cui bono* heißt!«

»Warum sagt sie plötzlich gegen ihren Freund und Zuhälter aus? Für den sie vor einiger Zeit eine Affäre mit einem übereifrigen Drogenfahnder begonnen hat. Und warum kommt sie ausgerechnet zu diesem inzwischen strafversetzten Drogenfahnder, um sich vor ihrem Freund zu verstecken?«

»Ich wurde nicht strafversetzt. Jedenfalls nicht offiziell.«

»Nein, du wolltest natürlich immer schon in unserem wunderschönen Münsterland leben.« Tenbrink schnaufte abfällig und deutete mit einer Sammelmappe, die er die ganze Zeit in der Hand hielt, auf ein Hinweisschild am Straßenrand. »Aber genau darum geht es. Wer hat etwas davon? Wem nützt es?«

»Sie hat gesagt, dass sie sonst niemanden hat«, antwortete Bertram und setzte den Blinker, um auf die Altwicker Landstraße abzubiegen. Bis Oldenhook waren es noch etwa vier Kilometer.

»Hast du nicht gerade behauptet, dass du kein Idiot bist?«, erwiderte Tenbrink und schüttelte ärgerlich den Kopf. »Dann benimm dich nicht wie einer!«

»Es ist ja nur für ein paar Tage.«

»O heilige Einfalt!«, murmelte Tenbrink.

»Das hab ich gehört.« Bertram grinste und hob den Zeigefinger.

»Das will ich auch hoffen.«

Die Oldenhooker Friedhofstraße lag mitten im Dorf. Sie kreuzte die Kirchstraße, an der sich nicht nur das katholische Gotteshaus und die obligatorische Dorfkneipe, sondern auch die meisten Geschäfte und Läden sowie eine Filiale der Sparkasse befanden. Einen Totenacker suchte man hier allerdings vergeblich; der Dorffriedhof war am hinteren Ortsausgang angelegt worden, ganz in der Nähe des Senioren-Wohnparks »Am Nonnenbusch«. Nur der Name der Straße erinnerte noch daran, dass sich die Oldenhooker Begräbnisstätte einst direkt neben der Kirche befunden hatte. Heute waren hier die wenigen Überreste des örtlichen Industriegebiets angesiedelt; neben dem Landmaschinenhandel Große-Daltrup gab es das Bauunternehmen Hagemann und die Schreinerei Ellering, wie Bertram auf einem Schild an der Straße las. Die übrigen Firmen waren vor Jahrzehnten, zusammen mit den Dorfbauern, im Zuge einer Flurbereinigung auf umliegende Flächen ausgesiedelt worden. So hatte es Bertram jedenfalls dem Wikipedia-Eintrag des Dorfes entnommen.

Oldenhooker Friedhofstraße 4. Als er Große-Daltrups Adresse gelesen hatte, waren ihm Tenbrinks Ausführungen über den verschollenen Totenbauern und Küster Doedtmann wieder eingefallen, der angeblich direkt neben dem Friedhof gewohnt hatte. Daraufhin war ihm die Idee gekommen, Tenbrink quasi als inoffiziellen Ermittler mitzunehmen. Wenn es um münsterländische Eigenarten und Gepflogenheiten ging, gab es keinen besseren Experten. Zumindest nicht bei der Kripo Münster.

Bertram fuhr auf den geschotterten Parkplatz des Landmaschinenhandels und stellte seinen Wagen neben einem monströsen Fendt-Traktor ab, dessen mächtige Hinterräder einen Durchmesser von mehr als zwei Metern hatten und an die Antriebsräder einer Wassermühle erinnerten. Einige weitere Land- und Gartenmaschinen standen ebenfalls dort, doch der Großteil des Fuhrparks und der Ackergeräte schien anderswo untergebracht zu sein. Hier an der Friedhofstraße gab es nur eine relativ kleine Werkstatt, eine räumlich ebenso bescheidene Lagerhalle und das doppelstöckige Wohnhaus mit vorgebautem Schau- und Verkaufsraum. »Landmaschinen Große-Daltrup. Wir haben, was Sie brauchen«, war auf einer ausgeblichenen Werbetafel im Schaufenster zu lesen. Darunter ein uraltes gelb-rotes Emailleschild mit dem Logo der Firma Lanz. Es sah nicht so aus, als würde in dem Verkaufsraum tatsächlich noch etwas verkauft.

»Sieh an, die Polizei«, sagte Johannes Große-Daltrup, der in diesem Moment in T-Shirt und Jogginghose aus einer Seitentür des Wohnhauses trat. Vermutlich war das der Eingang zur Einliegerwohnung. »Wollen Sie zu mir?«

»Eigentlich zu Ihren Eltern«, antwortete Bertram und nickte zum Gruß. »Wir haben ein paar Fragen.«

»Die sind in der Kirche. Müssten aber jeden Augenblick zurück sein.« Johannes Große-Daltrup wies mit einer Kopfbewegung zum Kirchturm, dessen Spitze samt Uhr über der Werkstatt zu sehen war. »Geht's etwa um ein Alibi für mich? Den Weg hätten Sie sich sparen können. Meine Eltern werden mir keins geben.«

»Verkaufen Sie auch Oldtimer?«, erkundigte sich Tenbrink und deutete auf das altertümliche Lanz-Schild im Schaufenster. »Als Kind hatte ich mehrere Modelle vom Lanz-Bulldog. Das war noch ein richtiger Trecker.«

»Dies ist ein Landmaschinenhandel und kein Museum«, entgegnete Große-Daltrup und verdrehte die Augen. »Auch wenn mein Vater das manchmal anders sieht. In seiner Freizeit schraubt er oft an alten Lanz-Traktoren rum.« Wieder ging die Kopfbewegung in Richtung Werkstatt. »So ›ne Art Hobby von ihm.«

»Glühkopfmotor, oder?«, fragte Tenbrink.

Diesmal verdrehte Bertram die Augen und grinste unmerklich.

»Wenn Sie das sagen«, antwortete der junge Mann gelangweilt. »Ich arbeite im Büro, nicht in der Werkstatt. Das können Sie aber gern mit meinem Vater besprechen. Da kommt er gerade.«

Tatsächlich betraten in diesem Augenblick ein großer, korpulenter Mann und eine kleine, rundliche Frau den Hof. Josef und Helga Große-Daltrup: beide im Sonntagsstaat, beide etwa fünfzig Jahre alt, und beide mit besorgtem Blick zu Bertrams Dienstwagen mit Münsteraner Kennzeichen.

»Die Herren sind von der Kriminalpolizei«, bestätigte Johannes Große-Daltrup die offenkundigen Befürchtungen seiner Eltern. »Sie wollen mit euch sprechen.«

»Mit uns?«, rief die Mutter und fasste sich erschrocken an die üppige Brust. »Worüber denn?«

»Wo ich war, als Peter Gausling erschlagen wurde.« Er griente und zündete sich eine Zigarette an.

»Johannes, bitte!«, sagte seine Mutter, wobei nicht klar war, ob sie seine Worte oder sein Rauchen meinte. »Eine schreckliche Sache.«

»Kannten Sie Herrn Gausling?«, fragte Bertram.

»Nein, jedenfalls nicht persönlich«, antwortete sie und schaute unsicher zu ihrem Sohn. »Nur vom Sehen ... und von dem, was Johannes über ihn erzählt hat. Trotzdem schrecklich, oder?«

»Ich mach mir ›nen Kaffee.« Johannes Große-Daltrup blies einen Rauchkringel in die Luft und wandte sich ab. »Will noch jemand einen?«

»Da ist noch Kaffee in der Thermoskanne auf der Anrichte«, antwortete sein Vater, wandte sich dabei aber wie selbstverständlich an Tenbrink. »Wenn Sie möchten?«

»Ich meine *richtigen* Kaffee«, knurrte der Sohn. »Nicht eure lauwarme Filterplörre.«

»Nein, danke!« Bertram schüttelte entschieden den Kopf und wartete, bis der junge Mann im Haus verschwunden war. Dann wandte er sich an die Mutter, deren Hand immer noch auf ihrer Brust lag und deren runder Kopf inzwischen die Farbe einer reifen Tomate angenommen hatte: »Ihr Sohn hat uns gesagt, dass er am Freitag ab drei Uhr einen Mittagsschlaf gehalten hat. Ist das richtig?«

»Ja, ich glaub schon«, antwortete sie und schaute hilfesuchend zu ihrem Mann.

»Bruuks mi nich ankieken«, erklärte der und hob abwehrend die Hände. *»Ik was nich in't Huus.«*

»Johannes wollte sich noch etwas hinlegen.« Helga Große-Daltrup lächelte gequält. »Weil er doch abends mit Lisa nach Essen wollte. Zu irgendeinem Konzert. Bis zwei Uhr hat er hier im Büro gesessen, danach hab ich ihn nicht mehr gesehen. Erst abends wieder, als er losgefahren ist. Sein Wagen stand aber die ganze Zeit vor der Tür.« Dabei deutete sie auf den VW Golf, der auch jetzt auf einem Stellplatz vor dem Wohnhaus geparkt war.

»Und Sie?«, wandte sich Bertram an ihren Mann. Er war sich nicht sicher, ob er die plattdeutschen Worte vorhin richtig verstanden hatte.

»Ich war in der Halle.«

»Diese Halle?«, fragte Bertram und deutete auf das längliche Gebäude neben dem Wohnhaus.

»Nein, hier gibt's nur noch die alte Werkstatt, das Ersatzteillager und Johannes sein Büro. Die große Halle und der neue Verkaufsraum sind im Industriegebiet an der Umgehungsstraße. Da war ich den ganzen Nachmittag und abends um sieben bei der Ratssitzung.«

»Welcher Rat ist das?«, hakte Tenbrink nach. »Pfarrgemeinde?«

»Der Stadtrat von Altwick«, antwortete Josef Große-Daltrup und machte eine Pause, als wollte er seinen Worten die nötige Geltung verschaffen. »Ich bin Ratsmitglied der Stadt Altwick und Ortsvorsteher von Oldenhook. Am Freitag hat der Ausschuss für Stadtentwicklung und Verkehr getagt; da bin ich Vorsitzender.« Es war offensichtlich, dass er sehr stolz auf seine Ämter war. Die Worte »Ortsvorsteher« und »Vorsitzender« hatte er mit großem Nachdruck betont.

»Stadtentwicklung und Verkehr«, wiederholte Bertram und nickte. »Klingt interessant.« Die Worte kamen ihm ironischer über die Lippen, als er es beabsichtigt hatte.

»Das ist es tatsächlich«, entgegnete Große-Daltrup pikiert. »Von Münster aus betrachtet, mag das vielleicht nicht so scheinen, aber in Altwick ist vieles in Bewegung, gerade in unserem Ortsteil Oldenhook. Glauben Sie bloß nicht, dass wir hinterm Mond leben. Hier verändert sich einiges.«

»Das glaube ich sofort«, beteuerte Tenbrink und deutete zur nahe gelegenen Kirche. »Apropos Veränderung. Wo ist eigentlich der Friedhof geblieben?«

»Der Friedhof?« Große-Daltrup sah ihn verwundert an. »An der Altwicker Landstraße, gegenüber vom Altenheim. Wieso?«

»Und der alte Friedhof?«

»Den gibt's doch schon lange nicht mehr.«

»Ich weiß.« Tenbrink lächelte entschuldigend. »Aber wo genau war er, als es ihn noch gab?«

»Da drüben«, antwortete Helga Große-Daltrup anstelle ihres Mannes und deutete zum Nachbargrundstück. »Gleich hinter der Hecke.«

»Da, wo jetzt die Baufirma ist?«

Sie nickte. »Ja, Hagemann.«

»Dodennaober«, sagte ihr Mann.

»Wie bitte?«, entfuhr es Bertram etwas zu laut.

»Totennachbar. So hat mein Vater ihn manchmal genannt.« Josef Große-Daltrup runzelte die Stirn über Bertrams heftige Reaktion. »Weil da früher der Friedhof war. Das Haus der Hagemanns war früher das alte Pastorat. Vermutlich liegen immer noch ein paar Gerippe auf dem Grundstück. Man muss nur tief genug graben.«

»War Hagemann der Totenbauer von Oldenhook?«, fragte Tenbrink. »Ich meine, in früheren Zeiten, als es noch so was wie *Dodennaobers* gab.«

»Hagemanns wohnen doch erst seit den Siebzigern hier«, erwiderte Helga Große-Daltrup und schüttelte den Kopf. »Die sind nicht von hier. Die Familie kommt ursprünglich aus dem Sauerland.«

»Winterberg, um genau zu sein!«, rief in diesem Augenblick Johannes Große-Daltrup, der mit einem Glas Latte Macchiato aus der Seitentür des Hauses getreten war und zu ihnen kam. »Trotzdem ist es nicht nett, sie als ›nicht von hier‹ zu bezeichnen. Immerhin wohnen die Hagemanns schon seit über vierzig Jahren in Oldenhook.«

»Dat weet ik uck«, entgegnete seine Mutter, als wollte sie durch das Plattdeutsche unterstreichen, dass es eben doch einen Unterschied zwischen Hiesigen und Zugezogenen gab. *»Dat bruuks mi nich vertällen.«*

Johannes Große-Daltrup zog eine Flappe, schnaufte verächtlich und nippte an seinem Kaffee.

»Danke für die Auskunft.« Bertram hob zum Abschied die Hand. »Das war's schon. Schönen Sonntag!« Er drehte sich um und ging zu seinem Auto.

»Eine Frage habe ich noch«, sagte Tenbrink, woraufhin Bertram innehielt und sich umwandte. »Kannten Sie eigentlich Frau Holters?«

»Ingrid Holters?«, antwortete Helga Große-Daltrup und nickte. »Natürlich kannten wir sie. Die Arme! Das ganze Dorf war bei ihrer Beerdi…«

»Die Frage galt eigentlich Ihrem Sohn«, unterbrach Tenbrink sie.

Johannes Große-Daltrup verschluckte sich an seinem Kaffee und sagte dann: »Ob ich sie kannte? Die alte Hexe vom Heimatverein? Wer kannte die nicht?«

»Johannes!«, rief seine Mutter.

»Ist doch wahr! Es tut mir leid, dass sie gestorben ist, aber ich kann nicht behaupten, dass ich sie vermisse. Überall hat die ihre Nase reingesteckt und so getan, als wäre ihr dämlicher Heimatverein die Regierung von Oldenhook. Und sie die Chefin von allem.«

»Traurig ist es trotzdem!«, erwiderte seine Mutter. »So plötzlich und unerwartet.«

»Geht di't good, dann kümp de Dood«, antwortete ihr Sohn und grinste.

»Johannes!«

»Vielen Dank«, sagte Tenbrink und kehrte mit Bertram zum Wagen zurück.

»Was sollte diese letzte Frage?«, wollte Bertram wissen, als er den Motor startete.

»Ich war nur neugierig, wie er auf den Namen reagiert.«

»Und?«

»Ein wütender junger Mann.« Tenbrink zuckte mit den Achseln und schnallte sich an. »Viel interessanter fand ich aber die Reaktion des Stadtrats.«

»Wieso? Er hat doch gar nichts gesagt.«

»Eben!«

In diesem Augenblick klingelte Bertrams Diensthandy.

»Ja, Heide, was gibt's?«

»Wir haben den Tatort.«

»Tatsächlich? Wo?«

»Die alte Knochenmühle an der Altwicker Landstraße. Auf halber Strecke zwischen Oldenhook und Altwick. Etwa einen Kilometer vom Stadtpark entfernt.«

»Eine Knochenmühle? Wie seid ihr denn darauf gekommen?«

»Das errätst du nie!« Heide lachte und beendete das Telefonat.

»Sie haben den Tatort gefunden«, teilte Bertram seinem Beifahrer mit, als er auf die Friedhofstraße einbog und in Richtung Kirche fuhr. »Kommst du mit?«

Tenbrink schüttelte den Kopf.

»Warum nicht?«

»Es ist Arnos Tatort.«

»Leider«, knurrte Bertram. »Soll ich dich vorher nach Hause bringen?«

»Nicht nötig. Lass mich einfach hier raus!« Tenbrink deutete durch die Windschutzscheibe auf die Dorfkneipe »Jägerhaus«, vor der sich eine Gruppe rauchender Männer versammelt hatte.

»Hier? Was hast du vor?«

»Es ist Sonntag«, antwortete Tenbrink, klemmte sich die Sammelmappe, die er zwischenzeitlich im Handschuhfach verstaut hatte, unter den Arm und stieg aus. »Ich mach erst mal einen Frühschoppen.«

5

Es dauerte eine Weile, bis er die ehemalige Knochenmühle fand, und wenn er nicht Bremers Wagen gesehen hätte, der fünfzig Meter vor ihm auf das Grundstück einbog, wäre er vermutlich noch ein drittes Mal an der unscheinbaren und von Bäumen verdeckten Einfahrt vorbeigefahren. Vielleicht hatte es damit zu tun, dass er nach einer klassischen Mühle Ausschau gehalten hatte. Einer verwunschenen Wassermühle wie bei »Krabat«, in der ein Teufelsmüller um Mitternacht die Knochen der Verstorbenen zu Mehl verarbeitete, oder einer hölzernen Bockwindmühle, die weithin sichtbar und majestätisch über der Landschaft thronte. Tatsächlich aber war alles, was von der Altwicker Knochenmühle übrig geblieben war, ein betonierter Parkplatz sowie ein grau verputzter Flachbau mit eingeworfenen Fenstern und einfallslosen Graffiti an den Wänden. Ein riesiges Betonfeld und eine verfallene Bruchbude. Hinter dem Gebäude ragten in der Ferne die Baukräne der noch nicht ganz fertiggestellten Baumsiedlung in den Himmel.

Seltsamer Parkplatz, dachte Bertram, als er ausstieg und den Boden betrachtete. Der Beton war extrem grobkörnig und uneben, voller Löcher und spitzer Zacken. Direkt vor dem eingeschossigen Flachbau standen bereits zwei Einsatzwagen der örtlichen Polizei sowie der Kastenwagen der Spurensicherung. Heide stand mit einem uniformierten Kollegen am Eingang und winkte Bertram zu. Sie trug den obligatorischen weißen Einweg-Overall, setzte die Kapuze auf und verschwand Sekunden später im Inneren.

»Das wurde aber auch Zeit«, wurde Bertram von Bremer begrüßt, der missfällig seine italienischen Designerschuhe betrachtete. Deren Ledersohlen wurden durch den grobkörnigen Untergrund vermutlich ungebührlich in Mitleidenschaft gezogen.

»Meinst du mich oder den Tatort?«, fragte Bertram und nickte Reinhard Gehling zu, der mit verkniffener Miene neben Bremers Wagen stand und auf Befehle zu warten schien.

»Beides.« Bremer setzte seinen Borsalino auf und stakste wie ein Storch über den Beton in Richtung Flachbau. »Hast du was rausgefunden?«

Bertram schüttelte den Kopf, obwohl das eigentlich nicht den Tatsachen entsprach. Und von Tenbrink verriet er ebenfalls nichts. Das sparte er sich für eine spätere Gelegenheit auf.

»Du hattest übrigens unrecht«, sagte Bremer und gab Gehling ein Handzeichen, der sich augenblicklich zu ihm gesellte. Wie ein gut erzogener Hund, der brav seinem Herrchen folgte.

»Womit?«

»Beate Lohmann ist *nicht* die leibliche Mutter von Peter Gausling. Anders als du vermutet hast.«

»Woher weißt du das?«

»Ich hab sie gefragt.«

»Du hast Frau Lohmann gefragt, ob Gausling ihr Sohn war?« Bertram klappte der Unterkiefer herunter. »Einfach so?«

»Einfach so. Und direkt vor den Kopf. Dann haben die Leute keine Zeit, sich Lügen auszudenken.« Bremer blieb stehen und lächelte Bertram an, als hätte er gerade eine unschätzbare Weisheit preisgegeben. »Sie hat Nein gesagt, sehr bestimmt - und ohne mit der Wimper zu zucken. Das war keine Lüge. Frag Reinhard, wenn du mir nicht glaubst!«

»Das stimmt«, bestätigte Gehling und nickte. »Frau Lohmann klang ganz ehrlich und aufrichtig. Als sie gesagt hat, sie sei nicht Gauslings Mutter, da hatte ich nicht den Eindruck, dass sie lügt.«

»Aber?«, hakte Bertram nach.

»Es gibt kein ›Aber‹«, ging Bremer dazwischen und stakste zufrieden davon. »Du hattest einfach unrecht, Maik.«

»Okay.« Bertram nickte artig, hielt jedoch Gehling am Ärmel fest und wartete, bis Bremer außer Hörweite war. Dann wiederholte er seine Frage: »Aber?«

Gehling machte eine betretene Miene und schien mit sich zu ringen. Dann schüttelte er den Kopf, als wollte er die eigenen Zweifel beiseite wischen, und antwortete schließlich: »Sie hat nicht gelogen, aber sie wirkte irgendwie … erleichtert.«

»Inwiefern?«

»Es ist mir so vorgekommen, als wäre sie regelrecht froh darüber, dass Arno sie gefragt hat, ob sie Gauslings Mutter war. Als sie Nein gesagt hat, da wirkte sie … nun ja … als wäre ihr eine Last von den Schultern gefallen.«

»Weil es die falsche Frage war?«

»Weil sie nicht gezwungen war, eine Lüge zu erzählen«, mutmaßte Gehling und biss sich auf die Lippen. »Verstehst du, was ich meine?«

»Sie hat nicht gelogen«, folgerte Bertram, »aber die ganze Wahrheit war es trotzdem nicht.«

Gehling zögerte und nickte dann. »So in etwa.«

»Wusste sie, dass Gausling adoptiert worden war?«

»Angeblich nicht.« Gehling wiegte den Kopf hin und her. »Aber das hab ich ihr nicht abgenommen. Ihre Überraschung darüber wirkte gekünstelt.«

»Du hast ein gutes Auge, Reinhard«, lobte Bertram den jungen Kollegen und klopfte ihm auf die Schulter. »Und ein gutes Gespür.«

»Danke.« Gehling lächelte und wurde rot.

»Wo bleibt ihr denn?«, rief Bremer vom Eingang. Er hielt sich an einem Geländer fest und wischte sich mit einem Tuch über die verdreckten Schuhe. »Hier wartet Arbeit auf euch!«

Der Flachbau sah innen genauso verwahrlost aus wie außen. Schimmel und Schmutz auf dem Boden, keine Gardinen oder Jalousien vor den Fenstern, keine Lampen an den Decken. Die Wände waren mit Graffiti übersät, die Raufasertapeten hingen in breiten Streifen herab, und auch die Fliesen lösten sich von den Wänden. Vier weitgehend leer geräumte Zimmer gingen von einem schmalen Flur ab, außerdem gab es ein winziges Bad mit Klo und Dusche sowie eine Stehküche mit Besenkammer. Alles in einem erbärmlichen Zustand. Es war offensichtlich, dass diese Baracke, die einst vermutlich als Bürogebäude und Pausenraum gedient hatte, seit Jahren, wenn nicht Jahrzehnten leer stand.

Heide Feldkamp, die Tatortspezialistin, und die Kollegen von der Spurensicherung waren gerade dabei, den größten der vier Räume zu sichern. Hier hatten sie Gauslings Lederjacke an einem Haken an der Tür gefunden, und dem ersten Anschein nach befanden sich Blutspuren und relativ frische Schuhabdrücke auf dem verdreckten Boden. Diverse Zigarettenkippen und leere Bierflaschen lagen überall herum. Dies war auch der einzige Raum, in dem sich noch etwas Mobiliar befand: ein Metallstuhl, ein billig furnierter Schreibtisch sowie ein schmales Wandregal ohne Einlegeböden.

Während Bremer in den Flur hineingegangen war und von dort die Kriminaltechniker mit seinen Bemerkungen beglückte, als müsste er ihnen sagen, was sie zu tun haben, blieb Bertram draußen vor der Tür und wartete darauf, dass die Spurensicherung ihre Arbeit beendete. Im Moment würde er drinnen nur stören.

»Wie sind Sie ausgerechnet auf die Knochenmühle gekommen?«, wandte er sich an Polizeihauptkommissar Ewerding, der neben ihm stand und jedes Mal neugierig den Kopf reckte, wenn sich drinnen etwas tat oder Bremer einen Kommentar abgab. »Das Gelände liegt ja nicht in unmittelbarer Nähe des Stadtparks. Hatten Sie einen Hinweis?«

Anstatt direkt eine Antwort zu geben, sagte Ewerding mit tiefer Stimme: »Von mir aus können wir uns auch duzen. Karlheinz, ohne Bindestrich.«

»Maik, mit ›ai‹.«

»Aus'm Osten?«

»Bingo.« Bertram grinste, und sie schüttelten sich die Hände. »Also?«

»Es war wegen Frau Holters.«

»Ingrid Holters?«, staunte Bertram und hatte Mühe, seine Hand aus Ewerdings fleischiger Pranke zu befreien. »Was hat die denn damit zu tun?«

»Ihr hat die Knochenmühle gehört. Also ursprünglich ihrem Mann, aber als der gestorben war, führte sie die Mühle weiter. Damals, als sie noch in Betrieb war. ›Holters' Knochenmehl‹, so hieß die Firma.« Ewerding hob die Augenbrauen und schien Bertrams Überraschung zu genießen, dann setzte er erklärend hinzu: »Heide hat vorhin den Namen erwähnt, als wir in der Baumsiedlung unterwegs waren, und da hab ich ihr von der alten Knochenmühle erzählt. Deshalb haben wir einfach mal nachgeschaut und sind auf die Lederjacke gestoßen. Die hing ordentlich am Haken, als hätte sie einer vergessen.«

Das war tatsächlich eine interessante Neuigkeit, und Bertram verstand nun Heides mysteriöse Andeutung am Telefon. Das hätte er wahrlich nicht erraten.

»Bis wann war die Knochenmühle in Betrieb?«

»Die ist schon seit fast fünfzehn Jahren zu«, antwortete Ewerding und wies mit dem Daumen über seine Schulter auf die Baracke. »Die Nazis haben sie gebaut. In den späten Dreißigern, glaube ich.«

Bertram horchte auf. »Wurden hier etwa menschliche …?«

»Nein!«, rief Ewerding erschrocken und schüttelte seinen massigen Kopf. »So was doch nicht! Hier wurden nur Tierknochen verarbeitet, für Dünger und Seife und so. Auch nach dem Krieg. Bis es sich irgendwann nicht mehr gelohnt hat. Es gab ja längst Kunstdünger, und als Futtermittel darf Knochenmehl auch nicht mehr benutzt werden. Wegen Rinderwahn und so. Von Seife ganz zu schweigen. Die muss heutzutage ja auch mindestens ›vegan‹ sein.«

»Wo stand denn die Knochenmühle?«, wollte Bertram wissen. »Ich meine, die eigentliche Mühle.«

Ewerding deutete auf das Betonfeld, das Bertram für einen Parkplatz gehalten hatte. »Da stand die Halle, wo das Fett aus den Knochen gelöst wurde. Und gleich daneben war das Mahlwerk mit den Knochenstampfern.«

»Der komische Beton war das Fundament der Halle?«

»Das ist kein Fundament, und das ist auch kein Beton, jedenfalls nicht im herkömmlichen Sinn.« Wieder gingen Ewerdings Augenbrauen in die Höhe; offenbar ein Zeichen, dass ihn etwas belustigte. »Dieser Platz hat die Stadt eine Menge Geld gekostet.«

»Wieso?«

»Weil man früher irgendwelche Chemikalien benutzt hat, um das Fett aus den Knochen herauszuholen. Frag mich nicht, wie das Zeug hieß, irgendwas mit ›Chlor‹, aber als die Knochenmühle längst geschlossen war, wurde bei Probebohrungen festgestellt, dass der Boden unter der Halle verseucht war.«

Bertram ahnte, was das bedeutete. »Die haben ein Mittel in die Erde gepumpt, um die Chemie zu binden und den Boden zu säubern?«

»Genau. Abtragen ging nicht oder wäre noch teurer gewesen, darum haben sie mit irgendwas den Boden geschwemmt.« Ewerding deutete auf den bröckeligen Belag. »In dem Gemisch war wohl auch Zement, darum sieht's aus wie Beton. Angeblich ist es jetzt nicht mehr giftig. Keine Gefahr fürs Grundwasser.«

»Musste Frau Holters als Eigentümerin diese Prozedur bezahlen?«

Ewerding schüttelte den Kopf. »Als ihr Mann die Knochenmühle in den Siebzigern übernommen hat, war das giftige Zeug längst im Boden. Später hat man in der Mühle anscheinend andere Fettlöser benutzt. Und vorher hat die Mühle der Stadt gehört. War ja von den Nazis gebaut worden.«

»Verstehe.«

»In Altwick war jedenfalls keiner traurig, als die Knochenmühle geschlossen wurde.« Ewerding fasste sich an die Nase und verzog angeekelt das Gesicht. »Was meinst du, wie das hier oft gestunken hat. Die Knochen mussten ja mit Lastern herangeschafft und verladen werden. Und dann lagen sie ewig zum Trocknen in der Halle herum, bevor sie zu Mehl verarbeitet werden konnten.«

»Mahlzeit!«, sagte Bertram.

»Jo!« Ewerding grinste. »Wenn's die Knochenmühle heute noch gäbe, wäre auch die Baumsiedlung nie entstanden.« Er deutete zu den Baukränen. »Wer hat schon gern ein Haus neben einer Stinkfabrik?«

»Ich will eure Plauderei nur ungern unterbrechen«, meldete sich in diesem Augenblick Bremers Stimme aus dem Hintergrund. »Aber die Kollegen wären dann so weit.«

»Komme!«, rief Bertram und klopfte Ewerding auf die Schulter. »Danke, Karlheinz. Das war sehr aufschlussreich.«

»Da nicht für, Maik.«

6

Das »Jägerhaus« machte seinem Namen alle Ehre. Überall an den vertäfelten Wänden hingen Jagdtrophäen, Waffen oder gerahmte Fotos von posierenden Jägern und erlegtem Wild. Zahlreiche Geweihe - vom zierlichen Gehörn eines Rehbocks bis zum imposanten Zwölfender eines Rothirsches -, altertümliche Steinschlossgewehre und klobige Doppellaufflinten, ausgestopfte Vögel und Wildschweinköpfe mit mächtigen Eckzähnen. Gewaff, wie der Jäger sagte. Tenbrink kannte sich leidlich in der Waidmannssprache aus, auch wenn er selbst überhaupt keinen Drang zur Jagd verspürte. Im Münsterland war es jedoch stets wichtig, mitreden zu können. Vor allem, wenn man eigentlich keine Ahnung von einer Sache hatte.

Tenbrink setzte sich an den Tresen und wunderte sich über den ausgestopften Dackel, der auf der Zapfanlage stand und die Gäste mit gläsernen Knopfaugen anstarrte.

»Selbst geschossen?«, fragte Tenbrink den Wirt, einen korpulenten Mittfünfziger mit Halbglatze und Vollbart.

»Sicher«, antwortete der Wirt und breitete stolz die Arme aus. »Man soll sich nie mit fremden Federn schmücken.«

»Ich meinte den Dackel«, sagte Tenbrink und grinste.

»Wie witzig«, erwiderte der Wirt, ohne die Miene zu verziehen. »Das erste Mal in Oldenhook?«

»Hab meine Schwägerin im Altenheim am Nonnenbusch besucht.« Tenbrink musste sich bei diesen Worten nicht einmal wie ein Schwindler vorkommen. »Hier im Dorf passieren ja schreckliche Dinge, wie man hört. Ganz schön was los bei euch.«

»Auch nicht mehr wie anderswo.«

»Ich meine den ermordeten Altenpfleger.«

»War kein Kunde von mir«, sagte der Wirt ungerührt und verstaute seine Daumen in den Seitentaschen seiner Lederweste. »Was darf's sein?«

»Mach mir doch mal ein großes Bier.«

»Bei mir gibt's nur Null-Zwei. Wenn du ›n großes Bier willst, musst du in ›nen Supermarkt gehen.«

»Auch gut.«

»Tulpe oder Stange?«

Tenbrink verstand die Frage nicht und blickte leicht irritiert.

»Das Glas!«

»Egal, Hauptsache kalt und mit ordentlicher Blume.«

»Willst du mich beleidigen?«, knurrte der Wirt und griff nach einem Tulpenglas. »Du gehst ja auch nicht in ›nen Fahrradladen und bestellst ›ne Fiets, Hauptsache mit Pedalen und Sattel, oder?«

»Auch wieder wahr.« Tenbrink war froh, als in diesem Moment die Eingangstür aufgerissen wurde und jemand in den Schankraum rief: »Jupp, mach noch mal ›ne Runde für draußen!«

»Die Runde kannst du haben«, antwortete der Wirt und deutete auf einen verwaisten Tisch in der Ecke, auf dem ein Schild mit der Aufschrift »Stammtisch« stand. »Aber wenn ihr sie trinken wollt, müsst ihr wieder reinkommen. Ist doch kein Stehpuff hier!«

»Ssöör nich rum!«, sagte der Mann an der Tür und ging prompt in Deckung, als ein Bierdeckel wie ein Geschoss in seine Richtung flog.

»Ik sall di glieks rumssöörn!«, schimpfte der Wirt und wandte sich ab, um weitere Gläser aus einem Regal zu holen.

»Dersimmerso«, nuschelte ein Mann neben Tenbrink.

»Bitte?«

»Der is‹ immer so«, wiederholte der Mann und prostete ihm mit einem leeren Bierglas zu. »Wenn man hier was trinkt, gibt's Jupps schlechte Laune umsonst dazu. Aufsaus!«

Aufs Haus!, vermutete Tenbrink und nickte.

»Einoch!«, rief der Betrunkene in Richtung Wirt und deutete auf das leere Glas.

»Dein Deckel ist für heute voll, Holger!«, antwortete der Wirt und zapfte noch etwas Schaum auf Tenbrinks Bierkrone. »Hier ist's anders als im Fernsehen. Hier gibt's Rares nur noch für Bares.« Er lachte, zwinkerte Tenbrink zu und stellte ihm das Pils vor die Nase.

Da Tenbrink keinen Fernseher besaß, verstand er die Anspielung nicht, und sagte: »Mach ihm ruhig noch eins, Jupp. Geht auf mich.«

Der Wirt zuckte achtlos mit den Schultern und nahm dem Mann namens Holger das leere Glas aus der Hand. Ein goldener Ehering steckte an dessen Ringfinger und eine Art Siegelring am kleinen Finger.

»Bis‹ nich‹ von hier, was?« Holger grinste schief. Sein stoppeliges Kinn mit dem markanten Grübchen ragte wie ein Rammsporn aus dem Gesicht heraus.

»Die Hiesigen geben dir wohl keinen mehr aus«, folgerte Tenbrink und nippte an seinem Bier. Eiskalt und mit einer großen Blume, die an seine Nase stieß.

»Knickrige Bande«, lallte Holger und gestikulierte wild. »Früher hab ich hier die Runden geschmissen, und heute tun sie so, als kenn‹ sie ein‹ nich‹. Undankbares Pack!«

»Geben und Nehmen, Holger«, mischte sich der Wirt ein, ohne den Blick von den Biergläsern auf dem Tropfblech zu nehmen. »Von *früher* kann sich keiner was kaufen.« Er stellte Holgers Bier auf den Tresen; es hatte keine Blume und sah abgestanden aus. Restebier!

»Prost, Holger!«, sagte Tenbrink und stieß mit seinem Sitznachbarn an. »Auf früher!«

In diesem Moment ging die Tür auf, und der rauchende Stammtisch kam herein. Auf einen Schlag schoss der Lärmpegel in die Höhe, als hätte man einen Schalter umgelegt. Plötzlich schepperte und schallte es wie auf einem Schützenfest. Die Männer nahmen auf dem Weg zu ihrem Stammtisch die frisch gezapften Biere in Empfang, lachten unentwegt und ohne ersichtlichen Grund und redeten in einer Lautstärke, als müssten sie sich in einem überfüllten Festzelt auf zehn Meter Entfernung unterhalten. Auch als sie endlich am Tisch saßen, hatte das Grölen kein Ende. Trinksprüche wurden zum Besten gegeben und lärmend kommentiert. Tenbrink befürchtete bereits, dass sie als nächstes ein Lied anstimmen würden.

»Papa, komm jetzt!«, hörte Tenbrink plötzlich eine relativ helle Männerstimme neben sich. »Es ist längst nach Mittag. Das Essen steht auf dem Tisch. Ich hab uns Lasagne gemacht.«

Mit den Radaubrüdern hatte ein junger Mann die Kneipe betreten, der nun hinter dem betrunkenen Holger stand und ihm beschwörend beide Hände auf die Schultern legte.

»Hab keinen Hunger«, knurrte Holger und wandte sich augenzwinkernd an Tenbrink. »Sieben Bier sind eine warme Mahlzeit, stimmt's?«

»Lass es gut sein, Papa!«, sagte der junge Mann und fuhr sich über die langen dunklen Haare, die er hinter dem Kopf zu einer Art Dutt oder Knoten gebunden hatte. »Trink aus und komm!«

»Der Herr hier hat mich eingeladen.«

»Danke«, wandte sich der junge Mann an Tenbrink und griff gleichzeitig seinem Vater unter die Achseln, um ihn vom Hocker zu hieven. »Aber wir müssen jetzt gehen.«

Tenbrink lächelte und nickte.

»Blagen! Nichts als Ärger und Scherereien!«, schnauzte Holger und wollte sich dem Griff seines Sohnes entwinden, geriet dabei aber ins Stolpern und wäre um ein Haar zu Boden gegangen.

»Sei froh, dass Daniel sich um dich kümmert«, merkte der Wirt an, während er Sektgläser wienerte. »Ohne deinen Jungen wärst du doch längst über den Jordan.«

»Und du hättest gut daran verdient, Jupp!«, zischte der Sohn, während er den Arm des Vaters um seine Schultern legte. »Tu also nicht so scheinheilig!«

»Geben und Nehmen, Daniel!«, rief der Wirt, offenbar in seiner Ehre gekränkt. »Geben und Nehmen.«

»Genauso ist es, Jupp. Die anderen geben, und du nimmst!«

»Hier wird niemand zum Trinken gezwungen.«

Als Antwort schnaufte der junge Mann abfällig.

»Soll ich helfen?«, fragte Tenbrink.

»Nicht nötig.« Daniel schüttelte den Kopf und führte seinen Vater zur Tür. »Wir wohnen gleich hinter der Kirche. Sind nur ›n paar Meter. Danke.«

»Ich kann alleine gehen«, maulte Holger, als sein Sohn ihn unsanft durch die Tür bugsierte.

»Hinter der Kirche?«, fragte Tenbrink den Wirt, als Vater und Sohn wankend die Kneipe verlassen hatten.

»Das alte Pastorat«, antwortete Jupp und lachte grimmig. »Erkennt man aber nur noch an dem steinernen Kreuz im Giebel.«

Tenbrink horchte auf, wusste aber nicht, warum ihn die Erwähnung des Pastorats so irritierte. Er schüttelte ärgerlich den Kopf. »Holger ist aber nicht der Pastor hier, oder?«

»Habt ihr das gehört, Jungs?«, grölte der Wirt in die Runde und hielt sich die Bierwampe. »Mein Freund hier fragt, ob Holger unser Pastor ist!«

Lautes Gelächter war die Antwort. Einer der Stammtischbrüder rief: »Dann wär der Messwein aber ständig alle.« Wieder lachte die Menge.

»Hagemann wohnt da nur«, erklärte Jupp und stellte Tenbrink unaufgefordert ein weiteres Bier vor die Nase, obwohl der sein erstes noch gar nicht ausgetrunken hatte. »Mit der Gemeinde hat das nichts mehr zu tun.«

Hagemann! Jetzt erst begriff Tenbrink und erinnerte sich. »Der Bauunternehmer an der Friedhofstraße?«

»Ich dachte, du bist nicht von hier«, antwortete Jupp überrascht, bedachte Tenbrink mit einem skeptischen Blick und nickte dann. »Aber den Laden schmeißt jetzt sein Sohn. Seit der Insolvenz hat Holger nichts mehr zu bestimmen. Er kann von Glück sagen, dass die Bank ihm nicht einfach alles weggenommen hat. Daniel hat seinem alten Herrn den Arsch gerettet.«

»Ich dachte, das Baugeschäft boomt«, wunderte sich Tenbrink. »Niedrige Zinsen, problemlose Kredite, und jeder baut sein eigenes Häuschen. Immobilien sind das neue Gold, heißt es doch.«

»Eigentlich schon, aber der gute Holger hat sich übernommen«, erwiderte der Wirt und hob die Augenbrauen. »Hiermit.« Er machte eine Kippbewegung mit der Hand. »Und natürlich hiermit!« Er rieb Zeigefinger und Daumen aneinander, als wollte er Geldscheine zählen. »Das kommt dabei raus, wenn man den Hals nicht vollkriegen kann und nicht nur Baufirma, sondern auch Bauherr sein will. Die Baumsiedlung ist ihm über den Kopf gewachsen.«

»Das Neubaugebiet in Altwick?«

Jupps Gesicht versteinerte sich. »Bist du ›n Reporter? Dafür, dass du nicht von hier bist, kennst du dich ziemlich gut aus. Und stellst ganz schön viele Fragen.«

»Meine Schwester wohnt in Altwick«, behauptete Tenbrink, senkte den Blick und leerte sein erstes Glas Bier mit einem großen Schluck. »Gegenüber vom Stadtpark.«

»Na, dann kennst du ja die Geschichte.« Jupp wandte sich demonstrativ ab. »Und was ist mit euch?«, rief er in Richtung Stammtisch. »Seid ihr eingeschlafen, oder wollt ihr noch eins? Wenn ihr nur rumsitzen wollt, könnt ihr auch nach Hause gehen.«

»Ich dachte, hier wird keiner zum Trinken gezwungen«, sagte Tenbrink und betrachtete das frisch gezapfte Bier, das er nicht bestellt hatte.

»Gilt auch für dich«, knurrte Jupp und deutete zur Tür. »Wenn's dir hier nicht passt, kannst du gerne gehen.«

Dersimmerso, dachte Tenbrink, hob sein Glas und prostete dem Dackel zu. Und was es mit »der Geschichte« auf sich hatte, würde er auch noch in Erfahrung bringen.

7

»Womit haben wir es hier zu tun?« Bremer schaute in die Runde, obwohl alle wussten, dass die Frage vor allem an Heide Feldkamp gerichtet war.

»Wir müssen natürlich die Bluntuntersuchungen abwarten«, antwortete Heide, die mit dem Rücken zum Fenster stand und nach wie vor ihren Overall trug. »Aber die Blutspuren auf dem Boden und die Menge des Blutes passen zur Verletzung an Gauslings Kopf. Ich bin mir ziemlich sicher, dass er in diesem Raum niedergeschlagen wurde.«

»Tatwaffe?«

»Negativ«, erwiderte Heide, deutete aber zur gegenüberliegenden Mauer, wo ein Schildchen mit der Beweisnummer Sieben aufgestellt war. »Da vorne stand eine Schaufel an die Wand gelehnt. Zwar waren auf den ersten Blick keine Blutspuren zu erkennen, aber so ein Stiel käme als Tatwaffe infrage. Schwer, hölzern und stumpf. Die Kollegen haben die Schaufel zur Untersuchung mitgenommen.«

»Vielleicht gab es noch eine zweite Schaufel«, vermutete Bertram, der neben Heide auf dem von der SpuSi freigegebenen und gekennzeichneten Korridor stand. »Und der Täter hat sie später anderswo entsorgt.«

»Wir sollten das Gelände und die nähere Umgebung absuchen lassen«, sagte Bremer und nickte in Richtung Tür, wo Polizeihauptkommissar Ewerding neugierig den Kopf nach vorn streckte.

»Geht klar«, antwortete Ewerding, rührte sich jedoch nicht von der Stelle.

»Heute noch«, brummte Bremer. »Wenn's beliebt.«

Ewerding schob mürrisch die Unterlippe vor, nickte in Bertrams Richtung und verschwand grußlos.

»Was ist mit der Jacke?«, fragte Bremer.

»Du weißt, was mit der Jacke ist!«, entfuhr es Bertram. »Sie hing hinter der Tür am Haken. Mit Brieftasche samt Bargeld und ausgeschaltetem Handy.«

»Ja«, antwortete Bremer und lächelte nachsichtig. »Aber *warum* hing sie da?«

Eine keineswegs unberechtigte oder dumme Frage, wie Bertram zugeben musste. Aber er hatte keine Lust auf Bremers affektiertes Brainstorming-Getue, das vermutlich aus einer seiner zahlreichen Fortbildungen stammte. Deshalb entgegnete er: »Weil Gausling sie ausgezogen und dort hingehängt hat.«

»Warum?«, wiederholte Bremer.

»Weil ihm warm war?«, murmelte Bertram kaum hörbar.

»Schlechte Laune?«, fragte Heide leise.

Bertram zuckte mit den Schultern. Eine Antwort hätte zu lange gedauert. Wenn er sie denn gewusst hätte.

»Weil Gausling auf seinen Mörder gewartet hat«, sagte Gehling und deutete auf den Metallstuhl und den Schreibtisch. »Weil er allein im Raum war und die Zeit dazu hatte. Wenn der Mörder bereits hier gewesen wäre, als er den Raum betrat, hätte er die Jacke vermutlich angelassen.«

Bremer schaute Bertram an, deutete dabei mit dem Zeigefinger auf Gehling und nickte beifällig. Wie ein Lehrer, der einem begriffsstutzigen Schüler etwas Grundlegendes beibringen will, indem er auf den Klassenprimus verweist.

»Mag ja sein«, maulte Bertram und steckte die Hände in die Hosentaschen. »Aber viel wichtiger ist doch, warum er sich ausgerechnet hier mit seinem Mörder getroffen hat. In der ehemaligen Knochenmühle von Ingrid Holters. Die zuletzt im Altenheim am Nonnenbusch lebte und vor einigen Monaten gestorben ist, nachdem sie von einem Auto angefahren wurde.«

»Eins nach dem anderen«, erwiderte Bremer und wandte sich an Heide. »Was ist mit den Fußspuren?«

»Wir können von Glück sagen, dass der Boden so staubig und verdreckt ist.« Heide wies auf den Linoleumboden, der mit Schuhabdrücken und entsprechenden Beweisschildchen übersät war. »Die meisten Abdrücke scheinen älter zu sein und sind bereits mit Staub bedeckt, aber einige Spuren sind offenbar frisch.« Sie deutete auf die Schildchen mit den Nummern Elf und Zwölf. »Weil's am Freitag so feucht war, sind sie im Staub gut zu erkennen.«

»Die Abdrücke müssen aber nicht unbedingt vom Freitag stammen«, gab Bertram zu bedenken. Er deutete zu den Bierflaschen und Zigarettenkippen auf dem Boden und den Kritzeleien an der Wand. »Das scheint hier so eine Art heimlicher Jugendtreff zu sein. Hier wimmelt's wahrscheinlich von Spuren und DNA, die nichts mit dem Mord zu tun haben.«

»Richtig«, stimmte Heide ihm zu. »Aber zumindest sind die Schuhabdrücke neueren Datums. So viel steht fest.«

»Ziemlich eigenwillige Abdrücke«, fand Bremer und ging in die Hocke. »Dieses Kreismuster ist ungewöhnlich. Konzentrische Kreise, wie bei einer Schallplatte.«

Auf einer Schallplatte gibt es keine konzentrischen Kreise, sondern eine spiralförmige Rille, dachte Bertram, verkniff sich aber einen bissigen Kommentar und sagte nur: »Samba.«

»Hm?«, machte Bremer.

»Adidas Samba«, antwortete Heide, nachdem sie einen Blick mit Bertram gewechselt hatte. »Peter Gausling hat solche Turnschuhe getragen.«

»Und die da?« Bremer deutete auf die Spuren neben dem Schild Nummer Zwölf. »Sehen auch nicht alltäglich aus. Scheint ein Rautenmuster zu sein. Mit einem Gitternetz darüber. Und das da ist ein Stern, oder?«

»Sollte nicht schwer sein, das rauszufinden.« Bertram nahm die Hände aus den Taschen. »Hoffentlich sind es keine Allerweltsschuhe.«

»Leider doch«, sagte Gehling und machte eine verkniffene Miene. »Chucks.«

»Welcher Chuck?«, fragte Bremer.

»Chucks«, wiederholte Gehling und hob seinen Fuß, der allerdings in einem weißen Überzieher steckte, sodass der Schuh nicht zu erkennen waren. »Converse All Stars.«

»Sneakers?«, erkundigte sich Bremer, der auf diesem Gebiet nicht sehr bewandert war und zumeist italienische oder englische Designerschuhe trug.

»So was in der Art«, antwortete Gehling. »Ursprünglich waren das, glaube ich, Basketballschuhe. Allerdings werden die inzwischen von den meisten als normale Straßenschuhe getragen. Sind halt leicht und bequem. Leinenschuhe eben.«

»Die hab ich auch noch irgendwo zu Hause herumstehen«, sagte Bertram und seufzte. »Wie Millionen andere auch.«

»Seht ihr die Rille im Rautenmuster?«, fragte Heide, die nun ebenfalls in die Knie ging und die Abdrücke aus der Nähe betrachtete. »Am rechten Fuß. Ungefähr da, wo der Fußballen ist. Da scheint ein Riss in der Sohle zu sein. Außerdem ist das Muster am äußeren Rand kaum noch zu erkennen. Wie abgewetzt.«

»Also ältere Converse mit Riss in der rechten Sohle«, stellte Bremer fest. »Und unser Mörder hat vermutlich O-Beine, sonst wären die Sohlen nicht nur auf der Außenseite abgetragen.« Mit Blick auf Bertram setzte er hinzu: »Falls diese Abdrücke tatsächlich vom Freitag stammen.«

»Natürlich!«, entfuhr es Bertram.

»Danke, dass du mir zustimmst, Maik«, sagte Bremer grinsend. »Kommt ja selten genug vor.«

Doch Bertrams Bemerkung war keine Antwort auf Bremers Äußerung gewesen. Er hatte zuvor über die Frage nachgedacht, die von ihm bereits laut geäußert worden war: Warum hatte sich Gausling ausgerechnet in der ehemaligen Knochenmühle von Ingrid Holters mit seinem Mörder getroffen? Was verband Gausling und Holters außer dem Altenheim und ihrem gemeinsamen Interesse an der Lokalhistorie? Oder hatte das etwa gar nichts mit irgendwelchen geschichtlichen Vorgängen zu tun? Ein Satz, den Ewerding vorhin gesagt hatte, war Bertram durch den Kopf gegangen: *Wenn's die Knochenmühle heute noch gäbe, wäre auch die Baumsiedlung nie entstanden.* Die »Stinkfabrik« mit dem verseuchten Boden in unmittelbarer Nähe eines Baugebiets. Und auf dem Gelände, auf dem einst der Oldenhooker Totenbauer seinen Hof gehabt hatte, befand sich heute ein Bauunternehmen. Deshalb hatte Gausling »Totenbauer« gesagt! Und deshalb hatte Bertram gerade »Natürlich!« gerufen.

»Alles in Ordnung, Maik?«, erkundigte sich Heide leicht besorgt.

Erst jetzt bemerkte er, dass ihn alle verwirrt anstarrten.

»Was meinst du damit?«, fragte Bremer.

»Was meine ich womit?«

»Dass der Totenbauer ein Bauunternehmer ist. Was soll das heißen?«

Bertram war völlig perplex. Hatte er etwa laut gedacht? Es machte ihm Angst, dass er offenbar auch in dieser Hinsicht Tenbrink immer ähnlicher wurde. Bertram räusperte sich. »Weiß jemand, wann mit dem Bau der Baumsiedlung begonnen wurde?«

»Vor etwa fünf oder sechs Jahren«, antwortete Heide. »Das hat Ewerding erwähnt, als wir die Häuser abgeklappert haben. Wieso?«

»Aber die Knochenmühle wurde bereits vor fünfzehn Jahren stillgelegt. Und in der Zwischenzeit wurde der Boden saniert. ›Keine Gefahr fürs Grundwasser‹, hat Ewerding gesagt.«

»Und?«, hakte Bremer nach.

»Das ergibt keinen Sinn!«, rief Bertram.

»Was du nicht sagst!« Bremer schüttelte irritiert den Kopf. »Da wär ich jetzt nicht drauf gekommen.«

Ja, was du nicht sagst, dachte Bertram, nickte nachdenklich und beschloss, fortan seine Gedanken für sich zu behalten. Auf so was kommst du nicht, Arno!

8

Tenbrink staunte nicht schlecht, wie einfach es war, von Oldenhook nach Billerbeck zu gelangen. Einer der Stammtischbrüder aus dem »Jägerhaus« hatte ihn freundlicherweise (und mit unzulässig viel Alkohol im Blut) im Auto nach Altwick mitgenommen, wo er in die Regionalbahn nach Dortmund gestiegen war. In Coesfeld hatte er sie verlassen und war in die Baumbergebahn Richtung Münster umgestiegen. Und jetzt würde er in wenigen Minuten, nicht einmal eine Stunde nachdem er in Oldenhook seinen Frühschoppen beendet hatte, am Billerbecker Bahnhof ankommen. Und das an einem Sonntag! Der öffentliche Nahverkehr im Münsterland war gar nicht so schlecht wie sein Ruf. Solange man nicht auf den Bus angewiesen war.

Während der Zugfahrt hatte er die Sammelmappe mit den Kinderbildern vor sich auf den Knien liegen gehabt und sie angestarrt, als entscheide ihr Inhalt über Leben und Tod. Mindestens. Mehrmals hatte er Karins Brief herausgeholt und jedes Mal ungelesen zurückgelegt. Nicht nur, weil das Schreiben an Maria adressiert war und er es eigentlich gar nicht in Besitz haben sollte, sondern auch, weil er befürchtete, in dem Text auf etwas zu stoßen, das ihn verstören, erschrecken oder befremden könnte. Und wenn er den Inhalt erst einmal gelesen hatte, würde er das nicht mehr rückgängig machen können.

Es war ihm allerdings auf Dauer nicht möglich, die Mappe geschlossen zu lassen. Als der Zug kurz vor Billerbeck in Lutum Halt machte, konnte Tenbrink seine

Wissbegier nicht länger unterdrücken: Er schnappte sich abermals den Briefumschlag, zog das Blatt heraus und – nachdem er ein allerletztes Mal kurz mit sich gerungen hatte - las die ersten Zeilen:

»Liebe Maria, es tut mir unendlich leid, was gestern Abend passiert ist und dass unser Streit so ausgeartet ist. Du musst mir glauben, dass ich nur dein Bestes im Sinn hatte und meine Worte nicht so böse gemeint waren, wie sie vielleicht geklungen haben. Ich möchte mich bei dir entschuldigen, falls ich deine Gefühle verletzt habe. Das war bestimmt nicht meine Absicht. Nimm es mir bitte nicht übel, aber ich mache mir wirklich Sorgen. Du weißt, dass mir nicht mehr viel Zeit bleibt …«

Tenbrink durchfuhr es wie ein Stromschlag. Er faltete hastig das Papier zusammen und steckte es zurück in den Umschlag. Seine Hände zitterten, und er musste sich zwingen, ruhig zu atmen und nicht zu hyperventilieren. Die Erinnerung überkam ihn ebenso plötzlich wie vehement. Sein Herz raste, und es flimmerte vor seinen Augen, als sähe er eine Fata Morgana. *Nicht mehr viel Zeit!* Er wusste, um welchen Streit es sich handelte, der in diesem Brief angesprochen wurde. Karin hatte ihm davon erzählt und dabei bitterlich geweint, weil die Situation derart eskaliert war. Wenige Tage vor ihrem Tod. Es war mal wieder um Robert gegangen, Marias ebenso unseligen wie unsäglichen Ehemann. Den damaligen Noch-Ehemann. Zu jener Zeit hatte Maria die offensichtliche Wahrheit über Robert noch nicht akzeptieren wollen und jede Kritik an ihm, vor allem von den eigenen Eltern, kategorisch abgeblockt und als boshafte Einmischung aufgefasst. Karin und er hätten Robert von Anfang an nicht leiden können und wollten einen Keil zwischen ihn und Maria und die Kinder treiben, hatte sie behauptet … Eine Auseinandersetzung mit lautem Geschrei, wilden Gesten und knallenden Türen. Obwohl - oder gerade weil - Maria es zu dem Zeitpunkt längst besser gewusst hatte.

Tenbrink erschrak, als er bemerkte, dass der Zug inzwischen den Bahnhof erreicht hatte. Schnell klemmte er sich die Mappe unter den Arm, rannte zum Ausgang und sprang auf den Bahnsteig, bevor die Tür mit einem lauten Zischen hinter ihm zufiel.

«Das war knapp!«, rief ein Mann, der vor ihm ausgestiegen war. »Fast wären Sie in Münster gelandet.«

»Vorher kommt ja noch Havixbeck«, entgegnete Tenbrink.

»Dies *ist* Havixbeck!« Der Mann deutete auf das blaue Schild an der roten Säule des Fahrkartenautomaten und schüttelte den Kopf. »Sind Sie eingeschlafen?«

»Scheint so«, antwortete Tenbrink und biss sich auf die Lippen. »Wo geht's nach Billerbeck?«

»Gleis zwei. Der Zug ist aber vermutlich gerade weg. Der nächste kommt in einer Stunde.«

»Und mit dem Bus?«

»Am Sonntag?« Der Mann lachte und winkte ungläubig ab. »Das können Sie vergessen.«

Etwa anderthalb Stunden später schritt Tenbrink langsam durch die Beerlager Straße und suchte seinen Wagen. Er wusste noch, dass er ihn am Morgen ganz in der Nähe von Bertrams Wohnung abgestellt hatte, aber er konnte ihn ums Verrecken nicht finden. Anfangs hatte er sich nicht einmal erinnern können, welche Marke er fuhr. Von der Farbe der Lackierung ganz zu schweigen. Wenigstens das wusste er inzwischen wieder. Er musste nach einem blauen Audi A4 mit Borkener Nummernschild Ausschau halten. Da Billerbeck, anders als sein Wohnort Schöppingen, zum Kreis Coesfeld gehörte, hätte es eigentlich ganz leicht sein sollen, das Fahrzeug zu entdecken - schon aufgrund des Kennzeichens. Eigentlich.

In seinem Kopf ging es nach wie vor drunter und drüber, und er hatte Mühe, sich zu konzentrieren und nicht ständig an Karins Streit mit Maria zu denken. Gleichzeitig irritierte ihn, *dass* ihn dieser Streit derart beschäftigte und aus der Fassung brachte. Denn er wusste ja davon; es war nichts Neues, nichts Bedenkliches, nichts Verstörendes. Karin hatte damals von einer Freundin in Münster erfahren, dass Robert Arm in Arm mit einer anderen Frau durch Kinderhaus spazieren gegangen war, und sie hatte Maria eines Abends darauf angesprochen. Karin und ihm war schon vor längerer Zeit der Verdacht gekommen, dass Robert es mit der ehelichen Treue nicht so genau nahm, doch Maria hatte den Argwohn ihrer Eltern stets nur als Einbildung oder Voreingenommenheit abgetan. Auch an jenem Abend hatte sie von Karins Befürchtungen nichts hören wollen und den Spieß umgedreht, indem sie der eigenen Mutter vorgeworfen hatte, ihre Ehe und Familie zerstören zu wollen. Und Karin war nicht gewillt gewesen, eine solche Anschuldigung einfach auf sich sitzen zu lassen. Was alles nur noch schlimmer gemacht hatte. Maria war schon immer sehr impulsiv und aufbrausend gewesen, in dieser Hinsicht waren Mutter und Tochter aus demselben Holz geschnitzt. Doch seit ihrer Erkrankung hatte sich Karins reizbares Temperament noch verstärkt - aus nichtigen Gründen explodierte sie und verlor die Fassung. Vor allem, wenn es um Maria ging. Es war Tenbrink gewesen, der seiner Frau geraten hatte, Maria einen Brief zu schreiben. Damit die Emotionen nicht wieder hochkochten und überschäumten.

Tenbrink hatte inzwischen sämtliche Quer- und Parallelstraßen abgesucht und war sogar bis zur Freilichtbühne im Weihgarten gegangen, obwohl er dort bestimmt nicht geparkt hatte. Er stand mittlerweile wieder vor Bertrams Haus und musste sich eingestehen, dass sein Wagen entweder gestohlen oder er womöglich gar nicht mit dem Auto nach Billerbeck gefahren war.

Obwohl er wusste, dass es zwecklos war, drückte er auf die Zentralverriegelung an seinem Schlüssel - und stellte Sekundenbruchteile später erstaunt fest, dass es nur wenige Meter entfernt »Klack!« machte und die Blinker aufleuchteten. Ein blauer Audi mit Borkener Kennzeichen. Direkt vor Bertrams Haustür.

Der Alkohol, dachte er und stieg ein. Dabei waren es nur drei winzige Bierchen im »Jägerhaus« gewesen. Und ein Kräuterschnaps, den einer der Stammtischbrüder ausgegeben hatte. Weil man so jung nie wieder zusammenkomme, wie der Spender lallend und mit großer Geste getönt hatte, um Tenbrink anschließend die Mitfahrt nach Altwick anzubieten.

Tenbrink steckte den Schlüssel ins Zündschloss und hielt in der Bewegung inne, als er im selben Moment eine junge Frau aus Bertrams Haus treten sah. Vier Parteien wohnten in dem zweistöckigen Gebäude, und es war durchaus denkbar, dass es sich bei der Frau um eine Bewohnerin handelte. Dennoch wusste Tenbrink sofort, dass dies die ominöse Michaela aus Magdeburg war. Kurze schwarze Haare, schmächtiges Gesicht, knochige Hände, dunkle Augenringe, extrem enge Stretch-Jeans, rote Schnürboots und dunkelblaue Kunstlederjacke. Sie sah nicht wie eine Prostituierte aus, wohl aber wie ein Junkie im Frühstadium. Crack oder Crystal Meth, vermutete Tenbrink, auch wegen der fahrigen Bewegungen der Hände, dem zappeligen Gang und dem unsteten Blick. Man konnte noch erkennen, dass sie einmal eine sehr hübsche Frau gewesen war, doch davon war wenig übrig geblieben. Im Augenblick sah sie lediglich bemitleidenswert aus. Und genau das ist das Problem, dachte Tenbrink und stieg aus seinem Wagen, um ihr in unauffälligem Abstand zu folgen.

Sie zündete sich eine Zigarette an, und als Tenbrink die Qualmwolke erreichte, roch er Tabak und Menthol. Eine ekelerregende Mischung. Nach wenigen Metern bog Michaela in die Bahnhofstraße ein. Es handelte sich um eine Sackgasse, und Tenbrink hoffte, dass sie Billerbeck mit dem Zug verlassen und sich so das Problem von selbst erledigen würde. Doch dann ging sie am Bahnhofsgebäude vorbei und trippelte bis zum Wendekreis am Ende der Straße. Dort wartete ein etwa dreißigjähriger Mann mit rasiertem Schädel, tätowiertem Hals und schwarzer Lederjacke auf sie. Er drückte ihr einen Kuss auf den Mund und legte seinen Arm um ihre Schultern.

Tenbrink fiel augenblicklich ein Satz von Bertram wieder ein: *»Sie hat gesagt, dass sie sonst niemanden hat«*, und er schüttelte ärgerlich den Kopf. Weil er lieber nicht recht behalten hätte.

Arm in Arm gingen die beiden durch eine Grünanlage und gelangten schließlich zur Industriestraße, die ihrem Namen alle Ehre machte: Futtermittelhändler, Parkplatz, Bankautomat, Westfalen-Tankstelle. Das Paar überquerte die Straße. Michaela schnippte ihre Zigarette weg, und dann betraten sie die Tankstelle, in der es ein kleines Bistro gab. Der Mann hatte inzwischen seine Hand auf Michaelas Hintern, und sie fuhr ihm mit den Fingern liebevoll über die am Hinterkopf ebenfalls tätowierte Glatze. Durch die Scheiben sah Tenbrink, dass die beiden sich Kaffee und Gebäck am Tresen holten und an einen Stehtisch stellten.

Tenbrink tat es ihnen gleich. Er ging hinein, kaufte einen Cappuccino und eine Zeitung und stellte sich an den

Nachbartisch. Während er vorsichtig den Schaum von seinem heißen Getränk schlürfte und danach so tat, als läse er den Sportteil, hörte er interessiert zu, was das Pärchen zu sagen hatte.

»Ich weiß nicht, Raiko.« Michaela sprach mit vollem Mund und spülte mit Kaffee nach. »Was soll ›n das bringen?«

»Er hat dich in die Wohnung gelassen, ge?«, entgegnete ihr Freund in einem Dialekt, den Tenbrink nicht sofort einordnen konnte. Es klang ein wenig wie Sächsisch, aber eben nicht ganz. Vielleicht Thüringisch.

»Das schon, aber was haben wir davon? Er arbeitet jetzt bei der Mordkommission und hat mit der Drogenfahndung nichts mehr am Hut.« Anders als der Mann namens Raiko sprach Michaela Hochdeutsch, mit leichtem Berliner oder Brandenburger Einschlag.

»Bulle ist Bulle«, sagte Raiko recht laut; er schien sich nicht darum zu kümmern, dass Tenbrink am Nachbartisch ihn hören konnte. »Wer weiß, wofür's gut ist, no? Bei dem Typen wird Ronny dich jedenfalls bestimmt nicht suchen.«

Ronny und Raiko. Die Kruse-Brüder, von denen Bertram gesprochen hatte.

»Aber wie lange soll ich noch bei ihm bleiben?«

»Nur ›n paar Tage, Michi. Nachher treff ich mich mit ›nem alten Kumpel, der hat Kontakte in Holland. Vielleicht können wir bei dem unterkommen.« Er lachte triumphierend. »Es lohnt sich auf jeden Fall. Das ist was ganz Neues auf dem Markt! Wirst schon sehen, Crystal ist ›n Scheiß dagegen.«

»Du willst doch nicht ernsthaft hier in der Pampa bleiben!«

»Nach Magdeburg kannst du auf jeden Fall nicht zurück. Und bei deinem Maik bist du erst mal in Sicherheit.«

»Er ist nicht *mein* Maik. Er traut mir nicht und hat voll den Hass auf mich. Kein Wunder!« Sie schnaufte abfällig und biss von ihrem Croissant ab. »Und ich hab keinen Bock, die nächste Zeit auf seinem verdammten Sofa zu schlafen. Von dem Teil krieg ich Rückenschmerzen.«

»Vielleicht lässt er dich ja doch noch in sein Bett.« Raiko lachte laut auf. »Den besten Sex gibt's bekanntlich mit dem Ex.«

»Arschloch!«

»Was gibt's ›n da zu grinsen, no?«, wandte sich Raiko mit finsterem Blick an Tenbrink, der daraufhin lediglich mit den Schultern zuckte, bevor er sich erneut in seine Zeitung vertiefte.

Raiko drehte sich wieder zu Michaela um. »Nu‹ krieg dich wieder ein, Schatzi.« Er gab ihr einen Kuss auf die Wange und einen leichten Klatscher auf den Po. »War doch nur ›n Spaß, ge!«

»Kann ich nicht drüber lachen.«

Tenbrink leerte seinen Cappuccino und faltete die Zeitung zusammen. Er hatte genug gehört, und auch wenn er nicht verstand, was Raiko und Michaela eigentlich bezweckten, war ihm klar, dass er Bertram warnen musste. Selbst wenn der, wie Tenbrink ihn kannte, die Warnung als unangebrachte Einmischung auffassen würde.

»Immer mischt ihr euch ein und macht alles kaputt!«, ging es ihm plötzlich durch den Kopf, und seine Hände zitterten, als hätte er Parkinson. *»Warum lasst ihr mich nicht einfach in Ruhe? Ich komm allein klar und brauch eure Ratschläge nicht!«* Maria hatte das gesagt, damals vor drei Jahren. *»Macht gefälligst eure Fehler, und ich mach meine eigenen!«* Maria mit wutverzerrtem Gesicht und Tränen in den Augen. Weil Karin und er sich eingemischt hatten. Wegen Roberts Frauengeschichten.

»Was hast du getan?«

Eine Frage wie ein Donnerschlag. Und ein anderes Bild, das eigentlich keinen Sinn ergab. Tenbrink sah es unvermittelt vor sich, als wäre es nie weg gewesen. Marias wütender und zugleich vorwurfsvoller Blick in Richtung ihres Vaters. Und dann das Entsetzen in ihren Augen. Aber es hatte nichts mit Robert und dessen Untreue zu tun, sondern mit Karin. Seiner Frau. Die tot am Fuß der Treppe lag. Mit klaffender Wunde an der Stirn und rotem Rinnsal im Mundwinkel. Obwohl Maria gar nicht dabei gewesen war. Als Karin starb. Oder?

»WAS HAST DU GETAN?«

Die Frage echote in seinem Kopf und wurde immer lauter. Ja, was hatte er getan? Hatte er denn tatsächlich etwas getan? Er wusste es nicht. Vielleicht wollte er es nicht wissen. Weil Karins Tod eine Befreiung gewesen war? Kein Trauma, wie der Arzt vermutet hatte, sondern eine Erlösung? *»Deckerinnerung«*, hatte Bertram gesagt. Um eine andere, noch schmerzlichere Erinnerung zu überdecken. *»Es war schließlich nicht deine Schuld!«*

»Und wenn doch?«, hatte Tenbrink erwidert.

»Was, wenn doch?!«, hörte er eine Frauenstimme neben sich fragen.

Tenbrink fuhr wie aus einem Traum auf.

Die Bedienung räumte den inzwischen verwaisten Stehtisch ab, an dem gerade noch Raiko und Michaela gestanden hatten, und schaute Tenbrink irritiert an.

»Nichts«, antwortete er und lächelte entschuldigend. »Ich hab nur laut gedacht.«

»Hören Sie das gar nicht?«

»Was?«

»Ihr Handy. Es klingelt die ganze Zeit.«

»Oh!« Tenbrink fischte das Telefon aus der Jackentasche. »Danke.« Als er aufs Display schaute, erschrak er. »Maria«, war darauf zu lesen. Als hätte sie gewusst, dass er an sie dachte. Unheimlich!

»Ja?«, fragte er mit banger Stimme.

»Papa?«

»Ja?«

»Ich bin's. Maria.«

»Ich weiß.«

»Alles in Ordnung?«

»Ja.«

»Du klingst komisch.«

»Nein, alles okay. Was gibt's?«

»Soll ich später noch mal anrufen?«

»Nein, schon gut. Ich höre.«

»Ich hab ein Problem, Papa, und brauch deine Hilfe.«

Du rufst immer nur an, wenn du ein Problem hast, dachte Tenbrink, sagte es aber nicht. Weil er keinen Streit wollte. »Was ist passiert?«

»Na ja, es ist so …« Nervöses Räuspern. »Du weißt, dass wir seit ein paar Monaten einen Hund haben.«

Nein, das wusste er nicht. Vermutlich hatte er es vergessen. »Und?«

»Nelly und Jana wollten unbedingt einen Hund. Doch ich hab ja diese Tierhaarallergie. Darum hab ich einen kleinen Pudel besorgt, weil die keine Haare verlieren.«

»Pudel verlieren keine Haare?«

»Nein. Deshalb müssen sie ja auch zum Friseur.« Wieder ein Räuspern. »War auch alles okay so weit.«

Tenbrink ahnte, was Maria sagen wollte, und fragte: »Aber jetzt reagierst du doch allergisch auf den Hund?«

»Ich nicht. Aber Nelly.« Pause. »Sie hat Asthmaanfälle bekommen. Wir können den Hund nicht behalten.«

»Dann gebt ihn doch zurück.«

»Papa, das ist ein Tier und kein Staubsauger, der nicht mehr richtig funktioniert.«

»Tierheim?«, schlug Tenbrink vor.

»Nelly würde nie mehr mit mir reden, wenn ich Götz ins Tierheim stecke oder an einen Fremden abgebe. Sie ist jetzt schon todtraurig, weint ständig und macht sich Vorwürfe, weil sie der Grund ist, dass wir den Hund abgeben müssen.«

»Ihr habt euren Pudel Götz genannt?«

»Nein, das war der Züchter. Hat irgendwas mit der Anzahl der Würfe und dem Alphabet zu tun. Wegen dem Stammbaum. Und? Was sagst du?«

»Wozu?«

»Kannst du Götz zu dir nehmen? Du bist ja im Moment die meiste Zeit zu Hause und musst nicht ins Präsidium. Und die Kinder wären nicht so traurig, wenn sie wüssten, dass der Hund beim Opa ist.«

»Ich?« Tenbrink war sprachlos. Wenn es wenigstens ein richtiger Hund wäre. Großer oder Kleiner Münsterländer. So was in der Art. Er räusperte sich und brabbelte: »Ich … weiß nicht. Das ist im Moment … Ich meine … ich bin hier gerade …«

»Bitte, Papa! Ich würde nicht fragen, wenn es nicht wichtig wäre. Wenigstens für die erste Zeit. Wenn nicht mir zuliebe, dann wegen der Kinder. Nelly wird dir das ewig danken. Bitte!«

Tenbrink dachte an die Kinderzeichnung mit dem Titel »Oma und Opa«. Krakelige Strichmännchen, eines mit einer Blume, das andere mit einer Pistole in der Hand.

Ein Pudel! Ausgerechnet.

»Ab wann?«, fragte er.

»Ich könnte ihn morgen vorbeibringen. Passt dir das?«

»Morgen schon?«, entgegnete Tenbrink und suchte nach glaubwürdigen Ausflüchten. Aber auf die Schnelle fiel ihm nichts ein.

»Ich bring ihn nach der Arbeit. Dann können wir über alles reden.«

Tenbrink bekam einen Schreck, obwohl er wusste, dass Maria den Hund gemeint hatte. »Meinetwegen«, sagte er und stützte sich auf den Stehtisch, weil seine Knie nachgaben. »Aber nur, wenn ich dem Pudel einen anderen Namen geben darf.«

»Er heißt Götz.«

»Ab morgen nicht mehr«, erwiderte er und wusste nicht, was ihn mehr beängstigte. Die Vorstellung, bald Pudelbesitzer zu sein, oder das bevorstehende Gespräch mit seiner Tochter.

Was hast du getan?, dachte er, als sie das Telefonat beendeten. Dann lief er nach draußen, um Luft zu schnappen.

9

Es ergab einfach keinen Sinn! Bertram war sich sicher, dass die Knochenmühle von Ingrid Holters, die Neubausiedlung in Altwick und der Bauunternehmer in Oldenhook irgendwie miteinander verbunden waren, aber die zeitliche Abfolge gab ihm Rätsel auf. Es lag einfach zu viel Zeit zwischen der Schließung der Knochenmühle, der Sanierung des Bodens und der Errichtung des Baugebiets. Der rote Faden fehlte. Vor allem verstand er nicht, was Peter Gausling mit der ganzen Sache zu schaffen hatte. Welche Verbindung gab es zu dem Oldenhooker Totenbauern? Bertram konnte sich keinen Reim darauf machen. Und deshalb war er nicht mit den anderen nach Münster gefahren, sondern hatte sich von Bremer den Schlüssel zu Gauslings Wohnung geben lassen und war zum Altenheim am Nonnenbusch gefahren. Um nach der Pfarrchronik mit dem merkwürdigen Titel zu suchen, die Tenbrink erwähnt hatte. Davon hatte er Bremer allerdings nichts gesagt. Er wolle sich nur noch einmal umschauen, hatte er behauptet, weil er das Gefühl nicht loswerde, dort irgendetwas übersehen zu haben. Bremer hatte ihn angeschaut, als hätte er nun völlig den Verstand verloren. Kein ganz abwegiger Gedanke.

Bertram parkte den Wagen direkt vor dem weißen Gebäude mit der Nummer 14 und öffnete die Haustür mit dem Schlüssel. Gauslings Wohnung war von Bremer und Gehling gar nicht betreten worden, wie Letzterer vorhin erzählt hatte. Dass Bertram sie gebeten hatte, in der Wohnung nach der Pfarrchronik zu suchen, hatten die zwei vermutlich vergessen. Umso besser, dachte er nun, als er vor der Wohnungstür stand und den Schlüssel ins Schloss stecken wollte. Mitten in der Bewegung zuckte er zusammen, horchte an der Tür und griff automatisch nach seiner Pistole. Das Amtssiegel war aufgebrochen, und drinnen ertönten leise Geräusche. Es klang, als zupfte jemand ziemlich dissonant auf einer Gitarre herum. Vorsichtig und möglichst unhörbar öffnete Bertram die Tür und horchte erneut. Wieder war das Gitarrengeklimper zu hören, ohne Melodie oder Harmonien - nur einzelne, zusammenhangslose Töne, die aus dem Wohnzimmer zu kommen schienen.

Da die Wohnungstür nicht aufgebrochen war, musste der Eindringling einen Schlüssel besitzen, und Bertram ahnte bereits, wer sich im Wohnzimmer aufhielt. Leise ging er durch den Flur und schaute vorsichtig in den Raum hinein. Dort saß Beate Lohmann mit der Gitarre auf dem Sofa. Allerdings hielt sie das Instrument nicht wie ein Gitarrenspieler, sondern hatte es flach vor sich auf den Oberschenkeln liegen, zupfte wahllos an den Saiten herum und schaute gedankenverloren auf die gegenüberliegende Wand. Wie gestern war sie in ihrer schwarz-weißen Pepitajacke, heute jedoch trug sie darunter einen dunkelgrauen Hosenanzug. Sie weinte bitterlich, aber stumm. Die Tränen hatten ihr Make-up verwischt und liefen in verfärbten Rinnsalen an der Nase entlang bis zum Mund. Als Bertram mit einem Räuspern den Raum betrat und sich direkt vor sie stellte, schaute sie ihn an, ohne ihn wirklich wahrzunehmen. Nur ihre Augenbrauen gingen unmerklich in die Höhe.

»Die Wohnung war versiegelt«, sagte er und setzte sich auf einen Lehnstuhl gegenüber. »Siegelbruch ist eine Straftat.«

Beate Lohmann nickte und wischte sich mit dem Ärmel die Tränen von der Oberlippe.

»Was machen Sie hier, Frau Lohmann?«

Keine Antwort. Nur ein leerer Blick.

»Peter Gausling war für Sie weit mehr als nur ein normaler Angestellter, nicht wahr?« Sie wollte etwas erwidern, doch er hob abwehrend die Hand. »Ich will damit nicht andeuten, dass er Ihr Geliebter oder Freund war. Allerdings glaube ich auch nicht, dass Sie ihn protegiert haben und zum Pflegedienstleiter machen wollten, weil er so ein talentierter junger Mann war.«

Sie legte die Gitarre beiseite und schaute ihn lauernd an, sprach aber weiterhin kein Wort.

Gehlings Worte fielen ihm wieder ein: *»Sie hat nicht gelogen, aber sie wirkte irgendwie erleichtert.«* Weil es die falsche Frage gewesen war. Bertram versuchte es mit einem Schuss ins Blaue: »Woher kannten Sie Peters Eltern?«

»Wieso?« Die Panik in ihren Augen war unverkennbar. »Ich kannte die Gauslings nicht.«

»Ich rede nicht von den Gauslings, sondern von seinen leiblichen Eltern.« Bertram beugte sich vor und wartete, bis sie ihn ansah. Dann fragte er: »Haben Sie es ihm gesagt? Wusste er davon?«

Beate Lohmann erstarrte zur Salzsäule. Wie vor zwei Tagen, als sie ihr die Todesnachricht überbracht hatten. Sekundenlang. Bertram wollte nachhaken, doch plötzlich richtete sie sich auf und schüttelte den Kopf. »Nein, er wusste nichts von Isabel.«

»Isabel?«

»Seine Mutter.« Sie senkte den Blick und setzte leise hinzu. »Meine Schwester.«

»Peter Gausling war Ihr Neffe?«

Sie presste die Lippen aufeinander und nickte. Wieder liefen ihr Tränen über die Wangen, und ihr Mund bebte. Was auch immer in ihrem Kopf vorging, es überforderte sie und fügte ihr Schmerz zu. Sie griff nach dem goldenen Kreuz, das an einer Kette um ihren Hals hing, und umklammerte es, als suchte sie darin Trost.

»Was ist geschehen? Warum wurde Peter als Säugling von den Gauslings adoptiert?«

»Isabel war einige Jahre jünger als ich und fast noch ein Kind, als sie schwanger wurde.«

»Verstehe. Deshalb hat sie …«

»Nein, Sie verstehen nicht«, unterbrach sie ihn und schaute ihn vorwurfsvoll an. »Wie sollten Sie auch? Ich verstehe es ja selbst nicht. Es kommt mir heute alles so absurd vor. So unwirklich.«

Bertram nickte und schwieg. Und wartete.

»Es ging alles so schnell damals. Schlag auf Schlag, wenn man so will. Isabels Freund hatte sich gerade erst von ihr getrennt.«

»Der Vater des Kindes?«

»Ja. Sein Name war Markus. Es war eigentlich nicht schade um ihn, aber als Teenager sieht man das natürlich anders. Isabel war todunglücklich und untröstlich, hat Tage und Nächte nur geweint. Und kurze Zeit später ist Markus dann bei einem Motorradunfall ums Leben gekommen. Mit achtzehn Jahren. Da hatte meine Schwester gerade erfahren, dass sie schwanger war.« Die Heimleiterin gab ein bitteres Lachen von sich. »Der perfekte Zeitpunkt.«

»Warum hat sie nicht abgetrieben?«

»Das wollte sie ja. Sie wollte das Kind auf keinen Fall. Nicht mit siebzehn, nicht von Markus, nicht alleine.« Beate Lohmann seufzte und schluckte. »Aber wir haben sie nicht gelassen.«

»Wir?«

»Meine Eltern und ich. Wir waren und sind überzeugte Christen und konnten es nicht zulassen, dass Isabel ein unschuldiges Kind tötet. So sahen wir es damals und hatten gute Gründe dafür.« Wieder ging ihr Griff zum Goldkreuz auf der Brust. »Wir haben zu dem Zeitpunkt alle im Haus unserer Eltern in Warendorf gewohnt. Wir sind dort zusammen zu einer katholischen Schwangerschaftsberatung gegangen und haben Isabel schließlich überzeugen können, das Kind auszutragen und dann zur Adoption freizugeben. Es schien uns die beste Lösung zu sein. Wir konnten ja nicht ahnen, was passieren würde.«

»Ist Isabel bei der Geburt gestorben?«

»Nein, schlimmer noch«, antwortete Beate Lohmann. Sie schüttelte immer wieder ihren Kopf, leckte die Tränen von ihrer Lippe und zupfte an ihrem Halstuch, als bekäme sie keine Luft.

»Was ist geschehen?«

»Es war alles längst in die Wege geleitet: Die Caritas in Münster hatte sich um die anonyme Adoptionsvermittlung gekümmert, die notarielle Verzichtserklärung war vorbereitet und musste nur noch unterschrieben werden. Aber es ist gesetzlich so geregelt, dass das Kind nach der Geburt noch zwei Monate bei der Mutter bleibt. Für den Fall, dass die Eltern es sich anders überlegen.«

»Hat Isabel ihre Entscheidung bereut?«

»Nein, ganz im Gegenteil. Sie wollte mit dem Jungen nichts zu tun haben, war völlig apathisch und hat sich regelrecht geweigert, das Kind zu stillen oder zu wickeln. Gerade so, als würde sie sich davor ekeln. Wenn wir auf sie eingeredet haben, hat sie getobt und behauptet, wir hätten uns alle gegen sie verschworen. Wir haben vermutet, dass sie eine Wochenbettdepression hatte, und waren deshalb froh, als der Junge nach acht Wochen den Adoptiveltern übergeben wurde.«

»Aber?«

»Anschließend wurde es nur noch schlimmer. Sie bekam plötzlich Wahnvorstellungen und hat uns vorgeworfen, wir hätten ihr das Kind gestohlen und alles wäre von Anfang an eine Intrige und Verschwörung gewesen. Gegen sie und Markus. Sogar den Motorradunfall hat sie uns vorgeworfen. Als wären wir dafür verantwortlich gewesen.«

»Es war nicht nur eine Depression«, folgerte Bertram und fuhr sich über das Stoppelkinn. »Sondern eine Psychose.«

Beate Lohmann nickte. »Wir wussten damals gar nicht, dass es so was überhaupt gibt. Wir dachten einfach, sie wäre wegen der Schwangerschaft und Markus‹ Tod extrem verstört. Glaubten, es würde sich alles mit der Zeit wieder einrenken. Aber sie wurde immer paranoider und aggressiver. Auch sich selbst gegenüber. Sie wurde immer unausstehlicher. Bis zur Katastrophe.«

»Was ist passiert?«

»Sie hat sich vor den Zug geworfen. Einfach so. Sie hat vorher nie über Selbstmord gesprochen. Nicht mal einen Abschiedsbrief hat sie hinterlassen. Nichts!« Sie schaute Bertram beinahe flehentlich an und rief: »Das konnten wir doch nicht ahnen! Wie hätten wir denn … Das hab ich nicht gewollt!«

»Nein, natürlich nicht«, antwortete Bertram, stand auf, setzte sich neben sie und legte seine Hand auf ihren Unterarm. »Es ist nicht Ihre Schuld, Frau Lohmann. Niemand kann eine Wochenbettpsychose vorhersehen oder verhindern.« Das entsprach natürlich nicht ganz der Wahrheit. Eine sofortige therapeutische Hilfe hätte der jungen Frau durchaus das Leben retten können. Aber das ließ er lieber unerwähnt. »Warum haben Sie Peter nie gesagt, dass Sie seine Tante sind?«

»Was hätte ich sagen sollen? Dass sich seine Mutter umgebracht hat, weil sie im Wochenbett verrückt geworden ist? Dass wir, seine Tante und seine Großeltern, Isabel auf dem Gewissen haben, weil wir sie zu der Geburt gedrängt haben? Oder dass sie noch leben würde, wenn sie ihn, Peter, abgetrieben hätte?« Sie wischte sich die Tränen aus dem Gesicht und lachte trotzig. »Glauben Sie wirklich, dass ihm das geholfen hätte?«

»Woher wussten Sie überhaupt, dass Peter der Sohn von Isabel ist? Es war doch eine anonyme Adoptionsvermittlung, wie Sie eben erzählt haben.«

Statt einer Antwort schob sie seine Hand fort, kramte in ihrer Handtasche herum, die neben dem Sofa auf dem Boden stand, und reichte ihm eine Fotografie. Das handtellergroße Porträt einer jungen Frau. Eines Mädchens.

»Ihre Schwester, nehme ich an?« Bertram betrachtete das Foto. Die Ähnlichkeit war tatsächlich verblüffend, vor allem weil Peter Gausling zum Zeitpunkt seines Todes die gleiche Lockenpracht wie seine Mutter besessen hatte. Auf dem Bild sah Isabel Lohmann aus, als könnte sie die kleine Schwester des Ermordeten sein.

»Als ich Peter beim Vorstellungsgespräch zum ersten Mal begegnet bin, hat mich fast der Schlag getroffen.« Beate Lohmann ließ sich von Bertram das Foto zurückgeben. »Es war, als stünde Isabel vor mir. Als ich dann sein Geburtsdatum gesehen habe, wusste ich natürlich Bescheid.«

»Ein seltsamer Zufall«, sagte Bertram.

»Es gibt keine Zufälle«, entgegnete sie achselzuckend und fasste an das Goldkreuz auf ihrer Brust. »Später hat mir Peter dann erzählt, dass er ein Adoptivkind ist, aber kein Interesse hat, nach seinen leiblichen Eltern zu suchen. Also hab ich geschwiegen. Es hätte ohnehin nichts geändert.« Sie steckte das Foto ein, schulterte ihre Handtasche und erhob sich. »Brauchen Sie mich noch?«

Bertram sah sie verblüfft an. Eben noch war sie ein schuldbeladenes Häufchen Elend gewesen - und jetzt hatte sie plötzlich wieder ihre Maske aufgesetzt und mimte die Unnahbare. Obwohl das mit den verheulten Augen und dem verschmierten Gesicht eigentlich kaum möglich war.

»Ja, ich brauche Sie noch«, antwortete er und deutete auf den Platz neben sich. »Bitte setzen Sie sich!«

Sie kam seiner Aufforderung nicht nach. »Warum?«

»Ich möchte mit Ihnen über Frau Holters sprechen.«

»Ihr junger Kollege hat heute Morgen schon nach ihr gefragt. Sie war nur eine Mieterin und nicht zur Pflege im Heim. Ich kann nichts Weiteres über sie berichten. Außerdem ist Frau Holters seit Monaten tot. Was sollte sie also mit Peters Ermordung zu tun haben?«

»Genau das ist die Frage«, erwiderte Bertram und stand nun ebenfalls auf. »Wir wissen inzwischen, wo Ihr Neffe niedergeschlagen wurde.«

»Ja?«

»In der Knochenmühle von Frau Holters.«

»Die alte Knochenmühle in Altwick?«

Bertram nickte.

»Die gehörte Frau Holters? Das wusste ich nicht.«

»Was hatte Ihr Neffe mit Ingrid Holters zu schaffen?«, fragte Bertram und ging zum Bücherregal neben dem Fenster. »Er war doch als Pfleger gar nicht für sie zuständig. Vor allem, da sie nur zur Miete und nicht zur Pflege im Nonnenbusch war.«

Beate Lohmann antwortete nicht.

»Und wieso hat sich Peter plötzlich für den Oldenhooker Heimatverein interessiert?« Bertram hatte das Buch in dem nur spärlich gefüllten Regal sofort entdeckt; es war das einzige, das mit mehreren Lesezeichen und Post-its versehen war. Er zog die »Grundlegungen zu einer Pfarrgeschichte von Oldenhook« aus dem Regal und hielt sie der Heimleiterin hin. »Er hat sich doch nicht wirklich für die Geschichte des Dorfes Oldenhook interessiert. Warum sollte er?«

Sie schaute ihn weiterhin schweigend an und zuckte mit den Schultern.

»Warum hat er sich so intensiv um Frau Holters gekümmert?«, hakte er nach. »Oder anders gesagt: Was *wollte* er von ihr?«

Beate Lohmanns Miene versteinerte sich. Vermutlich, weil der implizite Verdacht in Bertrams Frage nicht zu überhören war. Sie schüttelte missbilligend den Kopf, wandte sich ab und ging zur Tür. Dort drehte sie sich abrupt um und gab ihm schließlich doch noch eine Erwiderung: »Vielleicht sollten Sie sich lieber fragen, was Frau Holters von Peter wollte. Warum sie sich so intensiv um *ihn* gekümmert hat. Manchmal muss man die Fragen auf den Kopf stellen, damit sie einen Sinn ergeben.«

10

Bremer war alles andere als begeistert gewesen, als Bertram ihm am Telefon erklärt hatte, dass er nicht mehr nach Münster kommen, sondern direkt nach Hause fahren wollte. Die schlechte Laune seines Chefs hatte aber nicht nur mit seinem »Blaumachen« zu tun, sondern vor allem mit den Erkenntnissen, die Bertram aus dem Gespräch mit Beate Lohmann gewonnen und Bremer mitgeteilt hatte. Oder mit der Tatsache, dass Bertram überhaupt mit der Heimleiterin gesprochen hatte, obwohl Bremer und Gehling erst am Morgen bei ihr gewesen waren. Dass Bertram das Gespräch nicht absichtlich gesucht hatte und die sich daraus ergebenden Neuigkeiten durchaus hilfreich waren, spielte für Bremer vermutlich nur eine untergeordnete Rolle. Bertram hatte eigenmächtig gehandelt und ihn obendrein dumm aussehen lassen, und das konnte sein Chef auf den Tod nicht ausstehen. Deshalb hatte Bertram von der Oldenhooker Pfarrchronik sowie Gauslings Anmerkungen und Lesezeichen lieber gar nichts erzählt. Das würde er morgen früh bei der Teamsitzung nachholen. Wenn, wie er hoffte, Bremers Ärger verraucht war.

Als Bertram in die Beerlager Straße einbog, vibrierte sein Handy in der Hosentasche. Tenbrink! Den hatte er völlig vergessen. Womöglich saß der immer noch im »Jägerhaus«. Tenbrinks Audi stand allerdings nicht mehr vor dem Haus, wie Bertram in diesem Moment feststellte. Er zögerte kurz, drückte dann aber das Gespräch weg und sah im selben Augenblick, dass er einen »Anruf in Abwesenheit« verpasst hatte. Martina Derksen hatte vor einer halben Stunde angerufen, vermutlich genau zu dem Zeitpunkt, als er mit Bremer gesprochen hatte.

Glück gehabt, dachte er und parkte den Wagen am Straßenrand. Blieb nur noch Michaela, die oben in der Wohnung als weiteres Problem auf ihn wartete. *»Cui bono?«*, fielen ihm Tenbrinks warnende Worte ein. *Wem nützt es?*

Er stieg aus, stapfte missmutig durch den Vorgarten und öffnete die Haustür, die nie verschlossen war, weil der im Nachbarhaus wohnende Eigentümer zu faul oder zu geizig war, eine Gegensprechanlage einzubauen. Seinen Mietern hatte er mitgeteilt, sie sollten die Tür einfach abschließen, wenn sie Angst vor Einbrechern, Handelsvertretern oder den Zeugen Jehovas hätten.

Als Bertram nun das Obergeschoss erreichte, wünschte er sich, dass ein Zeuge Jehovas vor seiner Tür stände. Das wäre auf jeden Fall besser gewesen als die tatsächlich dort auf ihn wartende Martina, die ihn mit einem Lächeln und einem Augenzwinkern empfing.

»Ich hab von Arno gehört, dass du auf dem Weg nach Hause bist«, sagte sie und hob die Augenbrauen. »Und ich dachte … wir sollten uns wieder versöhnen, findest du nicht?« Sie räusperte sich und setzte verlegen hinzu: »Mein Ausraster gestern und meine Zickerei heute Morgen tun mir leid.«

»Hast du geschellt?«, fragte er und merkte im selben Augenblick, wie seltsam diese Frage klang.

»Nein, wieso? Ich bin gerade erst gekommen. Ein paar Sekunden vor dir.«

»Ach so.« Er versuchte, nicht allzu erleichtert zu klingen. »Was hältst du von einem Spaziergang?«

»Nichts. Es hat gerade angefangen zu nieseln.«

»Das bisschen Regen.« Bertram nahm Martinas Hand. »Wie wär's mit dem Café im Weihgarten? Oder wir gehen in die Domschenke.«

»Hast du die Witwe noch?«

»Welche Witwe?«

»Den Champagner von gestern.«

»Nicht gekühlt.«

»Hast du kein Eisfach?«

Jetzt war er es, der sich verlegen räusperte.

Sie zog die Stirn kraus und entwand ihm ihre Hand. »Warum hast du gefragt, ob ich geschellt habe?«

»Ich wollte nur wissen, wie lange du schon gewartet hast.«

»Lügner!« Sie fuhr herum, drückte auf die Klingel und klopfte gleichzeitig an die Tür.

Bertram hoffte inständig, dass Michaela sich an ihre Absprache hielt und nicht öffnete. Bange Sekunden, doch nichts geschah. Ein leises Geräusch in der Wohnung. Aber die Tür blieb verschlossen.

»Keiner da«, sagte Martina mit seltsamem Unterton.

»Was hast du erwartet?«, entgegnete er und lachte nervös.

»Lass mich kurz rein. Ich muss aufs Klo.«

»Jetzt? Du kannst doch im Café auf die Toilette.«

»Es ist dringend, Maik. Oder soll ich mir in die Hosen machen?«

»Es sind ja nur ein paar Meter.«

»Mach die verdammte Tür auf!«, fauchte sie - ihr Blick wie die Schneide eines Schwerts und ihre Stimme klirrend und eisig. »Mach auf, sonst pinkle ich dir vor die Tür!«

Im selben Moment öffnete sich die Tür wie von Geisterhand.

»Das wird nicht nötig sein«, sagte Michaela, lächelte verkrampft und trat zur Seite. »Kommen Sie rein!«

»E-ehrlich, M-martina«, stotterte Bertram und machte eine hilflose Bewegung mit der Hand. »Das ist jetzt nicht so, wie es vielleicht ...«

Er sah die Faust nicht kommen, aber sie traf mit ungeheurer Wucht sein Auge. Und während er zu Boden ging, glaubte er sich zu erinnern, dass Martina vor einiger Zeit von ihrem Kickboxtraining erzählt hatte. Zur Selbstverteidigung.

Dann gingen ihm die Lichter aus.

Fünfter Teil

Damals

1

Eigentlich hatte sie sich fest vorgenommen, nie wieder zweimal hintereinander am selben Ort Urlaub zu machen. Früher, als ihr Mann noch gelebt hatte, waren sie jedes Jahr an die holländische Nordsee gefahren. Dieselbe Insel, dasselbe Dorf, meistens sogar dieselbe Pension. Bequem, aber zum Sterben langweilig - wie ihr Mann, der sich stets geweigert hatte, einen anderen Ort auszuprobieren. Als Witwe hatte sie sich geschworen, fortan die Abwechslung zu suchen. Aber die Reise nach Kreta im vergangenen Jahr hatte ihr so viel Spaß bereitet, dass sie ihren Schwur brach und nun erneut an die Nordwestküste der griechischen Insel fuhr. Diesmal jedoch nicht in ein etwas abgelegenes Dorf am Berghang, sondern in ein kleines Apartment direkt am Fischerhafen, und nicht im Hochsommer, sondern im Frühling. Wegen der Temperaturen.

Auch das Alleinreisen, vor dem sie zunächst etwas zurückgeschreckt war, hatte sich als wirklich gute Idee entpuppt. Man lernte so viele neue und spannende Menschen kennen, wenn man nicht mit einer festen Reisegruppe unterwegs war. Ingrid hatte noch nie Schwierigkeiten gehabt, in Kontakt mit anderen zu treten. Sie war ein sehr offener und kommunikativer Mensch, und auch in diesem Jahr hatte sie bereits einige interessante Bekanntschaften gemacht. Für den heutigen Abend war sie mit einem sehr netten Ehepaar aus Velbert verabredet, das einen Bungalow direkt am Strand gemietet hatte. Die Unterkunft von Helmut und Marianne Bungert besaß eine Terrasse mit Meerblick, und die beiden hatten Ingrid zum Sonnenuntergang auf einen Salat und ein Glas Wein eingeladen. »Gleich hinter dem Beach Resort«, hatte Marianne ihr erklärt. »'Zeus Studios.‹ Bungalow neun. Gar nicht zu verfehlen.«

Es war ein herrlich lauer Frühlingsabend. Die Zikaden zirpten, der Retsina war fruchtig und nicht zu harzig, der Choriatiki schmeckte wunderbar frisch, die Unterhaltung plätscherte unaufgeregt, aber nie langweilig daher. Und auch wenn der Blick aufs Meer nicht ganz so unverbaut war, wie die Bungerts vorher behauptet hatten, fühlte sich Ingrid wie im siebten Himmel. So musste Urlaub sein!

»Schön habt ihr's hier«, sagte sie und nippte an ihrem Wein. »So friedlich.«

»Nicht wahr?«, antwortete Helmut. »Und wir haben den gleichen Meerblick wie die Urlauber im schicken Resort nebenan.«

»Für einen Bruchteil des Geldes«, setzte Marianne hinzu.

»Die Ausstattung und der Service sind natürlich nicht zu vergleichen«, gab Helmut zu und zog an seiner Zigarette. »Aber die meiste Zeit sind wir sowieso draußen. Am Strand oder beim Wandern in den Bergen oder hier auf der Terrasse. Da stört es kaum, dass die Betten knarren, die Herdplatten verrostet sind und die Wasserhähne tropfen.«

»Solange wir nicht in der Nummer drei wohnen müssen.«

»Marianne!«

»Wieso?«, horchte Ingrid auf. »Was ist denn mit der Nummer drei?«

»Da ist doch letztes Jahr jemand ermordet worden«, antwortete Marianne und hob bedeutsam die Augenbrauen. »Eine junge Frau. Fast noch ein Kind.« Und als wäre das eine entscheidende Information, setzte sie hinzu: »Engländerin.«

»Tatsächlich? Wann war denn das?«

»Im Sommer, glaube ich. Juli oder August«, berichtete Helmut und stieß genüsslich eine Rauchwolke aus. »Der Wirt im ›Sunburst‹ hat uns davon erzählt. Sie ist in ihrem Bett ermordet worden. Angeblich von ihrem Freund. Der ist aber vor Kurzem freigesprochen worden. Aus Mangel an Beweisen.«

»Zu der Zeit hab ich hier Urlaub gemacht«, sagte Ingrid überrascht und versuchte, sich zu erinnern. »In der letzten Juliwoche und Anfang August. Von dem Mord hab ich aber gar nichts mitbekommen.«

»Dann war das wahrscheinlich später«, vermutete Helmut achselzuckend. »Sonst hättest du bestimmt was davon gehört. Hier wird ja schließlich nicht jeden Tag jemand umgebracht.«

»Schrecklich!«, entfuhr es Ingrid.

»Ja, nicht?«, rief Marianne, aber es klang eher erregt als erschrocken. »Und das alles nur ein paar Meter von hier. Gleich da hinten.« Sie deutete vage in Richtung Straße. »Da kann einem schon mulmig werden. Wenn man bedenkt: im eigenen Bett!« Dabei ging ihr Blick zu ihrem Mann.

»Keine Bange, Schatz!«, rief Helmut und lachte. »In der Hinsicht bist du sicher. Ich werd dir schon nicht zu nahe kommen!«

»Och!«, antwortete Marianne, grinste breit und stieß Ingrid verschwörerisch an. »So war das auch wieder nicht gemeint.«

Als Ingrid zwei Stunden später nach Hause ging, nahm sie nicht den direkten Weg zum Dorf, sondern schlenderte wie zufällig über das Gelände der »Zeus Studios« und hielt Ausschau nach der Nummer drei. Sie fand den Bungalow schließlich am anderen Ende des Grundstücks, nur einen Steinwurf von der Landstraße entfernt. Irgendwie kam ihr das Häuschen mit dem abblätternden Putz und der blanken Glühbirne über dem Eingang bekannt vor, aber diese Bungalows sahen ja alle gleich aus. Es war ein unheimliches und zugleich aufregendes Gefühl, am Tatort eines Mordes zu stehen.

Ingrids Neugier war geweckt, und es war keine große Schwierigkeit, sich weitere Informationen zu verschaffen. Weil es in ihrem Apartment kein WLAN gab, ging sie gleich am nächsten Morgen in ein Internetcafé am Dorfplatz und googelte die Begriffe »murder« und »Zeus Studios« zusammen mit dem Ortsnamen. Sogleich erschien auf dem Bildschirm eine Ergebnisliste mit zahlreichen Links zu britischen Zeitungen, die ausführlich über den Mord an der sechzehnjährigen Janet Hopkins und den späteren Prozess gegen ihren achtzehnjährigen Freund James Baldwin berichteten. Ein Gericht in Chania hatte den Angeklagten erst vor wenigen Wochen freigesprochen: *»for lack of evidence«*, wie es in den Zeitungen hieß. Die Tat selbst war in der Nacht auf den 5. August geschehen. Janet Hopkins war in ihrem Bett mit einem Kopfkissen erstickt worden. Anzeichen für weitere Gewaltanwendungen oder eine Vergewaltigung waren nicht gefunden worden. Janet und ihr Freund hatten gemeinsam Urlaub auf Kreta gemacht, sich aber am Tag vor dem Mord heftig gestritten und schließlich getrennt. Baldwin hatte seine Sachen gepackt und war in eine Pension am Hafen gezogen. Er behauptete später, am betreffenden Abend ein Fußballspiel in einem Pub gesehen, sich aus Frust über die Niederlage seiner Mannschaft in einer Discothek betrunken und anschließend auf der Strandpromenade mit einigen russischen Jugendlichen geprügelt zu haben. All dies wurde von unterschiedlichen Zeugen bestätigt. Zwar ergaben die Aussagen mit Blick auf die zeitliche Abfolge der Geschehnisse kein vollständig lückenloses Alibi, aber es erschien dem Gericht dennoch nicht sehr wahrscheinlich, dass Baldwin als Täter infrage kam. Zum Zeitpunkt des Mordes hatte er sich bereits mit den Russen geschlagen und etliche blutende Wunden davongetragen. Im Zimmer der Ermordeten waren aber keinerlei Blutspuren gefunden worden. Und die DNA der Hautpartikel, die man unter einem ihrer Fingernägel gefunden hatte, stammte nachweislich nicht von Baldwin. Janet Hopkins, die zum Zeitpunkt ihres Todes eine errechnete Blutalkoholkonzentration von 2,5 Promille aufwies, war zuletzt beim Verlassen einer abseits gelegenen Strandbar gesehen worden. *»Blotto and battered«*, wie die englischen Gazetten berichteten, sei sie in Richtung Straße gewankt und vermutlich ihrem Mörder auf dem Weg zum Bungalow in die Hände gelaufen.

Ingrid lief es kalt den Rücken hinunter. Zwei Dinge hatten ihre Aufmerksamkeit erregt und ihr Gedächtnis schlagartig in Schwung gebracht: das Datum des Mordes und der alkoholisierte Zustand des Mädchens. An jenem 5. August war Ingrid von Heraklion aus nach Deutschland zurückgeflogen, und in der Nacht zuvor hatte sie ein betrunkenes Mädchen gesehen, das der blutjungen Frau auf den Fotos in den Zeitungen auffallend ähnelte. In Begleitung zweier deutscher Jungs.

»Sie hatte nur zu viel getrunken«, hatte der junge Hagemann am Flughafen gesagt und sie dabei so seltsam angeschaut. *»Jetzt schläft sie ihren Rausch aus und wacht später vermutlich mit einem fürchterlichen Kater auf.«*

Doch das Mädchen war nicht aufgewacht. Nie wieder.

2

»Schön, dass Sie Zeit für mich haben, Herr Hagemann!« Ingrid reichte ihm die Hand und betrat den Hausflur, in dem es etwas säuerlich roch. »Sehr freundlich.«

»Gerne«, antwortete Holger Hagemann, nahm ihr die Jacke ab und hängte sie an die Garderobe. »Ich hab aber nicht viel Zeit. Muss gleich auf die Baustelle. Außerdem hab ich am Telefon nicht ganz verstanden, worüber Sie eigentlich mit mir sprechen wollen.« Er machte eine ausladende Bewegung mit den Armen und fragte: »Geht es um das Haus?«

»Das Haus?«, wunderte sich Ingrid und folgte Hagemann ins Wohnzimmer. Durch das Panoramafenster hatte man einen direkten Blick auf die Kirche und die wenigen verbliebenen Reste des einstigen Friedhofs.

»Das alte Pastorat.« Hagemann deutete einladend auf einen Ledersessel und setzte sich aufs Sofa. »Sie sind doch vom Heimatverein, oder? Ich dachte, sie wollten wahrscheinlich etwas über das alte Haus wissen. Ich kann sie gern herumführen.«

Ingrid setzte sich und schüttelte den Kopf. Auf dem Sofatisch waren diverse Papiere und Bauzeichnungen ausgebreitet, daneben standen eine Flasche Whisky und ein halbvolles Glas. »Das Pastorat und der alte Friedhof sind tatsächlich sehr interessant. Ich habe vor gar nicht langer Zeit einen Artikel über den Totenbauern geschrieben, der früher hier gewohnt hat. Also nicht hier im Pastorat, sondern dort drüben, wo jetzt Ihre Lagerhalle ist. Da stand früher ein Bauernhof.«

Hagemann nickte und nippte an seinem Whisky. »Möchten Sie auch was trinken? Ich könnte auch einen Kaffee kochen.«

»Danke, nein«, antwortete sie und holte den Hefter aus ihrer Tasche. »Für Whisky ist es mir zu früh und für Kaffee zu spät.«

»Für Whisky ist es nie zu früh«, entgegnete er und lachte.

»Ich bin nicht wegen dem Pastorat oder dem Friedhof hier«, verkündete sie und fischte die kopierten Zeitungsartikel aus dem Hefter. »Sondern wegen Ihrem Sohn Daniel.«

»Der ist in Münster. Daniel hat gerade Abi gemacht und will demnächst BWL studieren. Er will sich schon mal an der Uni umschauen und sich erkundigen, wie er am besten eine Wohnung findet.«

»Sie sind bestimmt sehr stolz auf ihn.« Sie legte die Titelseite der »Daily Mail«-Ausgabe auf die Bauzeichnungen und deutete auf das Foto von Janet Hopkins am unteren Rand. Wie bei englischen Boulevardzeitungen üblich, war das Gesicht nicht durch Pixel oder Augenbalken unkenntlich gemacht worden. »Kennen Sie dieses Mädchen?«

Hagemann fuhr unmerklich zusammen und verschluckte sich an seinem Drink. »Entschuldigung«, sagte er und wischte sich mit dem Ärmel über das nasse Kinn. »Wer soll das sein? Eine Engländerin? Ich verstehe nicht.«

»Sie haben das Mädchen noch nie gesehen?«

»Nicht dass ich wüsste«, antwortete er, räusperte sich und stellte das Glas ab. »Sollte ich?«

Hagemann log. Es war offensichtlich, dass ihm das Bild einen Heidenschreck eingejagt hatte. Einen Mordsschreck! Also wusste er von der Geschichte. Wusste, was in der Nacht auf den 5. August im Bungalow Nummer drei geschehen war. Ingrid beglückwünschte sich zu ihrem Entschluss, zunächst die Hagemanns und nicht die Große-Daltrups nebenan aufzusuchen. Sie hatte die richtige Nase gehabt. Hagemann wusste Bescheid!

»Ihr Sohn hat Ihnen davon erzählt, oder?«

»Ich habe keine Ahnung, wovon Sie sprechen.« Er deutete mit dem Zeigefinger auf die Zeitung und tat so, als würde er den Text des Artikels überfliegen. »Ich habe diese … Janet Hopkins noch nie gesehen. Sie wurde offenbar ermordet. Auf Kreta. Sind Sie deshalb hier? Weil wir letztes Jahr dort Urlaub gemacht haben?«

»Ich hab die Jungs gesehen, Herr Hagemann. In der Nacht. Mit dem betrunkenen Mädchen. Vor dem Bungalow, in dem sie ermordet wurde.«

Hagemann griff nach seinem Glas und leerte es in einem Zug. Dann stützte er sich mit den Unterarmen auf den Oberschenkeln ab, schaute sie lange und eindringlich an und fragte: »Was wollen Sie, Frau Holters?«

Sechster Teil

Heute

1

»Du kommst mit mir, Maik!«, hatte Bremer am Ende der morgendlichen Besprechung befohlen und ihm zugezwinkert. »Damit ich auf dich aufpassen kann und du nicht wieder gegen irgendwelche Schranktüren läufst.«

Die Lacher der Kollegen waren ihm damit sicher gewesen. Auch Bertram hatte gegrinst, sein dunkelblaues Veilchen unter dem linken Auge betastet und pflichtschuldig genickt, obwohl er natürlich wusste, dass es Bremer vor allem darum ging, ihn an der kurzen Leine zu halten. Damit Bertram nicht wieder im Alleingang mit neuen oder überraschenden Erkenntnissen aufwarten konnte.

Dass er die familiäre Beziehung zwischen Peter Gausling und dessen Tante und Chefin, Beate Lohmann, aufgedeckt hatte, war Bremer bereits unangenehm aufgestoßen. Aber dass Bertram nun anhand der Dorfchronik eine Verbindung zwischen dem Ermordeten und dem Bauunternehmer Hagemann herstellen konnte, schien Bremer richtig zu wurmen. Dabei hatte Hölscher ebenfalls mithilfe von Gauslings Telefongesprächen entdeckt, dass es da einen Zusammenhang gab. Die von Bertram gefundenen, mit Post-its versehenen Textstellen über Hagemann und den ehemaligen »Totenbauern« waren für die Ermittlungen also gar nicht so wichtig oder entscheidend gewesen. Es ging Bremer eher ums Prinzip. Er schien sich stets und überall beweisen zu müssen. Als Ermittler und als Chef.

»Du bist nicht wirklich gegen eine Tür gelaufen, oder?«, fragte Bremer, als sie den Ortseingang von Oldenhook erreicht hatten und er auf der Kirchstraße das Tempo drosselte. »Das war doch ein Ammenmärchen.«

»Das blaue Auge hat mir eine Frau verpasst«, antwortete Bertram wahrheitsgemäß und deutete mit einem Kopfnicken nach vorn. »Die Friedhofstraße fängt gleich hinter der Kirche an. Die Baufirma ist direkt neben dem Landmaschinenhandel von Große-Daltrup.«

»Echt jetzt?«

»Ja. Ich war doch gestern erst hier.« Bertram deutete mit dem Finger durch die Windschutzscheibe. »Große-Daltrup wohnt in der Nummer vier und Hagemann in der Nummer fünf. Im alten Pastorat.«

»Nein, ich meine das mit der Frau.« Bremer setzte den Blinker und bog auf das große, aber erstaunlich leere Gelände des Bauunternehmers ein. Hier standen nur ein Gabelstapler und ein Auflieger ohne Sattelschlepper – beide vor einer verschlossenen Lagerhalle - sowie ein alter Mercedes-Kombi, der sich neben einem alten Backsteinhaus mit Kreuz im Giebel befand.

»Yep!« Bertram grinste und wusste, dass Bremer nun die falschen Schlüsse ziehen würde. »Kann im Eifer des Gefechts schon mal passieren.«

Bremer war sichtlich beeindruckt, blies die Backen auf und parkte direkt vor dem ehemaligen Pastorat.

Bertram war froh, dass sein Chef nicht weiter nachhakte, und beeilte sich auszusteigen. Er war nicht stolz auf das, was sich gestern ereignet hatte, und auch nicht froh darüber, obwohl er eine gewisse Erleichterung verspürte, dass die Sache mit Martina nun geklärt und beendet war. Mit noch nicht absehbaren Folgen für ihn. Zum Glück war Martina heute Morgen bei der Besprechung im Präsidium nicht anwesend gewesen. Bremer hatte der Runde mitgeteilt, die Oberstaatsanwältin habe sich krank gemeldet.

Auch auf das, was sich nach Martinas filmreifem Abgang zugetragen hatte, war Bertram nicht gerade stolz, obwohl er sich einredete, dass ja im Grunde überhaupt nichts geschehen war. Jedenfalls nichts Dramatisches oder Folgenschweres. Michaela hatte sich so rührend um ihn und sein blaues Auge gekümmert, sie war so lieb und verständnisvoll gewesen, hatte sich bittere Vorwürfe gemacht und immer wieder beteuert, es tue ihr alles so unendlich leid. Sie hatte sogar seine Wohnung verlassen und sich irgendwo am Bahnhof ein Zimmer nehmen wollen. Doch Bertram war diesem Vorschlag energisch entgegengetreten, und er hatte es auch nicht übers Herz gebracht, sie eine weitere Nacht auf dem schief gesessenen Sofa schlafen zu lassen. Sein Bett war schließlich groß genug.

Doch sie hatten *nicht* miteinander geschlafen! Hatten nur ein bisschen gekuschelt und waren, aneinander geschmiegt, schließlich eingeschlafen. Alles halb so wild. Und falls Michaela etwas von Bertrams Erektion mitbekommen hatte, war sie zumindest so rücksichtsvoll gewesen, es sich nicht anmerken zu lassen.

Nicht der Rede wert, dachte Bertram, als sie an Hagemanns Tür klingelten. Deshalb beschloss er auch, die harmlose Episode Tenbrink gegenüber unerwähnt zu lassen.

»Kommen Sie rein, meine Herren!« Holger Hagemann hielt die Tür auf und reichte ihnen beiden die Hand. Er stutzte kurz, als er Bertrams Veilchen sah, und führte sie durch einen dunklen Flur in ein gediegen eingerichtetes Wohnzimmer. Viel Leder, dunkle Eiche, schwere Teppiche. Aber alles war etwas angestaubt und in die Jahre gekommen. Auch das Panoramafenster, durch das man auf die Kirche und die alte Friedhofsmauer schauen konnte, hätte einen Frühjahrsputz vertragen können.

»Daniel ist noch nicht da«, sagte Hagemann, nachdem Bremer und Bertram sich ausgewiesen hatten, deutete einladend auf das Sofa und setzte sich in einen Ledersessel gegenüber. »Er ist noch auf der Baustelle. Sie müssen vorerst mit mir vorlieb nehmen.«

»Wo ist diese Baustelle?«, fragte Bertram und setzte sich. »In der Baumsiedlung in Altwick?«

»Nein!« Hagemann grunzte undeutlich und schüttelte energisch den Kopf. »Auf dem neuen Friedhof. Wir restaurieren dort das Dach und den Glockenturm der Friedhofskapelle.«

»Die Baumsiedlung hat Ihnen nicht viel Glück gebracht«, sagte Bremer und blieb, wie es so seine Art war, lieber stehen.

»Das können Sie lauten sagen«, knurrte Hagemann. »Die verdammte Siedlung hat uns das Genick gebrochen.«

Obwohl es noch relativ früh am Morgen war, wirkte er alles andere als frisch oder ausgeruht. Sein markant hervorstehendes Kinn war von einem ungepflegten Stoppelbart überwuchert, und auch die fettig glänzenden Haare standen ihm seitlich vom Kopf ab. Bertram roch zwar keinen Alkohol, aber er vermutete, dass sich in der Tasse, an der Hagemann nippte, nicht nur Kaffee befand.

»Sie mussten vor knapp zwei Jahren Insolvenz anmelden«, stellte er fest und bemerkte dann erstaunt, dass Hagemanns Füße in zwei verschiedenfarbigen Wollsocken steckten. »Was ist da schiefgelaufen? Die meisten Häuser sind doch inzwischen bewohnt. Die Baumsiedlung besteht ja nicht aus Bauruinen.«

»Alles ist schiefgelaufen. Nachdem die Stadt das Gelände als Baugebiet ausgeschrieben hatte, haben wir einen Großteil des Baulandes gekauft und Häuser darauf errichtet, um sie bezugsfertig zu verkaufen. Aber das ging leider nicht so schnell, wie zunächst gedacht, und vor allem nicht zu den Preisen, die wir kalkuliert hatten.« Hagemann verdrehte die Augen und schlürfte geräuschvoll sein Getränk. »Sie wissen ja, wie das ist, wenn man die aufgenommenen Kredite nicht rechtzeitig bedienen kann. Die Banken werden nervös. Dann dreht sich die Spirale nach unten und wird immer schneller. Bis sie einem den Geldhahn zudrehen.«

Hagemann hat hoch gepokert und sich verzockt, dachte Bertram. So hatte es zumindest Hölschers Recherche ergeben. Zu viel, zu schnell und zu überteuerten Preisen, um den Riesenreibach zu machen. Ähnlich wie beim Roulette, hatte der Unternehmer alles auf eine Gewinnchance gesetzt – und verloren. Und sein ganzer Einsatz ging an die Bank.

»Ihr Sohn Daniel führt nun die Geschäfte?«, fragte Bertram.

»Offiziell ja«, antwortete Hagemann. »Aber ein bisschen was hab ich als Bauingenieur auch noch zu sagen. Daniel kommt ja nicht aus dem Baugeschäft. Er kümmert sich vor allem um die Akquise.«

»Ist er nicht noch ein bisschen jung?«

»Als wir Insolvenz anmelden mussten, hatte er gerade sein BWL-Studium in Münster beendet. Daniel ist ein cleverer Junge. Er hat auf die Schnelle ein Konzept erarbeitet, und die Bank hat es akzeptiert. Deshalb gibt es uns überhaupt noch.«

»Die Firma hat sich gesund geschrumpft?«

»Gesund? Das zu behaupten wäre übertrieben. Aber wenigstens sind wir nicht tot, wie man befürchten musste. Drei Mitarbeiter haben wir noch. Jetzt konzentrieren wir uns eher auf die Bauplanung und weniger auf die Ausführung. Außer bei so überschaubaren Kleinaufträgen wie der Friedhofskapelle.«

Kleine Brötchen backen, dachte Bertram.

»Sie wohnen hier allein mit Ihrem Sohn«, meldete sich Bremer aus dem Hintergrund. Seine Bemerkung klang wie eine Mischung aus Frage und Feststellung. »Sie sind geschieden, Herr Hagemann?«

»Seit zwei Jahren. Seit der Insolvenz. Meine Frau war nicht …« Wieder das undeutliche Grunzen und das Kopfschütteln.

«Wo wohnt Ihre Frau jetzt?«

»In Ahlbeck. Drüben an der holländischen Grenze. Ich weiß nicht, ob Sie das kennen.«

Bremer sah Bertram an. Der schaute zu Boden. An Ahlbeck und den Mordfall am Galgenhügel hatte er keine allzu guten Erinnerungen.

»Aber Sie sind vermutlich nicht hier, um mit mir über die Firma und meine Ex-Frau zu sprechen. Oder ist Dörte was passiert?« Ein hoffnungsvoller Schimmer war für einen kurzen Moment in Hagemanns Blick zu erkennen.

»Es geht um Peter Gausling.« Bertram klappte die Dorfchronik auf, die er die ganze Zeit in der Hand gehalten hatte. »Kannten Sie ihn?«

»Den ermordeten Krankenpfleger?« Hagemann zuckte mit den Schultern. »Nicht wirklich. Nur so vom Sehen.«

»Altenpfleger«, verbesserte Bremer ihn und stellte sich vor das Panoramafenster, sodass er nur als Schattenriss zu sehen war. »Aber er scheint *Sie* gekannt zu haben. Oder sich zumindest für Sie interessiert zu haben.«

»Tatsächlich?« Erneut gingen Hagemanns Achseln in die Höhe. »Davon weiß ich nichts.«

»In diesem Buch gibt es einen Text über das alte Pastorat und den ehemaligen Friedhof von Oldenhook«, sagte Bertram und hielt die Chronik in die Höhe, damit Hagemann den Titel lesen konnte. »Es geht vor allem um den Küster und sogenannten Totenbauern, der hier früher seinen Hof hatte.«

»Und?« Es war offensichtlich, dass Hagemann kein Wort verstand. »Was hat das mit mir zu tun?«

»Peter Gausling hat diesen Text mit Klebezetteln markiert und Ihren Namen unterstrichen.« Bertram deutete auf die entsprechende Stelle. »Und auf eines der Lesezeichen hat er geschrieben: ›Hagemann ist Totenbauer‹, und dahinter zwei Ausrufezeichen gesetzt.«

»Ich hab keine Ahnung, wer oder was dieser Totenbauer war. Als meine Eltern damals das Grundstück gekauft haben, gab's hier schon lange keinen Friedhof mehr. Weiß der Teufel, was dieser Gausling damit gemeint hat!«

»Er hat hier angerufen«, sagte Bremer und schaute aus dem Fenster. »Mehrmals.«

»Kann sein«, antwortete Hagemann unsicher.

»Auch auf dem Handy Ihres Sohnes«, setzte Bertram hinzu. »Das haben die Anruflisten des Ermordeten ergeben.«

»Sie sollten die Fragen lieber mir stellen«, meldete sich in diesem Moment eine helle Männerstimme von der Wohnzimmertür. »Peter hat mit mir gesprochen und nicht mit meinem Vater.«

Daniel Hagemann näherte sich dem Ledersessel von hinten, legte seinem Vater die Hand auf die Schulter und nickte zur Begrüßung. Er hatte keinerlei Ähnlichkeit mit seinem Vater; seine Gesichtszüge wirkten eher weich und beinahe feminin, was auch durch die langen Haare betont wurde, die er hinter dem Kopf zu einer Art Dutt gebunden hatte. Einen Bauunternehmer stellte man sich normalerweise anders vor.

»Sie sind von der Mordkommission, nehme ich an?«, fragte Hagemann junior.

»Worüber hat er mit Ihnen gesprochen?«, konterte Bremer mit einer Gegenfrage.

"Über Lisa. Und Johnny natürlich.«

»Lisa Körkemann und Johannes Große-Daltrup?«, wunderte sich Bertram. »Wieso?«

»Johnny wohnt gleich nebenan, und mit Lisa bin ich zur Schule gegangen. Wir haben zusammen das Gymnasium besucht. Kurz vor dem Abi war ich sogar mal eine Zeitlang mit ihr zusammen. Wenn man so will, ist es meine Schuld, dass die beiden heute ein Paar sind. Ich hab sie miteinander bekannt gemacht. Letzten Herbst, in dem Buchladen, in dem Lisa arbeitet.« Daniel Hagemann setzte sich neben Bertram aufs Sofa und deutete auf dessen blaues Auge. »Schlägerei gehabt?«

Bertram ging nicht auf die Bemerkung ein, sondern fragte: »Was wollte Peter Gausling von Ihnen?« Kurz richtete er den Blick auf Hagemanns Füße. Sie steckten in Sneakers von Nike. Keine Converse.

»Tja, das ist nicht so einfach zu erklären. Ich denke, dass Peter nicht mehr ganz bei Trost war. Wegen Lisa, meine ich.«

»Können Sie das ein wenig spezifizieren!«, forderte Bremer.

»Spezifizieren?«, wiederholte der junge Hagemann und grinste über den Ausdruck. »Also, Peter war ein verdammter Stalker. Er wollte Lisa unbedingt zurück und hat wohl gedacht, dass ich ihm Material liefern kann, um Lisa und Johnny auseinanderzubringen.«

»Konnten Sie?«

Daniel Hagemann lachte. »Selbst wenn ich gekonnt hätte, wäre Peter der Letzte gewesen, dem ich irgendwas Peinliches oder Kompromittierendes über Johnny erzählt hätte. Johnny ist zwar ein komischer Vogel und eine ziemliche Nervensäge, aber Peter hatte ›ne Vollmeise. Er hat mir sogar Geld angeboten, wenn ich ihm irgendwelchen Schmutz aus Johnnys Leben erzähle.« Er tippte sich an die Stirn. »Wie krank ist das denn?«

»Sie haben dreimal mit ihm telefoniert, um zu sagen, dass Sie ihm nichts zu sagen haben?«, wunderte sich Bertram.

»Von mir aus hätte auch ein Telefonat gereicht, aber Peter war ganz schön hartnäckig. Der hat total am Rad gedreht und wirkte ziemlich irre. Ich bin mir nicht sicher, ob Lisa mit Johnny das große Los gezogen hat, aber auf jeden Fall konnte sie froh sein, dass sie Peter Gausling losgeworden ist.«

»Jetzt ist sie ihn sogar endgültig losgeworden«, sagte Bertram und betrachtete Daniels Vater, der in seinem Sessel zusehends in sich zusammengesackt war und wie paralysiert wirkte. In seinen Augen stand die nackte Panik.

»So habe ich das nicht gemeint.«

»Woher kannten Sie Peter Gausling?«, wollte Bremer wissen.

»Oldenhook ist ein Kaff, hier kennt jeder jeden«, antwortete Daniel und bemerkte nun ebenfalls, dass mit seinem Vater etwas nicht stimmte. »Alles in Ordnung, Papa?«

»Ich muss mal kurz in die Küche«, antwortete Holger Hagemann, griff nach seiner leeren Tasse, stand auf und verschwand schlurfend durch eine Schiebetür in den Nachbarraum. Seine Hände zitterten merklich.

»Spiegeltrinker?«, fragte Bertram. Sie hatten sich über die Hagemanns informiert und herausgefunden, dass der Vater im vergangen Jahr den Führerschein hatte abgeben müssen. Wegen Alkohol am Steuer.

Der junge Mann sah ihn überrascht an, schien zu überlegen, ob er das Offensichtliche abstreiten sollte, und nickte dann. »Er braucht seinen Pegel, um zu funktionieren. Wenn's mehr oder weniger ist, wird's brenzlig.« Bevor Bertram etwas erwidern konnte, setzte er hinzu: »Papa hatte es in den letzten Jahren nicht leicht. Er war nicht gerade vom Glück verfolgt. Beruflich wie privat.«

»Nicht ohne eigene Schuld«, meinte Bremer.

»Haben Sie nie Mist gebaut?«, entgegnete Daniel Hagemann, und seine Augen schickten wütende Blitze in Richtung Panoramafenster. »Er ist überzeugt gewesen, er könnte das große Geld machen; doch er hat sich überschätzt und das Ding gegen die Wand gefahren. Aber glauben Sie mir, er hat dafür bezahlt. Nicht nur mit Geld. Und er bezahlt noch immer.«

»Sind Sie deshalb direkt nach dem Studium nach Oldenhook zurückgekehrt - um den insolventen Betrieb zu retten?«, wollte Bertram wissen. »Oder hatten Sie ohnehin vor, ins Baugeschäft einzusteigen?«

»Familie ist nun mal Familie«, antwortete Daniel ausweichend. »Mein Vater hat viel für mich getan, ich hab ihm viel zu verdanken. Und deshalb war ich jetzt an der Reihe, ihm zu helfen. Kneifen kam nicht in Frage.«

»Ihre Mutter hat das offenbar anders gesehen.«

»Mama hat damit überhaupt nichts zu tun«, erwiderte er schmallippig.

Bertram wunderte sich über diese seltsame Antwort, die eigentlich keinen Sinn ergab, und hakte nach. »Ich dachte, Familie ist Familie? Gilt das nicht für Ihre Mutter? Haben Sie keinen Kontakt mehr zu ihr?«

»Doch, aber nur noch selten. Ihr neuer Freund ist nicht so mein Fall.« Daniel wollte etwas hinzusetzen, doch in diesem Augenblick kam sein Vater zurück ins Zimmer. In der Hand hielt er die frisch gefüllte Tasse; das Zittern und der panische Blick waren verschwunden. Der Pegel stimmte wieder.

Holger Hagemann setzte sich, schaute erst Bremer und dann Bertram an. »Haben Sie sonst noch Fragen, meine Herren? Ich muss nämlich mit meinem Jungen noch zur Baustelle.« An seinen Sohn gewandt, setzte er hinzu: »Die Dachpfannen sind gekommen.«

»Die paar Quadratmeter kann ich auch allein zum Friedhof bringen«, erwiderte Daniel und winkte ab.

»Quatsch! Ich komm mit!«, schnauzte sein Vater. »Ich muss eh noch mit dir reden.«

»Von mir aus war's das«, sagte Bremer und ging zur Tür.

»Eine Frage habe ich noch«, meinte Bertram und stellte dieselbe Frage, die auch Tenbrink gestern den Große-Daltrups gestellt hatte. Um zu gucken, wie sie reagieren würden. »Kannten Sie eigentlich Ingrid Holters?«

Diesmal war es nicht der Sohn, sondern der Vater, der sich an seinem Getränk verschluckte. Und es war der Sohn, der stumm und regungslos blieb. Als ginge ihn das gar nichts an.

»Jeder in Oldenhook kannte Ingrid Holters«, erklärte Holger Hagemann und fuhr sich nervös mit den Fingern über den Stoppelbart. »Gibt es einen bestimmten Grund, warum Sie nach ihr fragen?«

»Ihre Knochenmühle stand direkt neben der heutigen Baumsiedlung. Neben den Grundstücken, die Sie damals gekauft und bebaut haben.«

»Das ist richtig.« Eine lauernde Antwort und ein lauernder Blick. »Und?«

»Wie es heißt, gab es Probleme mit dem Boden.«

»Die LCKW sind doch längst ausgewaschen oder gebunden.«

»LCKW?«

»Leichtflüchtige Chlorkohlenwasserstoffe. Ein Lösungsmittel. Aber der Boden wurde schon vor Jahren saniert. Da sickert nichts mehr ein. Das Grundwasser ist einwandfrei.«

»Die Knochenmühle war also nicht der Grund, warum Sie Ihre Häuser nicht so schnell und gewinnbringend verkaufen konnten?«

»Nein, das hatte damit nichts zu tun.« Hagemann lächelte und pustete in seine Tasse.

Bertram hatte beinahe den Eindruck, als wäre er erleichtert. Als hätte er etwas anderes befürchtet. Wie Beate Lohmann, als Bremer von ihr hatte wissen wollen, ob sie Gauslings Mutter sei. Weil es die falsche Frage gewesen war. Oder eine nur *fast* richtige.

Nein, dachte Bertram und erhob sich vom Sofa, das hatte tatsächlich nichts damit zu tun.

2

»Also, Gertrud?«, fragte Tenbrink, reichte seiner Schwägerin die Hand und schaute sie neugierig an. »Was gibt's so Wichtiges, dass du nicht am Telefon darüber reden wolltest?«

»Ach, nix Besonderes«, antwortete sie und zwinkerte ihm zu. »Ich wollte nur mal wieder ein bisschen mit dir klönen.«

»Das ist nicht dein Ernst!«, entfuhr es ihm. »Deswegen lässt du mich aus Schöppingen herkommen? Nur um mit mir zu klönen?«

»War doch bloß Spaß!«, rief Gertrud und kicherte wie ein kleines Mädchen. Sie sagte »Spa*ss*«, mit kurzem A und zischendem S, wie im Ruhrgebiet üblich. »Reg dich nicht gleich so auf.« Sie beugte sich zu ihm und flüsterte ihm ins Ohr: »Ich hab tatsächlich was für dich. Du hast doch gesagt, ich soll die Augen und Ohren offenhalten.«

»Hab ich das?« Er konnte sich nicht erinnern. Ein Großteil seines letzten Besuchs war wie aus seinem Gedächtnis getilgt. Nur die Sache mit Karins Treppensturz hatte sich eingebrannt. »Hast du deshalb darauf bestanden, dass wir uns vor der Kapelle treffen?« Er deutete zum Leseraum, den Gertrud beim letzten Mal Dormitorium genannt hatte. Weil sich so gut darin schlafen ließ.

»Muss ja nicht jeder mitkriegen, was wir hier zu bekaspern haben«, meinte sie und hakte sich bei ihm unter. »Wände haben Ohren, nicht zuletzt im Altenheim. Da kann man nicht stiekum genug sein.«

»Du bist nicht Miss Marple, Gertrud. Und ich bin nicht Mr Stringer. Wir müssen nichts stiekum machen. Wir sind keine Geheimagenten!«

»Lass das nicht Frieda hören. Ich hab ihr nämlich erzählt, dass du hier verdeckt ermittelst, oder wie das heißt.«

»Wer ist Frieda?«

»Frieda Lütkebohmert. Sie wohnt drüben bei den Betreuten in den Neubauten, im Erdgeschoss, gleich neben der Wohnung von Peter Gausling.« Sie wies mit dem Krückstock zum Pastorenpättken, das durch den Nonnenbusch führte. »Sie lebt da zusammen mit ihrem Mann Erwin. Der ist aber nicht mehr so gut auf dem Damm und liegt die meiste Zeit im Bett. ›Nicht mehr das saftigste Gras auf der Weide‹, wie Frieda immer sagt.«

»Und was ist mit dieser Frieda?«

»Ich hab doch vorhin gesagt, dass die Wände hier Ohren haben.« Gertrud stieß ihn verschwörerisch an. »Frieda ist einer der Gründe dafür. Neugierig wie ein junger Hund und immer auf der Suche nach Klatsch und Tratsch.«

»Wenn sie eine Zeugin ist, muss sie zur Polizei gehen.«

»Die waren doch längst bei ihr.« Gertrud winkte ungeduldig ab. »Aber deine Kollegen haben eben nicht die richtigen Fragen gestellt.«

Tenbrink seufzte und verdrehte die Augen. Das würde Ärger mit Arno Bremer geben.

»Da vorne kommt sie schon.« Gertrud deutete auf eine kleine grauhaarige Frau im beigefarbenen Kostüm, die sich auf dem Pastorenpättken näherte. Schon von Weitem winkte sie aufgeregt und beschleunigte ihren Schritt.

»Ich hab ihr von Ingrid Holters erzählt«, sagte Gertrud und winkte nun ebenfalls. »Weil die doch immer mit dem Gausling herumpoussiert hat.«

»Herumpoussiert?«, wunderte sich Tenbrink. »Beim letzten Mal hast du gesagt, dass sie die Köppe zusammengesteckt haben.«

»Na, warum wohl?«, erwiderte sie scharf. »Auch ältere Frauen haben schließlich Bedürfnisse, und Gausling war der einzige Pfleger weit und breit. Ein hübscher Junge noch dazu. Da kann man schon mal auf Gedanken kommen.«

»Das behauptet Frieda Lütkebohmert?« Tenbrink putzte seine Brille und bereute bereits, dass er sich von Gertrud hatte herlocken lassen. »Hat sie die beiden beim Turteln erwischt? Oder vielleicht sogar beim heimlichen Sex in der Kapelle?«

»Mach dich nicht über mich lustig, Heinrich!« Gertrud bedachte ihn mit einem grimmigen Blick. »Davon kann überhaupt nicht die Rede sein. Nein, Frieda hat was ganz anderes gesehen.«

»Nämlich?«

»Wie Ingrid gestorben ist!«, rief Frieda Lütkebohmert aus der Ferne, grinste triumphierend und deutete auf ihre Ohren. »Wenn ihr nicht wollt, dass man euch versteht, müsst ihr leiser sprechen. Ich kann nämlich hören wie ein Dachs.«

»Heißt das nicht eigentlich ›schlafen wie ein Dachs‹?«, flüsterte Tenbrink, doch Gertrud stieß mit dem Fuß gegen sein Schienbein.

»Hallo, Frieda«, sagte sie. »Schön, dass du da bist.«

»Guten Tag, Frau Lütkebohmert«, begrüßte Tenbrink die Frau, wartete, bis sie näher gekommen war, und reichte ihr die Hand. »Sie waren also dabei, als Ingrid Holters gestorben ist?«

»Na ja, nicht direkt«, antwortete sie ausweichend und legte den Kopf schräg. »Gestorben ist sie ja erst einige Tage später im Krankenhaus. Aber ich hab gesehen, wie sie vors Auto gelaufen ist.«

»Oh!«, entfuhr es Tenbrink. Das war allerdings interessant. »Sie waren Zeugin des Unfalls?«

»Hier wird niemand gesiezt«, mischte sich Gertrud ein. »Für so ›n Unsinn sind wir zu alt. Heinrich, das ist Frieda. Frieda, das ist Heinrich.«

»Du warst Zeugin des Unfalls?«, verbesserte sich Tenbrink.

»Komm, ich zeig's dir!« Frieda nickte und deutete zur kiesbedeckten Auffahrt, die in einem großen Bogen vom zentralen Parkplatz aus zur Straße führte. »Das war gleich da drüben. Wo die Auffahrt schon asphaltiert ist.«

Beide Frauen hakten sich bei Tenbrink ein, Gertrud rechts, Frieda links, und zu dritt schlurften sie den Kiesweg entlang bis zur Straße. Die Sonne lugte zwischen zwei dunklen Regenwolken hindurch und schien ihnen direkt ins Gesicht.

»Da drüben stand Ingrid Holters.« Frieda hielt die eine Hand an ihre Stirn, um nicht von der Sonne geblendet zu werden, und deutete mit der anderen zur Landstraße. »Ein paar Meter weiter links, direkt vorm Friedhofseingang.«

Tenbrink schaute hinüber auf die andere Straßenseite. Dort befand sich der neue Friedhof, der von einer etwa zwei Meter hohen Backsteinmauer umgeben war. Unweit des ebenfalls gemauerten Torbogens war eine Bushaltestelle des Regionalverkehrs Münsterland. Linie 781.

»Das Auto kam von da!« Frieda deutete nach rechts, Richtung Altwick. »Und Ingrid wollte anscheinend zurück über die Straße. Dann hat's geknallt.«

»Aber wenn sie da vorne stand, dann hatte sie doch völlig freie Sicht.« Tenbrink putzte seine Brille, obwohl sie gar nicht verschmutzt war. »Da ist kein Baum, keine Kurve, nichts! Sie hätte den Wagen doch sehen oder wenigstens hören müssen. Oder war's ein Elektroauto?«

»Mit Autos kenn ich mich nicht aus.«

»Stand da vielleicht ein Bus an der Haltestelle?«, fragte Gertrud.

Frieda schüttelte den Kopf.

»Wo warst *du* eigentlich?«, wollte Tenbrink wissen und schaute sich um. »Hast du auf den Bus gewartet?«

»Ich war zu Hause«, antwortete sie und deutete über ihre Schulter zu den weißen Neubauten, die rechts vom Nonnenbusch zu erkennen waren. In etwa fünfzig Metern Entfernung.

»Zu Hause? Soll das heißen, du hast das alles vom Fenster aus gesehen?«

»Küchenfenster«, bestätigte Frieda und nickte. »Von da haben wir einen direkten Blick auf den Friedhofseingang und die Bushaltestelle.«

»Ganz schön weit weg«, sagte Tenbrink ein wenig enttäuscht. »Hast du sonst noch was gesehen?«

»Ich bin natürlich gleich hin, aber da war schon nichts mehr zu machen. Das hab ich gleich gesehen, dass das böse aussieht. Auch wenn sie noch gelebt hat. Und das arme Mädchen im Auto war völlig geschockt und hat immer nur gerufen, dass sie nichts dafür konnte. Dass Ingrid einfach so über die Straße gelaufen ist.«

»Das hast du natürlich auch bei der Polizei ausgesagt.«

»Ich? Wieso? Nein!« Frieda schaute Tenbrink vorwurfsvoll an und tippte sich an die Stirn. »Bin doch nicht verrückt. Nachher heißt es wieder, die alte Lütkebohmert hängt den ganzen Tag am Küchenfenster und beobachtet die Leute. Geh mir bloß weg!« Sie blähte die Backen auf und setzte hinzu: »Waren ja genug andere Leute da. Außerdem hätten sie doch nur den jungen Mann fragen brauchen. Der hat das alles aus nächster Nähe gesehen.«

»Welcher junge Mann?«

»Der mit dem Vollbart. Der stand an der Haltestelle und hat auf den Bus gewartet. Sah jedenfalls so aus.«

»Ein junger Mann mit Vollbart?«

»Vollbart und lange dunkle Haare.« Frieda nickte. »Der sah ein bisschen so aus wie diese Schlagersängerin aus Österreich.«

»Eine Schlagersängerin mit Vollbart?« Tenbrink glaubte, sich verhört zu haben.

»Ja, die vor ein paar Jahren beim Grand Prix de la Chanson gewonnen hat.«

»Sie meint Conchita Wurst«, erklärte Gertrud mit Kennermiene. »Aber das heißt jetzt Eurovision Song Contest.«

Tenbrink schaute die beiden Frauen an, als befürchtete er, sie hätten ihren Verstand verloren.

»Ist ja auch egal«, sagte Frieda und schaute skeptisch. »Jedenfalls sah der so aus. Wenn er keinen Bart gehabt hätte, hätte man ihn glatt für ›ne Frau halten können.«

»Das alles hast du vom Küchenfenster aus gesehen?«, rief Tenbrink erstaunt. »Aus *der* Entfernung?«

»Kann sein, dass das Fernglas auf der Anrichte lag«, meinte Frieda und räusperte sich. »Erwin sieht ja nicht mehr so gut. Darum haben wir das da manchmal liegen. Für alle Fälle.«

»Verstehe.« Tenbrink versuchte, nicht zu grinsen. »Und wie alt war dieser junge Mann?« Aus Erfahrung wusste er, dass bei älteren Frauen mitunter auch Mittvierziger als »junge Männer« durchgingen.

»Anfang zwanzig, würde ich tippen.«

»Und als du zur Straße kamst?«

»War der junge Mann weg.«

»Hm«, machte Tenbrink und nickte. »Das ist allerdings seltsam.«

»Vielleicht ist sein Bus gekommen«, sagte Gertrud und griente. »Oder er musste zu ›ner Beerdigung.«

3

Sein Handy piepte. Dreimal kurz, zweimal lang, dreimal kurz! Wieder eine SMS von Tenbrink. Die dritte inzwischen. Er war bei seiner Schwägerin im Oldenhooker Altenheim und wollte sich mit Bertram treffen. Bereits am frühen Morgen hatte er angerufen, doch Bertram hatte keine Lust gehabt, mit ihm zu sprechen, und den Anruf weggedrückt. Stattdessen hatte er mit einer lapidaren SMS geantwortet: *Später!* Nun schrieb Tenbrink ebenso knapp: *Hab Neuigkeiten. Melde dich.*

»Welche Hausnummer?«, fragte Bremer, während er nach einem Parkplatz Ausschau hielt.

»Siechenkamp zwölf«, antwortete Bertram und deutete auf ein zweistöckiges, weiß verputztes Fachwerkhaus, das inmitten der rot verklinkerten Einfamilienhäuser und ebenfalls backsteinernen Bürogebäude deplatziert wirkte. Wie ein Relikt.

Der Siechenkamp befand sich in der Nähe des Altwicker Rathauses, gleich hinter dem sogenannten Coesfelder Tor. Von dem ehemaligen Stadttor war allerdings nur der Name geblieben. Genauso wie vom Rest des mittelalterlichen Stadtwalls.

»Das alte Haus?«, wunderte sich Bremer und parkte auf der gegenüberliegenden Straßenseite. »Was sind eigentlich Melaten?«

Über dem Eingang des Fachwerkhauses war ein großes Emailschild angebracht, auf dem in altertümlicher Frakturschrift »Melatenhues« geschrieben stand.

»Kranke«, antwortete Bertram und stieg aus. »Kommt vom französischen *malade*, glaube ich.«

»Sieht gar nicht aus wie ein Krankenhaus«, meinte Bremer und folgte ihm über die Straße. »Eher wie ein Museum.«

»Es *ist* so eine Art Museum«, erwiderte Bertram, der vorhin am Telefon mit Frederike Meier gesprochen hatte und deshalb grob informiert war. »Ein ehemaliges Leprahaus. Deswegen heißt die Straße auch Siechenkamp.«

»Oh.« Bremer zögerte kurz, bevor er die Klinke der Eingangstür anfasste.

»Im Mittelalter«, sagte Bertram stirnrunzelnd und betrat das Haus. »Leprakranke gibt's hier schon seit Jahrhunderten nicht mehr.«

»Ist mir schon klar«, knurrte Bremer und folgte ihm.

Im Inneren sah das »Melatenhues« völlig anders aus, als man nach dem Anblick von außen vermutet hätte. Keine Holzdielen, keine Butzenscheiben, keine bunte Bleiverglasung, keine niedrigen Stützbalken, sondern glatte Betonwände, glänzend marmorierte Bodenfliesen und Milchglastüren mit verchromten Beschlägen. Überrascht murmelte Bertram: »Ein Neubau!«

»Das Fachwerk ist nur Fassade«, erklärte eine junge Frau, die in diesem Moment aus einem Nachbarraum ins Foyer kam. »So oder so ähnlich soll das Leprosenhaus im Mittelalter ausgesehen haben. Allerdings stand es vermutlich etwas weiter außerhalb und nicht direkt an der Stadtmauer. So genau weiß man das nicht.«

»Hat das Haus etwas mit dem Lepra-Museum in Münster zu tun?«, fragte Bertram.

»Nein, das ›Melatenhues‹ wird von der Altwicker Gemeinde verwaltet. Es ist auch kein richtiges Museum. Wir haben zwar ein paar Exponate, Bücher und Landkarten hier im Foyer, aber der Rest sind Veranstaltungs- und Sitzungsräume.« Sie streckte die Hand aus. »Sie sind die Herren von der Polizei, nehme ich an?«

»Frau Meier?« Bremer nickte und stellte sich und Bertram vor. »Sie arbeiten hier im Haus?«

Eine überflüssige Frage, fand Bertram, doch Frederike Meier nickte, lächelte freundlich und antwortete: »FSJ.«

Bremer verstand nicht, und Bertram erklärte ihm das Kürzel: »Freiwilliges Soziales Jahr.«

»FSJ Denkmalpflege, um genau zu sein. Als Überbrückung bis zum Studium. Ab dem Wintersemester studiere ich Christliche Archäologie in Münster.« Wieder ein Nicken und ein Lächeln. »Sie kommen wegen dem Einbruch?«

»Welcher Einbruch?«

»Am Wochenende hat jemand versucht, durchs Kellerfenster in die Teestube einzusteigen. Weil die Alarmanlage anging, als die Scheibe eingeschlagen wurde, ist der Einbrecher geflüchtet, ohne etwas zu klauen. Hätte sich ohnehin nicht gelohnt. Ihre Kollegen waren gestern hier, um die Sache aufzunehmen und Fingerabdrücke zu sichern.«

»Nein, damit haben wir nichts zu tun«, erwiderte Bremer und schaute neugierig auf eine historische Karte von Altwick an der Wand. Darauf waren die Wehranlagen des alten Stadtwalls gut zu erkennen. Ein roter Punkt außerhalb des Stadttores markierte die ungefähre Lage des Leprahauses. »Wir sind von der Mordkommission in Münster.«

Die junge Frau runzelte verwirrt die Stirn.

»Wir haben noch einige Fragen zu Ihrem Autounfall in Oldenhook«, ergänzte Bertram und fügte, als er ihren erschrockenen Gesichtsausdruck sah, eilig hinzu: »Wir wissen, dass die Ermittlungen inzwischen eingestellt wurden und dass Sie keine Schuld an dem Unfall trifft. Wir sind hergekommen wegen dem Mord im Stadtpark.«

»Ich hab davon gehört. Aber was hat das mit dem Unfall zu tun?«

»Die Fragen stellen wir, Frau Meier«, knurrte Bremer, der abermals auf die Karte blickte.

»Natürlich«, stammelte sie und schaute unsicher zu Bertram. »Entschuldigung.«

»Ingrid Holters wohnte in dem Altenheim, in dem das Mordopfer als Pfleger arbeitete«, sagte Bertram und lächelte sie aufmunternd an. »Wir fragen uns, ob es da vielleicht einen Zusammenhang gibt.«

»Ich verstehe nicht. Wollen Sie etwa andeuten, dass Frau Holters ebenfalls ermordet wurde?« Frederike Meier schüttelte den Kopf, runzelte die Stirn und schüttelte dann abermals ihren Kopf. »Sie ist mir einfach vor den Wagen gelaufen. Da war niemand, der sie auf die Fahrbahn gestoßen hat oder so. Sie ist auch nicht in Panik vor irgendwem weggerannt, falls Sie das vermuten. Sie hat einfach nicht aufgepasst.«

»Sie stand allein am Straßenrand?«, fragte Bremer. Dann schaute er in eine Glasvitrine, in der mehrere hölzerne Klappern ausgestellt waren, und deutete darauf. »Was ist das?«

»Das sind Lazarusklappern«, antwortete Frederike Meier. »Damit mussten die Leprakranken klappern, um andere zu warnen. Damit ihnen keiner zu nah kam und sich ansteckte.«

»Sie stand ganz allein am Straßenrand?«, wiederholte Bertram die Frage seines Chefs. »Sonst war niemand in der Nähe?«

»Ich glaube, da stand noch ein Mann an der Bushaltestelle, aber der war so weit von der Frau entfernt, dass er bestimmt nichts damit zu tun hatte. Außer Sie glauben an Telekinese.«

»Wie sah er aus?«

»Er hatte einen Bart, glaube ich.«

»Jung oder alt?«

Sie zuckte mit den Schultern. »Das weiß ich nicht mehr. Es ging alles so schnell. Und anschließend war nur noch Chaos. Ich krieg das heute kaum noch zusammen.«

Bertram nickte und wunderte sich. Von einem männlichen Zeugen an der Bushaltestelle hatte in den Unterlagen nichts gestanden. Es kam allerdings nicht selten vor, dass Unfallzeugen verschwanden, bevor sie von der Polizei befragt werden konnten.

»Warum Lazarus?«, fragte Bremer und starrte unverwandt auf die Handklappern, die ein wenig an Kastagnetten erinnerten. »Ich dachte, der wurde von den Toten auferweckt.«

Frederike Meier blickte irritiert. Erst nach ein paar Augenblicken begriff sie, wovon Bremer sprach, und antwortete: »Der heilige Lazarus ist der Schutzpatron der Aussätzigen.«

»Tatsächlich?«

»Und der Metzger«, setzte Bertram hinzu.

Bremer lachte ungläubig und tippte sich an die Stirn.

»Doch, das stimmt«, bestätigte Frederike Meier und schaute Bertram überrascht an. »Sie kennen sich mit Heiligen aus?«

»Nur aus Kreuzworträtseln«, behauptete Bertram und betrachtete seine Fingerkuppen. »Kannten Sie eigentlich Peter Gausling?«

»Den Ermordeten?« Sie wiegte den Kopf hin und her. »Ich bin ihm einmal begegnet. Im Krankenhaus. Jedenfalls glaube ich mich zu erinnern, dass das sein Name war.«

»Im Krankenhaus?« Bremer horchte auf. »Sie haben Frau Holters nach dem Unfall besucht?«

»An dem Tag, als sie starb.« Sie nickte traurig. »Aber sie war kaum noch ansprechbar und fast nicht mehr bei Bewusstsein.«

Bertram war ein wenig überrascht. »Sie lag doch vermutlich auf der Intensivstation. Wie sind Sie da überhaupt reingekommen?«

»Die Krankenschwester hat mich reingelassen, als ich ihr gesagt habe, wer ich bin und weshalb ich Frau Holters besuchen wollte.«

»Was genau wollten Sie denn von ihr?«

»Ihr sagen, wie leid mir das alles tut und dass ich für sie bete; aber das hat sie gar nicht mehr verstanden. Sie hat nur noch wirres Zeug gebrabbelt und an die Decke gestarrt.«

»Und Peter Gausling?«

»Saß am Krankenbett, als ich ins Zimmer kam, und hat sich irgendwelche Sachen notiert. Erst dachte ich, dass er vielleicht ein Enkel von ihr ist. Bei unserer Begrüßung hat er dann gesagt, dass er im Altenheim arbeitet und Peter Gausling heißt. Er war sehr nett und hat sogar versucht, mich zu trösten. Weil ich so weinen musste, als ich Frau Holters in ihrem Zustand gesehen hab. Mit all den Schläuchen und Kabeln und so.«

»Konnten Sie verstehen, was Frau Holters gesagt hat?«, wollte Bertram wissen. »Können Sie sich an irgendetwas erinnern?«

»Das war nur so undeutliches Gemurmel«, antwortete sie und hob die Achseln. »Wortfetzen und halbe Sätze. Ohne jeden Zusammenhang. Außerdem hatte sie einen Schlauch in der Nase. Nur an einen Namen kann ich mich erinnern; den hat sie immer wieder gesagt: Greta.«

»Greta?«, wiederholte Bertram. »Sind Sie sicher?«

»Ja. Ich denke schon. Und dann noch ein Wort: Zeus. Das hat sie auch mehrmals gesagt.«

»Zeus? Wie der griechische Gott?«

»Nein, es klang eher so, als würde sie über ein griechisches Restaurant reden. ›Beim Zeus‹ oder ›Im Zeus‹, so was in der Art. Sicher bin ich mir aber nicht. Sie hat so genuschelt.«

»Pff.« Bertram schaute verwirrt zu Bremer, der mittlerweile eine Schautafel an der Wand betrachtete. Darauf waren verschiedene mittelalterliche Holzschnitte mit Abbildungen von Aussätzigen zu sehen.

»Lepra ist doch ausgestorben, oder?«, fragte Bremer.

»Leider nein.« Frederike Meier schüttelte den Kopf. »Die Krankheit ist zwar heilbar, aber nicht ausgerottet. Die Bakterien gibt es auch heute noch. In vielen Entwicklungsländern ist Lepra immer noch ein Problem.«

»Interessant.« Bremer klang beinahe fasziniert. »Und schrecklich. Also erschreckend.« Er konnte sich kaum von den Bildern losreißen.

In Bertrams Hosentasche vibrierte es. Tenbrink, vermutete er, doch auf dem Display las er: »Private Nummer.« Er hob entschuldigend die Hand, ging vor die Tür und meldete sich: »Bertram.«

»Na, Bulle, wie geht's?«

»Wer ist da?«

»No, gennste mich gor nich mehr?«, erwiderte der Anrufer in breitem thüringischem Dialekt.

Bertram erstarrte. »Kruse? Woher haben Sie meine Nummer?«

»Dein Kollege im Präsidium war so freundlich. Ich hab gesagt, es ist ein Notfall. Ein Todesfall in der Familie.« Er lachte schallend. »Die Ossi-Familie aus der Zone, no.«

»Was wollen Sie von mir?«

»Ich bin auf der Suche nach einer gemeinsamen Freundin.«

»Wir haben keine gemeinsamen Freunde.«

»Da hab ich aber was anderes gehört.«

»Sie sollten nicht alles glauben, was Sie hören.«

»Gelle? Aber könnte ja trotzdem sein, dass du ihr übern Weg läufst. Dann sag ihr, dass ich große Sehnsucht nach ihr hab.« Er lachte dreckig. »Ich weiß ja jetzt, wo du bist. Mer sin no nich fertsch, mei Lieber.«

»Rufen Sie mich nie wieder an, Kruse!«

»Mach's gut, Bulle!« Wieder lachte er. Dann endete das Telefonat.

»Fuck!« Bertram steckte das Handy ein und atmete tief durch. Seine Hände schwitzten und zitterten leicht.

»Interessant, oder?«, hörte er plötzlich Bremers Stimme hinter sich.

Bertram fuhr wütend herum und rief: »Was? Die verdammte Lepra?«

»Nein.« Bremer hob abwehrend die Hände. »Die verdammte Greta. Der Name ist bisher nicht aufgetaucht, oder?«

Bertram schnaufte leise und schüttelte den Kopf. »Nicht, dass ich wüsste.« Er drückte auf sein blaues Auge, bis es wehtat. *Damit* es wehtat. »Und jetzt?«

»Zurück nach Münster. Bernd hat gerade angerufen. Er hat die Kontodaten von Gausling vorliegen, und der Kollege Lohse von der ZA3 hat die Daten vom Laptop ausgewertet. Scheint etwas Interessantes dabei zu sein.«

»Lass uns vorher noch kurz zur Knochenmühle fahren.«

»Warum?«

»Nur so. Wenn wir schon mal hier sind.« Bertram dachte an Holger Hagemanns seltsames Lächeln, als er von dem einwandfreien Grundwasser in der Baumsiedlung gesprochen hatte. Und dem sanierten Boden. Irgendetwas hatten sie übersehen. Nicht wahrgenommen.

Darum wollte Bertram nachschauen. Und vielleicht gab's da in der Nähe ja auch ein griechisches Restaurant.

4

»Was soll das denn bringen, Maik?« Bremer blieb vor dem mit Flatterband und Polizeisiegel abgesperrten Flachbau stehen und schaute auf seine verdreckten Schuhe. »Die Kollegen haben das Gelände doch schon abgesucht und nichts gefunden. Weder die Tatwaffe noch sonst was. Wonach genau suchst du eigentlich?«

Keine Ahnung, wäre die aufrichtige Antwort gewesen, doch stattdessen erwiderte Bertram: »Bleib du beim Auto, ich bin gleich wieder da.« Ohne auf eine Antwort zu warten, ging er um das ehemalige Bürogebäude der Knochenmühle herum und von dort durch wucherndes Unkraut und Gestrüpp in Richtung Baumsiedlung. Hier befand sich eine weitere, allerdings sehr viel kleinere Betonfläche, die bei der Bodensanierung entstanden war. »Mittels Düsenstrahlverfahren«, wie er im Internet gelesen hatte. Hier hatte also eine zweite Mühle oder Presse gestanden, in der mit giftigem LCKW gearbeitet worden war. Unmittelbar dahinter befand sich ein provisorischer, aber nicht verwitterter Weidezaun aus Stacheldraht, der das Gelände zum angrenzenden Baugebiet absperrte. Die ersten Grundstücke begannen allerdings erst zwanzig Meter entfernt, und direkt davor befand sich eine Art Dränagegraben. Zwischen Zaun und Graben war das Gelände auf einer Länge von etwa dreißig Metern von Büschen und Bäumen befreit und mit Schotter bedeckt, aus dem das Unkraut spross. Allerdings schien der Streifen kein Bauland zu sein. Er wirkte wie ein Puffer zwischen Knochenmühle und Baumsiedlung. Niemandsland!

»Herr Kommissar?«, hörte Bertram eine Frauenstimme rufen, und als er aufblickte, sah er eine junge Frau, die mit einem elektrischen Rasenmäher oder Vertikutierer auf einer schmalen Rasenfläche stand und ihm zuwinkte.

»Ja?«, antwortete Bertram und kletterte mit großer Vorsicht über den Stacheldraht, damit er sich nicht die Hose aufriss.

»Wusste ich's doch«, sagte die Frau, ließ das Gerät stehen und kam näher. »Hab Sie gleich erkannt.« Sie befand sich im Garten eines backsteinernen Einfamilienhauses, das als vorderstes in einer Reihe von beinahe identisch aussehenden Häusern stand. Nur die Klinkerfarbe variierte von altrot bis beige-braun.

»Frau Rensing?« Bertram war zum Glück der Name der Auffindezeugin noch rechtzeitig eingefallen. Er erinnerte sich nun auch, dass Mona Rensing als Adresse den Ahornweg 7 genannt hatte. In der Baumsiedlung. »Hübsches Haus. Seit wann wohnen Sie hier?« Er schritt bis zum Dränagegraben, während sie etwa zwei Meter entfernt an einem hölzernen Gartenzaun stehen blieb. Hier hinten gab es keinen Zugang zu ihrem Grundstück.

»Seit gut drei Jahren«, antwortete sie und zog sich die Gartenhandschuhe aus. »Kurz nach der Hochzeit sind wir hierher gezogen.«

»Fertig gekauft oder Eigenbau?«

»Gekauft. Max wollte eigentlich selber bauen und ein größeres Grundstück haben, um Platz für eine zweite Garage zu haben, aber das Angebot war einfach zu verlockend. Da konnten wir nicht Nein sagen.«

»Inwiefern?«

»Na, einerseits, weil's das Randgrundstück der Siedlung ist.« Sie lächelte und deutete auf den kleinen Erlenhain, der die Baumsiedlung von der Landstraße trennte, und auf das »Niemandsland« an der Grenze zur Knochenmühle. »Außerdem war der Kaufpreis reduziert worden. Wir haben ordentlich Rabatt bekommen, weil der Baufirma das Wasser bis zum Hals stand.«

»Der Firma Hagemann«, sagte Bertram und nickte.

»Sie wissen davon?«, wunderte sie sich.

»Haben Sie das Haus vor oder nach der Insolvenz gekauft?«

»Nein, die Pleite kam erst später«, antwortete sie und deutete auf das Nachbarhaus. »Nur ein Jahr später gehörten die übrigen Häuser und Grundstücke den Banken, und die Preise sind sofort wieder in die Höhe gegangen. Für das Geld, das die Buschmanns nebenan gezahlt haben, hätten wir uns das Haus niemals leisten können.«

»Glück für Sie, Pech für Hagemann.«

Sie wechselte das Thema. »Wollen Sie zu mir? Der Eingang ist auf der anderen Seite.«

»Nein, ich komme von der Knochenmühle. Sie wissen vermutlich, auf was wir dort gestoßen sind?«

»Ja, schrecklich, oder? Erst stirbt der arme Kerl direkt vor meiner Nase, und dann stellt sich heraus, dass er in der Nähe unseres Hauses erschlagen wurde. Ganz schön unheimlich. Die Lust am Joggen ist mir vorerst vergangen.«

»Ist Ihnen am Freitagnachmittag irgendetwas hier aufgefallen?«

»Nein. Am Nachmittag hab ich noch gearbeitet. Ich hab nur am Wochenende und montags frei. Deswegen will ich mir heute auch den Rasen vornehmen. Der muss dringend vertikutiert werden. Sonst ist ruckzuck alles voller Moos. Die Feuchtigkeit ist eben der Nachteil, wenn man so nah an Wald und Wiesen wohnt.«

»Wird das Baugebiet eigentlich demnächst erweitert?«

»Nein. Wie kommen Sie darauf?«

Bertram deutete auf den kiesbedeckten Boden zu seinen Füßen.

»Die Siedlung endet an unserer Grundstücksgrenze.« Mona Rensing verschränkte die Arme vor der Brust, als wollte sie ihren Worten damit Nachdruck verleihen. »Da, wo sie jetzt stehen, darf gar nicht gebaut werden, weil das früher zur Knochenmühle gehört hat.«

»Ich dachte, der Boden ist saniert.«

Wieder zuckte sie mit den Schultern. »Max hat bei der Stadt nachgefragt, ob er einen Teil des Grundstücks kaufen kann. Wir brauchen nämlich einen Unterstellplatz für den Transporter. Aber die haben gleich abgewinkt. Kein Bauland! Weiß der Teufel, was Hagemann damit vorhat. Bebauen kann er es jedenfalls nicht.«

»Hagemann?«, wunderte sich Bertram. »Haben Sie nicht gerade gesagt, dass das Land zur Knochenmühle gehört?«

»Früher ja, aber heute nicht mehr. Das gehört Hagemann. Das einzige Grundstück, das ihm geblieben ist. Alles andere haben inzwischen die Banken.«

»Was wollte Hagemann mit dem Land, wenn er es nicht bebauen oder weiterverkaufen konnte?«

»Gute Frage«, antwortete sie, zog ihre Handschuhe wieder an und deutete zu ihrem Vertikutierer. »Ich muss dann mal. Sonst kommt Max nach Hause, bevor ich mit dem Rasen fertig bin. Der flippt immer aus, wenn das Gras nicht aussieht wie im Fußballstadion.« Dabei schaute sie zu einer Fahnenstange in der Ecke des Grundstücks, an der eine riesige königsblaue Flagge hing.

»Ihr Mann ist Schalke-Fan?«

»Raten Sie mal, welche Farbe unsere Bettwäsche hat.«

»Nicht Ihr Ernst!«

Als Antwort verdrehte sie die Augen, hob die Hand zum Abschied und stapfte davon.

5

Es klingelte. Tenbrink brauchte sehr lange, bis er begriff, dass das Läuten ihm galt. Obwohl er das lärmende und vibrierende Handy bereits in der Hand hielt. »Maik Bertram«, las er auf dem Display. Richtig, dachte er, da war irgendwas. Wenn er sich nur erinnern könnte.

»Hallo, Maik«, sagte er in sein Handy.

»Was gibt's, Heinrich? Schieß los! Ich bin im Präsidium und hab nicht viel Zeit.«

Tenbrink wusste nicht, was er antworten sollte, und blieb stumm. Er hatte keine Ahnung, wovon Bertram sprach.

»Bist du noch da? Hallo? Wo steckst du?«

Tenbrink schaute sich um. »Auf einem Friedhof.« Zumindest *das* war offensichtlich. Verwirrt las er die Inschrift auf dem Grabstein, vor dem er stand. »Am Grab von Ingrid Holters.« Der Name kam ihm bekannt vor.

»Aha? Und?«

Conchita Wurst, dachte Tenbrink, ohne zu wissen, wieso. Das sagte er natürlich nicht. Er war ja nicht verrückt.

»Heinrich? Alles in Ordnung?«

Nein, nichts war in Ordnung. Er hatte eine Fugue gehabt. War weg gewesen, gewissermaßen auf der Flucht. Vor sich selbst. Aber auch das sagte er nicht.

»Du warst wieder bei deiner Schwägerin im Altenheim, oder?«, half ihm Bertram auf die Sprünge.

»Ja, stimmt.« Allmählich lichtete sich der Nebel in seinem Kopf, und die Erinnerung kam zurück. »Da stand ein Mann an der Bushaltestelle. Frau Lütkesowieso hat das gesagt.«

»Wer?«

»Frieda.« Weil sie ein Fernglas am Küchenfenster liegen hatte, setzte er in Gedanken hinzu. »Sie hat einen jungen Mann gesehen, mit Vollbart und langen Haaren. Aber als die Polizei kam, war er weg.«

»Du meinst den verschwundenen Unfallzeugen? Wir haben davon gehört. Dass er einen Vollbart trug, wissen wir. Dass er jung war und lange Haare hatte, ist mir neu.«

»Er sah aus wie eine Schlagersängerin.«

»Wie bitte?«

»Aus Österreich.«

»Heinrich, du machst mir Angst.«

»Können wir heute Abend darüber reden? Kannst du vorbeikommen?«

»Weiß ich noch nicht. Kann ich nicht versprechen.«

»Es ist wichtig.« Da war irgendwas, das er mitteilen wollte, aber Tenbrink kam nicht drauf. Stattdessen sagte er: »Maria kommt nachher und bringt den Pudel. Wegen der Allergie.«

»Was? Wovon redest du?«

»Nichts. Schon gut. Vergiss es!« Dann beendete er das Telefonat. Obwohl er wusste, dass er etwas vergessen hatte. Etwas Wichtiges!

Er schüttelte sich und klatschte sich mit beiden Händen auf die Wangen. Aber das machte es nicht besser. Der Anblick des Grabes jagte ihm einen Schauer über den Rücken. Vielleicht, weil er so lange nicht an Karins Grab gewesen war. Eine Gartenfirma kümmerte sich um die Bepflanzung und Pflege. Weil er nicht in der Lage dazu war.

Tenbrink wandte sich ab und ging einfach geradeaus. Der Friedhof war ebenso riesig wie hässlich. Kaum Baumbestand, wenig Rasen oder Buschwerk, keine

Denkmäler oder Statuen; nur schnurgerade gepflasterte Wege und mit Randsteinen eingefasste Gräber. Und massiv gemauerte Wasserstellen, mit grünen Gießkannen, aufgereiht an Haken wie an einer Garderobe. Zu neu und adrett für einen Friedhof, dachte Tenbrink. Der Tod sah anders aus.

Er gelangte an einen breiten asphaltierten Weg, der die schmalen gepflasterten Pfade im rechten Winkel kreuzte. Rechts ging es zum Ausgang an der Landstraße, in der Ferne erkannte er den steinernen Torbogen. Linker Hand, nur wenige Schritte entfernt, befand sich eine Kapelle aus hellem Sandstein, die offenbar sehr viel älter als der Friedhof war. Vermutlich war der Friedhof deshalb hier errichtet worden: auf geweihtem Boden, rund um ein bereits existierendes Gotteshaus. Die Kapelle war auf einer Seite und rund um das Glockentürmchen eingerüstet, und zwei Arbeiter waren damit beschäftigt, Dachziegel nach oben zu schaffen. Vor der Kapelle stand ein Transporter samt Anhänger. »Fa. Hagemann«, las Tenbrink auf der Plane des Anhängers.

»Lass die Finger davon!«, hörte er in diesem Moment die hohe Stimme eines Mannes. Tenbrink zuckte zusammen, doch der Ausruf galt nicht ihm, denn sofort antwortete eine zweite, sehr viel tiefere und etwas krächzende Männerstimme: »Immer kommen sie damit durch. Immer! Und wir sind wieder die Gelackmeierten.«

Die beiden Männer schienen hinter dem Transporter zu stehen. Tenbrink hatte die krächzende Stimme erkannt, obwohl Holger Hagemann heute nicht lallte. *Dersimmerso!*

»Was versprichst du dir davon, Papa? Das bringt nur Unglück.«

»Diesmal nicht, Daniel, diesmal nicht!«

»Das sind doch alles nur Vermutungen. Lass es gut sein!«

»Gut sein?«, empörte sich der Vater. »Nichts ist gut. Das weißt du selbst am besten.«

»Nicht so laut!«, zischte der Sohn. »Wenn du mit der Geschichte zur Polizei gehst, lachen die dich aus.«

»Wer sagt, dass ich zur Polizei will?«

»Was hast du vor?«

»Das wirst du schon sehen, mein Junge. Wart's nur ab!«

»Papa! Mach keinen Mist!« Dann lauter: »Papa, bleib hier!«

Im nächsten Augenblick trat Holger Hagemann hinter dem Anhänger hervor und stieß beinahe mit Tenbrink zusammen, der so tat, als schaute er den Männern auf dem Dach bei der Arbeit zu.

»Hoppla!«, rief Tenbrink und sprang wie erschrocken zur Seite.

"'tschuldigung«, murmelte Hagemann, starrte dabei zu Boden und stapfte wütend davon, während er vor sich hinbrummte: »Wirst schon sehen! Diesmal nicht!«

»Papa! Komm zurück!« Daniel Hagemann trat nun ebenfalls auf den Weg, schaute seinem davoneilenden Vater entnervt hinterher und rief: »Wo willst du denn hin?«

»Ich brauch was zu trinken!«, fauchte Hagemann.

»Verflucht!« Daniel runzelte die Stirn, presste missmutig die Lippen aufeinander und nestelte an seinem Dutt hinterm Kopf herum. Die langen, dunklen Haare fielen ihm über die Schultern.

Tenbrink stutzte. *Wenn er keinen Bart gehabt hätte, hätte man ihn glatt für ›ne Frau halten können.* Auch das hatte Frieda gesagt. *Lütkebohmert!* Jetzt fiel ihm der Nachname wieder ein.

»Was gibt's denn da zu glotzen?«, fuhr Daniel Hagemann ihn an, bedachte Tenbrink mit einem mürrischen Blick und verschwand wieder hinter dem Transporter.

Tenbrink säuberte seine Brille und ging gemächlich auf den Ausgang zu, wo Holger Hagemann gerade im Stechschritt durch den Torbogen marschierte. Tenbrink hatte keine Eile, denn er wusste ja, wo er Hagemann finden würde. Aber vorher musste er nach seinem Auto Ausschau halten.

6

»Womit fangen wir an?« Hölscher wippte in seinem Ledersessel vor und zurück und faltete die Hände auf seinem Schwabbelbauch. »Gauslings Konto, die Anrufliste oder die Knochenmühle?«

»Die Anrufliste hatten wir heute Morgen schon; also das Konto«, antwortete Bremer und schaute in die Runde. Alle waren anwesend, nur Lohse vom Dezernat Zentrale Aufgaben ließ noch auf sich warten.

Bertram blickte zur Wand und war für ein paar Momente in Gedanken ganz woanders. Das Telefongespräch mit Tenbrink hatte ihm einen ziemlichen Schreck eingejagt, so verwirrt und konfus hatte er ihn lange nicht erlebt. Vermutlich war es keine gute Idee gewesen, mit Tenbrink über den Fall Gausling zu sprechen und ihn zur Befragung von Große-Daltrup mitzunehmen. Andererseits konnte er ihm nicht verbieten, seine Schwägerin im Altenheim zu besuchen. Oder die Wahrheit über den Tod seiner Frau herausfinden zu wollen. Auch wenn Bertram den therapeutischen Nutzen insgeheim anzweifelte. Nicht jede Wahrheit war dafür gedacht, ans Tageslicht zu gelangen. Das hatte er gemeint, als er von den Deckerinnerungen gesprochen hatte.

"… die Kontobewegungen bei Gausling sind nahezu alle unauffällig«, referierte Gehling, der neben Hölscher saß und kurz zu ihm rüberschaute, als suchte er dessen Bestätigung oder Unterstützung. »Nur ein Posten ist auffällig. Sehr auffällig sogar. Anfang des Jahres hat er eine Überweisung von knapp zehntausend Euro erhalten. Und nun ratet mal, von wem!«

»Ingrid Holters«, antwortete Bertram, der den Ausführungen seines Kollegen inzwischen aufmerksam zuhörte.

Gehling schaute ihn überrascht an und fragte: »Woher weißt du das?«

»Geraten.«

»Richtig! Frau Holters hat Peter Gausling im Januar das Geld überwiesen. Und als Verwendungszweck wurde angegeben: Urlaub.«

»Dürfen Altenpfleger überhaupt Geld von Heimbewohnern annehmen?«, fragte Heide und hob die Augenbrauen. »Ich dachte, das ist verboten. Genauso wie Erbschaften.«

»Wenn keiner davon erfährt«, antwortete Bremer und zuckte mit den Schultern. »So was kontrolliert ja niemand, solange die Alten nicht unter Vormundschaft stehen.«

»Vormundschaft gibt's nicht mehr«, sagte Hölscher und blähte die Backen auf. »Das heißt jetzt Betreuung.«

»Kommt aber aufs Gleiche raus«, beharrte Bremer. »Solange man nicht entmündigt ist, kriegt das doch keiner mit. Weder die Heimleitung noch das Finanzamt. Sonst hätte Frau Holters das Geld nicht überwiesen, sondern ihm bar in die Hand gedrückt. Konnte ja zu jenem Zeitpunkt keiner ahnen, dass Gausling ermordet wird und wir in seinen Kontoauszügen kramen.«

»Aber *warum* überweist sie ihm so viel Geld?«, fragte Gehling. »Wofür?«

»Urlaub«, erwiderte Bertram und wandte sich an Bremer. »Hat Lisa Körkemann nicht gesagt, dass Gausling mit ihr ans Nordkap fahren wollte? Kreuzfahrt nach Norwegen.«

»Richtig«, bestätigte sein Chef. »Und weil sie abgelehnt hat, hat er sie geschlagen. Auf offener Straße.«

»Gausling hat Frau Holters ausgenutzt und ausgepresst«, mutmaßte Heide. »Weil er wusste, dass sie Geld auf der hohen Kante hatte. Nur deshalb hat er sich so rührend um sie gekümmert, obwohl sie gar nicht auf seiner Station war. Das ganze Getue mit dem Heimatverein und der Ahnenforschung hatte nur den Zweck, ihr das Geld abzuknöpfen.«

»Das ist höchstens die halbe Wahrheit.« Bertram schüttelte den Kopf. »Mag sein, dass er scharf auf ihr Geld war und sein Interesse an der Heimatforschung nur geheuchelt war. Aber er hat auch etwas Bestimmtes gesucht, eine Information. Und er hat sie erhalten, allerdings erst nach ihrem Tod.«

»Oder an ihrem Sterbebett«, meinte Bremer. »Du erinnerst dich, was diese Frau Meier gesagt hat. Dass Gausling am Krankenbett saß und sich Notizen gemacht hat.«

»Darf ich mal was Doofes fragen?« Gehlings Kopf leuchtete rötlich wie ein Hokkaidokürbis, als alle ihn anstarrten.

»Doofe Fragen gibt's nicht.« Bremer grinste. »Höchstens überflüssige.«

»Könnte es nicht sein, dass Frau Holters die Großmutter von Peter Gausling war?«

»Ich korrigiere mich!«, rief Bremer und lachte. »Es *gibt* doofe Fragen.«

»Peter Gauslings Mutter hieß Isabel und war die Schwester von Beate Lohmann«, erklärte Heide und schaute mitfühlend zu Gehling. »Und sein Vater Markus ist vor seiner Geburt bei einem Motorradunfall ums Leben gekommen. Der einzige Sohn von Ingrid Holters hieß hingegen Christian und hat einige Jahre vorher Suizid begangen. Mit Schlaftabletten.«

»War nur so ›n Gedanke«, sagte Gehling zerknirscht. »Weil sie ihn wie einen Enkel behandelt hat. Vielleicht musste Gausling das Geld gar nicht aus ihr rauspressen. Vielleicht hat sie's ihm sogar aufgedrängt.«

»Gar kein so dummer Gedanke«, fand Bertram und lächelte Gehling aufmunternd zu. Er dachte an das, was Beate

Lohmann ihm gesagt hatte. Dass man manchmal die Fragen auf den Kopf stellen musste, damit sie einen Sinn ergaben. »Kann gut sein, dass sie in Gausling so eine Art Sohnersatz gesehen hat. Ein Adoptivkind, das seine Eltern nicht kannte, und eine Mutter, die ihren Sohn verloren hat. Da hatten sich womöglich zwei gefunden. Sie hat gern gegeben, und er hat gern genommen.«

»Wir sollten im Altenheim nachfragen, ob die Habschaften der Frau Holters noch irgendwo gelagert sind«, sagte Bremer. »So lange ist die Frau ja noch nicht tot.«

»Ich kümmre mich drum«, bot Gehling an.

Bremer nickte, dann drehte er den Kopf in Hölschers Richtung. »Außerdem müssen wir uns das Konto von Frau Holters vorknöpfen. Vielleicht gibt's da ja noch weitere interessante Zahlungen.«

»Die gibt es ohne Zweifel«, antwortete Hölscher und grinste breit. »Allerdings sind das vermutlich eher Zahlungseingänge. Und damit wären wir bei der Knochenmühle und der Baumsiedlung. Ich bin nämlich beim Amtsgericht Altwick auf ein paar interessante Details gestoßen.«

»Ingrid Holters hat einen Teil des Grundstücks an Holger Hagemann verkauft«, wusste Bertram zu berichten. »Das hat jedenfalls Mona Rensing vorhin behauptet.«

»Korrekt!« Hölscher war ein wenig enttäuscht, weil seine große Neuigkeit nicht ganz so neu war. »Vor etwa fünf Jahren hat die Firma Hagemann knapp sechshundert Quadratmeter von Frau Holters erworben. Alles ordentlich im Grundbuch eingetragen und beim Katasteramt vermerkt.«

»Was ist so was wert?«, wollte Bremer wissen.

»Der durchschnittliche Quadratmeterpreis für Bauland in Altwick liegt derzeit bei einhundertfünfzig Euro«, antwortete Hölscher und schaute vorsichtig zu Bertram, als erwartete er von ihm Widerspruch. »Macht nach Adam Riese etwa neunzigtausend Euro.«

»Aber das Grundstück ist kein Bauland«, wandte Bertram ein. »Das ist ja das Seltsame. Es ist Brachgelände ohne Baugenehmigung. Warum hat er ihr das abgekauft? Es ist völlig nutzloses Land. Da hätte er das Geld auch verbrennen oder ihr schenken können.« In dem Moment, als er den letzten Satz aussprach, wurde ihm klar, was das bedeutete.

»Wer sagt denn, dass überhaupt Geld geflossen ist?«, bemerkte Heide. »Vielleicht hat Frau Holters die Brache ja auch verschenkt.«

»Es *ist* Geld geflossen, aber nicht für das Land!«, verkündete Bertram und erntete erstaunte Blicke.

»Wie meinst du das?«, fragte Hölscher.

»Es war ein Vorwand. Ein Deckmantel.«

»Also ein Scheingeschäft?«, wunderte sich Bremer. »Und wofür?«

Bertram zuckte mit den Schultern. Ihm fielen Tenbrinks Worte ein: *Cui bono?* Wem nützt es? Nur dass es jetzt heißen müsste: Weshalb nützt es?

Es klopfte dreimal laut, und alle blickten zur Tür. Im nächsten Moment stand Maximilian Lohse von der ZA3 im Raum und fragte: »Komm ich zu spät?«

»Du kommst genau richtig, Max.« Bremer deutete auf den freien Stuhl neben sich. »Du hast was für uns?«

Lohse nickte, legte Gauslings Laptop auf den Tisch, knallte einen Aktenordner daneben und erklärte: »Ihr kriegt natürlich alles schriftlich und mit alphabetisch geordneten Dateipfaden. Aber ich dachte, ich bring die Sachen selbst vorbei und sag noch ein paar Worte dazu. Nicht dass ihr später ständig nachfragen müsst und mir die Zeit stehlt.« Seltsamerweise schaute er Bertram dabei an und grinste schief.

Maximilian Lohse war ein klassischer Computer-Nerd. Ein ungepflegter, leicht müffelnder Fachidiot mit Kragenspeck und langem, fettigem Haar, das er heute zur Abwechslung nicht über dem Scheitel verknotet, sondern zum Pferdeschwanz gebunden hatte. Lohse hatte als IT-Experte jede Menge Ahnung, aber als Mensch und Kollege war er eine verdammte Zumutung. Nicht nur wegen des Geruchs.

»Wir sind ganz Ohr«, sagte Bremer.

»Das meiste erklärt sich von selbst«, fing Lohse an und verschränkte wichtigtuerisch die Arme vor der Brust. »Nur das mit den Internet-Browsern ist ein bisschen tricky.«

»Wir wissen, was Browser sind«, erwiderte Hölscher und wippte noch schneller vor und zurück. »Wir sind ja keine Vollidioten.«

»Wenn das so ist«, meinte Lohse und wollte aufstehen, »dann braucht ihr mich ja nicht.«

»Immer mit der Ruhe«, beschwichtigte Bremer ihn und legte die Hand auf Lohses Unterarm. »Was ist nun mit den Browsern?«

»Er hat zwei verschiedene benutzt«, antwortete Lohse und fläzte sich auf seinem Stuhl. »Einmal den Firefox fürs normale Surfen im Internet.«

»Die Chronik vom Firefox haben wir schon ausgewertet«, merkte Gehling an. »Das waren vor allem die Seiten über Ahnenforschung und die Oldenhooker Dorfgeschichte.«

Lohse zuckte achtlos mit den Schultern. »Der zweite war ein sogenannter Tor-Browser.« Er schien auf eine weitere Unterbrechung zu warten, doch weil niemand sich meldete, fuhr er fort: »Tor ist ein spezielles Netzwerk für TCP-Verbindungen, das auf dem Onion-Routing basiert. Es dient vor allem der Anonymisierung des Datenverkehrs.«

»Anonymes Surfen im Netz?«, fragte Bertram.

»Exakt.« Lohse nickte beifällig. »Auf diese Weise kann man verschleiern, wo und wie man im Internet unterwegs ist. Es wird keine Chronik angelegt, es werden keine Cookies akzeptiert; und weil die Daten mehrmals über verschiedene verschlüsselte Proxyserver verschickt und dabei verquirlt werden, lassen sie sich nicht zurückverfolgen.«

»Warum benutzt man so einen Browser?«, wollte Heide wissen. »Um etwas Illegales zu verschleiern?«

»Möglich. Vielleicht hatte der Mann aber einfach Angst vor Big Brothers allsehenden Augen. Kann auch sein, dass er ein Internet-Troll war und gern unerkannt herumstänkern oder jemandem hinterherspionieren wollte.«

»Zum Beispiel Lisa Körkemann«, sagte Bremer.

»Oder er hatte einfach Lust, ungestört Pornos zu gucken«, meinte Lohse. »Wir werden es nicht erfahren.«

»Um uns das mitzuteilen, bist du hergekommen?«, fragte Bertram, obwohl er es besser wusste.

Lohse hob triumphierend die Augenbrauen.

»Mach's nicht so spannend, Max«, maulte Bremer.

»Gausling hat einige Tage vor seinem Tod mehrere Internetseiten ausgedruckt. Allerdings hat er das nicht direkt aus dem Browser getan, sondern vorher Screenshots gemacht. Vermutlich, um sie noch zu bearbeiten. Zwar hat er diese Screenshots nach dem Drucken gelöscht, aber einige von ihnen konnte ich wiederherstellen.« Er holte ein Papier aus dem Aktenordner und hielt es in die Höhe. Darauf war die Homepage einer englischen Boulevardzeitung zu sehen. »Gausling hat mehrere Artikel von verschiedenen britischen Zeitungen ausgedruckt, die sich alle mit einem Mordprozess in Chania befassten.«

»Chania auf Kreta?«, fragte Gehling.

Bertram zuckte zusammen.

»Genau«, antwortete Lohse. »Ein junger Engländer wurde angeklagt, seine Freundin im Urlaub mit einem Kopfkissen erstickt zu haben. Man musste ihn aber aus Mangel an Beweisen freisprechen. Ein gefundenes Fressen für die englischen Klatschblätter.«

Bertram winkte hektisch und ließ sich von Lohse den Ausdruck geben.

»Wann war das?«, wollte Bremer wissen.

»Der Prozess war vor ziemlich genau fünf Jahren. Der Mord ein halbes Jahr früher.«

Bertram starrte auf den Ausdruck und konnte es nicht fassen. »Arno!«, rief er.

»Ja?«

»Greta ist keine Frau.«

»Bitte?«

»Greta ist keine Frau, sondern eine Insel!« Er deutete auf ein Foto am unteren Rand des Blattes. Darauf war das Gebäude abgebildet, wo man die Ermordete gefunden hatte. Ein schlichter, etwas heruntergekommener Ferienbungalow. Im Hintergrund war etwas verschwommen ein beleuchtetes Hinweisschild zu erkennen. Darauf stand: »Zeus Studios.«

7

Tenbrink hoffte, dass Maria den Alkohol nicht riechen würde. Obwohl er sich die Zähne geputzt hatte, schmeckte er den Doppelkorn immer noch auf der Zunge und im Rachen. Es war ein Fehler und obendrein völlig unnütz gewesen, Holger Hagemann ins Dorf zu folgen. Eigentlich hatte er gedacht, er würde ihn im »Jägerhaus« finden. Aber weil die Dorfkneipe noch nicht geöffnet war, saß Hagemann schräg gegenüber in einer Art Kiosk-Imbiss vor einem Spielautomaten, warf unentwegt Münzen in den Schlitz und kippte sich den Fusel direkt aus der Flasche in den Hals. Er brauche etwas zu trinken, hatte Hagemann auf dem Friedhof gesagt, tatsächlich aber war es seine Absicht gewesen, sich so schnell wie möglich mit hochprozentigem Schnaps ins geistige Nirwana zu befördern.

Hagemann erkannte Tenbrink nicht wieder, dennoch ging er bereitwillig auf dessen kumpelhafte Anbiederungen ein und ließ ihn sogar großzügig aus seiner Flasche trinken. Einen vernünftigen oder erhellenden Gedanken brachte Hagemann allerdings nicht über die Lippen. Er faselte herum und fluchte über den Scheiß-Automaten, den Scheiß-BVB, das Scheiß-Baugeschäft und schließlich, als draußen der Stadtrat und Landmaschinenhändler mit seinem Mercedes vorbeifuhr, über den Scheiß-Große-Daltrup, der sowieso das größte Arschloch auf Erden sei.

»Schimpft sich Ortsvorsteher und kann noch nicht mal richtig Hochdeutsch! Stadtentwicklung und Verkehr … Dass ich nicht lache!« Er setzte die Flasche an und nahm einen Riesenschluck. »Wer solche Nachbarn hat, braucht keine Feinde.«

»Ne Naober bi de Hand is bääter as ne Frönd up't Land«, sagte Tenbrink und setzte wie beiläufig hinzu: »Ingrid Holters vom Heimatverein hat das immer gesagt.«

»Lass mich bloß mit der in Ruhe!« Hagemann nahm einen großen Schluck. »Mit der hat doch alles angefangen! Neugieriges Miststück! Ist auf dem falschen Dampfer und erreicht trotzdem ihr Ziel.«

»Sie ist doch tot«, entgegnete Tenbrink verwirrt.

»Besser so!«, schnauzte Hagemann. »Mehr sag ich nicht!«

Mehr war ihm tatsächlich nicht mehr zu entlocken gewesen. Nach kurzer Zeit hatte er nur noch gelallt und Tenbrinks Nachfragen ignoriert. Was der zum Anlass genommen hatte, nach Hause zu fahren. Um zu duschen und sich die Zähne zu putzen.

Es klingelte an der Haustür. Ein wütendes Dauerklingeln. Tenbrink schüttelte sich, warf einen letzten Blick in den Badezimmerspiegel und ging in den Flur.

»Wo hast du so lange gesteckt?«, fragte Maria, als er die Tür öffnete. »Seit fünf Minuten steh ich draußen und klingele. Ich dachte schon, du hast mich vergessen.«

»Hallo, Maria.« Er räusperte sich verlegen und umarmte seine Tochter. »Ich war noch im Bad.«

»Wonach riechst du?«, fragte sie und zog ein kleines schwarzes Knäuel an einer neongelben Leine hinter sich her in den Flur. »Neues Mundwasser?«

Tenbrink überlegte, ob das ironisch gemeint war, doch Maria lächelte ohne Hintergedanken.

Dann deutete sie auf das schwarze Etwas, das sich hinter ihren Beinen verkroch und den Schwanz einklemmte. »Das ist Götz.«

»Warum ist der so winzig?«

»Weil Götz ein Zwergpudel ist. Und er ist erst ein halbes Jahr alt.« Sie stellte eine riesige, prall gefüllte Reisetasche auf den Boden und nahm den Hund auf den Arm. »Süß, oder?«

»Ja, schon«, stimmte Tenbrink zu und kraulte das flauschige und zugegebenermaßen niedliche Wollknäuel am Hals. Jedenfalls vermutete er, dass es der Hals war. Er fand eigentlich, dass Hunde nicht süß, sondern nützlich sein sollten. Jagdhunde, Polizeihunde, Blindenhunde, Wachhunde. Hunde mit Aufgaben. Schoßhunde gehörten nicht in diese Kategorie. »Was ist in der Reisetasche?«

»Seine Sachen. Kissen, Futter, Bürsten, Leckerlis, Spielzeug und so weiter.«

»Spielzeug?« Er schluckte.

»Nur das Nötigste für die ersten Tage«, antwortete sie und richtete die nächsten gesäuselten Worte an den Hund: »Wir wollen ja erst mal gucken, ob du mit Opa klarkommst. Nicht wahr, Mausezahn?«

Ob der Opa mit dem »Mausezahn« klarkommt, ist offenbar nicht so entscheidend, dachte Tenbrink und bat Maria ins Wohnzimmer.

»Ich hab nicht viel Zeit.« Sie nahm dem Hund die Leine ab und drückte ihn Tenbrink an die Brust. »Die Babysitterin hat nur bis neun Uhr Zeit. Dann muss ich wieder in Gladbeck sein.«

»Nelly und Jana sind doch keine Babys mehr.«

»Natürlich nicht!« Ein giftiger Blick in Tenbrinks Richtung. »Aber ich will die Mädchen heute selbst ins Bett bringen. Es ist schließlich die erste Nacht ohne Götz.«

»Du kommst den ganzen Weg hergefahren und hast nicht mal eine halbe Stunde Zeit zum Reden?« Maria wurde ihrer Mutter immer ähnlicher, fand er, nicht nur wegen der auffälligen Pagenfrisur mit dem tiefen Pony, sondern auch wegen ihrer gereizten und ungeduldigen Art.

»Ich hab dir einen Zettel gemacht, wo alles drauf steht. Ist alles in der Tasche. Was er frisst, wie oft er raus muss, was man mit seinen Haaren machen muss und welche Impfungen anstehen. Er ist übrigens stubenrein, falls du dir darüber Sorgen machst.«

»Ich meinte eigentlich nicht das Reden über den Hund, sondern miteinander.« Tenbrink hatte Mühe, den quirligen Pudel, der unbedingt zu seiner Herrin zurückwollte, auf dem Arm zu behalten. »Willst du vielleicht einen Kaffee? Oder ein Glas Wein?«

»Ich hab's wirklich eilig, Papa.« Dabei klimperte sie wie beiläufig mit den Autoschlüsseln in der Jackentasche. »Wir können ja nachher in Ruhe telefonieren, wenn ich die Kinder im Bett habe.«

»Ich hab was für dich.« Er gab Maria den Pudel zurück und verschwand in der Küche, um kurz darauf mit der Sammelmappe zurückzukommen. »Das hab ich in der Laube gefunden. In der Schublade im Tisch.«

Maria nahm die Mappe und öffnete sie. Lächelnd betrachtete sie die Kinderzeichnungen. »Wenn du willst, kannst du sie behalten«, sagte sie und legte die Mappe aufs Sideboard. »Ich hab so viele Bilder, dass ich gar nicht weiß, wohin damit. Außerdem haben die Mädchen sie ja für euch gemalt.«

»In der Schublade war auch das hier.« Tenbrink hielt ihr den Brief von Karin hin. »Von Mama.«

Maria erschrak so heftig, dass der Hund auf ihrem Arm zusammenzuckte und leise winselte. »Ich muss jetzt los!«, sagte sie plötzlich, riss Tenbrink den Brief regelrecht aus der Hand und stopfte ihn in ihre Jackentasche. »Mach's gut, Papa!«

»Wir müssen … darüber … reden.« Tenbrink hielt sie am Ärmel fest. Die Worte wollten nicht über seine Lippen, und er musste sie wie Gewölle herauswürgen.

»Worüber?«

»Mama«, antwortete er. »Mamas Tod.«

»Warum?«

»Weil ich die Erinnerung daran verloren hab.«

»Soll das ein Witz sein?« Sie schaute ihn ungläubig an. »Ich kann darüber nicht lachen.«

»Nein, ich meine es ernst.« Tenbrink schüttelte heftig den Kopf. »Ich kann mich tatsächlich nicht erinnern. Es ist wie ein schwarzer Fleck. Nein, eher wie ein dichter Nebel. Der Arzt nennt das eine dissoziative Amnesie und rät mir zu einer Therapie.«

»Du warst deswegen beim Arzt?«

»Ich habe plötzliche Aussetzer und Gedächtnislücken. In meinem Kopf geht alles drunter und drüber.« Er schaute seine Tochter flehentlich an. »Ich hab das Gefühl, ich verliere mich. Es hat mit Karin zu tun. Mit ihrem Tod. Und deshalb muss ich wissen, was passiert ist. Weil ich sonst verrückt werde.«

Immer noch der ungläubige Blick in Marias Gesicht. Aber da war noch etwas. Angst oder Wut. Und Verzweiflung.

Was hast du getan?

»Ausgerechnet ich soll dir sagen, was mit Mama passiert ist?« Sie starrte ihn fassungslos an. Die Tränen stiegen ihr in die Augen. »Nach all den Jahren? Du hast es mir versprochen, Papa!«

»Was hab ich versprochen?«

»Dass wir nie wieder darüber reden. Das hast du doch von mir verlangt und es auch selbst geschworen. Hoch und heilig. Kein Wort darüber. Zu niemandem. Weil es eh nicht mehr zu ändern ist. Weil es alles nur noch schlimmer macht. Das waren deine Worte.«

»Wieso? Was hab ich getan?«

»Nichts! Du hast gar nichts getan. Mama ist unglücklich gestürzt und hat sich die Halswirbel gebrochen. Besser als der langsame und qualvolle Tod, der auf sie wartete. Das hast du selbst gesagt. Und so war es doch auch. Besser als das allmähliche Dahinsiechen.«

»Aber es ist eine Lüge!«, rief er. Zu laut. Zu bedrohlich. Mit geballter Faust. »Das weißt du!«

Maria wich zurück, als befürchtete sie, er könnte zuschlagen. »Du machst mir Angst!«

In dem Moment klingelte es an der Tür. Ein Schatten auf dem Riffelglas.

Maria schrie auf, ließ vor Schreck beinahe den Hund fallen, drückte ihn kurzerhand Tenbrink in die Hand und rannte zur Tür. Riss sie auf. Und stürzte hinaus!

Der Hund heulte jämmerlich auf.

Was hast du getan? Jetzt wusste er wieder, wem diese Frage gegolten hatte. Und wer sie gestellt hatte.

»Heinrich?« Bertram stand vor der offenen Tür und schaute ihn alarmiert an. »Was ist los? Wer war das?«

»Maria«, antwortete Tenbrink wie abwesend. »Meine Tochter. Sie hat den Hund gebracht.«

»Ist das der Pudel, von dem du am Telefon gesprochen hast?«

»Das ist Götz.« Tenbrink nickte automatisch und winkte Bertram herein.

»Der Hund heißt Götz?« Bertram schloss die Tür hinter sich und schüttelte den Kopf. »Heißen Hunde normalerweise nicht Lumpi oder Hasso oder Rex?« Er wuschelte dem Pudel, der immer noch kläglich jaulte, durch das Lockenfell und grinste. »Allerdings haben Hunde normalerweise auch keine lockige Dauerwelle.«

»Jetzt weiß ich's!« Tenbrink drückte den jammernden Hund an sich. »Ich nenne ihn Locke.«

»Passt«, meinte Bertram.

Und noch etwas wusste Tenbrink. Wie seine Frau gestorben war. Und warum! Aber das behielt er für sich. Weil es alles nur noch schlimmer gemacht hätte!

Tenbrink schüttelte den Gedanken ab, schaute Bertram verwirrt an und fragte: »Was ist mit deinem Auge passiert?«

8

Diesmal gab es kein Magdeburger Bier, und Bertram war es nur recht. Das Duisburger Pils, das er nun vor sich stehen hatte, schmeckte ihm ohnehin besser. Wie am Freitagabend saßen sie am Küchentisch und tranken aus der Flasche, nur dass Tenbrink diesmal einen kleinen Hund auf dem Schoß hatte, der sich nicht wohl in seiner Haut zu fühlen schien und ängstlich aus seinen dunklen Knopfaugen schaute. Ein »Großer Münsterländer« und ein Zwergpudel. Ein seltsames Bild, an das sich Bertram erst gewöhnen musste.

»Also?«, fragte er und nippte an seinem Bier. »Worüber wolltest du mit mir sprechen? Geht es um Karins Tod? Hast du irgendwas rausgefunden?«

»Nein!«, kläffte Tenbrink, als hätte die Frage ihn beleidigt. »Ich weiß nichts Neues.«

»Aber wolltest du nicht …«

»Sie ist die Treppe hinuntergestürzt, weil ich zu bequem war, das Schlafzimmer ins Erdgeschoss zu verlegen. Mehr gibt's dazu nicht zu sagen. Meine Schuld! Und es gibt auch keine Deckerinnerungen!«

»Okay, okay«, erwiderte Bertram und hob beschwichtigend die Hände. »War bloß ›ne Frage. Worüber wolltest du dann mit mir reden? Am Telefon hast du den Bärtigen an der Bushaltestelle erwähnt.«

Tenbrink zog die Augenbrauen zusammen und nickte.

»Woher weißt du davon? Warst du wieder auf Stöbereinsatz?«

»Frieda Lütkebohmert hat davon erzählt.«

»Gauslings Nachbarin?«, wunderte sich Bertram.

»Sie hat den Unfall beobachtet und den Mann mit Bart gesehen. Und ich glaube, ich weiß auch, wer dieser Mann war.«

»Nämlich?«

»Der junge Hagemann.«

»Der hat aber keinen Bart.«

»Bärte lassen sich abrasieren.« Tenbrink nahm einen Schluck, hielt sich die Hand vor den Mund und unterdrückte ein Rülpsen. »Ich würde an eurer Stelle mal nachforschen, wie Hagemann vor zwei Monaten ausgesehen hat. Würde mich nicht wundern, wenn er damals einen Vollbart trug. Ist ja heute schick bei den jungen Leuten.«

»Sonst noch was? Das hättest du mir auch am Telefon erzählen können.« Bertram hatte den Eindruck, dass Tenbrink um den heißen Brei herumredete. Was ihm eigentlich gar nicht ähnlich sah. Oder er hatte den tatsächlichen Anlass vergessen. Das hätte ihm allerdings ähnlich gesehen.

»Große-Daltrup«, sagte Tenbrink, ohne Bertram dabei anzuschauen. »Vater Hagemann ist nicht gut auf den Ortsvorsteher zu sprechen. Außerdem ist Große-Daltrup Vorsitzender im Ausschuss für Stadtentwicklung und Verkehr. Wäre doch möglich, dass er was mit der Erschließung der Baumsiedlung zu tun hatte. So was wird ja im Stadtrat geplant und beschlossen.«

»Auf den Gedanken sind wir auch schon gekommen. Bernd kümmert sich bereits darum, und morgen haben wir einen Termin beim Bürgermeister ...« Bertram fuhr sich über den Stoppelbart und zögerte. Eine Frage lag ihm auf den Lippen, aber er wusste nicht, ob er sie stellen sollte. Tenbrink hatte in den letzten Tagen so verwirrt und desorientiert gewirkt. Das private Ermitteln schien ihm nicht gutzutun.

«Was ist?«, fragte Tenbrink.

»Nichts.«

»Jetzt rück schon damit raus!«

»Ist bei deinen Gesprächen im Altenheim irgendwann einmal die Insel Kreta erwähnt worden? Oder der Name ›Zeus-Studios‹?«

Tenbrink schüttelte den Kopf.

Bertram berichtete ihm von dem Mordprozess in Chania, den undeutlichen Worten der sterbenden Ingrid Holters und dem seltsamen Verkauf des nutzlosen Grundstücks an Hagemann. »Ein Scheingeschäft«, fasste er den letzten Punkt mit Bremers Worten zusammen.

»Du glaubst, dass die Holters den Bauunternehmer erpresst hat?« Tenbrink klopfte dem immer unruhiger werdenden Pudel besänftigend auf den Rücken. »Aber das würde ja bedeuten, dass Holger Hagemann etwas mit dem Mord auf Kreta zu tun hat.«

»Und dass Frau Holters irgendetwas darüber wusste.«

Tenbrink nickte und schien zu überlegen. Was auch daran zu erkennen war, dass er hektisch seine Brille putzte. Er schien zu keinem Ergebnis zu kommen, denn er schüttelte den Kopf und sagte schließlich: »Aber die Holters wurde nicht ermordet.«

»Sie nicht, aber Gausling.«

»Weil er dem Totenbauern auf die Schliche gekommen ist?« Tenbrink machte eine skeptische Miene.

»Weil die Holters ihn auf die Spur gebracht hat. Entweder absichtlich oder im halbwachen Zustand auf dem Sterbebett.«

»Das klingt …«

»Gewagt?«, setzte Bertram den Satz fort und nickte. »Das meint Arno auch. Er findet das alles etwas weit hergeholt.«

»Wenn Arno es für Unfug hält, dann kann es nicht ganz falsch sein«, meinte Tenbrink und lachte.

»Yep!« Bertram zwinkerte ihm zu, leerte seine Flasche und wollte sich erheben. »Ich muss los. Will mal sehen, ob Michaela irgendwelchen Unsinn in meiner Wohnung angestellt hat.«

»Michaela?«

»Du weißt schon.«

»Oh, ja, richtig!« Tenbrinks Miene versteinerte sich. Es schien, als wäre ihm gerade etwas eingefallen. Etwas Wesentliches.

Diesmal fragte Bertram: »Was ist?«

Tenbrink schluckte.

»Was ist?«, wiederholte Bertram.

»Ich hab sie gesehen. Gestern.«

»Michaela? Wo?«

»In Billerbeck. An einer Tankstelle in der Industriestraße. Sie hat Kaffee getrunken.« Er räusperte sich. »Aber sie war nicht allein.«

Bertram durchzuckte es. Der Anruf von Ronny Kruse! *Mer sin no nich fertsch, mei Lieber!*

»War Kruse etwa bei ihr?«, rief er aufgebracht. »Ronny Kruse? So ›n großer Schrank mit Boxernase und Bürstenhaarschnitt?«

»Kruse ja. Aber nicht Ronny, sondern Raiko.«

»Raiko? Bist du sicher?«

»So einen bescheuerten Namen vergisst man nicht. Er hat irgendwas mit einem Kumpel in Holland oder an der Grenze geplant, und sie ist der Lockvogel und hat deshalb bei dir Unterschlupf gesucht. Wie beim letzten Mal. Nur dass diesmal nicht Ronny dahintersteckt, sondern sein kleiner Bruder.«

»Aber ich hab doch gar nichts mehr mit Drogen oder dem Milieu zu tun.« Bertram versuchte vergeblich, sich einen Reim darauf zu machen. »Das ergibt keinen Sinn. Ich nütze ihnen doch gar nichts.«

»Dieser Raiko scheint nicht die hellste Birne in Thüringen zu sein«, sagte Tenbrink achselzuckend. »Aber sie wollen dich reinlegen oder aushorchen. So genau hab ich das nicht mitbekommen. Vielleicht denken sie ja, dass deine Wohnung das ideale Versteck ist, falls Ronny nach ihr sucht. Deine Michaela spielt auf jeden Fall ein falsches Spiel. Mit dir oder mit Ronny. Oder mit euch beiden.«

»Sie ist nicht *meine* Michaela.«

»Dann ist es ja gut.«

Bertram atmete tief ein und pustete die Luft laut pfeifend aus. Verdammt! Also doch! Er hatte es gleich geahnt, aber nicht wahrhaben wollen. Menschen änderten sich nicht. Auch wenn er sich das gern eingeredet hätte. *»Ich hab sonst niemanden …«*

»Was wirst du jetzt machen?«

»Ich schmeiß sie raus. Was sonst?«

»Gute Idee.«

Bertram war sich da nicht so sicher. Er dachte an die letzte Nacht. Michaela war so lieb gewesen, so zärtlich, so einfühlsam. Und so verführerisch. Zum Verlieben.

Zum Teufel mit ihr!

»Verdammter Mist!«, rief Tenbrink und sprang auf.

»Was?« Bertram wich erschrocken zurück – und erblickte das Malheur. Locke hatte seinem neuen Herrchen auf die Hose gepinkelt. Genau in den Schritt. Es sah aus, als hätte sich Tenbrink eingemacht.

»Was gibt's denn da zu lachen?« Tenbrink griff nach einem Küchentuch und setzte den winselnden Hund auf den Boden.

»Ich lach doch gar nicht«, entgegnete Bertram und stand auf. Ihm war wahrlich nicht nach Lachen zumute. Er kam sich vor wie der kleine Pudel, der zitternd und mit eingekniffenem Schwanz dastand und sich einsam und verloren vorkam. Er hatte Mist gebaut. Er wusste es. Und es war ihm peinlich.

9

Bertram bemerkte sogleich den Tabakgeruch, als er seine Wohnung betrat. Dabei hatte er Michaela klipp und klar gesagt, dass sie auf keinen Fall in der Wohnung rauchen durfte. Keine Joints und auch keinen Tabak. Schon gar nicht die fürchterlichen Mentholzigaretten, die sie so liebte, weil sie angeblich den Atem erfrischten und das Kratzen im Hals verringerten. Allerdings roch es nicht nach Pfefferminze, sondern lediglich nach kaltem Zigarettenrauch.

»Michaela?«, rief er und ging ins Wohnzimmer. Der Fernseher lief, obwohl niemand im Raum war. Günther Jauch wollte von einer Kandidatin wissen, wer oder was Novalis war. Ein Pharmaunternehmen, ein Potenzmittel, ein deutscher Schriftsteller oder eine Kartoffelsorte. Während die Kandidatin den Schriftsteller ausschloss und das Potenzmittel favorisierte, ging Bertram in die Küche, aber Michaela war auch dort nicht. Im Schlafzimmer ebenfalls nicht. Er kehrte etwas ratlos in den Flur zurück, bemerkte das rote Besetzt-Zeichen am Schloss der Badezimmertür und klopfte an.

Keine Reaktion.

»Michaela?« Keine Antwort. »Ich muss mit dir reden. Bist du auf dem Klo?« Er horchte an der Tür. Kein Geräusch. Nur das leise Surren der Lüftung. Vielleicht lag sie in der Wanne, mit Musik auf den Ohren. Das hatte sie früher manchmal getan. Um zu entspannen.

Bertram ging ins Wohnzimmer und setzte sich aufs Sofa.

»Das tut mir wirklich leid für Sie«, sagte Günther Jauch. »Vielleicht hätten Sie doch Ihren Mann anrufen sollen.«

»Der liest keine Gedichte«, erwiderte die Kandidatin. »Aber vielleicht nimmt er Potenzmittel?«

Das Publikum lachte.

Bertram grinste. Auf dem Sofatisch lagen Michaelas Zigaretten. Eine grüne Discounter-Packung. Menthol. Gegen das Kratzen im Hals.

Bertram sprang auf und lief in den Flur. Er kramte in der Hosentasche nach einer Münze, drehte damit die Schloss-Rosette auf »grün« und öffnete die Tür. Michaela lag in der halb gefüllten Wanne, den Kopf seitlich an die Wand gelehnt, die Haut totenbleich, die Lippen blau. Sie starrte ihn mit großen Augen an, aber sie sah ihn nicht mehr. Ihr über dem Bizeps abgebundener Arm hing über den Badewannenrand. Da war ein dünnes, inzwischen getrocknetes Rinnsal Blut vom Einstich in der Armbeuge bis zu den Fingern, die beinahe den Boden berührten. Eine leere Einwegspritze auf den Fliesen. Daneben ein paar harmlos wirkende Blutstropfen. Wie hingetupft.

Bertram berührte sie am Hals, um nach dem Puls zu fühlen. Nichts. Hielt ihr das Display seines Handys unter die Nase. Nichts! Das Wasser in der Wanne war kalt. Zu kalt! Er atmete tief durch die Nase ein. Auch hier eine Spur von kaltem Zigarettenrauch in der Luft. Kaum zu riechen. Aber Bertram hatte eine gute Nase. Er schloss ihre Augen, setzte sich auf den Klodeckel und wählte den Notruf.

Siebter Teil

Damals

1

Den Rest der Sommerferien verbrachte Daniel wie in einem Zustand der Schockstarre. Er konnte an nichts anderes denken, war wie in einem Teufelskreis gefangen und ließ niemanden an sich heran. Vor allem mied er jeglichen Kontakt mit Johnny. Wenn der Freund anrief oder vor der Tür stand, ignorierte er das Klingeln, und auf E-Mails antwortete er nicht. Stattdessen verbarrikadierte er sich in seinem Zimmer und ließ Johnny wenig glaubhaft ausrichten, dass er sich aufs neue Schuljahr vorbereiten müsste. Tagsüber suchte er stundenlang im Internet nach Informationen zum Mordfall Janet Hopkins, über den in den deutschen Medien fast gar nicht, in den englischen Klatschblättern aber umso ausgiebiger berichtet wurde. Und nachts fand er keinen Schlaf oder wurde von Albträumen gequält, in denen das tote Mädchen ihn vorwurfsvoll anstarrte. Als wäre er es gewesen, der ihr das Kissen aufs Gesicht gedrückt hatte. Als hätte er es verhindern können.

Daniel wusste inzwischen so gut wie alles über Janet Hopkins. Wie alt sie gewesen war (sechzehn), wo sie gewohnt hatte (Kingston upon Thames), wie ihre Eltern hießen (Elaine und Phil), wie viel Alkohol sie im Blut gehabt hatte (2,5 Promille) und was es mit ihrem Freund, James Baldwin, auf sich hatte. *»The Pillow-Murder«* nannten die Boulevardzeitungen den Fall und berichteten anfangs fast täglich über die neuesten Entwicklungen und Hintergründe. Vor allem stürzten sie sich auf den achtzehnjährigen Baldwin, der sehr bald vom Freund und Zeugen zum Verhörten und Tatverdächtigen avancierte. Weil er ein Fußball-Hooligan war und entsprechende Vorstrafen hatte (Daniel musste im Wörterbuch nachschlagen, dass die Abkürzung *GBH* für »*Grievous Bodily Harm*« stand und »Schwere Körperverletzung« bedeutete), weil er sich auf Kreta vor Zeugen mit Janet gestritten und ihr Gewalt angedroht hatte (»*I'll whack you, bitch!*«), und weil er kein lückenloses Alibi vorweisen konnte.

Nur zehn Tage nach dem Mord an Janet saß James Baldwin bereits in Untersuchungshaft, und Daniel stellte erleichtert fest, dass seine Gedanken allmählich weniger zwanghaft wurden und der Teufelskreis Risse bekam. Anfangs hatte er tatsächlich befürchtet, die griechische Polizei könnte die Spuren am Tatort bis zu ihm verfolgen. Denn Spuren gab es dort in Hülle und Fülle – von seinen Fingern und Füßen sowie seiner DNA! Doch dann wurde ihm klar, dass der Albtraum eigentlich schon in dem Moment vorbei gewesen war, als sie im Flieger nach Münster/Osnabrück gesessen hatten. Ja, er hatte Mist gebaut und sich wie ein Arschloch verhalten. Seine Geilheit und sein Frust über den bescheuerten Urlaub hätten ihm beinahe einen Riesenschlamassel eingebrockt. Aber das war nun vorbei. James Baldwin saß im Knast, und man würde ihn vor Gericht stellen und verurteilen. Alles war wieder im Lot.

Allmählich ließen die Albträume nach, ebenso die Schuldgefühle und das schlechte Gewissen. Auch die Berichte über den Mordfall und den anstehenden Prozess wurden spärlicher, sodass Daniel irgendwann kein Bedürfnis mehr spürte, nach Neuigkeiten im Internet zu fahnden oder Johnny aus dem Weg zu gehen.

»Bist du immer noch sauer wegen Kreta?«, fragte Johnny, als sie sich zufällig im Eiscafé trafen.

»Quatsch! Wegen so ›nem Scheiß doch nicht.«

»Da bin ich aber froh. Ich hab mir schon Sorgen gemacht.«

»LOL!«

Wie sehr Daniel der Vorfall auf Kreta immer noch nachhing und zu schaffen machte, stellte sich erst etwas später heraus. Während der kurzen Zeit, in der er mit Lisa Körkemann zusammen war.

Lisa war ein wirklich cooles Mädchen: intelligent, hübsch und anders als die überdrehten Zicken und aufgetakelten Modepüppchen in seiner Stufe. Daniel fand sie schon seit Langem klasse und war froh und auch ein wenig stolz, als sie schließlich auf seine etwas ungelenken Annäherungsversuche einging und sie ein Paar wurden. Lisa war kein Kind von Traurigkeit, und das galt auch für ihre Einstellung zum Sex. Sie hatte Bock auf Daniel und ließ es ihn fühlen. Keine Scheu vor leidenschaftlichen Zungenküssen in der Öffentlichkeit, kein affektiertes Getue, wenn er seine Hand auf ihren Arsch legte, kein Protest, wenn er im Kino seine Finger unter ihr Hemd schob und nach den Brüsten tastete. Und vor allem: keine Ausflüchte oder Bedenken, als es darum ging, das erste Mal miteinander ins Bett zu gehen. Nach einem Kinobesuch, bei dem er vor lauter Knutschen und Obenrum-Fummeln rein gar nichts vom Film mitbekommen hatte, sagte er zu ihr, dass er Lust hätte, mit ihr zu schlafen. Daraufhin antwortete sie: »Okay. Aber nur mit Kondom. Bei dir oder bei mir?«

Doch der erste Versuch, Sex mit Lisa zu haben, wurde zum Desaster. Dabei war eigentlich alles perfekt: Seine Eltern waren auf irgendeinem Geburtstag und hatten angekündigt, sie würden nicht vor zwei oder drei Uhr nachts zurückkommen. Daniel hatte Sekt und Kerzen gekauft, um für eine romantische Stimmung zu sorgen, und natürlich auch an die Kondome gedacht. Alles passte, und auch Lisa war weit davon entfernt, einen Rückzieher zu machen. Doch als sie in Daniels Bett lagen und sich gegenseitig auszogen, fühlte er plötzlich eine seltsame Beklemmung, ja einen regelrechten Widerwillen in sich aufsteigen. Zunächst dachte er, es wäre nur die Nervosität, die ihn ein wenig hemmen würde. Doch als Lisa in Stretch-Top und Slip neben ihm lag und er seine Hand unter den Bund ihres Höschens zu schieben begann, da war er plötzlich wie gelähmt. Er konnte nicht mehr weitermachen. Und zog die Finger zurück.

»Alles klar?«, fragte Lisa grinsend und schob nun ihrerseits die Hand in Daniels Boxershorts. Was sie dort ertastete, schien nicht ihren Erwartungen zu entsprechen. Sie schaute ihn irritiert an. »Ist was?«

»Ich kann nicht«, antwortete Daniel, schob ihre Hand weg und rückte von ihr ab. »Es geht nicht.«

Es ging tatsächlich nicht. Sosehr er sich auch mühte. Sosehr er es sich auch wünschte. Es ging einfach nicht. Und daran sollte sich auch beim zweiten Versuch nichts ändern. Diesmal in Lisas Bett - und trotz des durchsichtigen Negligés, das sie extra für den Anlass trug.

Zu einem dritten Versuch kam es nicht mehr.

2

Ein halbes Jahr später wirkte das alles wie ein längst vergessenes Spukgebilde. Gar nicht mehr wahr – so als wäre das nie wirklich passiert. In den letzten Monaten hatte er anderes im Sinn gehabt, als an Vergangenes zu denken oder sich mit Mädchen zu beschäftigen. Doch nun war das Abitur geschafft, ebenso der Numerus clausus für BWL, und alles Weitere würde sich von selbst regeln. Mit der Zeit.

Dann aber stieß er im Internet auf einen Artikel über den Freispruch in Chania. *»For lack of evidence!«* Was nicht bedeutete, dass James Baldwin *nicht* der Mörder seiner Freundin war. Doch in den Artikeln, vor allem in den seriösen Zeitungen, hatte sich die Tonart geändert. Baldwin wurde nun als *»usual suspect«* bezeichnet, der aufgrund seiner kriminellen Vorgeschichte, nicht aber wegen handfester Beweise vor Gericht gelandet war. Tatsächlich begrüßten die meisten Medien, selbst die Klatschblätter, den Freispruch. Weil enorme Zweifel an der Schuld bestanden. Denn man hatte Fremd-DNA unter Janets Fingernägeln gefunden, die nicht von Baldwin stammte.

Dennoch wäre Daniel niemals auf die Idee gekommen, seinen Vater zu verdächtigen. Natürlich nicht! Warum auch? Bis er eines Tages zufällig die Kopie eines Zeitungsartikels über den *»Pillow-Murder«* in dessen Arbeitszimmer fand. Bei der Suche nach Schmierpapier, das sein Vater in einem Fach des Aktenregals hortete, war eine Mappe herausgerutscht und auf den Boden gefallen. Dabei hatte Daniel den Ausschnitt aus der »Daily

Mail« über James Baldwins Freispruch entdeckt: *»Briton walks free!«* Eigentlich nicht weiter von Belang. Immerhin war der Mord an demselben Ort geschehen, an dem sie im vergangenen Jahr Urlaub gemacht hatten. Und zur selben Zeit! Doch warum hatte sein Vater den Mord nie erwähnt? Wieso hatte er nicht irgendwann zu erzählen begonnen: *Ihr werdet nicht glauben, was ich in der Zeitung gelesen habe …* Kein Wort darüber. Dabei wäre das doch eine interessante Neuigkeit gewesen. Ein Mord in der Nachbarschaft passierte schließlich nicht jeden Tag.

Hinzu kam, dass sein Vater sich seit dem Urlaub auffallend anders verhielt. Er wirkte dauernd gereizt, und sein Alkoholkonsum hatte ein bedenkliches und befremdliches Ausmaß angenommen. Er hatte auch früher schon ausgiebig getrunken, sein Faible für guten und teuren Whisky war weithin bekannt. Doch aus dem einstigen Genusstrinken war nach Daniels Meinung ein gefährliches Gewohnheitstrinken geworden. Um nicht zu sehr nach Alkohol zu riechen, war der Vater zudem auf Wodka umgestiegen. Gern im Kaffee oder Saft.

Daniel hatte versucht, sich einzureden, dass die Gereiztheit und die Hinwendung zum Alkohol auf den Stress wegen der Neubausiedlung in Altwick zurückzuführen waren. Sein Vater hatte sich anscheinend mit dem ambitionierten Bauprojekt übernommen und merkte nun, dass die Finanzierung auf tönernen Füßen stand und allzu optimistisch geplant worden war. Vor allem ärgerte es ihn, dass kurz nach dem Zuschlag für die Siedlung ein weiteres Baugebiet in Altwick erschlossen worden war. Für beides - für den schleppenden Verkauf der noch unfertigen Häuser und das Konkurrenzprojekt am anderen Ende der Stadt - machte er Johnnys Vater verantwortlich. Weil der als Vorsitzender des Bauausschusses ein doppeltes Spiel mit ihm getrieben habe. Was Große-Daltrup natürlich weit von sich wies.

Immer wieder ging Daniel in Gedanken zu der Nacht zurück, in der Janet Hopkins ermordet worden war. Er versuchte, den genauen Ablauf der Ereignisse zu rekonstruieren. Wann waren Johnny und er ins Hotel zurückgekehrt? Wie lange hatten sie anschließend am Pool gesessen und Bier getrunken? Wann und wo war er seinem Vater begegnet? Um welche Uhrzeit war er dann heimlich aus dem Zimmer geschlichen? Zumindest darauf wusste er die Antwort, weil er auf sein Handy geschaut hatte: halb zwei. Alles, was danach kam, war jedoch seltsam diffus und undeutlich. Am meisten beschäftigte ihn, dass sein Vater nach seiner Rückkehr ins Hotel plötzlich an die Tür geklopft hatte. Um zwei Uhr nachts! Sein Vater hatte behauptet, das Scheppern des Mülleimers im Flur, gegen den Daniel gestoßen war, hätte ihn geweckt. Aber das erschien Daniel wenig glaubhaft. So laut war der Krach gar nicht gewesen. Viel wahrscheinlicher war es, dass der Vater die ganze Zeit wach und gar nicht im Zimmer der Eltern gewesen war. Aber warum? Und was hatte sein Vater in der Zwischenzeit getrieben?

Daniel war sicher, dass es auf all diese Fragen ganz einfache und harmlose Antworten gab. Doch dann wurde er Zeuge eines Streits zwischen seinen Eltern, und er begann, an allem zu zweifeln und alles für denkbar zu halten. Es war im Mai oder Juni, also ein knappes Jahr nach dem Kreta-Urlaub, und Daniel bereitete sich auf sein Studium in Münster vor. Zwar dauerte es noch einige Monate bis zu seinem Umzug, aber weil er vorher noch einen ausgedehnten Backpacker-Urlaub in Thailand geplant hatte, kümmerte er sich schon jetzt um eine Wohnung und die Formalitäten und war häufig in Münster. Auch weil ihm in Oldenhook die Decke auf den Kopf fiel.

Als er eines Abends aus Münster zurückkehrte und sich im Hausflur die Schuhe abstreifte, hörte er seine Eltern in der Küche heftig miteinander streiten. Es kam in der letzten Zeit immer häufiger vor, dass die Eltern sich zofften, weshalb Daniel nicht überrascht war. Überrascht aber war er, als er begriff, *worüber* sie stritten.

«Bist du denn total verrückt geworden, Holger?«, rief die Mutter aufgebracht. »Warum hast du ihr so viel Geld überwiesen?«

»Das hab ich doch gerade gesagt«, antwortete sein Vater kleinlaut. »Für das Land.«

»Aber das ist doch Irrsinn! Was willst du denn damit? Es gehört doch gar nicht zum Baugebiet. Und dann noch zu diesem Preis! Achtzigtausend Euro? Hast du denn den Verstand verloren?«

»Es ging nicht anders.«

»Es ging nicht anders?« Die Stimme seiner Mutter überschlug sich beinahe. »Uns steht das Wasser bis zum Hals, und du kaufst Ingrid Holters wertloses Land zu einem Wahnsinnspreis ab, weil es nicht anders ging? Was ist denn das für ein dummes Gerede?!«

Bei der Erwähnung des Namens zuckte Daniel zusammen. Auch Ingrid Holters war eines der Spukgebilde der Vergangenheit, die ihn in seinen Albträumen heimsuchten. Die Begegnung am Flughafen von Heraklion kam ihm immer wieder in den Sinn. Und die scheinbar beiläufige Bemerkung: *»Habt ihr das Mädchen noch heil nach Hause gebracht?«* Daniel näherte sich der Küchentür und lugte um die Ecke.

»Ich hatte keine andere Wahl, Dörte.« Der Vater saß gebeugt am Tisch, den Kopf auf die Hände gestützt, den Blick gesenkt. Vor ihm lagen einige Papiere – offenbar Kontoauszüge.

»Keine Wahl? Was soll das heißen?« Die Mutter stand hinter ihm, die Arme vor der Brust verschränkt.

»Hat sie dir eine Pistole an die Schläfe gehalten, oder was? Niemand kann dich zwingen, Land zu kaufen, das du nicht brauchst.«

»Du hast ja keine Ahnung«, antwortete er, schüttelte den Kopf und blickte auf. »Glaub mir, ich hatte keine ...« Er sah Daniel in der Tür stehen, erstarrte und verstummte.

Den Blick seines Vaters würde Daniel nie vergessen. Ein verzweifelter und zugleich flehentlicher Blick. Als bäte er um Verzeihung. Als hätte man ihn auf frischer Tat ertappt.

Achter Teil

Heute

1

«Bist du sicher, dass du mitkommen willst?«, fragte Bremer, als sie in den Wagen stiegen. »Fahr lieber nach Hause und leg dich hin. Du siehst fürchterlich aus. Wir geben dir Bescheid, sobald die Kollegen was Neues wissen.«

»Ich kann ohnehin nicht schlafen.« Bertram schüttelte den Kopf und schnallte sich an. »Dann lieber arbeiten.«

»Wie du willst.« Bremer zuckte mit den Schultern und fuhr los. »Aber sag was, wenn's nicht mehr geht. Nicht, dass du schlapp machst. Damit ist niemandem gedient.«

Bertram hatte in der Nacht höchstens zwei Stunden geschlafen, wenn überhaupt. Nachdem Michaelas Leiche zur gerichtsmedizinischen Untersuchung nach Münster gebracht worden war, die Notärzte und Sanitäter die Wohnung verlassen und auch die Kollegen vom KK13 – Rauschgift und Milieu – ihre Arbeit beendet hatten, war Bertram auf dem Sofa in einen nicht gerade erholsamen Halbschlaf gefallen und nur wenig später durch das Piepen des Weckers im Schlafzimmer geweckt worden.

Atemstillstand nach Überdosis, vermutlich Heroin oder Fentanyl, hatte der erste Befund des Notarztes gelautet. Oder ein anderes hochdosiertes Opioid. Keine Anzeichen von Gewalteinwirkung. Ermittlung des Todeszeitpunkts schwierig, weil abhängig von der Temperatur des Badewassers. Genaueres nach der Obduktion.

»Sie hat behauptet, sie wäre clean«, hatte Bertram dem Kollegen Weiß vom KK13 gesagt und einen mitleidigen Blick geerntet. »Jedenfalls nichts Hartes.«

»Das behaupten sie immer«, hatte Weiß geantwortet und die benutzte Spritze in einen Beweismittelbeutel gesteckt. »Aber die Einstichstellen und Narben in den Armbeugen beweisen das Gegenteil. Vom Sniffen und Pillenschlucken bekommt man die nicht. Tut mir leid!«

Die Einstiche hatte Bertram gar nicht bemerkt. Vermutlich nicht bemerken wollen. Wie ein blutiger Anfänger! Wie immer, wenn es um Michaela gegangen war …

«Maik, aufwachen!«

Bertram zuckte zusammen und wurde durch den Gurt in den Sitz zurückgeschleudert. »Was ist?«, rief er und starrte verwirrt durch die Windschutzscheibe. Er sah ein altes Haus mit einem Kreuz im Giebel. Und einen Gabelstapler vor der Haustür. Beides passte irgendwie nicht zusammen.

»Wir sind da«, antwortete Bremer und parkte neben dem Stapler. »Firma Hagemann!«

»Okay«, brummte Bertram, schüttelte sich und klatschte sich mit den Händen auf die Wangen. Die schmerzende Schwellung unter dem inzwischen violett-grünen Auge ließ ihn sofort wachwerden.

Sie stiegen aus und klingelten an der Tür. Auf dem Treppenabsatz standen einige Schuhe, doch Bertram konnte keine Chucks entdecken. Arbeitsschuhe, Gummistiefel, Doc Martens.

»Kommen Sie jetzt täglich?«, wurden sie von Daniel Hagemann begrüßt. Bei Bertrams Anblick zuckte er sichtbar zusammen. »Raue Nacht gehabt?«

Bertram knurrte undeutlich, und Bremer entgegnete: »Wenn Sie uns gestern die ganze Wahrheit gesagt hätten, müssten wir heute nicht schon wieder bei Ihnen klingeln.«

Hagemanns Miene versteinerte sich. »Die Wahrheit worüber?« Er führte sie ins Wohnzimmer, deutete zum Sofa und setzte sich in den Lehnsessel, in dem gestern sein Vater gesessen hatte.

»Ingrid Holters«, antwortete Bremer und setzte sich.

Diesmal blieb Bertram stehen. Er hatte Angst, sonst womöglich auf dem Sofa einzuschlafen.

»Was ist mir ihr?«

»Haben Sie eigentlich vor einigen Monaten noch einen Vollbart getragen?« Bremer schlug die Beine übereinander und fischte eine Fluse von der Hose.

»Und wenn? Ist ja nicht verboten.« Hagemann schaute nervös zwischen Bremer und Bertram hin und her. »Worauf wollen Sie eigentlich hinaus?«

»Sie wurden mit Frau Holters gesehen«, sagte Bertram und war selbst entsetzt, wie krächzend seine Stimme klang. »An der Bushaltestelle. Am Friedhof. Als sie ihren tödlichen Unfall hatte.« Dass dies bislang nur eine Vermutung war, ließ er unerwähnt. Auch Bremers skeptischen Blick ignorierte er.

Daniel Hagemann zögerte kurz. Er schien zu überlegen, ob er alles abstreiten sollte, entschied sich dann aber dafür, einfach zu schweigen. Und zu warten.

»Sie waren also Zeuge des Unfalls?«, hakte Bremer nach.

Hagemann zuckte mit den Achseln.

»Worüber haben Sie mit Frau Holters gestritten?« Da Daniel Hagemann nicht antwortete, setzte Bertram hinzu: »Was haben Sie ihr gesagt, dass sie so plötzlich auf die Straße und vors Auto gelaufen ist?«

»Gar nichts hab ich gesagt«, entfuhr es ihm. »Ich hab die Frau erst bemerkt, als es geknallt hat.«

»Verstehe!« Bertram grinste ungläubig. »Und an der Bushaltestelle haben Sie gestanden, um den Bus nach

Oldenhook zu nehmen, was? Damit Sie die fünfhundert Meter bis nach Hause nicht zu Fuß gehen mussten.«

»Kann schon sein«, murmelte Hagemann und fuhr sich nervös über die Oberschenkel. »Auch das ist nicht verboten.«

»Wir haben uns erkundigt.« Bremer klang beinahe mitleidig. »Der nächste Bus kam knapp eine Stunde nach dem Unfall. Sie haben *nicht* auf den Bus gewartet.«

»Ich war auf dem Friedhof, um frische Blumen auf das Grab meiner Großeltern zu legen, und hatte mein Fahrrad an der Bushaltestelle abgestellt. Mit Frau Holters hab ich kein Wort gesprochen. Wie gesagt, ich hab sie erst gesehen, als der Unfall schon passiert war.«

Er log, das war offensichtlich, aber im Moment konnte man ihm das nicht nachweisen. Deshalb fragte Bertram: »Warum haben Sie nicht auf die Polizei gewartet? Immerhin waren Sie Unfallzeuge.«

»Dumm von mir«, gab er sich zerknirscht. »Wahrscheinlich stand ich unter Schock. Bekomme ich jetzt ›ne Anzeige?«

Statt zu antworten, griff Bremer in seine Manteltasche, zog ein Foto heraus und legte es vor Daniel Hagemann auf den Sofatisch. Als der das Bild sah, veränderte sich seine Miene merklich. Der Unfall am Altenheim hatte ihn nervös und vorsichtig gemacht, doch nun wirkte er regelrecht bestürzt. Er war auf der Hut; in seinem Innern heulten alle Alarmsirenen.

»Kennen Sie das Foto?«, fragte Bremer.

Daniel Hagemann schüttelte den Kopf.

»Das sind Sie, nicht wahr?«

»Offensichtlich.«

»Sie und Ihre Eltern und die Große-Daltrups mit ihrem Sohn Johnny. Beim Essen in einem Restaurant. Sieht aus wie ein Urlaubsschnappschuss. Griechenland, oder?«

Reinhard Gehling hatte das Foto entdeckt. Nach der gestrigen Besprechung im Präsidium waren ihm die alten Fotoalben eingefallen, die er in Gauslings Umzugskartons entdeckt hatte. Junge Männer besaßen heutzutage keine Fotoalben mehr, sie speicherten die Bilder digital auf dem Handy oder Tablet. Nur alte Leute besaßen Fotoalben. Leute wie Ingrid Holters. Und darum hatte Gehling noch einmal nachgeschaut und war fündig geworden.

»Kreta«, bestätigte Hagemann und nestelte an seinem Dutt herum. »Das ist jetzt fünf oder sechs Jahre her. Damals war ich noch auf dem Gymnasium.«

»Sie und die Große-Daltrups haben dort gemeinsam Urlaub gemacht?«

Ein Nicken als Antwort.

»Und Frau Holters?«

»Ist das Foto von ihr?«

Diesmal nickte Bremer.

»Die war zufällig zur gleichen Zeit auf der Insel. Fast am selben Ort. Wir haben aber nicht viel mit ihr zu tun gehabt. Die alte Schachtel war nicht gerade ein Mensch, den man gern um sich hat. Neugierig wie ein Waschweib und immer auf der Suche nach Klatsch und Tratsch.« Er lehnte sich zurück und schob das Kinn vor. »Was genau wollen Sie von mir wissen?«

»Haben Sie von dem Mord an der jungen Engländerin gehört, der zur selben Zeit dort geschah?«, fragte Bertram und sah plötzlich Michaelas tote Augen vor sich. Ihr bleiches Gesicht, die blauen Lippen. Übelkeit stieg in ihm auf. Er musste schlucken.

Wieder zögerte Hagemann. »Davon haben wir erst später erfahren, als wir wieder zu Hause waren«, antwortete er schließlich. »Ich hab im Internet darüber gelesen. In der Nacht, in der das Mädchen ermordet wurde, sind wir zurückgeflogen.«

Bremer holte den Zeitungsartikel aus der Manteltasche und legte ihn neben das Foto. »Kennen Sie die ›Zeus-Studios‹? Haben Sie ebenfalls dort gewohnt?«

»Nein!« Er schüttelte entschieden den Kopf. »Das ist so ›ne billige Absteige für Rucksacktouristen. Wir waren im etwas schickeren Beach Resort nebenan.«

»Nebenan?«, wiederholte Bertram.

»Ja, nebenan«, antwortete Daniel Hagemann säuerlich.

»Und Frau Holters?«, fragte Bremer.

»Keine Ahnung. Die hat irgendwo in den Hügeln in der Nähe gewohnt, glaub ich. Wieso wollen Sie das eigentlich wissen? Was hat das mit uns zu tun?«

»Das würden wir gern von Ihnen erfahren.«

Hagemann presste die Lippen aufeinander.

»Sie wissen, dass Ihr Vater eine Weile später ein Stück Land von Ingrid Holters gekauft hat? Zwischen der Knochenmühle und der Baumsiedlung.«

»Kann sein.« Er räusperte sich und fingerte erneut an seinen Haaren herum. Offenbar eine nervöse Angewohnheit. »Damals war ich noch nicht in der Firma und hatte mit den Geschäften nichts zu tun.«

»Ein Grundstück, das kein Bauland ist und bis heute brach liegt«, setzte Bertram hinzu. »Unnützes Niemandsland. Warum hat Ihr Vater das wertlose Grundstück gekauft?«

»Ich glaube, er wollte dort einen Büro-Container aufstellen, für die Bauleitung. Aber das müssen Sie ihn schon selbst fragen.«

»Ist er da?«

»Nein, ich hab, ehrlich gesagt, keine Ahnung, wo er steckt.« Er verdrehte genervt die Augen. »Mein Vater ist heute Nacht nicht nach Hause gekommen.«

»Er hat auswärts geschlafen?«, hakte Bremer nach.

»Auswärts?« Daniel Hagemann lachte grimmig. »Ja, so kann man es auch nennen. Vermutlich liegt er in irgendeinem Graben oder auf einer Bank und schläft seinen Rausch aus.«

»Kommt das häufiger vor?«, wollte Bertram wissen.

»Manchmal. In letzter Zeit eigentlich seltener.«

»Machen Sie sich keine Sorgen?«

»Solange es draußen nicht friert«, antwortete Hagemann achselzuckend. In diesem Moment klingelte sein Handy. Er erhob sich und fischte es aus der Hose. »Wahrscheinlich ist er das.« Er schaute aufs Display und schüttelte dann den Kopf. »Die Baustelle. Ich muss rangehen.«

Bertram und Bremer nickten verständnisvoll.

»Hallo, Werner, was gibt's? Braucht ihr noch Dachziegel?« Daniel Hagemann wandte sich ab, ging ein paar Schritte, blieb plötzlich stehen und rief: »Was?! Wo? Aber …« Er schüttelte den Kopf, nickte, schüttelte erneut den Kopf und rief zum Schluss: »Ich bin gleich da!«

»Was ist geschehen?« Bertram näherte sich ihm von hinten. Irgendetwas an der gebückten Haltung des jungen Mannes gefiel ihm nicht.

Hagemann drehte sich wie in Zeitlupe um und starrte sie verständnislos und mit großen Augen an.

»Alles in Ordnung, Herr Hagemann?«

»Papa ist tot«, sagte Daniel Hagemann und stierte ins Nichts. Dann fiel ihm sein Handy aus der Hand.

2

Tenbrink hatte seine »Zettelwirtschaft« wieder aufgenommen. Oben im Schlafzimmer, wo kein Besucher zufällig darauf stoßen und neugierige Fragen stellen konnte. Allerdings betraf das mit Pfeilen, Kreisen, Frage- und Ausrufezeichen versehene Gewimmel von Namen, Fotos und hingekritzelten Details nicht den Mordfall Gausling, für den er ohnehin nicht zuständig war und den die Kollegen auch ohne seine Hilfe bestimmt lösen würden. Nein, das an Mindmapping erinnernde Geflecht von Erinnerungsstützen galt dem Tod seiner Frau Karin. Die Krebs gehabt hatte, aber nicht daran gestorben war. Deren Tod ihm die Erinnerung und die Verbindung zu seiner Tochter geraubt hatte. Weil sie sich beide schuldig gemacht hatten.

Tenbrink hatte die »Zettelwirtschaft« nicht begonnen, um einen Fall zu lösen oder Antworten auf Fragen zu finden, sondern um diese Antworten nicht abermals zu vergessen. Dass er die Umstände von Karins Tod komplett und über einige Jahre hinweg aus seinem Gedächtnis gestrichen hatte, machte ihm Angst. Er hätte nie gedacht, dass so etwas überhaupt möglich war, und schwor sich, eine solche Amnesie nie wieder zuzulassen. Darum hatte er anschaulich vor sich ausgebreitet, wie Karin zu Tode gekommen war. Damit der Spuk ein Ende hatte.

»Was hast du getan?« Diese Frage hatte er gestellt, weil Maria oben am Treppenabsatz gestanden und immer wieder gerufen hatte: »Das hab ich nicht gewollt!« Tenbrink hatte die beiden bereits von draußen streiten gehört. Wenn Karin und Maria stritten, dann flogen die Fetzen und überschlugen sich die Stimmen. Wie bei kiebigen Katzen. Mit ausgefahrenen Krallen. Als er den Schlüssel ins Schloss gesteckt hatte, waren ein Schrei und ein Poltern zu hören gewesen. Dann Stille. Er hatte die Tür geöffnet, den dämmrig beleuchteten Flur betreten und Karin auf dem Steinboden am Fuß der Treppe liegen gesehen. Eine Wunde an der Stirn, Blut im Mundwinkel, den Kopf seltsam verdreht. Und Maria hatte geschluchzt, dass sie das nicht gewollt hätte. »Ich hab sie doch nur ganz leicht zur Seite geschubst. Weil sie mich nicht loslassen wollte. Das musst du mir glauben, Papa!«

Das Klingeln des Telefons riss Tenbrink aus seinen Gedanken. Er stand im Flur, genau dort, wo vor dreieinhalb Jahren Karin gelegen hatte, und blickte die Treppe hinauf. Niemand stand dort oben. Und den Treppenlift hatte er kurz nach Karins Tod abmontiert. Aber war er nicht gerade noch im Schlafzimmer gewesen? Und wieso hielt er eine Tasse Kaffee in der Hand? Er ging zum Telefon, das in der Ladestation auf dem Sideboard stand, und nippte an dem Kaffee. Er war kalt! Auf dem winzigen Display las er: »Bonnema.« Der Name sagte ihm nichts.

»Tenbrink.«

»Guten Morgen, Heinrich. Mit Jan. Wie geht es dir?«

Holländischer Akzent. Jan Bonnema? Irgendwo regte sich was in seinem Gedächtnis. »Wie soll's gehen?«, entgegnete er, um Zeit zu gewinnen. »Der Schädel brummt, aber er hält noch.«

»Das ist schön«, antwortete Bonnema und lachte. »Wir haben uns lange nicht gesehen. Ich dachte, wir könnten mal wieder ein *kopje koffie* trinken. Bist du demnächst in Enschede? Auf dem Markt, *of zo*? Du könntest mich auf der Wache abholen, wir sind ja jetzt wieder am Hermandad im Zentrum.«

Endlich begriff Tenbrink, wer am anderen Ende der Leitung war. *Mijnheer hoofdinspecteur* Jan Bonnema von der Polizei in Enschede. Der Mann, dem er es – gemeinsam mit Bertram – verdankte, dass er überhaupt noch lebte.

»Warum nicht?« Tenbrink ging in die Küche und schüttete den kalten Kaffee in die Spüle. »Vielleicht am Samstag. Aber nur, wenn wir nicht die ganze Zeit über den FC Twente oder die Arbeit sprechen.«

»Arbeitest du denn schon wieder? Ich dachte, du bist noch in, wie sagt man auf Deutsch, *revalidatie*. Außerdem hatten wir schon lange keinen Fall mehr, der für die Mordkommission in Münster von Bezeichnung ist.«

»Bedeutung«, korrigierte Tenbrink ihn und ärgerte sich sofort über sein besserwisserisches Gehabe. Bonnemas Deutsch war um Längen besser als Tenbrinks holpriges Holländisch. »Also keine ungeklärten Todesfälle?«, fragte er und wunderte sich über den Pudel, der in Hab-Acht-Stellung vor ihm hockte und ihn erwartungsvoll anschaute. Futter hatte er schon bekommen, und auch Gassi war Tenbrink bereits am frühen Morgen mit Locke gegangen. Er hatte keine Ahnung, was der Hund wollte.

»Ich kann höchstens mit einem toten deutschen Junkie dienen. Aber der Fall scheint klar zu sein. Jedenfalls kein Mord.«

»Hm?« Tenbrink bückte sich und kraulte den Pudel im Nacken. Seitdem er Locke, entgegen Marias strikter schriftlicher Anweisung, nachts in seinem Bett hatte schlafen lassen, weil er vorher in dem Körbchen so jämmerlich gejault hatte, war das Eis zwischen ihnen gebrochen. Der Hund schleckte an Tenbrinks Daumen und wedelte aufgeregt mit dem Schwanz.

»Eine Überdosis«, sagte Bonnema. »Aber der Mann kam nicht aus dem Münsterland.«

»Sondern?« Tenbrink wurde sofort hellhörig. Auch Locke hob die Schlappohren an, als hätte er etwas Verdächtiges vernommen.

»Ostdeutschland. Thüringen, glaube ich.«

»Wie war sein Name?«

»Das müsste ich *nakijken*«, antwortete Bonnema. »Ich glaube, so ähnlich wie euer früherer Nationalstürmer.«

Von Fußball hatte Tenbrink keine Ahnung. Außer Beckenbauer und Hoeneß fielen ihm auf Anhieb keine Namen ein.

»Klose«, sagte Bonnema. »Oder so ähnlich.«

»Vielleicht Kruse?«

»Kann sein. Kennst du den etwa?«

Tenbrink knurrte leise als Antwort. Und Locke tat es ihm nach.

»Der hatte so einen komischen Vornamen«, fuhr Bonnema fort. »Hab ich noch nie vorher gehört.«

»Etwa Raiko«, riet Tenbrink und atmete tief durch.

»*Precies.* Woher kennst du den?«

In diesem Moment klingelte Tenbrinks Handy in der Hosentasche. »Wie lange hast du noch Dienst?«, erkundigte er sich und schaute gleichzeitig nach, wer ihn anrief: Bremer! Das war eine Überraschung.

»Bis um vier.«

»Ich komm später vorbei, Jan. Dann trinken wir einen *koffie*«, versprach Tenbrink und legte auf. Dann nahm er Bremers Anruf entgegen und fragte: »Hallo, Arno, was gibt's?«

»Morgen, Heinrich. Hast du gerade Zeit?«

»Im Prinzip schon. Wieso?«

»Wir sind auf dem Oldenhooker Friedhof. Kannst du herkommen?«

»Du weißt, dass ich noch krankgeschrieben bin.«

»Nicht als Ermittler, sondern als Zeuge.« Bremers Stimme klang frostig. »Es geht um deinen Freund und Saufkumpan Holger Hagemann.«

»Hat Maik gepetzt?«

»Es blieb ihm nichts anderes übrig. Er hat erzählt, dass du dich mit Hagemann getroffen hast.«

»Ich bin ihm zufällig begegnet, nachdem ich meine Schwägerin im Altenheim besucht hab«, antwortete Tenbrink wenig glaubwürdig. »Worum geht's denn?«

»Er ist tot.«

»Scheiße!«

»Das kannst du laut sagen«, erwiderte Bremer grimmig. »Beeil dich!«

Doch Tenbrinks Ausruf hatte nicht Hagemanns Tod gegolten, sondern einer Aktion des Pudels. Locke hatte auf die Fliesen gekackt.

3

Bremer war nicht gerade erfreut gewesen. Natürlich nicht! Er hatte sogar vor Wut geschäumt. Gern hätte Bertram auch weiterhin verschwiegen, dass er Tenbrink in den Fall miteinbezogen und dieser anschließend auf eigene Faust in Oldenhook ermittelt hatte. Aber nach Hagemanns Tod war das nicht mehr möglich. Tenbrinks Begegnungen und Gespräche mit Holger Hagemann waren von wesentlicher Bedeutung und deshalb nun offizieller Ermittlungsgegenstand. Denn womöglich war Tenbrink einer der Letzten, der Hagemann am Vortag lebend gesehen hatte.

Sie standen hinter der kleinen Friedhofskapelle und betrachteten die von der SpuSi markierte Stelle, an der Hagemann von den Bauarbeitern gefunden worden war. Auf gepflastertem Boden, direkt neben dem Baugerüst und halb unter einem riesigen Wacholderbusch, der beinahe bis zur Dachtraufe der Kapelle reichte. Nach der ersten Leichenschau war der Verstorbene nach Münster zur Obduktion gebracht worden. Der herbeigerufene Notarzt hatte als vermutliche Todesursache eine Fraktur des ersten und zweiten Halswirbels festgestellt. Genickbruch. Außerdem gab es weitere für einen Sturz typische Verletzungen und Einblutungen am Kopf und Oberkörper. Die gemessene Körpertemperatur, die Ausprägung der Totenflecken und die beinahe vollständig ausgebildete Totenstarre legten nahe, dass der Tod etwa zwischen neun und zwölf Uhr am gestrigen Abend eingetreten war. Die innere Leichenschau in der Rechtsmedizin würde einen genaueren Zeitpunkt liefern.

Ein weiterer Umstand, für den man kein ärztliches Wissen, sondern lediglich einen normalen Geruchssinn benötigte, war die Tatsache, dass Hagemann nach Alkohol stank. Und nach Urin. Er hatte sich betrunken und dabei eingenässt. Vielleicht hatte er sich auch erst nach seinem Tod entleert. Oder er war, so Bertrams Vermutung, beim waghalsigen Versuch, vom etwa fünf Meter hohen Baugerüst zu pinkeln, in die Tiefe gestürzt. Auf der obersten Ebene des Gerüsts hatten sie eine fast leere Flasche Wodka und eine Schiebermütze aus Filz gefunden. Außerdem fanden sich auch hier Spuren von Urin.

»Was, zum Teufel, hat er dort oben gewollt?« Das war die erste Reaktion von Daniel Hagemann nach dem Eintreffen auf dem Friedhof gewesen. Nur mit Mühe hatten Bremer und Bertram ihn von der Leiche fernhalten können. Um keine Spuren zu verwischen oder neue zu legen. Mit tränenüberströmten Gesicht hatte Daniel seinen toten Vater angestarrt und gerufen: »Warum hast du nicht auf mich gehört? Was hast du dir bloß dabei gedacht?«

»Wie ist er überhaupt auf den Friedhof gekommen?«, hatte Bremer gefragt. »Ist der nachts nicht abgeschlossen?«

»Wir haben einen Schlüssel, wegen der Baustelle«, hatte Daniel geantwortet und seinen Vater kopfschüttelnd angeschrien: »Du dummer Kerl!« Dann war er wie ein Luftballon, aus dem die Luft entwich, in sich zusammengesackt.

Inzwischen war Daniel Hagemann, der vom Arzt ein Beruhigungsmittel bekommen hatte, von einem Kollegen der Schutzpolizei und in Begleitung der beiden Bauarbeiter nach Hause gebracht worden. Auch die Spurensicherung hatte ihre Arbeit beendet, und nur Heide, als Tatortspezialistin, zwei uniformierte Beamte sowie Bertram und Bremer hielten sich noch am weiträumig abgesperrten Tatort auf. Sie warteten auf Tenbrink.

»Ihr habt die Schuhe gesehen?« Heide deutete auf die Markierung des Leichnams auf dem Pflaster.

Bertram nickte.

Bremer stutzte kurz, zwirbelte an den Enden seines Schnurrbarts und fragte: »Das sind also Chucks?«

Wieder nickte Bertram.

»Ich dachte, so was tragen nur Jugendliche.«

Heide grinste und schüttelte den Kopf. »Schon die Beach Boys haben in den Sechzigern Chucks getragen. Und Hagemann war gerade mal fünfzig Jahre alt. Nicht unbedingt ein Alter, um sandfarbene Mephisto-Schuhe zu tragen.«

Bremer schaute sie verwirrt an. Mit der Fußbekleidung für Senioren schien er sich ebenso wenig auszukennen wie mit Turnschuhen.

»Würde mich nicht wundern, wenn Hagemann O-Beine und an den Seiten abgelatschte Sohlen hatte«, setzte Bertram hinzu und sah im selben Moment Tenbrink, der mit einem wuscheligen Wollknäuel an der Leine hinter der Kapelle erschien. Einer der Uniformierten wollte ihn am Weitergehen hindern, doch Bertram gab dem Kollegen mit einem Handzeichen zu verstehen, dass Mann und Hund passieren durften.

»Du meinst, Hagemann hat Gausling getötet?«, fragte Bremer und folgte mit seinen Augen Bertrams Blick und Gestik.

»Zumindest war er vermutlich am Tatort.«

»Aber warum?«

»Weil Gausling ihn erpresst hat«, antwortete Heide und schlug den Kragen ihrer Wildlederjacke hoch. »Genauso wie Ingrid Holters ihn vorher erpresst hat.«

»Weil Hagemann offenbar die junge Engländerin auf Kreta ermordet hat«, folgerte Bremer. »Und Frau Holters etwas darüber wusste?«

»Passt irgendwie alles zusammen«, fand Heide.

Ja, es passt, aber es fehlt etwas, dachte Bertram und begrüßte Tenbrink mit Handschlag. Der Pudel hüpfte aufgeregt auf der Stelle, als würde er ihn wiedererkennen. Was vermutlich sogar der Fall war.

»Du weißt, dass Hunde auf Friedhöfen verboten sind«, sagte Bremer und bedachte Tenbrink mit einem finsteren Blick. Die pomadisierten Enden seines Zwirbelbarts vibrierten bedrohlich. Tenbrinks ausgestreckte Hand ignorierte er schlichtweg.

»Tut mir leid, Arno«, entschuldigte sich Tenbrink. Vermutlich meinte er nicht nur die unerlaubte Anwesenheit des Pudels.

»Hallo, Heinrich!«, rief Heide freudig, schnappte sich Tenbrinks immer noch ausgestreckte Hand und tätschelte den Kopf des Hundes. »Der ist aber süß! Wie heißt ›n der?«

»Dies ist ein Tatort, verdammt!«, ging Bremer wütend dazwischen. »Und kein Streichelzoo!« Er stemmte die Arme in die Seiten, schaute abwechselnd Bertram und Tenbrink an und fragte: »Also? Was habt ihr beiden mir bislang verschwiegen? Und bitte keine Ausflüchte!«

Bertram wollte etwas erwidern, doch Tenbrink hob abwehrend die Hand. »Maik hat damit nichts zu tun. Meine Schwägerin wohnt hier im Altenheim am Nonnenbusch. Sie hat mir von Gausling und Frau Holters erzählt, vom Oldenhooker Heimatverein - und dass die beiden oft zusammen waren, obwohl Gausling als Pfleger gar nicht für sie zuständig war. Aber das wisst ihr ja längst.«

Bremer knurrte missfällig.

»Außerdem ist Heinrich im Heim Frau Lütkebohmert begegnet«, setzte Bertram hinzu und versuchte, den Pudel abzuschütteln, der sich an sein Bein klammerte. »Sie war Zeugin des Unfalls von Frau Holters und hat Daniel Hagemann an der Bushaltestelle stehen sehen. Auch das ist nichts Neues. Hagemann hat das ja inzwischen zugegeben.«

»Und Holger Hagemann?«, wandte sich Bremer an Tenbrink. »Was hast du mit dem zu schaffen gehabt?«

»Ich bin ihm am Sonntag zufällig in der Dorfkneipe begegnet, und wir haben ein Bier zusammen getrunken. Da hatte ich noch keine Ahnung, dass er etwas mit dem Fall Gausling zu tun haben könnte.« Tenbrink reagierte nicht auf Bremers ungläubiges Schnaufen und fügte hinzu: »Gestern bin ich ihm dann wieder begegnet.«

»Wieder zufällig?«, knurrte Bremer.

Tenbrink zuckte mit den Schultern und ging nicht auf Bremers Frage ein. »Erst hab ich ihn hier auf dem Friedhof gesehen, zusammen mit seinem Sohn, und später im Dorf. Er hat sich in einem Kiosk an der Kirchstraße volllaufen lassen. Mit Schnaps.«

»War jemand bei ihm?«

Tenbrink schüttelte den Kopf und zog den Hund, der inzwischen zu rammeln begonnen hatte, von Bertrams Bein weg. »Hagemann war ziemlich aufgebracht und hat die ganze Zeit wie ein Rohrspatz geschimpft. Auf dem Friedhof hatte er sich vorher heftig mit seinem Sohn gestritten.«

»Worüber?«

»Das habe ich nicht ganz verstanden, aber sein Sohn wollte ihn von irgendeiner Dummheit abhalten. Er hat gesagt, dass Holger sich lächerlich macht, wenn er damit zur Polizei geht. Und der Vater hat geantwortet, dass er das nicht vorhat. Dann ist er ins Dorf marschiert und hat sich betrunken.«

»Es wäre schön gewesen, wenn wir das nicht erst heute erfahren hätten«, sagte Bremer mit grimmiger Miene. »Vielleicht würde Hagemann dann noch leben.«

»Arno!«, rief Bertram und hätte seinem Chef am liebsten eine gelangt. »Das ist nicht fair, und es ist vor allem nicht wahr! Das weißt du ganz genau.«

»Lass nur, Maik! Arno hat ja recht.«

»Ich brauche deine offizielle Zeugenaussage, Heinrich.« Bremer rückte sich den Hut zurecht und schaute anschließend zu Bertram. »Und ich werde der Staatsanwaltschaft von eurem eigenmächtigen und unprofessionellen Vorgehen berichten. Ihr wisst, was das bedeutet. Um eine Anhörung werdet ihr nicht herumkommen.«

Das ist jetzt auch egal, dachte Bertram und zuckte achtlos mit den Schultern. Verfahrener und vertrackter konnte es ohnehin nicht mehr werden. Seine Zeit im Münsterland war vermutlich bald abgelaufen.

»Noch was«, sagte Tenbrink und hielt Bremer, der sich bereits abgewandt hatte, an der Schulter fest. »In dem Kiosk hat Hagemann etwas Seltsames gesagt. Erst hat er auf den Ortsvorsteher Große-Daltrup geschimpft und ihn einen Verräter genannt. Wer solche Nachbarn hätte, bräuchte keine Feinde, hat er geflucht. Ich vermute, es ging dabei um das Baugebiet in Altwick und die Insolvenz. Anschließend hat er eine Bemerkung über Frau Holters fallen lassen, die ich nicht einordnen konnte. Er hat gemeint, sie wäre auf dem falschen Dampfer gewesen und hätte trotzdem ihr Ziel erreicht.«

»Auf dem falschen Dampfer?«, wiederholte Bremer.

Tenbrink nickte und hob gleichzeitig die Achseln.

Bremer schürzte die Lippen, als wollte er pfeifen. Dann wandte er sich an Heide: »Wir reden noch mal mit Daniel Hagemann. Vielleicht erfahren wir ja, worüber er gestern mit seinem Vater gestritten hat. Und was es tatsächlich mit Frau Holters und den Hagemanns auf sich hatte.«

»Und ich?«, fragte Bertram.

»Du gehst nach Hause und legst dich ins Bett. Du kannst ja kaum noch deine Augen offen halten.«

»Ich hab keinen Wagen.«

»Du kannst mit mir fahren«, sagte Tenbrink und schaute ihn dabei an, als wäre das kein Angebot, sondern eine Bitte. »Ich muss aber vorher noch nach Enschede. Einen *lekker koffie* trinken.«

Bertram glaubte zu verstehen, was Tenbrink damit meinte, und nickte.

»Aber keine heimlichen Extratouren mehr!«, drohte ihnen Bremer, bevor er sich mit Heide auf den Weg machte.

»Ich hab Neuigkeiten«, verkündete Bertram, als die beiden außer Hörweite waren.

»Ich auch«, antwortete Tenbrink.

»Schlechte Neuigkeiten.«

»Ich auch.«

4

Der ganz in Blau gehaltene Neubau der Polizeiwache Enschede-Centrum wirkte sehr viel freundlicher und einladender als die düstere, backsteinerne Feuerwache, in der die holländischen Kollegen während der Umbauphase untergebracht gewesen waren. Ein ansehnliches Gebäude mit hübsch geschwungener Fassade, das auf dem schmucklosen Platz mit dem seltsamen Namen Hermandad irgendwie verschenkt wirkte. Bonnema hatte ihm einmal erklärt, das Wort »Hermandad« stamme aus dem Spanischen und bedeute »Bruderschaft«. Im Niederländischen war das Wort zugleich eine scherzhafte Bezeichnung für die Polizei. Typisch holländisch, dass sie den Platz danach benannt haben, dachte Tenbrink. Ungefähr so, als würde man in Deutschland den Platz vor der Polizeiwache »Polente« nennen.

Tenbrink hatte Bertram den Wagen fahren lassen und sich mit ihm darüber ausgetauscht, was seit dem gestrigen Abend geschehen war. Von unterwegs hatte Tenbrink in Enschede angerufen, um ihr Kommen anzukündigen. Außerdem hatte er Bonnema leise und auf Holländisch gebeten, keine Bemerkungen über Bertrams ramponiertes Aussehen zu machen. Der arme Kerl tat Tenbrink aufrichtig leid; er hatte wahrlich kein Glück mit den Frauen. Die eine verpasste ihm ein inzwischen in bunten Farben blühendes Veilchen, und die andere setzte sich in seiner Badewanne eine Überdosis. Wenn sie es denn selbst getan hatte. Und genau aus diesem Grund waren sie nun in Enschede.

Bonnema wartete vor dem Eingang auf sie. Er hatte seine schicke blaue Uniform mit der sportlich legeren

Schirmmütze bereits abgelegt und trug den altmodischen beigen Lodenmantel samt Pepitahut, den Tenbrink seit gefühlten Jahrzehnten an ihm kannte. In dem Aufzug sah er immer aus wie ein pensionierter Lehrer; vielleicht lag das aber auch an dem angegrauten Kinnbart, den sonst nur Studienräte trugen. Bonnema reichte ihnen die Hand, bestaunte den Pudel, der freudig mit dem Schwanz wedelte, und zuckte bei Bertrams Anblick unwillkürlich zusammen. *»Godverdomme!«*, entfuhr es ihm, aber er hob sofort entschuldigend die Hand und fragte: *»De Kater?«*

»Nein, kein Kater«, antwortete Bertram mit schiefem Lächeln. »Ich bin einfach nur müde.«

»Jan meint das Café am alten Markt«, erklärte Tenbrink seinem Kollegen und nickte. »Einverstanden. Besser als die Polizeikantine.«

»Und es muss ja keiner wissen, dass ich mit der deutschen Polizei einen Kaffee trinke«, setzte Bonnema verschwörerisch hinzu. »Wie nennst du das immer, Heinrich?«

»Kleiner Grenzverkehr«, antwortete Tenbrink.

Das Café »De Kater« am Oude Markt war eine uralte Institution in Enschede und eine urige Mischung aus Kneipe und Restaurant, die man in Frankreich vermutlich Brasserie nennen würde. Es befand sich im Schatten der großen Kirche, die praktischerweise tatsächlich so hieß: *Grote Kerk*. Tenbrink schätzte die Vorliebe der Holländer für anschauliche Namen. Wer würde in Deutschland schon auf die Idee kommen, ein Moped als »Brummfahrrad« und einen Auspuffdämpfer als »Knalltopf« zu bezeichnen?

Obwohl vor dem Café unter der riesigen roten Markise Heizpilze aufgestellt waren und Fleece-Decken auslagen, zogen sie es vor, den Kaffee drinnen zu trinken.

Dort war es zwar reichlich düster, aber sehr viel ruhiger als auf dem von Kneipen und Restaurants gesäumten Kirchplatz. Am heutigen Dienstag war Markttag, und unzählige Besucher flanierten vom neuen Marktplatz zur Altstadt an der Kirche.

»Also?«, fragte Bonnema, nachdem der Kellner den Espresso (für Bertram), den *koffie normaal* (für Bonnema) und den *koffie verkeerd* (für Tenbrink) gebracht hatte. »Woher kennt ihr diesen Raiko Kruse?«

»Ich kenne ihn nicht«, antwortete Bertram und kippte den heißen Espresso hinunter, als wäre es ein Schnaps. »Aber ich weiß, wer er ist.« In knappen Worten berichtete er von den kriminellen Kruse-Brüdern, Raiko und Ronny, und von Candy Candice alias Michaela, die mit beiden Kruses liiert gewesen und gestern Abend in Bertrams Badewanne gestorben war. Offenbar auf dieselbe Weise wie ihr Freund Raiko.

»Ein seltsamer Zufall«, kommentierte Bonnema, nachdem Bertram geendet und mit einem Handzeichen einen weiteren Espresso bestellt hatte. »Oder eben kein Zufall.«

»Wo und wann hat man Kruse gefunden?«, fragte Tenbrink und nahm Locke, der unter dem Tisch unruhig an der Leine gezerrt hatte, auf seinen Schoß. Auch das war etwas, das Maria strikt untersagt hatte. Vor allem in Restaurants.

»Gestern Nachmittag in einem Hostel in der Kanaalstraat am Hafen«, antwortete Bonnema und holte einige Fotos aus der Innentasche seines Mantels. »Eigentlich dürfte ich die euch gar nicht weisen.«

»Weisen?«, fragte Bertram, begriff dann, was gemeint war, und setzte hinzu: »Ach so, weisen. Danke, dass du es trotzdem tust.«

»Das bleibt aber unter uns«, sagte Bonnema und legte die Fotos auf den Tisch. Darauf war ein bleicher nackter

Mann in einer Badewanne zu sehen, den Kopf zur Seite geneigt, die Lippen blau, den abgebundenen Arm auf dem Wannenrand.

Tenbrink erkannte den rasierten Schädel und den tätowierten Hals wieder. »Hinweise auf Gewalteinwirkung?«

Bonnema schüttelte den Kopf.

»Gab es irgendwelche Zeugen? War Kruse allein im Zimmer?«

»Das Hostel ist eines von diesen vollautomatischen Häusern ohne Rezeption. Check-in und Bezahlung am Automaten. Billig und anonym. Man kriegt einen Zugangscode, und das war's. Der Laden ist bei Prostituierten und Freiern sehr beliebt.«

"Überwachungskameras?«, erkundigte sich Bertram.

Als Antwort lachte Bonnema und schüttelte den Kopf. »Das wäre ja geschäftsbeschädigend.«

»Warum ausgerechnet in der Badewanne?«, fragte Tenbrink, grinste unmerklich und nippte an seinem Milchkaffee. »Das kann nun wirklich kein Zufall sein. Wirkt das Zeug besser oder schneller, wenn man im warmen Wasser liegt?«

»Das wäre mir neu; es verstärkt höchstens das wohlige Gefühl«, antwortete Bertram und wandte sich an Bonnema: »Weiß man schon, was in der Spritze war?«

»Ein Cocktail, und zwar ein sehr, wie sagt man, potenter. Hauptsächlich Heroin, sehr rein und konzentriert, und dazu eine gehörige Portion Carfentanyl. Das hat zur Atemlähmung und zum Tod geführt.«

»Carfentanyl? Ist das ein Schlafmittel wie Fentanyl?«, fragte Bertram und nahm vom Kellner seinen zweiten Espresso entgegen. *»Bedankt!«*

»De hond«, sagte der Kellner und deutete auf Locke, der sich auf Tenbrinks Schoß eingerollt hatte. *»Eigenlijk zijn honden …«*

Bonnema zeigte seine Polizeimarke und grinste. »*Het is een politiehond.*«

Der Kellner schnaufte abfällig und verschwand.

Dann antwortete Bonnema auf Bertrams Frage: »Carfentanyl ist tausendfach wirksamer als Fentanyl und deshalb nicht als Medizin für den Menschen zugelassen. Es wird als Betäubungsmittel bei der Großwildjagd benutzt. Für Nashörner, Elefanten *en zo voorts*.«

Tenbrink verschluckte sich an seinem Kaffee. »So was setzt man dem Heroin zu? Warum?«

»Es ist billig, extrem wirksam, und man kann es im Internet bestellen, weil es in vielen Ländern nicht verboten ist«, erklärte Bonnema. »Ein Teufelszeug, das sehr schwer zu dosieren ist. Vor allem in Verbindung mit Heroin. *Een duivels spul!*«

»Ich hab davon gehört«, sagte Bertram und nickte. »In den Staaten gibt's das schon länger und stellt dort ein Riesenproblem dar. Aber bei uns ist es ganz neu und erst seit dem letzten Jahr auf dem Markt.«

»Crystal ist ›n Scheiß dagegen«, entfuhr es Tenbrink.

»*Wat zeg je?*«, fragte Bonnema und schaute ihn verwundert an.

»Raiko Kruse hat das am Sonntag zu Michaela gesagt«, antwortete Tenbrink und schaute dabei Bertram an. »Deshalb waren sie im Münsterland. Um neue Märkte für dieses Carfentanyl zu erschließen. Oder um sich ein unbesetztes Revier zu sichern. Er hat von einem Kumpel mit Kontakten in Holland gesprochen.«

»Und jetzt sind sie am eigenen Zeug krepiert«, folgerte Bonnema. »Weil sie keine *ervaring* damit hatten.«

»Das glaube ich nicht.« Bertram kippte auch den zweiten Espresso in einem Schluck hinunter und fuhr sich über den wuchernden Stoppelbart. »Das Schlafmittel wird doch dem Heroin nur beigemischt, um zu kaschieren, dass es gestreckt und minderwertig ist. Wer ist denn so dämlich und mischt für den Eigengebrauch reines Heroin mit einem so starken Betäubungsmittel? Das ist ja wie …«

»Selbstmord?«, schlug Tenbrink vor und putzte seine Brille.

»Oder sie haben nicht gewusst, dass das Heroin rein war«, meinte Bonnema achselzuckend. »Dann war es entweder eine große Dummheit oder eine Verwechselung.«

»Oder Absicht«, sagte Bertram. »Und ich weiß auch, wer dafür verantwortlich ist: Ronny Kruse.«

»Der eigene Bruder?« Bonnema blies die Backen auf. »Aber warum?«

»Weil er wegen Michaela im Knast saß und immer noch sitzen würde, wenn er nicht geflohen wäre. Vermutlich bekam er raus, dass Raiko inzwischen mit Michaela zusammen war. Dass die beiden ihn vermutlich gemeinsam aus dem Verkehr gezogen hatten.«

»Und du denkst, jetzt hat er sie aus dem Verkehr gezogen?«, fragte Tenbrink, setzte seine Brille auf und streichelte nachdenklich den Hund, der inzwischen leise schnarchte.

»Zuzutrauen wär's ihm«, meinte Bertram und nickte. »Ronny Kruse ist ein gefährlicher Psychopath. So einer kann es nicht ertragen, wenn man ihm quer kommt oder ihn verrät. Dann wird er zur Furie. Und als Nächstes bin ich dran.«

»Wie kommst du darauf?«, rief Tenbrink.

»Weil er es gesagt hat. Gestern am Telefon. Er hat gewusst oder zumindest geahnt, dass Michaela bei mir war. Vermutlich hatte er da gerade seinen Bruder aufgespürt und getötet.« Bertram starrte in seine leere Espressotasse und wiegte nachdenklich den Kopf. »Ja, ich befürchte, wir sind tatsächlich noch nicht fertig miteinander. Jetzt ist er hinter mir her.«

»Hast du Michaela einen Wohnungsschlüssel gegeben?«, fragte Tenbrink.

Bertram nickte.

»War der Schlüssel noch da?«

Ein Achselzucken war die Antwort.

»Niet goed!«, meinte Bonnema.

»Vielleicht solltest du eine Zeitlang bei mir wohnen«, schlug Tenbrink vor. »Für alle Fälle. Du könntest im Gästezimmer schlafen.«

»Nein, danke, Heinrich!«, antwortete Bertram, schüttelte den Kopf und lächelte gequält. »So verzweifelt bin ich nun auch wieder nicht.«

Tenbrink hätte gern einen zweiten Versuch unternommen, Bertram zu überzeugen, doch er wusste aus Erfahrung, dass dies keinen Zweck haben würde. »Mein Angebot steht jedenfalls«, sagte er, kraulte Locke hinterm Ohr und hoffte, dass Bertram seine Meinung doch noch ändern würde. Denn es war Tenbrink, der im Moment Angst davor hatte, allein zu sein.

5

Eigentlich hatte er tatsächlich vorgehabt, ein paar Stunden zu schlafen. Doch das Gespräch in Enschede und vielleicht auch die beiden Tassen Espresso hatten Bertram derart aufgewühlt, dass an Schlaf nicht zu denken gewesen war. Als sie in Billerbeck angekommen waren, hatte Tenbrink darauf bestanden, gemeinsam mit ihm in der Wohnung nach dem Rechten zu sehen. Zunächst suchte Bertram nach dem Wohnungsschlüssel, den er Michaela gegeben hatte, und fand ihn auf dem Vertiko neben der Garderobe. Zumindest in dieser Hinsicht bestand also keine Gefahr.

Nachdem Tenbrink gegangen war (nicht ohne ein weiteres Mal darauf hinzuweisen, dass sein Angebot nach wie vor stehe), nahm Bertram eine heiße Dusche und machte sich anschließend auf den Weg nach Münster. In die Röntgenstraße. Um sich bestätigen zu lassen, was er ohnehin schon wusste.

Dr. Kemper, den er von unterwegs angerufen hatte, kam ihm bereits im Eingangsbereich des Instituts für Rechtsmedizin entgegen, reichte ihm die Hand und schüttelte sogleich bedauernd den Kopf. »Sie wissen, dass ich Ihnen die Obduktionsergebnisse nicht mitteilen darf«, sagte er und führte Bertram nach draußen, wo er sich eine Zigarette anzündete. »Auch wir Rechtsmediziner unterliegen der Schweigepflicht. Wenden Sie sich an Ihre Kollegen vom KK13! Vielleicht lassen die sich erweichen.«

»Ich möchte nur wissen, was ihr gespritzt wurde«, antwortete Bertram und winkte ab, als Kemper ihm eine Zigarette anbot. »Sie haben die Blutuntersuchungen doch bereits abgeschlossen, oder?«

»Ich darf mit Ihnen nicht darüber reden«, entgegnete Kemper und machte eine betretene Miene. »Die Frau ist meines Wissens in Ihrer Wohnung gestorben, und Sie gehören nicht dem ermittelnden Kommissariat an. Es tut mir leid.«

»Dürfen Sie darüber schweigen?«

»Ich verstehe nicht.«

»Sie müssen gar nichts sagen. Ich stelle eine Behauptung auf, und wenn Sie mir nicht widersprechen, sondern den Mund halten, dann haben Sie nichts verraten.«

»Bisschen kindisch, oder?«

Bertram nickte und sagte anschließend: »In der Spritze befand sich eine Mischung aus Heroin und einem Betäubungsmittel.«

Kemper schwieg.

»Bei dem Betäubungsmittel handelt es sich um ein relativ neues Derivat von Fentanyl.«

Kemper schwieg erneut, aber seine Augenbrauen gingen in die Höhe.

»Das Medikament heißt Carfentanyl. Wird eigentlich nur in der Tiermedizin oder bei der Großwildjagd verwendet.«

»Woher wissen Sie das?«, entfuhr es Kemper. »Wir haben sehr lange gebraucht, um herauszukriegen, womit wir es hier zu tun haben.« Im nächsten Moment wurde ihm klar, dass er nun doch geredet hatte, und er verschluckte sich an seinem Rauch, sodass er einen Hustenanfall bekam.

»Danke.« Bertram klopfte dem Arzt leicht auf den Rücken. »Sie sollten mit dem Rauchen aufhören. Das ist nicht gesund.«

Danach fuhr Bertram zum Präsidium, wo Bernd Hölscher einsam und in seinem Chefsessel wippend am Schreibtisch saß und auf den riesigen Monitor starrte.

Lange Zahlenkolonnen und Datensätze flimmerten über den Bildschirm und wurden von Hölscher mit kehligen Lauten kommentiert. Als Bertram das Büro betrat, schaute er kaum auf und sagte: »Ich dachte, du hast Feierabend.«

»Wo sind die anderen?«

»Unterwegs.«

»Immer noch in Oldenhook? Bei Hagemann?«

Hölscher schüttelte den speckigen Kopf. »Arno ist mit Reinhard in Altwick. Beim Bürgermeister. Wegen der Baugebiete und der Sache mit dem Bauausschuss.«

»Und Heide?«

Hölscher zuckte mit den Achseln und knurrte wieder seinen Monitor an.

»Sag mal, Bernd«, begann Bertram, »weißt du, wo die Fotoalben aus Gauslings Wohnung sind? Ich meine diese Urlaubsfotos aus Kreta von der Frau Holters, die Reinhard gefunden hat.«

»Die habt ihr doch heute Morgen mitgenommen«, erwiderte Hölscher.

»Nur das eine Foto mit den beiden Familien«, antwortete Bertram. »Ich würde mir gern auch den Rest anschauen.«

Hölscher deutete mit einem Kopfnicken in die Ecke des Büros, gleich neben Gehlings Schreibtisch, wo ein großer Umzugskarton auf dem Boden stand.

»Danke.«

Bertram hockte sich neben den Karton und öffnete ihn. Er musste nicht lange suchen. Ganz oben lagen zwei großformatige Alben, das eine selbstklebend und mit vergilbter Schutzfolie, das andere klassisch mit Kunstledereinband und pergamentartigen Zwischenblättern, in das die Bilder mithilfe von Fotoecken eingeklebt waren. Das selbstklebende war das eindeutig ältere Album; die

Fotos darin waren zum Teil ausgebleicht oder noch in Schwarz-Weiß. Bertram fand unter anderem Hochzeitsbilder des Ehepaars Holters, Klassenfotos des Sohnes Christian, Urlaubsschnappschüsse der Familie (stets auf der holländischen Nordseeinsel Terschelling, wie es schien) und auch einige Aufnahmen, auf denen die noch in Betrieb befindliche Knochenmühle an der Altwicker Landstraße zu sehen war: »Holters‹ Knochenmehl.« Das Album endete schätzungsweise in den Achtzigerjahren. Die zweite Fotosammlung begann Jahrzehnte später und enthielt fast ausschließlich Urlaubsbilder: Mallorca, Florida, Teneriffa, Tunesien, Namibia, Gardasee, türkische Riviera. Rund um die Welt, und das in wenigen Jahren. Überdies gab es kaum einen Ort, den Ingrid Holters zweimal besucht hatte. Ihr Mann und ihr Sohn waren zu der Zeit höchstwahrscheinlich schon verstorben.

Bertram schaute sich die Fotos des Kreta-Urlaubs genauer an. Eigentlich waren es zwei Urlaube, wie er einer kurzen Notiz entnehmen konnte: Die eine Reise hatte im Sommer stattgefunden, die andere im darauffolgenden Frühjahr. Die Insel schien Ingrid Holters gefallen zu haben. Das war auch daran zu erkennen, dass es sehr viele Fotos gab, zumeist Landschaftsansichten und Bilder von Wanderungen. Auf den wenigen Bildern, auf denen Ingrid Holters zu sehen war, stand sie zumeist in einer Gruppe von Menschen vor irgendwelchen Sehenswürdigkeiten oder saß mit wechselnden Begleitern an Cafétischen oder Theken. Ein geselliger und kontaktfreudiger Typ, vermutete Bertram. Außer dem Restaurant-Schnappschuss mit den Familien Hagemann und Große-Daltrup, von dem nur noch die Fotoecken im Album klebten, gab es im Grunde keine Bilder, die Bertram allzu bemerkenswert fand. Nur das letzte Foto, das offenbar auf dem Rückflug aufgenommen worden war, weckte sein besonderes Interesse. Darauf waren etwa vier oder fünf Sitzreihen mit Passagieren zu sehen, und Bertram fiel als Erstes das bleiche und finster dreinschauende Gesicht von Daniel Hagemann auf, der im Vordergrund direkt in die Kamera schaute und so aussah, als wollte er der Fotografin im nächsten Moment an die Gurgel springen. Neben ihm am Fenster saß Johannes Große-Daltrup, und dessen Gesichtsausdruck hätte sich kaum mehr von dem seines mürrischen Freundes unterscheiden können. Johannes grinste breit und bleckte die Zähne, seine Augen funkelten schalkhaft, als hätte er gerade einen Witz erzählt.

Nicht nur die extrem unterschiedliche Mimik der beiden Jugendlichen war auffällig. Bertram bemerkte auch, dass die Teenager auf den Fotos ganz anders wirkten als die jungen Männer, zu denen sie sich entwickelt hatten. Während Daniel Hagemann heute ein eher zurückhaltender, durchaus freundlicher Mann mit einem gewissen femininen Appeal war, sah er auf dem Foto wie ein rotzfrecher, beinahe aggressiver Pubertierender aus. Dazu passte auch die stachelige Kurzhaarfrisur mit dem asymmetrischen Undercut auf einer Seite. Johannes Große-Daltrup hingegen, den sie als streitbar und aufbrausend erlebt hatten - *»ein wütender junger Mann«*, so hatte Tenbrink ihn charakterisiert -, wirkte auf dem Foto regelrecht unbedarft und harmlos. Wie ein kleiner Junge, der seine unvorteilhafte Pilzkopf-Frisur noch von der Mutter geschnitten bekam. Eine seltsame Diskrepanz.

In der Reihe hinter den Jungs saßen Daniels Eltern sowie der Ortsvorsteher Josef Große-Daltrup, der sich zur Seite wandte und über den Gang mit seiner Frau Helga redete. Holger Hagemann schaute wie sein Sohn direkt in die Kamera, und wie Daniel präsentierte er eine unwillige und knittrige Miene, als hätte er eine schlaflose

Nacht hinter sich. Zwischen den Kopfstützen erkannte Bertram eine Hand mit ausgestrecktem Finger, die er nicht sofort zuordnen konnte. Erst beim genauen Hinschauen begriff er, dass die Hand zu Holger Hagemann gehörte. Und dass er Ingrid Holters den Mittelfinger zeigte.

»Was machst du denn noch hier?«

Bertram stieß einen spitzen Schrei aus und hätte beinahe das Fotoalbum fallen gelassen. »Verdammt, hast du mich erschreckt, Heide!«

»Seit wann bist du so schreckhaft? Du gehörst ins Bett, Maik«, antwortete sie lachend. Sie beugte sich über ihn, schaute ihm über die Schulter und deutete auf das Flugzeug-Foto. »Wer ist denn das? Da am Fenster.«

»Johannes Große-Daltrup.« Bertram nahm das Bild aus dem Album, um es besser betrachten zu können. »Hab ihn auch erst nicht erkannt. Sieht heute ganz anders aus, viel erwachsener und nicht so kindlich wie damals.«

»Nein, ich meine die Frau in der Reihe dahinter.«

»Das ist Dörte Hagemann, vermute ich. Die Frau vom Bauunternehmer. Jedenfalls sitzt sie neben ihm.«

»Merkwürdig.«

»Was?«

»Sie sieht aus, als gehörte sie gar nicht dazu.«

Das war allerdings richtig. Dörte Hagemann hatte den Blick abgewendet und schaute aus dem Fenster. Während die anderen miteinander oder mit der fotografierenden Ingrid Holters beschäftigt waren, wirkte sie auffallend abwesend und desinteressiert. Als ginge sie das alles gar nichts an. *»Mama hat damit überhaupt nichts zu tun.«* Diese Worte des jungen Hagemann gingen Bertram nun durch den Kopf. Ein seltsamer Satz.

»Habt ihr irgendetwas herausgefunden?«, fragte er, nahm das Foto an sich und legte das Album zurück. »Hat Daniel Hagemann erzählt, worum es bei dem Streit mit seinem Vater auf dem Friedhof ging?«

»Angeblich um Josef Große-Daltrup«, antwortete Heide und richtete den Oberkörper wieder auf. »Holger Hagemann machte den Stadtrat dafür verantwortlich, dass er hatte Insolvenz anmelden müssen.«

»Aber das ist doch schon Jahre her«, gab Bertram zu bedenken. »Warum sollten sie heute darüber streiten?«

»Hagemann hat Große-Daltrup beschuldigt, korrupt zu sein«, erläuterte Heide. »Er soll Geld dafür genommen haben, gleich zwei Baugebiete in Altwick erschließen zu lassen. Offenbar hat er als Vorsitzender des zuständigen Ausschusses zweimal die Hände aufgehalten.«

»Hagemann hat zugegeben, dass sein Vater den Stadtrat bestochen hat?«, wunderte sich Bertram und stand endlich auf. »Und Holger Hagemann wollte Große-Daltrup deswegen zur Rede stellen? Ihn vielleicht sogar bei der Polizei anzeigen?«

»Das hat er leider nicht ganz so ausdrücklich gesagt. Eher zwischen den Zeilen angedeutet.« Heide seufzte und hob bedauernd die Achseln. »Daniel Hagemann war nicht so richtig bei der Sache und hat sich sehr unklar ausgedrückt. Vermutlich hatte es der Notarzt mit dem Beruhigungsmittel etwas zu gut gemeint. Er wirkte wie benommen.«

»Und die Sache auf Kreta? Oder die Erpressung durch Frau Holters?«

Heide Feldkamp schüttelte den Kopf. »Es war nichts Konkretes aus ihm herauszubringen, und wir haben es dann gut sein lassen. Morgen früh werden wir vielleicht mehr von ihm erfahren. Arno hat ihn für zehn Uhr zur Befragung herbestellt.«

Bertram nickte und betrachtete erneut das Foto in seiner Hand. Dörte Hagemanns ausdrucksloser Blick aus dem Fenster. Nicht anwesend und doch dabei. Bertram wollte nicht glauben, dass sie tatsächlich nichts damit zu tun hatte. Mütter hatten immer etwas damit zu tun, wenn es um die Söhne ging. Das war jedenfalls Bertrams Erfahrung.

»Wir sollten mit ihr reden«, sagte er.

»Mit wem?«

»Mit ihr.« Er tippte auf das Gesicht von Dörte Hagemann.

»Jetzt?«, fragte sie. »Und ohne Arno Bescheid zu geben?«

Bertram nickte.

»Ich hab nichts gehört«, brummte Hölscher in seinen Monitor. »Aber wenn ihr mich nett bittet, kann ich euch sagen, wo Dörte Hagemann wohnt und wo sie arbeitet.«

6

Ten Huunte, der sogenannte Hollandmarkt, befand sich gleich hinter der Grenze, auf halbem Weg zwischen Ahlbeck und dem niederländischen Buurse. Vor Jahrzehnten, als es noch keinen EU-Binnenmarkt gegeben hatte, war der Laden ein kleiner, fast unscheinbarer Supermarkt gewesen, der vor allem davon lebte, steuergünstigen Kaffee, Tee, Tabak, Schnaps und Diesel in zollfreien Mengen an Deutsche zu verkaufen. Inzwischen war rund um das Gebäude eine Art Erlebnispark entstanden, mit riesigem Spielplatz samt Fahrgeschäften, kantinenartigem Restaurant, zahlreichen Imbissbüdchen und zusätzlichen Verkaufsständen für Käse, Fisch, Süßwaren, Lakritz, Kleidung, Alkohol und Medikamente. Alles immer noch preiswert und billig, allerdings nicht in erster Linie wegen der Steuervorteile, sondern weil viele Waren in rauen Mengen, mitunter in ganzen Paletten direkt vom Lkw, verkauft wurden.

Dörte Hagemann arbeitete an einem Verkaufsstand für Medikamente, die in Holland wegen der geringeren Mehrwertsteuer billiger und oft rezeptfrei zu erhalten waren. Von Aspirin über Ibuprofen bis hin zur Anti-Baby-Pille war alles im Sortiment, zumeist jedoch als namenlose Generika in unauffälligen Verpackungen. Bertram hatte einmal gehört, dass in den Niederlanden auch Viagra und Co. ohne Rezept verkauft wurden, aber das war vermutlich nur ein Gerücht.

»Ich habe leider nicht viel Zeit«, erklärte Dörte Hagemann nach der Begrüßung und zündete sich eine Zigarette an. »In einer Viertelstunde muss ich wieder am

Stand sein.« Sie trug eine grün-weiße Arbeitskluft, die nicht von ungefähr an die Kittel von Ärzten oder Apothekern erinnerte. Nur die minzgrüne Basecap mit der Aufschrift »ned-med« passte nicht ins Bild.

Sie standen etwas abseits des Trubels auf der gegenüberliegenden Straßenseite, wo sich etliche kleinere Läden für Souvenirs und Kunsthandwerk befanden: Holland-Kitsch wie Klompen, Windmühlen im Miniaturformat und Frau-Antje-Hauben.

»Viel los hier«, sagte Heide Feldkamp und schlug den Kragen ihrer Wildlederjacke hoch, weil es zu nieseln begonnen hatte. »Stressiger Job?«

»Halb so wild«, meinte Dörte Hagemann und stieß eine Rauchwolke aus. »Sie sollten mal am Wochenende hier sein. Oder an den verkaufsoffenen Feiertagen. Dann reicht die Autoschlange bis über die Grenze.«

»Wann hat Ihr Sohn Ihnen Bescheid gegeben?« Bertram rieb sich die klammen Hände.

»Kurz nach Mittag, meine Schicht hatte gerade angefangen«, antwortete sie und seufzte tief. »Er hat gesagt, Holger sei betrunken vom Baugerüst gefallen. Das hat ihn natürlich ganz schön mitgenommen. Ich fahr nach der Arbeit gleich zu ihm. Der arme Junge.«

»Sie sind nicht mehr oft in Oldenhook, was?«, fragte Heide.

»Eigentlich nie«, erwiderte Dörte Hagemann und nahm einen weiteren Zug. »Seit der Scheidung nicht. Daniel kommt mich manchmal in Ahlbeck besuchen, aber auch nicht oft.« Sie zuckte mit den Schultern und schüttelte gleich anschließend den Kopf. »Wie das halt so ist bei einer Scheidung. Irgendeiner muss immer der Schuldige sein. In diesem Fall bin ich wohl die Böse.«

»Weil Sie Ihren Mann direkt nach der Insolvenz verlassen haben?«, hakte Bertram nach und merkte im selben Moment, wie hart seine Worte klangen.

Dörte Hagemann zuckte wie unter einem Hieb zusammen, stieß ruckartig den Rauch aus und brauchte eine Weile, bis sie eine Antwort fand. »Mit der Insolvenz hatte das nichts zu tun. Die verdammte Firma hat mir eh nie was bedeutet. Nein, die Pleite war mir egal. Vielleicht wollte ich einfach nicht dabei sein, wenn es passiert.«

»Was meinen Sie damit?«

»Dass er sich totsäuft.« Sie schnaubte abfällig. »Denn *dass* es irgendwann passiert, war mir klar. Manchmal hatte ich das Gefühl, dass er gerade deswegen getrunken hat. Um sich umzubringen.«

»Im Moment gehen wir von einem Unfall aus«, erklärte Heide. »Einen Suizidversuch kann man bei der geringen Fallhöhe vermutlich ausschließen. Ihr Ex-Mann ist unglücklich mit dem Kopf aufgeschlagen und hat sich das Genick gebrochen.«

»Ich meinte das auch eher so im übertragenen Sinn.« Dörte Hagemann nahm einen weiteren Zug und warf die Zigarette in eine Pfütze. »Aber wenn es ein Unfall war, warum ermitteln Sie dann? Sagten Sie nicht, dass Sie von der Mordkommission sind?«

»Wir ermitteln in einem anderen Fall«, antwortete Bertram. »Ein Altenpfleger aus Oldenhook wurde ermordet.«

»Der Tote im Stadtpark«, sagte sie und nickte. »Ich hab davon in der Zeitung gelesen. Was hab ich damit zu tun? Ich wohne schon seit zwei Jahren nicht mehr da und bin dem Mann nie begegnet.«

»Es geht um Frau Holters. Ingrid Holters aus Oldenhook.«

»Die alte Schickse vom Heimatverein? Was ist mir ihr?«

»Sie ist tot.«

Sie schob die Unterlippe vor und schwieg beredt. Mitleid schien sie nicht zu empfinden. Überhaupt wirkte sie auf Bertram seltsam teilnahmslos.

»Frau Holters hat Ihrem Mann vor einigen Jahren ein Stück Land verkauft.« Bertram wartete auf irgendeine Reaktion in ihrem Gesicht, die jedoch ausblieb. »Ein Stück unnützes Brachland, direkt neben der Baumsiedlung. Wissen Sie, was es mit diesem Landkauf auf sich hatte?«

»Außer dass er unsinnig war und die Firma eine Stange Geld gekostet hat?«, erwiderte sie und verdrehte die Augen. »Ich hab lange mit Holger darüber gestritten, aber er wollte partout nicht damit rausrücken, was er damit vorhatte. Nur dass es eben sein musste. Er hat gesagt, ich soll mich aus den Geschäften raushalten, und das hab ich dann auch gemacht. Mit den bekannten Folgen.«

»Wir gehen davon aus, dass Frau Holters Ihren Ex-Mann erpresst hat«, sagte Heide. »Und dass der Kauf nur ein Vorwand war, eine Art Scheingeschäft.«

»Ein Vorwand für *was*?«, entgegnete Dörte Hagemann mit finsterer Miene. »Und sagen Sie jetzt nicht, dass Holger eine Affäre mit der alten Schnepfe hatte! So betrunken kann nicht mal er gewesen sein.«

»Sie sind Frau Holters während eines Urlaubs auf Kreta begegnet, nicht wahr?« Bertram holte das Flugzeug-Foto aus der Jackentasche. »Erinnern Sie sich?«

»Ja?« Ihr Blick wurde lauernd, der Tonfall vorsichtig. »Warum fragen Sie? Ich verstehe nicht.«

»Wissen Sie von dem Mord auf Kreta?«

»Was für ein Mord?«

»An der jungen Engländerin in den ›Zeus-Studios‹. Gleich neben dem Beach Resort, in dem Sie und die Große-Daltrups gewohnt haben. Am letzten Abend Ihrer Reise.«

Sie antwortete nicht, aber ihrem Gesichtsausdruck war zu entnehmen, dass sie keine Ahnung hatte, wovon

Bertram sprach. Wie hatte Daniel Hagemann am Morgen gesagt: *»Davon haben wir erst später erfahren, als wir wieder zu Hause waren.«* Das Wörtchen »wir« schloss in diesem Fall die Mutter nicht mit ein. *»Mama hat damit gar nichts zu tun.«*

»Davon höre ich das erste Mal«, sagte sie und zündete sich gleich die nächste Zigarette an. »Ich begreife auch nicht, was Sie eigentlich von mir wollen. Erst geht es um Holgers Unfall, dann um den Tod von Frau Holters und irgendeine Erpressung - und jetzt ist plötzlich eine Engländerin ermordet worden?«

»Es ist durchaus denkbar, dass es zwischen all diesen Ereignissen einen Zusammenhang gibt.« Heide trat unter die Markise eines Souvenir-Shops, weil der Regen immer heftiger wurde.

»Was ist an jenem letzten Urlaubsabend geschehen?«, fragte Bertram, folgte Heide und zog Dörte Hagemann, die gar nicht zu bemerken schien, dass sie klitschnass wurde, mit sich.

»Nichts ist geschehen – jedenfalls nichts Bemerkenswertes«, erwiderte sie und wunderte sich darüber, dass ihre Zigarette von der Nässe ausgegangen war. »Daniel und Johnny waren abends noch im Dorf, und wir anderen haben am Pool auf den Urlaub und das neue Baugebiet angestoßen. Damals hatte der Stadtrat von Altwick gerade beschlossen, dass gegenüber vom Stadtpark gebaut werden soll. Vor allem Josef Große-Daltrup hatte sich dafür stark gemacht. Damals war es für uns ein Grund zum Feiern, aber später stellte sich heraus, dass mit dem verdammten Baugebiet die ganzen Probleme anfingen.«

Ihr Gesichtsausdruck änderte sich plötzlich. Sie kniff die Augen zusammen, als wollte sie sich auf etwas fokussieren, und schüttelte unmerklich den Kopf. Bertram hatte den Eindruck, als käme ihr gerade ein Gedanke. Ein ganz neuer und unheimlicher Gedanke.

»Ich weiß nicht, was an diesem Abend sonst noch passiert sein könnte«, fuhr sie schließlich fort, versuchte vergeblich, die nass gewordene Zigarette wieder anzuzünden, und warf sie achtlos auf den Boden. »Aber ich weiß, dass nach dem Urlaub nichts mehr so war wie zuvor. Alles lief schief. Holger hat nur noch getrunken, die Baumsiedlung stellte sich als Riesenfehler heraus, und unsere Ehe war mehr oder weniger am Ende, weil wir nur noch aneinander vorbei gelebt haben. Und auch Daniel war plötzlich wie ausgewechselt.«

»Wie meinen Sie das?«

»Früher war er ein sehr aufgeschlossener und beliebter Junge. Er hatte viele Freunde und auch viele Freundinnen, war immer mit Leuten unterwegs. So ›n richtiger Hans Dampf in allen Gassen.«

»Und nach dem Urlaub nicht mehr?«

Sie schüttelte den Kopf, dass ihr beinahe die Mütze vom Kopf fiel. »Hockte nur noch allein in seinem Zimmer, angeblich, um fürs Abi zu lernen. Aber das hätte er auch ohne das viele Büffeln mit links geschafft. Er ist nur noch sehr selten aus dem Haus gegangen, und auch für Mädchen hat er sich seitdem kaum noch interessiert. Die letzte Freundin, von der ich weiß, war diese Lisa Körkemann aus seiner Schule. Und das ist schon fünf Jahre her. Dabei ist er doch ein hübscher Kerl. Manchmal hab ich sogar gedacht, er ist schwul.«

»Wäre das so schlimm?«, fragte Heide.

»Weiß nicht.« Dörte Hagemann zuckte mit den Schultern und bemerkte eine grün-weiß gekleidete Frau, die auf der anderen Straßenseite stand und aufgeregt mit den Händen wedelte. Sie winkte ihrer Kollegin zu und sagte: »Ich muss wieder.«

Bertram nickte.

»Ab nächsten Monat heiß ich übrigens wieder Helmer«, teilte Dörte Hagemann ihnen zum Abschluss noch mit. »Das ist mein Mädchenname.« Es klang wie eine traurige Feststellung. Wie das Eingeständnis einer Niederlage. Nach einem kurzen Abschiedsgruß ging sie fort.

»Always look on the bright side of life!«, kam es im nächsten Moment aus Bertrams Jackentasche. Er holte das Handy heraus, schaute aufs Display und meldete sich. »Hallo, Heinrich, was gibt's?«

»Ich brauch deine Hilfe«, sagte Tenbrink.

»Ich höre.«

»Nicht am Telefon.«

»Was ist los? Wo steckst du?«

»Ich steh vor deinem Haus.«

Bertram runzelte die Stirn und schaute zu Heide. Die legte ebenfalls die Stirn in Falten und nickte.

»Bin in zwanzig Minuten da!«, versprach er und beendete das Telefonat. Mit einem unguten Gefühl.

7

Das Letzte, an das er sich erinnerte, war das Gespräch mit seiner Tochter. Sie hatte am Nachmittag, kurz nach seiner Rückkehr aus Enschede, angerufen und gefragt, wie die erste Nacht gewesen sei.

»Die erste Nacht?«, hatte Tenbrink verwirrt entgegnet und auf seine »Zettelwirtschaft« im Schlafzimmer gestarrt.

»Der Hund? Götz?« Maria schnaufte hörbar und genervt. »Ich hoffe, du erinnerst dich wenigstens *daran*, dass ich dir unseren Pudel gebracht habe.«

Tenbrink zuckte wie unter Schmerzen zusammen. »Ja, natürlich erinnere ich mich.« Wieder ging sein Blick zu der mit Fotos und Notizen übersäten Wand. »Aber ich hab dem Hund einen anderen Namen gegeben. Er heißt jetzt Locke.«

»Locke? Was ist das denn für ein bescheuerter Name?«

»Dem Hund geht's gut«, erklärte Tenbrink bestimmt und möglichst ruhig. »Alles in Ordnung.« Er verschwieg das Pinkeln auf seinem Schoß und das Kacken im Flur. Er verschwieg auch, dass der Pudel nachts in seinem Bett geschlafen hatte. Auch jetzt hatte sich Locke am Fußende des Bettes eingerollt und schaute sein neues Herrchen schläfrig an.

»Vielleicht war es keine gute Idee, den Hund …«

»Nein, nein«, unterbrach er seine Tochter und tätschelte den Lockenkopf des Pudels. »Wir kommen schon klar. Brauchst dir keine Sorgen zu machen.«

»Ich mach mir aber Sorgen. Nicht nur um den Hund.«

»Ich weiß. Und du hast ja recht. Wir sollten es dabei belassen. Es ändert ja nichts.«

»Wovon redest du?«

»Mamas Tod.«

»Oh.« Ein leises Räuspern, dann eine lange Pause. »Du erinnerst dich also wieder?«

»Ja, ich denke schon. Es war alles weg, aber jetzt ist es wieder da. Das Meiste jedenfalls. Ich kann mich an euren Streit erinnern.«

»Welchen Streit meinst du?«

»Zwischen Mama und dir. Wegen Robert und seinen ständigen Weibergeschichten. Und weil wir uns immer so penetrant eingemischt haben.« Da Maria nicht reagierte, setzte Tenbrink hinzu: »Ich weiß, dass du es nicht absichtlich getan hast.«

»Ich hab keine Ahnung, wovon du sprichst.«

»Von eurem Streit. Wegen Robert.«

»Was hat denn der blöde Streit mit Mamas Tod zu tun? Das war doch Tage vorher. Sie hat sich bei mir entschuldigt, und damit ist es gut gewesen. Du hast mir doch selbst den Brief gegeben. Ich konnte mich an die Geschichte überhaupt nicht mehr erinnern. War doch nicht so wichtig.«

»Nein, ich meine den Streit in unserem Haus. An dem Abend. Kurz bevor sie die Treppe hinuntergestürzt ist.«

Stille.

»Maria?«

»Aber ich war doch gar nicht mehr im Haus, als es passiert ist!«, rief sie aufgebracht. »Das hast du mir doch alles nur am Telefon erzählt. Später, als ich wieder zu Hause war.«

»Am Telefon?«, murmelte er verwirrt.

»Ja. Nur deshalb weiß ich doch davon. Von eurem Streit. Und dass Mama wie eine Furie herumgetobt hat. Ich dachte, du erinnerst dich!«

Das hatte er auch gedacht. Gerade noch. Eigentlich war er sich dessen sicher gewesen. *»Du weißt, dass es so etwas wie Deckerinnerungen gibt?«*, hatte Bertram vor Tagen zu ihm gesagt. Und Tenbrink hatte wenig später gefragt: *»Was soll denn damit zugedeckt werden?«*

»Papa?«

»Hm?«

»Ich meine es ernst. Ich möchte nicht mehr darüber reden. Nie wieder! Das bringt doch alles nichts.«

Tenbrink schwieg. Ihm fehlten die Worte.

»Versprochen?«

»Ist gut, Maria. Versprochen!«

Eine Pause entstand. Quälend lang. Dann erkundigte sich Maria: »Und mit dem Hund ist wirklich alles in Ordnung?«

»Ja, alles bestens, keine Bange«, antwortete Tenbrink, verabschiedete sich mit einem knappen »Tschüs!« und legte auf. Der Hund reckte den Hals, stellte seine Schlappohren auf und schaute ihn mit großen Augen an. Selbst Locke schien sich Sorgen zu machen.

Was danach geschehen und wie viel Zeit seitdem vergangen war, konnte Tenbrink nicht mit Bestimmtheit sagen. Weder hatte er eine Ahnung, wie er nach Billerbeck gekommen oder wo sein Wagen geparkt war, noch warum der Hund jetzt ohne Halsband und Leine aufgeregt um ihn herumtänzelte. Erst als er die Tüte mit den Leckerlis in seiner Hand bemerkte, begriff er, warum Locke einen solchen Veitstanz aufführte. Das war der Moment, als Tenbrink zum Handy griff und Bertram anrief. Weil er Hilfe brauchte.

»Klar kannst du hier übernachten«, sagte Bertram und holte zwei Bierflaschen aus dem Kühlschrank. »Wenn's dich nicht stört, auf dem Sofa zu schlafen.«

»Zu Hause fällt mir die Decke auf den Kopf. Ich hab das Gefühl, dass ich dringend eine Luftveränderung brauche.« Tenbrink nahm sein Bier entgegen und wich Bertrams besorgtem und skeptischem Blick aus. »Vielleicht sollte ich das Haus verkaufen. Es ist viel zu groß für mich, und überall werde ich an Karin erinnert.«

Bertram setzte sich und zuckte mit den Schultern. Er schwieg, aber die gerunzelte Stirn und die zusammengekniffenen Augenbrauen zeigten an, dass er nicht so leicht hinters Licht zu führen war.

»Was machen die Ermittlungen?«, fragte Tenbrink, räusperte sich und stieß mit Bertram an. »Scheint so, als hättet ihr den Fall gelöst, oder?«

»Du meinst Holger Hagemann? Ja, sieht so aus.« Seltsamerweise schüttelte er dabei den Kopf.

»Du glaubst nicht, dass er Gausling getötet hat?«

»Kein Ahnung«, antwortete Bertram und nippte lustlos an seinem Bier. »Die Schuhabdrücke am Tatort und die vermutliche Erpressung durch Ingrid Holters sprechen dafür, dass er der Täter gewesen ist. Vielleicht hatte Gausling tatsächlich etwas in der Hand, um ihn zu erpressen. Irgendetwas über den Mord auf Kreta. Und im betrunkenen Zustand ist schon so mancher zum Totschläger geworden. Wäre durchaus denkbar.«

»Aber?«

»Ich muss immer an die letzten Worte von Peter Gausling denken: ›So ein Quatsch!‹ Vielleicht sind wir mit dem Totenbauern völlig auf dem Holzweg. Womöglich ging's um was ganz anderes, und wir haben uns durch das Gebrabbel eines Sterbenden und den seltsamen Tatort auf die falsche Fährte bringen lassen.«

»Wenn Hagemann nicht der Mörder war – was haben dann seine Abdrücke in der Knochenmühle zu bedeuten?«, gab Tenbrink zu bedenken und betrachtete neidisch den Hund, der auf dem Küchenboden eingeschlafen war und alle Viere von sich gestreckt hatte. »Was wollte er da?«

»Genau das werde ich morgen früh seinen Sohn fragen«, antwortete Bertram und trommelte nervös mit den Fingern auf der Tischplatte. »Und außerdem will ich endlich wissen, was die Hagemanns mit dem Mord an der Engländerin zu tun hatten.«

»Vergiss die Große-Daltrups nicht«, setzte Tenbrink hinzu.

»Ja«, sagte Bertram und nickte. »Die auch.« Er setzte zum Trinken an, verharrte aber mitten in der Bewegung und starrte zur Decke.

»Was ist?«, fragte Tenbrink.

»Ich musste gerade an etwas denken, das Frau Hagemann vorhin erzählt hat. Dass nämlich der Urlaub auf Kreta wie so ›ne Art Wendepunkt für ihre Familie war. Von da an ging alles den Bach runter. Bei den Große-Daltrups war's ähnlich, nur eben genau andersrum. Während Hagemann, der vorher eine große Nummer in Oldenhook war, seinen Betrieb in den Sand setzte und zur Schnapsnase mutierte, florierte plötzlich der dahindümpelnde Landmaschinenhandel von Große-Daltrup. Hagemann meldet Insolvenz an und backt seitdem kleine Brötchen, und Große-Daltrup errichtet einen riesigen Neubau an der Umgehungsstraße und gefällt sich als Quasi-Bürgermeister. Bisschen wie Goldmarie und Pechmarie.«

»Aber was hat das mit der Geschichte auf Kreta zu tun?«

»Vielleicht überhaupt nichts«, antwortete Bertram. »Möglicherweise ist die Baumsiedlung der Ausgangspunkt von all diesen Geschehnissen. Hagemann hat behauptet, dass Große-Daltrup korrupt ist und von allen Seiten Geld genommen hat. Geld, das er vermutlich in seinen expandierenden Betrieb gesteckt hat.«

»Nicht verwunderlich, schließlich ist er Politiker«, meinte Tenbrink und putzte seine Brille. »Glaubst du, dass er was mit Hagemanns Tod zu tun hatte?«

Bertram schüttelte den Kopf. »Wenn man jemanden töten will, stößt man ihn nicht von einem so niedrigen Gerüst.«

»Vielleicht war es keine Absicht.« Tenbrink dachte an einen anderen Sturz. Einen ebenso tödlichen. »Vielleicht haben sie sich gestritten, und dabei ist es passiert?«

»Auf einem Baugerüst? Mitten in der Nacht?«, entgegnete Bertram und schaute Tenbrink verwirrt an. Dann schien er zu begreifen, worauf Tenbrinks Worte tatsächlich abzielten, und nickte bedächtig. »Du redest von Karin, oder?«

Tenbrink gab darauf keine Antwort. Das war auch nicht nötig. Ihm war nun klar, dass Bertram Bescheid wusste. Er setzte seine Brille wieder auf und fragte: »Seit wann weißt du es?«

»Ich wusste es nicht, ich hab's nur geahnt.«

»Wieso?«

»Jahrelang hast du dir vorgemacht, dass Karin an Krebs gestorben ist, obwohl sie sich in Wirklichkeit bei einem Sturz von der Treppe das Genick gebrochen hat. Du hast alles aus deinem Gedächtnis gestrichen, was mit Karins Tod zu tun hatte. Man muss kein Sherlock Holmes sein, um eins und eins zusammenzuzählen. Ich hab einfach das Naheliegende angenommen.«

»Das Naheliegende führt oft in die Irre.«

»Aber man sollte es wenigstens in Betracht ziehen. Und sei es nur, um es ausschließen zu können.« Bertram schaute Tenbrink auffordernd an. So kam es Tenbrink zumindest vor.

»Was?«, fragte er.

»Vielleicht würde es helfen, wenn du es einfach mal aussprichst.«

»Bist du jetzt unter die Psychologen gegangen?«

»Sag es!«

Tenbrink zögerte, obwohl er wusste, dass Bertram recht hatte. »Wir haben uns gestritten«, begann er und starrte auf die Tischplatte. »Das kam zu der Zeit ziemlich häufig vor; ständig und wegen jeder Kleinigkeit ist sie aus der Haut gefahren. Je kränker Karin wurde, desto biestiger und aggressiver wurde sie. Natürlich kein Wunder, wenn man weiß, dass man nicht mehr lange zu leben hat. Das hatte auch mit den Schmerzen und den vielen Medikamenten zu tun. Aber es war für mich nur schwer zu ertragen ... Ich weiß gar nicht mehr, worum es genau ging. Ich glaube, sie musste mal, wollte aber nicht in die Bettpfanne machen. Ich hab ihr angeboten, dass ich sie zum Klo trage, aber das hat sie noch fuchsiger gemacht. Sie könne immer noch allein aufs Klo gehen, und tragen müsste ich sie erst, wenn sie im Sarg liege. Das würde ich mir vermutlich ohnehin die ganze Zeit wünschen - dass sie endlich abkratzt und mir nicht länger zur Last fällt. Aber so einfach würde ich sie nicht loswerden.« Tenbrink atmete tief ein, als müsste er sich mit dem Sauerstoff Mut einholen. »Während sie zur Treppe geschlurft ist, hat sie sich immer mehr reingesteigert und wild mit den Armen gefuchtelt. Ich wollte sie festhalten, damit sie nicht fällt, aber sie hat wohl gedacht, ich will ihr eine langen. ›Fass mich nicht an!‹, hat sie gebrüllt.« Tenbrink sah alles vor sich. Als wäre es gestern gewesen. Und diesmal waren es keine Deckerinnerungen. »Da sind mir die Sicherungen durchgebrannt. Ich hab sie angeschrien und ihr gesagt, dass sie ihren Scheiß allein machen soll und ich keine Lust mehr auf ihr Gezeter und ihre Wutanfälle habe. Und dabei hab ich sie weggeschubst.«

Bertram nickte.

»Es war keine Absicht …« Tenbrink versuchte, die Tränen wegzudrücken. »Aber ich habe Karin getötet.«

»Es war ein Unfall, Heinrich!«

»Kann sein«, antwortete er, »aber ich hab ihn verursacht.«

Neunter Teil

Damals

1

Daniel hatte niemals vorgehabt, die Firma seines Vaters zu übernehmen. Weder das Baugeschäft noch die Vorstellung, den Rest seines Lebens in Oldenhook zu verbringen, weckten in ihm angenehme Empfindungen oder gar Glücksgefühle. Doch als der weinende Vater mit der doppelten Hiobsbotschaft vor seiner Wohnungstür in Münster stand, da brachte Daniel es nicht übers Herz, ihm einen weiteren Nackenschlag zu verpassen. Die Insolvenz der Firma und die Trennung von der Mutter - obwohl beides absehbar und nicht wirklich überraschend war - hatten den Vater derart aus der Bahn geworfen, dass Daniel versprach, sich mit den Gläubigern in Verbindung zu setzen und gemeinsam mit dem Vater eine Art Rettungsplan zu erstellen. Er hätte niemals gedacht, dass die Banken sich darauf einließen, denn er hatte keinerlei Erfahrung im Geschäft, gerade erst sein BWL-Studium abgeschlossen und außer dem Konzept der radikalen Gesundschrumpfung und der Umwandlung in eine haftungsbeschränkte Unternehmergesellschaft keine wirkliche Vorstellung, wie es mit der Firma Hagemann weitergehen sollte. Doch die Gläubiger willigten überraschenderweise ein. Die Banken spielten mit, auch weil sie mit der Baumsiedlung ein gutes Geschäft witterten, und ehe er sich's versah, war er alleiniger Geschäftsführer einer UG und wohnte wieder im Elternhaus. Zusammen mit seinem Vater, der sich immer noch als Chef und Hausherr verstand, obwohl er es in Wirklichkeit nicht mehr war.

Seine Mutter hatte ihm dringend davon abgeraten, sich darauf einzulassen. Er solle sein eigenes Leben leben und nicht die Fehler seines Vaters ausbügeln oder gar wiederholen. Holger sei selbst für sich verantwortlich, und solange er seine Firma und sein Alkoholproblem nicht im Griff habe, könne er nicht erwarten, dass andere die Kastanien für ihn aus dem Feuer holten. Doch obwohl Daniel wusste, dass die Mutter grundsätzlich recht hatte, war es ihm nicht möglich, wie sie zu handeln und den Vater zu verlassen. Auch wenn er ahnte, dass er es später einmal bereuen würde.

Erstaunlicherweise rauften sie sich jedoch zusammen, sowohl geschäftlich als auch in ihrer ungewollten, fast klösterlichen Männer-WG. Der Vater bekam seine Alkoholsucht zwar nicht in den Griff, riss sich aber in gewissen Grenzen am Riemen und ließ Daniel in der Firma mehr Freiraum, als dieser zuvor gedacht hatte. Sie arrangierten sich miteinander und mit den widrigen Umständen, profitierten geschäftlich von Niedrigzinsen und dem ungebrochenen Bauboom und kapselten sich in gewisser Weise von der Umwelt ab. Das alte Pastorat wurde zu einem Refugium, zu einer Wagenburg. Wobei ausgerechnet die ungeklärten Vorfälle und unausgesprochenen Geheimnisse des Kreta-Urlaubs zum bindenden Kitt wurden.

Daniel und sein Vater sprachen niemals darüber, was in dieser letzten Nacht auf Kreta geschehen war. Und was es mit dem späteren Landkauf von Ingrid Holters auf sich hatte. Die beiden ahnten, dass der jeweils andere weit mehr darüber wusste, aber es blieb ein striktes Tabu. Wie ein Schweigegelübde. Eine Art Klosterregel.

Das änderte sich erst, als sich Ingrid Holters ein weiteres Mal an den Vater wandte und mit einer zweiten Geldforderung das wacklige Konstrukt ihres Unternehmens ins Wanken brachte. Und für völlig neue und überraschende Erkenntnisse sorgte.

Es war zu Beginn des Jahres, Anfang Februar. Daniel kam eines Abends müde von einer Baustelle nach Hause und fand den Vater betrunken und fürchterlich randalierend im Wohnzimmer. Er tanzte wie ein Rumpelstilzchen durch den Raum, warf mit Gegenständen um sich und brüllte die Wände an.

Als er seinen Sohn sah, fing er plötzlich an, verzweifelt zu weinen, und rief: »Sie will mehr!«

»Wer?«

»Ingrid Holters!«

»Wieso?«

Wieder landete ein Gegenstand aus dem Regal scheppernd auf dem Boden. »Weil sie Ausgaben hatte, sagt sie. Weil wir damals zu billig davongekommen sind!« Er starrte Daniel mit wutverzerrtem Gesicht an und schrie: »Weil sie es *will*! Und weil sie es *kann*!«

»Wie viel?«, fragte Daniel und legte seinem Vater beruhigend die Hand auf die Schulter.

»Fünfzigtausend! Für den Rest des Grundstücks.« Er wischte Daniels Hand von seiner Schulter und trat gegen den Sessel, sodass dieser umkippte. »Das wär schon ein Schnäppchenpreis, hat sie gemeint.«

»Keine Chance!« Daniel schüttelte den Kopf.

»Sie geht zur Polizei.«

Wieder schüttelte Daniel den Kopf und setzte in Gedanken hinzu: Soll sie doch! Dann wäre wenigstens alles vorbei, und der verdammte Spuk hätte ein Ende.

»Aber verstehst du denn nicht?«, rief sein Vater und griff nach der fast leeren Wodkaflasche auf dem Sofatisch.

»Ich verstehe durchaus!«, schrie nun auch Daniel und nahm ihm die Flasche, die er gerade an den Mund setzen wollte, aus der Hand. »Was gibt's daran nicht zu verstehen?! Ich bin ja nicht blöd. Jetzt, wo es der Firma wieder etwas besser geht, will sie ein weiteres Stück vom Kuchen. Ganz einfach zu verstehen. Was ich aber nicht begreife und mir einfach nicht in den Kopf will, ist was ganz anderes: Warum hast du es getan? Ich hab dich in all den Jahren nie gefragt, aber jetzt will ich es wissen. Wieso?«

»Wieso?«, wiederholte sein Vater und starrte ihn mit glasigen Augen verständnislos an. »Was hätte ich denn tun sollen? Was blieb mir denn übrig?«

»Hat sie sich gewehrt, oder was? Hat sie geschrien?«

Wieder der verständnislose Blick. Und mit einem Kopfschütteln und einem vergeblichen Griff nach der Flasche sagte sein Vater: »Sie wollte zur Polizei gehen, wenn wir ihr das verdammte Land nicht abkaufen.«

»Ich rede doch nicht von Ingrid Holters!« Daniel warf die Wodkaflasche kurzerhand auf den Boden.

»Aber ich rede von ihr! Sie hat euch gesehen, verdammt noch mal! Mit dem englischen Mädchen, vor dem Bungalow. Dich und Johnny.« Er fuchtelte mit der Hand vor Daniels Nase herum und setzte leise hinzu: »Aber was viel schlimmer ist: Ich hab *dich* gesehen.«

»Wie? Wo?«

»In der Nacht. Hinter dem Bungalow. Als du über die Terrasse in das Zimmer von dem Mädchen gegangen bist. Und behaupte jetzt nicht, dass du das nicht warst. Ich hab dich gesehen!«

Daniel verstand gar nichts mehr. Oder besser: Er fing an zu begreifen. Er nickte und stellte lapidar fest: »Du hast mich also gesehen.«

»Ich konnte von dem Scheiß-Sekt nicht schlafen und hatte mir von dem fettigen Essen den Magen verdorben. Ich bin noch durch die Gegend gewandert, weil ich so aufgekratzt und mir kotzübel war. Erst ein Stück am Strand entlang und auf dem Rückweg an den ›Zeus-Studios‹ vorbei. Da hab ich dich dann gesehen. Erst hab ich gedacht, du wärst ein Einbrecher, weil du dich so rangeschlichen hast; aber dann dachte ich mir, dass bestimmt ein Mädchen dahintersteckt.« Er schnaufte abfällig. »So war's dann ja auch. Allerdings ganz anders, als ich in der Nacht angenommen hab.«

»Wann hast du von dem toten Mädchen erfahren?«

»Ein halbes Jahr später, von Frau Holters. Sie hat mir irgend so einen Zeitungsartikel gezeigt und mir gesagt, was sie gesehen hat. Da wusste ich Bescheid. Ich hatte keine Wahl, als auf ihre Forderungen einzugehen. Denn wenn sie zur Polizei gegangen wäre, hätte man deine Spuren in dem Bungalow gefunden. Das weiß ich doch aus den Krimis. Man findet *immer* Spuren! In dem Zeitungsartikel stand irgendetwas von Fremd-DNA. Ich konnte dich doch nicht ins Gefängnis gehen lassen.«

In Daniels Hirn ging es drunter und drüber. Einerseits war er gerührt, andererseits kam ihm das alles so absurd und albern vor. Er konnte nicht anders - er musste lachen.

»Was gibt's denn da zu lachen?«, rief sein Vater und holte mit der Hand aus, als wollte er ihm eine Ohrfeige geben. »Das ist nicht lustig!«

»Nein, da hast du recht!« Daniel hielt seine Hand fest und kam ihm so nahe, dass sich die Nasen beinahe berührten. »Jetzt hör mir mal zu, Papa! Ich habe diese Janet Hopkins nicht getötet. Das war ich nicht!«

»Ich hab dich genau gesehen, mein Junge.«

»Mag sein.« Daniel fasste den Vater an den Schultern, als wollte er ihn umarmen. »Aber als ich in das Zimmer kam, war das Mädchen schon tot. Ich hab sie nicht umgebracht. Ehrlich, ich hab damit nichts zu tun!« Wieder entfuhr ihm ein ungläubiges Lachen. »Verstehst du? Die ganze Zeit hab ich gedacht, *du* hättest das Mädchen getötet.«

»Ich?« Sein Vater wich erschrocken einen Schritt zurück. »Wie kommst du denn auf so einen Schwachsinn?!«

»Nicht so wichtig«, antwortete Daniel und winkte ab. »Das spielt jetzt keine Rolle mehr.«

»Aber wer war es dann?«, fragte sein Vater verwirrt. »War es Johnny?«

»Nein, keiner von uns beiden. Johnny wusste gar nichts von der offenen Terrassentür, und die Eingangstür war verschlossen. Der Mörder hatte entweder einen Schlüssel, oder er hat die offene Verandatür zufällig entdeckt.«

»Der englische Freund wurde freigesprochen.«

»Ich weiß.« Daniel schüttelte unwillig und zugleich erleichtert den Kopf. »Das kann uns auch egal sein.«

»Aber was ist mit Frau Holters? Wir sind für morgen am Friedhof verabredet.«

»Mach dir um die keine Sorgen, Papa!«, antwortete Daniel und drückte seinen Vater fest an sich. »Um Frau Holters kümmere ich mich.«

2

Die Erpresserin wartete bereits am Friedhofseingang. Graue Haare, graues Kostüm, graues Gesicht. Passend zum trostlosen Ort. Sein Vater hatte den Treffpunkt verabredet, weil Ingrid Holters direkt gegenüber im Altenheim wohnte und er ohnehin zum Friedhof musste, um sich das undichte Kapellendach anzuschauen. Sie sollten in den nächsten Wochen den maroden Dachstuhl richten und neue Dachziegel aufsetzen. Dass nun Daniel anstelle des Vaters auftauchte, schien der alten Frau überhaupt nicht in den Kram zu passen. Sie zog eine missfällige Schnute, als er ohne Begrüßung an ihr vorbeiradelte und sein Fahrrad in aller Seelenruhe an der Bushaltestelle abstellte.

»Also?«, fragte Daniel knapp und unfreundlich, als er schließlich vor ihr stand. »Was gibt's?«

»Wo ist dein Vater?«

»Der ist nicht mehr zuständig.«

Ingrid Holters zuckte kurz zusammen, dann nickte sie und schien zu begreifen. »Bist *du* jetzt der Herr im Haus? Dein Vater hat wohl nichts mehr zu sagen?«

»Was wollen Sie?«, knurrte er und verschränkte die Arme vor der Brust.

»Das hatte ich mit deinem Vater bereits besprochen.«

Daniel nickte grinsend, kraulte seinen Bart und sagte: »Wir brauchen weder eine Knochenmühle noch ein verseuchtes Grundstück. Danke für das Angebot, aber wir müssen leider ablehnen.«

»Das wäre nicht sehr klug von euch.«

»Vergessen Sie's! Keinen Cent kriegen Sie von uns.«

»Dann werde ich wohl zur Polizei gehen müssen«, drohte sie und rümpfte wie angewidert die Nase. »Die wird sich bestimmt dafür interessieren, was ich zu berichten habe.«

»Das glaube ich allerdings auch«, sagte er und holte sein Handy aus der Jackentasche. »Wollen wir sie gleich von hier aus anrufen? Soll ich 110 wählen oder lieber die Wache in Altwick anrufen? Da müsste ich aber erst bei der Auskunft nachfragen.«

Ingrid Holters schaute ihn völlig verdattert an und schüttelte den Kopf. Dann jedoch änderte sich ihr Gesichtsausdruck. Ihre Augen blitzten wie die eines Raubvogels, und mit zorniger Stimme rief sie: »Ich würde mir an deiner Stelle die Scherze verkneifen! Immerhin haben wir es hier mit Mord zu tun, junger Mann!«

»Das ist leider falsch!«, konterte Daniel und versuchte, sich seine Nervosität nicht anmerken zu lassen. »Es handelt sich wohl eher um den Paragraphen 253 StGB. Erpressung. Bei fortgesetzter Erpressung handelt es sich außerdem um einen besonders schweren Fall. Wird mit einem Freiheitsentzug nicht unter einem Jahr bestraft. Das ist ungefähr so wie betreutes Wohnen, nur hinter Gittern. Und das Essen soll nicht so gut sein.«

Sie schnaubte abfällig und hob die Augenbrauen.

Er wedelte mit dem Handy vor ihrer Nase herum und presste die Lippen aufeinander.

»Das traut ihr euch nicht!«, entgegnete sie. »Sie haben DNA unter den Fingernägeln gefunden, vergiss das nicht! Wenn ich auspacke, dann landest du im Gefängnis. »

»Gar nichts werde ich, denn nichts davon können Sie beweisen. Wir haben einem betrunkenen Mädchen nach Hause geholfen. Nichts weiter! Die DNA können Sie vergessen. Ihre Aussage ist einen Dreck wert. Die Erpressung allerdings ist notariell beurkundet. Mit Eintrag im Katasteramt und Kontoauszügen über den Geldfluss.« Das entsprach zwar nicht ganz der Wahrheit, denn de facto war lediglich ein Grundstücksverkauf getätigt worden, aber das musste er der Holters ja nicht auf die Nase binden.

»Damit kommt ihr niemals durch!«, fauchte sie, und Speichelbläschen bildeten sich in ihren Mundwinkeln. »Dein Vater wusste das, und du solltest das eigentlich auch wissen.«

»Ganz wie Sie meinen.« Daniel zuckte mit den Schultern, wählte 110 und reichte ihr den Apparat. »Bitte schön! Die Polizei für Sie, Frau Holters.«

Eine piepsende Stimme meldete sich aus dem Smartphone.

»Frau Holters? Da ist jemand für Sie am Telefon. Wollten Sie nicht eine Anzeige aufgeben?«

Sie rührte sich nicht, gab keinen Ton von sich, starrte ihn nur wutentbrannt an.

»Entschuldigung, war ein Versehen«, sagte Daniel ins Handy und beendete die Verbindung. »Damit wäre das Thema wohl erledigt, Frau Holters.« Er lächelte nachsichtig, doch völlig unvermittelt brüllte er sie an: »Und wehe, Sie wagen es noch einmal, sich mit meinem Vater in Verbindung zu setzen! Dann werden wir Sie nämlich anzeigen!« Damit steckte er das Handy wieder ein und ging zu seinem Fahrrad.

Ingrid Holters wirkte wie in Trance. Sie schien überhaupt nicht zu begreifen, was gerade geschehen war, und starrte in die Luft. Wie ein Roboter wandte sie sich schließlich um und ging zur Straße.

»Frau Holters?«, rief Daniel ihr hinterher.

Sie blieb am Straßenrand stehen und schaute über die Schulter. Ihr Gesicht war noch grauer als zuvor.

»Ich hab übrigens Ihren Artikel im Heimatblatt gelesen. Über den alten Friedhof und den Totenbauern von Oldenhook. Fand ich sehr interessant!«

»Danke«, sagte sie wie entrückt, drehte sich um und ging unvermittelt los. Einfach so.

Zehnter Teil

Heute

1

»Habe ich Sie richtig verstanden?«, fragte Bremer, schaute dabei aber nicht Daniel Hagemann, sondern Bertram an, der direkt neben ihm saß und sich Notizen machte. »Ihr Vater hat gedacht, dass Sie das Mädchen getötet haben, und ist deshalb auf die Erpressung durch Frau Holters eingegangen?«

Hagemann nickte und starrte auf die Tischplatte.

»Herr Hagemann?« Bertram deutete auf das Mikrofon.

Hagemann begriff, was von ihm verlangt wurde, und antwortete: »Ja, das ist richtig.«

»Und Sie haben gleichzeitig angenommen, Ihr Vater hätte den Mord begangen, weil er in der Mordnacht an Ihre Tür geklopft und sich in der Zeit danach so seltsam verhalten hat. Dazu der zunehmende Alkoholkonsum, der verheimlichte Zeitungsartikel über den Mord auf Kreta und der Landkauf von Frau Holters.«

»Da kam einiges zusammen«, antwortete Daniel Hagemann und machte eine Geste mit den Fingern, als wollte er die einzelnen Punkte abzählen. »Die Baumsiedlung entwickelte sich nach und nach zum Fiasko, mit Mama hat er sich nur noch gestritten, und dann die Geschichte mit der Holters und der Ärger mit Große-Daltrup, weil der sich für ein zweites Baugebiet in Altwick stark gemacht hat, nachdem er zuvor von Papa ein ordentliches Handgeld für die Baumsiedlung genommen hatte.«

»Gibt es Beweise für die Korruption?«, fragte Bremer.

»Nein, natürlich nicht. Deswegen war Papa ja so sauer. Für ihn war das eine sehr schwierige Zeit. Kein Wunder, dass er sich so seltsam verhalten hat. Ich hab das alles mit unserem Urlaub auf Kreta in Verbindung gebracht, vermutlich weil ich selbst nur noch an das tote Mädchen denken konnte. Ich hab gemerkt, dass mit Papa irgendwas nicht stimmte, aber ich hab die falschen Schlüsse daraus gezogen. Warum hätte er auf die Erpressung und den unsinnigen Landkauf eingehen sollen, wenn er nicht der Mörder war? Ein entsetzliches Missverständnis.«

»Warum haben Sie uns das nicht schon vor Tagen gesagt?«, wollte Bertram wissen und hob die Hand, um sich zu korrigieren. »Oder anders gefragt: Warum erzählen Sie uns das jetzt?«

Daniel Hagemann schaute ihn überrascht an. »Glauben Sie, ich bin stolz auf das, was auf Kreta passiert ist? Warum sollte ich ausgerechnet der Polizei davon erzählen?«

»Sie meinen die Beinahe-Vergewaltigung?«

»Was sonst? Das ist schließlich keine Ruhmestat, mit der man gern hausieren geht. Wenn ich heute darüber nachdenke, kann ich kaum glauben, was ich damals vorhatte. Es war irgendwie …« Er ließ den Satz unbeendet, blähte die Backen auf und setzte schließlich hinzu: »Außerdem hatte das ja nichts mit dem Mord an Peter Gausling zu tun. Das dachte ich jedenfalls.«

»Aber jetzt denken Sie anders darüber?«, hakte Bremer nach.

»Keine Ahnung.« Hagemann zuckte mit den Schultern und starrte auf die schmucklosen cremeweißen Wände. Keine Bilder, keine Blumen, nicht einmal die in anderen Zimmern obligatorischen Info-Plakate und Broschüren lenkten vom eigentlichen Zweck dieses Raumes ab: dem Gespräch. Auch der Blick nach draußen war durch die gekippten Lamellen der Jalousien versperrt.

»Hat Peter Gausling Sie oder Ihren Vater erpresst?«, wollte Bertram wissen. »So wie es Frau Holters vorher getan oder versucht hat? Wollte er ebenfalls Schweigegeld von Ihnen?«

Daniel Hagemann schüttelte den Kopf.

»Herr Hagemann?«

»Entschuldigung«, sagte er und beugte sich in Richtung des Mikrofons. »Es gab nichts zu erpressen. Das hab ich ihm ziemlich schnell deutlich gemacht. Ingrid Holters hatte ihm kurz vor ihrem Tod irgendwas über den Mord auf Kreta erzählt - und dass der Totenbauer von Oldenhook dafür verantwortlich wäre. So was in der Art. Peter war ganz stolz darauf, herausgefunden zu haben, wo dieser Totenbauer seinen Hof gehabt hatte. Und dass wir sozusagen die Nachfolger des alten Küsters waren. So hat er herausgefunden, dass Frau Holters uns mit ihren wirren Worten gemeint hatte. Aber den Zahn hab ich ihm bald gezogen.«

»Wie?«, fragte Bremer. »Mit einem Schlag auf den Kopf?«

»Quatsch!«, rief Hagemann und nestelte nervös an seinem Dutt herum. »Ich hab ihm gesagt, dass er mit seiner Räuberpistole gern zur Polizei gehen kann. Dass wir ihn dann aber wegen Erpressung anzeigen würden. Genauso wie ich es bei Frau Holters gemacht habe.«

»Und er hat einfach klein beigegeben?«

»Jedenfalls wollte er kein Geld.«

»Sondern?«

»Das hab ich Ihnen doch schon erzählt. Bei ihm drehte sich alles um Lisa und Johnny.«

»Die schmutzige Wäsche?«, fragte Bertram überrascht.

»Peter Gausling war nicht ganz dicht, wenn Sie mich fragen.« Daniel Hagemann tippte sich mit dem Zeigefinger an die Schläfe. »Liebeskrank nennt man das, glaube ich. Völlig manisch und wie verhext, wenn es um Lisa Körkemann ging. Er hat sich sogar ihren Namen auf den Oberarm tätowiert, das hat er mir ganz stolz gezeigt. Peter hat tatsächlich gedacht, er könnte sein halbgares Wissen gegen kompromittierendes Zeugs über Johnny tauschen. ›*Quid pro quo*‹, hat er gemeint, wie bei Hannibal Lecter.«

Bremer runzelte die Stirn. »Wer?«

"'Das Schweigen der Lämmer'«, sagte Bertram.

»Genau!« Hagemann lachte abfällig und schüttelte den Kopf. »Als würde es Lisa was ausmachen, dass Johnny früher mal die Sonntagskollekte aus der Sakristei geklaut hat.«

»Hat er das tatsächlich getan?«, entfuhr es Bremer.

»Die Sache dürfte inzwischen wohl verjährt sein«, antwortete Hagemann achselzuckend. »Ich hab Peter gesagt, er soll sich verpissen und uns in Ruhe lassen. Und Johnny und Lisa auch.«

Bertram beugte den Oberkörper vor. »Hat Ihr Vater das genauso gesehen wie Sie? Immerhin war er auf die Große-Daltrups nicht gut zu sprechen. Das wäre doch eine gute Gelegenheit gewesen, es ihnen heimzuzahlen.«

»Was hätte er Peter über Johnny sagen können?« Daniel Hagemann öffnete den Mund, als wollte er etwas hinzusetzen, presste dann die Lippen aufeinander und blieb stumm. Zeigte eine nachdenkliche und verkniffene Miene. Bertram hatte den Eindruck, als wäre ihm durchaus eine Antwort auf seine eigene Frage in den Sinn gekommen.

»Hat Ihr Vater Peter Gausling umgebracht?«, fragte Bremer geradeheraus und ruckte quietschend mit seinem Stuhl vor.

»Nein, natürlich nicht!« Hagemann starrte Bremer an, als zweifelte er an dessen Verstand. »Warum hätte er das tun sollen?«

»Weil vielleicht doch eine Erpressung stattgefunden hat?« Bremer lehnte sich aufreizend zurück und verschränkte die Arme vor der Brust. »Vielleicht war Ihr Vater nicht ganz so cool und abgebrüht wie Sie? Womöglich sind ihm einfach die Sicherungen durchgebrannt?«

»Sie glauben mir kein Wort, was?«, antwortete Hagemann, und seinem Gesichtsausdruck konnte Bertram entnehmen, dass er im Begriff war zuzumachen. »Ich kann es gern noch mal wiederholen: Es hat keine Erpressung gegeben. Peter Gausling hatte einfach eine Meise. Basta!«

»Wie erklären Sie sich dann …«, fuhr Bremer im selben herausfordernden Tonfall fort, wurde aber durch eine Handbewegung von Bertram zum Schweigen gebracht.

»Wir glauben Ihnen durchaus, Herr Hagemann«, versuchte Bertram den jungen Mann zu beruhigen und ignorierte Bremers halb erstaunten, halb wütenden Blick. »Was Sie uns von dem Vorfall auf Kreta und der Erpressung durch Frau Holters erzählt haben, klingt eigentlich ganz plausibel. Es gibt da nur eine kleine Sache, die nicht so ganz zu Ihrer Geschichte zu passen scheint. Und zwar geht es um ein mögliches Treffen zwischen Peter Gausling und Ihrem Vater.«

»Eine kleine Sache, die nicht zu passen scheint?«, empörte sich Bremer und schlug mit der flachen Hand auf den Tisch. »Wir haben die Schuhabdrücke Ihres Vaters am Tatort gefunden. Die Profile seiner Sohlen stimmen mit den gefundenen Abdrücken exakt überein. Es steht also fest, dass er in der Knochenmühle war.«

Daniel Hagemann runzelte die Stirn und wiegte nachdenklich den Kopf hin und her. Dann sagte er wie zu sich selbst: »Aber das war doch am Tag vorher.«

»Was?«, rief Bremer. »Wann?«

»Am Donnerstag. Ich bin abends auf dem Weg von Altwick nach Oldenhook an der Knochenmühle vorbeigekommen und hab Papas alten Kombi vor dem Gebäude stehen sehen. Das war einen Tag vor dem Mord.«

»Na, bravo!« Bremer schüttelte ungläubig den Kopf und verdrehte die Augen. »Wie außerordentlich passend, dass Ihnen das jetzt gerade wieder einfällt.«

»Es ist mir nicht ›wieder eingefallen'«, antwortete Hagemann schnippisch. »Ich hab's nur bislang verschwiegen. Dass man Ihnen nicht alles gleich auf die Nase bindet, daran sollten Sie sich als Polizisten eigentlich gewöhnt haben.«

Bremer schnaufte verächtlich und zwirbelte die Enden seines Schnauzbarts. Ein schlechtes Zeichen, fand Bertram.

»Was wollte Ihr Vater am Donnerstag in der Knochenmühle?«, fragte er und wechselte einen kurzen Blick mit Bremer.

Immer mit der Ruhe, wollte Bertram ihm auf diese Weise stumm mitteilen. *Du mich auch!,* antworteten Bremers Augen.

»Das weiß ich nicht«, erwiderte Daniel Hagemann. »Er hat behauptet, ich hätte mich vertan und es wäre gar nicht sein Wagen gewesen. Aber ich bin mir sicher, dass es Papas alter Daimler war. So dunkel war es noch nicht, und viele 123er Kombis gibt's in der Gegend nicht mehr.«

Bertram erinnerte sich an den klobigen Mercedes, der vorgestern vor dem alten Pastorat gestanden hatte. Nicht gerade ein ultraseltener Oldtimer, aber doch ein auffälliges und leicht wiederzuerkennendes Fabrikat. »Sie glauben also, dass Ihr Vater sich am Donnerstag mit Peter Gausling in der Knochenmühle getroffen hat?«, fragte er und ließ es wie eine Feststellung klingen. »Denn mit wem hätte er sich sonst dort treffen sollen. Aber zu welchem Zweck?«

»Vielleicht war er ja allein da.«

»Jetzt reicht's aber!« Bremer sprang auf die Füße und beugte sich halb über den Tisch. »Wissen Sie was, Herr Hagemann, Sie haben recht. Ich glaube Ihnen kein Wort, denn Sie rücken immer erst mit der Wahrheit raus, wenn wir Ihren Lügen und Ausflüchten auf die Schliche gekommen sind. Drei Menschen sind ums Leben gekommen, und jedes Mal waren Sie unmittelbar beteiligt. Erst das englische Mädchen auf Kreta, dann Frau Holters vor dem Friedhof und schließlich Peter Gausling in der Knochenmühle. Warum sollte ich Ihnen also glauben?«

»*Vier* Menschen sind ums Leben gekommen«, sagte Hagemann und schaute Bremer mit finsterer Miene an. »Vergessen Sie meinen Vater nicht.«

»Oh, nein!«, fauchte Bremer. »Ihren Vater vergessen wir nicht! Ganz bestimmt nicht.«

»Arno«, sagte Bertram leise und schüttelte unmerklich den Kopf.

»Was glauben Sie eigentlich?«, rief Hagemann wütend und rückte mit seinem Stuhl zurück. »Dass mein Vater Peter Gausling umgebracht hat, weil er von ihm wegen der Sache auf Kreta erpresst wurde? Und dass er jetzt deswegen Selbstmord begangen hat, indem er sich von einem Baugerüst gestürzt hat? Das können Sie doch nicht ernsthaft annehmen!«

»Wir gehen derzeit nicht von einem Suizid aus«, entgegnete Bertram und bemühte sich, ganz ruhig und unaufgeregt zu sprechen. »Die Spurenlage deutet recht eindeutig auf einen Unfall hin. Wir haben Urinspuren oben auf dem Gerüst gefunden, direkt am Rand, außerdem war die Hose Ihres …«

»Er ist also tatsächlich beim Pinkeln vom Gerüst gefallen?« Hagemann lachte ungläubig, zugleich standen ihm die Tränen in den Augen. Dann aber verfinsterte sich sein Blick wieder, und er fragte: »Sind Sie sicher, dass niemand nachgeholfen hat?«

»Haben Sie da einen bestimmten Verdacht?«, hakte Bertram nach.

»Josef Große-Daltrup. Wenn Papa tatsächlich vorhatte, ihn wegen der Bestechung bei der Polizei anzuschwärzen, dann wäre das doch ein Tatmotiv, oder?«

»Große-Daltrup war gestern Abend auf einer Ratssitzung mit anschließender Besprechung beim Bürgermeister«, erklärte Bremer kopfschüttelnd. »Wir haben mit dem Bürgermeister von Altwick gesprochen. Als die Besprechung um Mitternacht zu Ende war, war Ihr Vater bereits tot.«

»Dann eben irgendein anderer!«, rief Hagemann, als wollte er Bremer die Worte vor die Füße spucken.

»Der Bürgermeister hält die Anschuldigungen Ihres Vaters übrigens für Unsinn«, sagte Bremer mit unverkennbarer Häme in der Stimme. »Das zweite Baugebiet, über das sich Ihr Vater so echauffiert hat, war längst beschlossene Sache, als die Entwicklung der Baumsiedlung auf der Tagesordnung stand. Von einem falschen Spiel des Ortsvorstehers kann also überhaupt keine Rede sein. Vielleicht sollten Sie sich einfach damit abfinden, dass Ihr Vater als Bauherr keinen guten Job gemacht hat.«

»Ich finde mich mit gar nichts ab!« Hagemann stand abrupt auf und richtete seinen Haarknoten. »Und *Sie* sollten gefälligst *Ihren* Job machen!«

»Darauf können Sie sich verlassen«, entgegnete Bremer, der Daniel Hagemann nun direkt gegenüber stand. Sie wirkten wie zwei Kampfhunde, bereit zum Angriff.

Bertram räusperte sich, protokollierte das Ende der Gesprächsaufnahme und drückte auf die Stopptaste. Dann führte er Daniel Hagemann aus dem Raum.

»Ihr Chef ist ein verdammtes Arschloch!«, knurrte der junge Mann auf dem Weg zum Fahrstuhl.

Das dachte Bertram zwar auch, ließ die Äußerung aber unkommentiert. Stattdessen sagte er: »Eines würde mich noch interessieren, Herr Hagemann. Haben Sie jemals mit Johannes Große-Daltrup über die Vorfälle auf Kreta gesprochen?«

»Sie meinen, ob ich ihm erzählt habe, dass ich das bewusstlose Mädchen vergewaltigen wollte und dummerweise auf ihre Leiche gestoßen bin?« Er holte tief Luft und schüttelte den Kopf. »Ich hab Ihnen doch vorhin erzählt, dass Johnny mir eine gelangt hat, nur weil ich dem Mädchen an den Slip gefasst habe. Die weiteren unappetitlichen Details hab ich dann lieber für mich behalten. Er hätte es vermutlich nicht besonders lustig gefunden.«

»Ich frage nur, weil mir eine Bemerkung Ihres Vaters nicht ganz einleuchtet. Er hat sinngemäß gesagt, dass Frau Holters auf dem falschen Dampfer war und trotzdem ihr Ziel erreicht hat. Wie meinte er das?«

»Sie hat achtzigtausend Euro für ein Stück unnützes Brachland bekommen: Da kann man durchaus davon sprechen, dass sie ihr Ziel erreicht hat«, antwortete Daniel Hagemann und bestieg den Fahrstuhl. »Und der falsche Dampfer war vermutlich ich. Oder mein Vater, ganz wie man's sieht.«

»Mag sein«, sagte Bertram und nickte, als sich die Aufzugtür schloss. »Fragt sich nur, wer oder was der richtige Dampfer gewesen wäre.« Im selben Augenblick vibrierte sein Handy in der Hosentasche.

2

Tenbrink hatte eine schreckliche Nacht hinter sich, und beinahe wünschte er sich, er hätte zu Hause geschlafen. Im Ehebett. Trotz allem. Bertrams Vermutung, es könnte helfen, alles einfach mal auszusprechen und sich von der Seele zu reden, hatte sich nicht bewahrheitet. Zumindest noch nicht. Es hatte lediglich zu Albträumen geführt. Immer wieder hatte er Karin fallen sehen, rücklings die Treppe hinunter. Weil er sie in seiner Wut von sich gestoßen hatte. »*Was hast du getan?*«, hatte Maria später am Telefon entsetzt gerufen. Als hätte er es mit Absicht getan. Schweißnass war er nach jedem dieser Albträume aufgewacht und anschließend wieder in einen unruhigen Halbschlaf gefallen. Dass Bertrams Sofa viel zu weich und die Liegefläche abschüssig war, hatte ebenfalls nicht zum Schlafkomfort beigetragen. Um halb sechs hatte ihn Locke durch leises Jaulen geweckt, weil er sein Morgengeschäft machen musste. Und nachdem Tenbrink sich anschließend gerade wieder hingelegt hatte, war um sieben Uhr Bertrams Handy-Wecker losgegangen: »*Always look on the bright side of life!*«

»Na, gut geschlafen?«, hatte Bertram gefragt.

»Geht so.«

»Kaffee?«

»Unbedingt.«

Nach einem kargen und schweigsamen Frühstück mit Kaffee, Toast und Achtzigerjahre-Musik aus dem Radio war Bertram nach Münster gefahren, und Tenbrink hatte sich ein zweites Mal hingelegt. In Straßenkleidung und der irrigen Hoffnung, vielleicht doch noch etwas Schlaf zu finden.

Wieder weckte ihn Locke. Diesmal war es ein aufgeregtes Fiepen, und als Tenbrink die Augen aufschlug, sah er den Pudel schwanzwedelnd im Flur verschwinden. Jetzt hörte auch er das Geräusch, das Locke so erfreut hatte. Das Kratzen eines Schlüssels im Schloss, das leise Quietschen der Wohnungstür, Schritte auf dem Laminatboden. Bertrams Besprechung im Präsidium schien sehr kurz gewesen oder ganz ausgefallen zu sein. Dann folgten einige Geräusche, die Tenbrink nicht erwartet hatte: ein dumpfer Stoß, ein lautes und schmerzhaftes Aufjaulen und das hektische Trippeln und Kratzen der Pfoten, als Locke wie von der Tarantel gestochen wieder ins Wohnzimmer stürmte und unter dem Sofa verschwand.

Sofort war Tenbrink auf den Beinen und griff nach seiner Brille, die auf dem Couchtisch lag. Aus den Augenwinkeln sah er für den Bruchteil einer Sekunde eine große dunkle Gestalt im Rahmen der Wohnzimmertür stehen, doch als er die Brille auf der Nase hatte, war der Schatten verschwunden. Wieder Schritte auf dem Laminat, diesmal schnell und stampfend. Und im nächsten Augenblick fiel die Wohnungstür krachend ins Schloss.

Tenbrink rannte in den Flur. Als er den Wohnungseingang erreicht hatte, knallte unten bereits die Haustür zu. Er überlegte kurz, ob er hinterherlaufen sollte, doch in Socken war das nicht besonders ratsam oder gar vielversprechend. Also ging er zurück ins Wohnzimmer, nahm den völlig verängstigten und zitternden Pudel auf den Schoß und rief Bertram an.

»In einer halben Stunde? Kann ich mich darauf verlassen? Danke.« Bertram beendete das Gespräch und stellte das schnurlose Telefon auf die Ladestation. »Der Schlüsseldienst kommt gleich.«

»Gut«, antwortete Tenbrink und setzte sich aufs Sofa. Locke hatte sich inzwischen wieder beruhigt und schlief neben ihm auf der Bettdecke.

»Wie groß war er?«, fragte Bertram und stellte sich in den Türrahmen. »So groß wie ich?«

Tenbrink nahm die Brille ab und schaute wie vorhin aus den Augenwinkeln zur Wohnzimmertür. »Mindestens … Aber er war breiter als du. So ›ne richtige Kante. Zu blöd, dass ich meine Brille nicht aufhatte.«

»Ich weiß auch so, wer das war. Ronny Kruse.«

»Was wollte er hier?« Tenbrink setzte die Brille wieder auf.

Bertram zuckte mit den Schultern. »Mir Gift ins Müsli oder in die Milch mischen. Oder irgendwas kaputtmachen, um mir Angst einzujagen. Keine Ahnung, was in dem kranken Hirn vorgeht. Du kennst Kruse nicht, er ist ein richtiger Psycho. Gott sei Dank warst du hier. Damit konnte er natürlich nicht rechnen.«

»Aber wie ist er reingekommen? Woher hatte er den Schlüssel?«

»Bist du sicher, dass es ein Schlüssel war? Vielleicht hat er einen Lockpicker benutzt.«

»Nein, dafür ging es zu schnell. Und es wäre ein anderes Geräusch gewesen. Er hatte einen Schlüssel.«

»Aber woher?«

»Von Michaela«, vermutete Tenbrink.

»Nein!« Bertram schüttelte den Kopf und setzte sich in den Fernsehsessel.

»Wieso nicht? Er kann ihn doch an sich genommen haben, nachdem er sie im Badezimmer umgebracht hatte.«

»Aber der Schlüssel lag auf dem Vertiko.«

»Was beweist das schon?«, meinte Tenbrink achselzuckend. »Er kann sich einen Abdruck gemacht haben.

Oder er hat den Schlüssel mitgenommen, ein Duplikat anfertigen lassen und das Original anschließend wieder auf das Sideboard gelegt.«

»Es ist kein Sideboard, sondern ein Verti…« Bertram erstarrte, öffnete den Mund und schaute Tenbrink alarmiert an. »Natürlich! Das ist es!«

»Alles in Ordnung?«, fragte Tenbrink besorgt.

»Verdammt, du hast recht!« Bertram sprang plötzlich auf die Füße. »Es beweist überhaupt nichts.«

»Maik?«

»Der Schlüssel! Dass er da lag, beweist gar nichts.«

»Sag ich doch.«

»Nein, du verstehst nicht.« Bertram ging in den Flur und schnappte sich die Jacke vom Haken.

»Wo willst du hin?«

»Oldenhook.«

»Soll ich mitkommen?«

»Nein. Es muss jemand hier sein, wenn der Schlüsseldienst kommt. Ich ruf dich später an.« Einen Augenblick später fiel die Tür ins Schloss.

Locke hob verschlafen den Kopf, schaute zur Tür, dann zu Tenbrink und stellte die Ohren auf.

»Frag mich nicht«, sagte Tenbrink und tätschelte den wuscheligen Pudelkopf. »Ich hab's auch nicht verstanden.«

3

»Hallo, Bernd, kannst du mir mal Arno geben? Er geht nicht an sein Handy.« Bertram fuhr auf der B 474 und näherte sich der Ortschaft Legden, deren korrekte Aussprache ihm auch nach mehreren Jahren im Münsterland noch Schwierigkeiten bereitete.

»Arno ist bei der Oberstaatsanwältin«, antwortete Hölscher. »Die Derksen ist heute wieder im Büro und lässt sich von ihm auf den neuesten Stand bringen.«

»Verstehe …« Bertram kämpfte gegen einen Frosch im Hals an. »Und die anderen?«

»Heide ist in der Rechtsmedizin wegen Holger Hagemann, und Reinhard ist beim Kollegen Lohse vom ZA3. Techniker-Gedöns!«

»Mist!«, hustete Bertram.

»Kann *ich* dir vielleicht helfen?«

»Danke.« Bertram grinste bei der Vorstellung, den dicken Hölscher aus seinem bequemen Chefsessel zu bugsieren. »Ich versuch's bei Martina … ähm, Derksen.«

»Du hast ja ihre Nummer«, sagte Hölscher und legte auf. Wie so oft hatte Bertram keine Ahnung, ob er das ironisch oder als schlichte Feststellung gemeint hatte.

Bertram wählte Martinas Durchwahl und wartete.

»Herr Bertram!«, meldete sie sich mit eisiger Stimme. Entweder kannte sie seine Handynummer auswendig, oder sie hatte die Nummer auf ihrem Dienstapparat gespeichert. »Womit kann ich dienen, Herr Oberkommissar? Ihr Chef sitzt mir übrigens gerade gegenüber.«

»Deswegen rufe ich an. Ich muss mit Arno reden.«

»Oh!« Es klang ein wenig enttäuscht. Vermutlich hatte sie längst von Michaelas Ableben gehört und womöglich gehofft, er wollte sich bei ihr ausweinen. Um ihm dann die kalte Schulter zeigen zu können. »Hat das nicht Zeit? Wir sind mitten im Gespräch.«

»Es ist dringend, sonst hätte ich nicht angerufen.«

»Natürlich.« Dass ein einzelnes Wort so kalt klingen konnte. »Wie dumm von mir.« Es raschelte in der Leitung, dann war Bremer am Apparat.

»Maik, was gibt's?«

»Erinnerst du dich an die Aussage von Daniel Hagemann?«, fragte Bertram ohne Umschweife. »Was er uns heute Morgen über diese Geschichte auf Kreta erzählt hat?«

»Natürlich erinnere ich mich. Ich bin ja nicht Heinrich Tenbrink.«

Blödmann, dachte Bertram und sagte: »Ich weiß jetzt, wer die Hopkins getötet hat.«

»Wen?«

»Janet Hopkins. So hieß das englische Mädchen.«

»Weiß ich doch«, behauptete Bremer.

»Hagemann hat ausgesagt, dass Johnny Große-Daltrup den Schlüssel für den Bungalow beim Hinausgehen auf einem Tisch im Flur abgelegt hatte und dass der Schlüssel dort noch gewesen war, als Hagemann später das tote Mädchen gefunden hatte.«

»Und?«

»Das heißt aber nicht unbedingt, dass der Schlüssel die ganze Zeit dort gelegen haben muss.«

Eine kurze Zeit war es ruhig am anderen Ende der Leitung, dann sagte Bremer: »Du meinst …«

»Genau das meine ich. Große-Daltrup hat zwar den Schlüssel auf den Tisch gelegt, aber vielleicht hat er ihn unbemerkt wieder eingesteckt, als Hagemann bereits nach draußen gegangen war. Die beiden Jungs hatten womöglich dieselbe Idee, oder Hagemann hat Große-Daltrup durch das Betatschen des bewusstlosen Mädchens erst auf die Idee gebracht.«

»Das passt aber nicht zu seinem Verhalten, als Hagemann an dem Mädchen herumgefummelt hat. Er hat seinem Freund einen heftigen Schlag verpasst.«

»Vielleicht passt es doch! Kann sein, dass er das Mädchen ganz für sich allein haben wollte. Oder ihm ist der verführerische Gedanke tatsächlich erst in dem Moment gekommen, als er den Schlüssel auf den Tisch gelegt hat. Gelegenheit macht bekanntlich Diebe.«

Bremer schwieg. Dass ihm keine Erwiderung einfiel, deutete Bertram als eine Art Zustimmung und fuhr fort: »Nachdem Große-Daltrup, aus welchen Gründen auch immer, Janet Hopkins mit dem Kissen erstickt hatte, hat er den Schlüssel wieder an Ort und Stelle deponiert. Damit es so aussah, als hätte er die ganze Zeit dort gelegen.«

Wieder Stille. Dann: »Wo bist du?«

»Kurz hinter Leg…«, begann Bertram, besann sich dann aber und antwortete: »Auf dem Weg nach Oldenhook. Ich will mir Große-Daltrup vorknöpfen, wenn du damit einverstanden bist.«

»Warte vor dem Haus auf mich!«

»Hm«, machte Bertram, obwohl er mit dieser Anweisung gerechnet hatte. »Ich bin aber viel früher in Oldenhook als du.«

»Du wartest auf mich!«, befahl Bremer und legte auf.

Er hätte wenigstens »Bitte!« sagen können, dachte Bertram und drückte aufs Gaspedal.

Der VW Golf stand nicht auf dem Stellplatz vor dem Haus, wie Bertram im Vorbeifahren bemerkt hatte. Johannes Große-Daltrup schien nicht daheim beziehungsweise in seinem Büro zu sein. Vielleicht war er in der neuen Halle an der Umgehungsstraße. Auch der Mercedes des Stadtrats befand sich nicht auf dem geschotterten Vorplatz oder in der Werkstatt, deren Tor offenstand. Bertram parkte seinen Wagen am Straßenrand, direkt an der Grundstücksgrenze zwischen Große-Daltrups Landmaschinenhandel und Hagemanns Baufirma. Weder auf dem einen noch auf dem anderen Grundstück war irgendjemand zu sehen. Vor dem alten Pastorat stand ein roter Ford Fiesta, zweitürig und nicht gerade das neueste Modell; vermutlich das Auto von Daniel Hagemann.

Bertram stieg aus, lehnte sich an den Kotflügel und wartete auf Bremer. Das Aprilwetter spielte wieder einmal verrückt: Gerade noch hatte es heftig geregnet, und der Wind war in starken Böen über das Land gefegt, doch nun schien die Sonne vom beinahe wolkenlosen Himmel, und Bertram schwitzte unter seiner viel zu warmen Lederjacke. Das merkte er aber nicht, weil er in Gedanken bei dem morgendlichen Gespräch mit Daniel Hagemann war, das ihm immer wieder durch den Kopf ging. Zweimal hatte Bertram das Gefühl gehabt, dass Hagemann etwas hatte sagen wollen oder ihm ein bestimmter Gedanke gekommen war, den er dann aber für sich behalten hatte. Das eine Mal war es um das – angebliche oder tatsächliche – Treffen von Holger Hagemann mit Peter Gausling in der Knochenmühle gegangen. Am Tag vor dem Mord. Das andere Mal um das angespannte Verhältnis seines Vaters zu den Große-Daltrups. Auf Bertrams Bemerkung, Gauslings Suche nach dreckiger Wäsche wäre doch eine günstige Gelegenheit für Vater Hagemann gewesen, hatte der Sohn geantwortet: *»Was hätte er Peter über Johnny sagen können?«*

Inzwischen glaubte Bertram die Antwort auf diese Frage zu kennen, und auch Daniel Hagemann war sie womöglich in dem Moment eingefallen, als er die Frage gestellt hatte. Vielleicht war es auch bei dem Streit zwischen Daniel und Holger Hagemann, den Tenbrink auf dem Friedhof mitangehört hatte, gar nicht um den Stadtrat Große-Daltrup, sondern um dessen Sohn Johnny gegangen. Wie hatte Daniel seinem Vater hinterhergerufen? *»Wenn du mit der Geschichte zur Polizei gehst, lachen die dich aus!«* Und Holger hatte entgegnet: *»Wer sagt, dass ich zur Polizei will?«* Ein weiterer Satz von Daniel Hagemann bereitete Bertram Kopfzerbrechen: *»Ich finde mich mit gar nichts ab!«*

»Wollen Sie zu uns?«, hörte Bertram plötzlich eine weibliche Stimme hinter sich.

Er fuhr herum, sah eine kleine, dicke Frau mit zwei riesigen Einkaufstüten in der Hand vor sich stehen und rief: »Haben Sie mich jetzt erschreckt, Frau Große-Daltrup!«

»Das wollt‹ ich nicht«, erwiderte sie und lächelte verlegen. »Kommen Sie wegen uns oder wegen Hagemanns? Schreckliche Geschichte, das mit Holger, oder? Der arme Daniel kann einem echt leid tun.« Sie stellte die Einkaufstüten ab und bog ihren Rücken, sodass der Mantel vor der mächtigen Brust bedenklich spannte.

»Ich wollte eigentlich zu Ihrem Sohn.«

»Johannes ist nicht da«, antwortete sie und wollte nach den Tüten greifen, doch Bertram war schneller und hob sie hoch.

»Ganz schön schwer«, sagte er und begleitete sie zum Haus. »Warum fahren Sie nicht mit dem Auto zum Einkauf?«

»Ach, was!« Sie lachte und schüttelte den Kopf. »Für die paar Meter bis zur Kirchstraße? Da käm‹ ich mir blöd vor. Josef sagt immer, ich soll nach Aldi oder K+K in Altwick fahren, aber so weit kommt's noch. Wir könren ja froh sein, dass wir noch ›nen eigenen Supermarkt in Oldenhook haben. In anderen Dörfern gibt's gerade noch einen Bäcker, und einmal die Woche kommt der Eierwagen. Das war's dann auch schon. Da zahl ich lieber in unserem Supermarkt ein paar Cent mehr! Muss ich ganz ehrlich sagen.«

»Das verstehe ich gut.« Bertram folgte Frau Große-Daltrup zum Haus. »Ich kann mit den großen Einkaufszentren am Stadtrand auch nicht viel anfangen. Ist mir zu anonym.« Das entsprach zwar in keiner Weise der Wahrheit, aber er wollte die Frau, in alter Tenbrink'scher Manier, in Plauderlaune halten.

»Sehen Sie, das sag ich auch immer«, antwortete sie erfreut, schaute Bertram beifällig von der Seite an und schloss die Haustür auf. »Aber Josef meint, man muss mit der Zeit gehen und auch an die Gewerbesteuer denken. *Van nix kümp nix.* Verstehen Sie Platt?«

»So'n bettken.« Bertram merkte an ihrem kritischen Gesichtsausdruck, dass er es falsch ausgesprochen hatte. »Ich komme aus dem Osten.«

»Russlanddeutscher?«, fragte sie, schritt voran in die Küche und gab Bertram mit einem Kopfnicken zu verstehen, dass er die Einkaufstüten auf die Anrichte neben der Spüle stellen sollte. »Dafür sprechen Sie aber gut Deutsch. Hier in Oldenhook wohnen auch ein paar von denen, drüben im *Kommiesenhuus*. Die bleiben aber meistens unter sich und kommen nicht mal zum Schützenfest. ›Ja‹ und ›Amen‹ ist alles, was man von denen hört. Außer es gibt was umsonst. Genau wie die *Patjacken*.«

Bertram hätte kotzen können, doch er zwang sich zu einem unverbindlichen Lächeln. »Wo ist Ihr Sohn gerade, Frau Große-Daltrup?«

»Der ist doch bei Lisa«, antwortete sie, als wäre das das Selbstverständlichste von der Welt. »Die hat heute

Geburtstag. Johannes ist vor ›ner knappen Stunde aus dem Haus. Die beiden wollten was essen gehen. Brunchen in der Düstermühle, glaube ich.«

»Düstermühle?«

»Der Gasthof in Legden. Wo im August immer der Viehmarkt ist. Kennen Sie den etwa nicht?«

»Wir Russlanddeutschen bleiben meistens unter uns.« Bertram schaute aus dem Fenster, um ihr nicht ins Gesicht sehen zu müssen. »Außer es gibt was umsonst.« Vom Küchenfenster aus hatte man einen direkten Blick auf das alte Pastorat. Im ersten Stock brannte Licht, doch niemand war zu sehen. Bertram drehte sich wieder um. »Wann haben Sie Holger Hagemann das letzte Mal gesehen?«

Ihre Miene hatte sich merklich verändert. Offenbar war ihr der Sarkasmus in Bertrams Worten nicht entgangen, und nun schaute sie ihn skeptisch und beinahe etwas feindselig an. Ich habe einen Anfängerfehler begangen, dachte Bertram. So was wäre Tenbrink bestimmt nicht passiert.

»Holger?«, erwiderte sie und begann, ihre Einkäufe aus den Tüten herauszunehmen. »Vorgestern Nachmittag, glaube ich.«

»Am Montag? Sie haben ihn am Tag vor seinem … Unfall gesehen?«

»Mehr gehört als gesehen!«, betonte sie und verstaute Eier, Butter und Milch im Kühlschrank. »War ja auch kaum zu überhören. Er hat getobt und rumkrakeelt, als wär er nicht bei Trost.«

»Hagemann war betrunken«, folgerte Bertram und hielt ihr den Käse und die Tomaten hin.

»Die Tomaten kommen nicht in den Kühlschrank«, sagte sie schnippisch und nahm ihm nur den Käse aus der Hand. »Verstehen Sie mich nicht falsch, Herr Kommissar. Man soll ja über Tote nicht schlecht reden, aber Holgers Sauferei war schon nicht mehr schön. Vor allem, wenn er dann wie ein Rohrspatz geschimpft hat. Im Dorf hieß er nicht Hagemann, sondern HB-Mann.«

»Wie in der Zigarettenwerbung?«

Als Antwort verdrehte sie die Augen und nickte.

»Und am Montag?«

»Direkt in unserer Einfahrt hat er gestanden und *gebölkt*, dass es schon nicht mehr feierlich war. Richtig kiebig und ausfallend ist der geworden. Eigentlich wie immer, wenn er zu viel Schnaps getrunken hat. Johannes ist schließlich rausgegangen und hat ihn sich zur Brust genommen. Er hat ihn sich geschnappt und nach nebenan gebracht. Da war dann Ruhe.« Sie schaute in eine der Tüten und fragte: »Wo ist denn der Quark?«

»Inwiefern ausfallend?«, hakte Bertram nach, fand das Gesuchte in der anderen Tasche und reichte es ihr.

»Ach.« Sie winkte ab. »Wir haben das gar nicht mehr ernst genommen. Seitdem er mit der Firma Pleite gegangen ist, hat er uns für alles verantwortlich gemacht. Weil bei uns die Geschäfte gut laufen und bei ihm eben nicht. Statt sich an die eigene Nase zu fassen, hat er immer woanders einen Sündenbock gesucht. Meistens war das Josef.«

»Ging es am Montag auch um Ihren Mann?«

Helga Große-Daltrup überlegte kurz und schüttelte dann den Kopf, während sie gleichzeitig den Wurstaufschnitt im Kühlschrank verstaute. »Seltsamerweise nicht. Da hat er auf Johannes geschimpft. Dass er sich gar nichts auf seine Freundin einbilden bräuchte und dass die ja sowieso nur mit ihm zusammen wär, weil Daniel kein Interesse an ihr hätte. Und dass es damit ruckzuck vorbei wäre, wenn Lisa die Wahrheit über Johannes erfahren würde. Irgend so einen Unsinn! Wie gesagt, wir haben das gar nicht mehr ernst genommen.«

»Johannes anscheinend schon«, vermutete Bertram. »Sonst hätte er ihn sich nicht zur Brust genommen.«

»Haben Sie gern einen besoffenen Nachbarn in Ihrer Einfahrt stehen, der die ganze Zeit herumbrüllt und obszöne Gesten macht? Irgendwann platzt jedem mal der Kragen.«

»Damit ist ja nun Schluss.«

»Da bin ich, ehrlich gesagt, nicht traurig drum!«, rief sie und knallte die Kühlschranktür zu. »Für Daniel tut's mir natürlich leid, aber um Holger ist es nicht schade. Früher hat er immer den Großkotz raushängen lassen und mit seiner Firma geprahlt. Und später, als alles drunter und drüber ging, war er immer am *Janken*, weil sich angeblich alle gegen ihn verschworen hatten.« Sie schaute Bertram eindringlich an und hob mahnend den Zeigefinger. »Aber nicht, dass Sie mich jetzt falsch verstehen!«

»Würde ich niemals tun«, antwortete Bertram, sah in diesem Moment Bremers Wagen auf den Schotterplatz fahren und ging zur Tür. »Auf Wiedersehen, Frau Große-Daltrup!«

»Herr Kommissar?«, rief sie ihm nach.

»Ja?«

»Sie kommen gar nicht aus Russland, oder?«

»Fast«, erwiderte Bertram und grinste. »Magdeburg.«

»Ach so!« Frau Große-Daltrup nickte bedächtig, als würde ihr nun so manches klar.

4

Bremer war außer sich vor Wut und fuchtelte aufgeregt mit seinen Händen. Dass Bertram in der Friedhofstraße nicht auf ihn gewartet und allein mit Helga Große-Daltrup gesprochen hatte, hatte ihm bereits den Kamm anschwellen lassen. Aber dass sie nun völlig umsonst zur Düstermühle gefahren waren, hatte ihn endgültig in wilden Furor versetzt. »Mittwochs geschlossen«, hatte er auf einem Schild an der Tür gelesen und Bertram angestarrt, als wäre das alles seine Schuld. Als hätte er das mit Absicht gemacht.

»Bist du sicher, dass sie ›Düstermühle‹ gesagt hat?« Die gezwirbelten Enden seines Schnurrbarts bebten bedrohlich.

»Ja, bin ich.«

»Es gibt viele Mühlen im Münsterland.«

»Das weiß ich auch, aber es war die Düstermühle, ganz sicher.« Bertram holte das vibrierende Handy aus der Tasche. Er war froh, dass es auf stumm geschaltet war. Der Monty-Python-Klassiker hätte bei seinem Vorgesetzten womöglich das Fass zum Überlaufen gebracht. Für einen kurzen Moment befürchtete er, Ronny Kruse könnte ihn anrufen, doch auf dem Display sah er eine Altwicker Festnetznummer.

»Bertram«, meldete er sich und wandte sich ab, um nicht länger in Bremers wutverzerrtes Gesicht schauen zu müssen.

»Karlheinz hier«, antwortete eine Bassstimme.

Bertram brauchte einen Moment, bis er die Stimme dem Namen zuordnen konnte, dann fragte er: »Hallo, Karlheinz. Immer noch ohne Bindestrich?«

»Jo!« Ewerding lachte.

»Woher hast du meine Nummer?«

»Hab ich gerade von deinem Chef bekommen.«

»Das wage ich zu bezweifeln«, antwortete Bertram und schmunzelte. »Der steht nämlich neben mir.«

Bremer horchte auf und runzelte die Stirn.

»Nein, ich meine deinen anderen Chef. Heinrich Tenbrink. Ich hatte seine Handynummer noch vom letzten Mal im Speicher. Ich hab ihm erzählt, was los ist, aber er hat gesagt, dass er immer noch krankgeschrieben ist und ich mich bei dir melden soll.«

»Worum geht's denn?«

»Um Lisa Körkemann.«

»Was ist mir ihr?«

»Na ja«, druckste Ewerding herum. »Das ist nicht so einfach zu sagen. Vielleicht ist das alles auch nur Unsinn und Einbildung. Bei den Frauleuten weiß man bekanntlich nie. Aber weil ihr sie doch wegen der Gausling-Sache befragt habt, dachte ich, ich sag lieber mal Bescheid.«

»Wir sind ganz Ohr«, sagte Bertram, stellte auf Lautsprecher und hielt das Handy so, dass auch Bremer mithören konnte.

»Lisa Körkemann hat vorhin bei uns angerufen, weil sie sich Sorgen um ihren Freund macht. Johannes Große-Daltrup. Das ist der Sohn vom Oldenhooker Ortsvorsteher.«

»Wissen wir«, knurrte Bremer. »Weiter!«

Funkstille.

»Weshalb hat sie sich Sorgen gemacht?«, fragte Bertram.

»Lisa hat heute Geburtstag und hat sich extra freigenommen, um mit ihrem Johnny essen zu gehen. Johnny ist nämlich der Spitzname von ihrem Freund.«

Bremers Augenbrauen gingen gefährlich in die Höhe, doch Bertram schüttelte warnend den Kopf und sagte: »Wir wissen, dass sie in der Düstermühle brunchen wollten.«

»Tatsächlich?«, wunderte sich Ewerding. »Die ist doch mittwochs geschlossen. Das weiß ich, weil meine Frau und ich da vor zwei Wochen vor der zuen Tür gestanden haben.«

»Was Sie nicht sagen!«, brummte Bremer.

Wieder Funkstille.

»Karlheinz?«, rief Bertram. »Bist du noch dran? Was hat Lisa Körkemann erzählt?«

»Dass sie auf Johnny gewartet und aus dem Dachfenster gesehen hat, wie er gegenüber am Bahnhof geparkt hat. Dann ist sie zur Wohnungstür gegangen, aber er kam nicht. Als sie wieder aus dem Fenster geguckt hat, stand sein Golf immer noch da, aber er war nirgends zu entdecken. Sie hat gedacht, dass sie vielleicht das Klingeln oder Klopfen nicht gehört hat. Und so ist sie runtergegangen und hat sich auf der Straße umgeschaut. Dort hat sie dann ihren Freund mit einem anderen jungen Mann gesehen.«

»Daniel Hagemann«, vermutete Bertram.

»Richtig. Die beiden haben sich heftig gestritten, und Hagemann hat Große-Daltrup angeblich vor sich hergetrieben. Im Polizeigriff, wie sie meinte. Sie hat ihnen noch nachgerufen, aber die Männer haben nicht reagiert. Und kurze Zeit später ist dann ein Wagen vorbeigerast, mit Hagemann am Steuer und Große-Daltrup auf dem Beifahrersitz. Johnny soll ganz komisch geguckt haben, als er Lisa vor dem Haus stehen gesehen hat. Sie hat ihn gleich angerufen, aber er ist nicht rangegangen, und später hat immer gleich die Mailbox geantwortet. Auch Hagemann war nicht erreichbar.«

»Hm«, machte Bertram und schielte zu seinem Chef.

»Sonst noch was?«, fragte Bremer.

»Ich sag ja, ich weiß nicht so recht, was ich davon halten soll; aber Lisa Körkemann ist überzeugt, dass ihr

Freund entführt wurde.« Ewerding lachte nervös und setzte hinzu: »Klingt komisch, doch sie ist sich sicher, dass Hagemann vor ihrem Haus auf Große-Daltrup gewartet und ihn dann verschleppt hat.«

»Wo ist sie jetzt?«

»Zu Hause. Ich hab ihr gesagt, sie soll da warten und Bescheid geben, wenn Johnny sich meldet oder sonst was passiert.«

»Und - hat sie noch mal Bescheid gegeben?«

»Nur um zu sagen, dass der Golf immer noch da steht.«

»Danke, Karlheinz«, sagte Bertram, schaltete den Lautsprecher aus und nahm das Handy ans Ohr. »Du hast uns sehr geholfen.«

»Echt?«, wunderte sich Ewerding und schnaufte laut in den Hörer. »Da bin ich aber froh. Ich kam mir schon ein bisschen blöd vor wegen der Geschichte. Ich geb ja sonst nicht viel auf solche Räuberpistolen.«

»Ruf an, wenn du was Neues erfährst!«

»Mach ich, Maik!«

Bertram beendete die Verbindung und schaute zu Bremer, der nachdenklich seine Bartenden zwirbelte, aber keinen Ton von sich gab.

»In Hagemanns Haus brannte vorhin Licht«, erinnerte sich Bertram. »Und ein roter Fiesta stand vor der Tür. Vermutlich Daniels Wagen.«

Bremer schien wie aus einem Traum aufzuwachen. Er nickte und befahl: »Also zurück nach Oldenhook!«

Bertram musste erneut an einen ganz bestimmten Satz denken, den Daniel Hagemann am Morgen gesagt hatte: *»Ich finde mich mit gar nichts ab!«*

5

Tenbrink war mit dem Wagen unterwegs nach Oldenhook, als Ewerding anrief.

Der Mann vom Schlüsseldienst war pünktlich in Bertrams Wohnung erschienen und hatte nur eine halbe Stunde gebraucht, um das Schloss auszutauschen. Tenbrink wollte gleich danach Bertram die neuen Schlüssel bringen. Natürlich war das nur ein Vorwand, aber immerhin ein halbwegs glaubhafter. Auf keinen Fall wollte er untätig in Bertrams Wohnung warten und Däumchen drehen. Er musste raus, etwas tun, eine Aufgabe haben, weil sich seine Gedanken zwanghaft im Kreis drehten.

Nach dem kurzen, aber informativen Gespräch mit dem redseligen Ewerding, an den er sich überhaupt nicht erinnern konnte, war Tenbrink wie elektrisiert. Er hatte zwar keine Ahnung, was das alles zu bedeuten hatte, aber er glaubte, dass es einen Zusammenhang zwischen der seltsamen »Entführung« auf offener Straße und Bertrams ebenso seltsamem Abgang in Billerbeck geben musste.

Irgendjemand musste dafür büßen, ging es ihm durch den Kopf, und wieder vermischten sich die Ereignisse und Erinnerungen. Plötzlich sah er Karin auf dem Boden neben der eingerüsteten Friedhofskapelle liegen, und er hörte Holger Hagemann schimpfen: *»Immer kommen sie damit durch. Immer!«* Auch Tenbrink war lange Zeit damit durchgekommen. Nicht unbeschadet, aber doch!

Er passierte im nächsten Moment die Polizeiwache in Altwick und sah auf der gegenüberliegenden Seite den

Stadtpark und das Fußballstadion. Dort war Peter Gausling gestorben. Weiter rechts die Baumsiedlung, die Hagemann letzten Endes das Genick gebrochen hatte. Wortwörtlich!

Am Ortsausgang drückte er aufs Gaspedal und kraulte Locke, der sich auf dem Beifahrersitz eingerollt hatte und eingeschlafen war. Wie schnell man sich doch an ein Tier gewöhnen konnte …

Scheiße! Im letzten Moment sah Tenbrink die rot aufleuchtenden Bremslichter vor sich und stieg in die Eisen. Nur wenige Zentimeter hinter dem Heck des vorausfahrenden Autos kam er mit quietschenden Reifen zum Stehen. Locke kugelte vom Sitz und landete mit einem schmerzlichen Jaulen auf dem Boden.

«Pass doch auf!«, brüllte Tenbrink durch die Windschutzscheibe, obwohl er es war, der hätte aufpassen müssen. Er war viel zu schnell gefahren, hatte für ein paar Augenblicke auf den Pudel geachtet und zu wenig Abstand zum Wagen vor ihm gehalten. Wie hätte er aber auch ahnen können, dass der alte Mercedes mitten auf der Landstraße abbremste und in eine zwischen den Bäumen kaum sichtbare Einfahrt einbog. Was war das überhaupt für ein Weg? Er schien nirgendwo hinzuführen.

Tenbrink atmete tief durch, setzte Locke wieder auf den Sitz, tätschelte kurz den Pudel und fuhr weiter. Mit rasendem Puls und zittrigen Knien. Auch der Hund bebte, zum wiederholten Mal. Es war heute wahrlich nicht Lockes Tag. Erst hundert Meter weiter dämmerte es Tenbrink. Die Knochenmühle! Der Mercedes war auf das Gelände gefahren, auf dem sich einst die Firma von Ingrid Holters befunden hatte. Schlagartig war sein Interesse geweckt. Er wendete seinen Wagen an einer Bushaltestelle und fuhr langsam zurück. Durch die Bäume und

Büsche am Straßenrand entdeckte er den altmodischen Mercedes-Kombi, der unweit eines kleinen, mit Graffiti beschmierten Flachbaus abgestellt war. Zwei Männer näherten sich dem Gebäude. Der eine stieß dem anderen mit der linken Hand in den Rücken, als wollte er ihn vor sich hertreiben, und hielt in der rechten etwas Kleines und Schwarzes. War das womöglich eine Schusswaffe? Tenbrink konnte es aus der Entfernung nicht erkennen.

Statt ebenfalls in die Einfahrt einzubiegen, fuhr Tenbrink weiter bis zur Baumsiedlung und bog am Ortseingang in den Ahornweg ein, wo er seinen Wagen gleich vor dem ersten Haus abstellte. Im Garten des Hauses flatterte eine riesige Schalke-Fahne im auffrischenden Wind. Der vorhin noch blaue Himmel zog sich jetzt merklich zu, es sah nach Regen aus.

Eigentlich hatte er Locke im Auto lassen wollen, doch der kleine Pudel kläffte so jämmerlich, als er den Wagen abschloss, dass er ihn kurzerhand mitnahm. Auf dem Arm, damit er keinen Unsinn anstellen konnte. Zwischen dem Randgrundstück der Siedlung und dem Erlenhain an der Landstraße führte ein schmaler Trampelpfad in Richtung Knochenmühle. Tenbrink musste durch einen Dränagegraben waten und über einen Stacheldrahtzaun klettern, bevor er die Rückseite des Flachbaus erreichte, an der sich nur ein einziges, mit Brettern zugenageltes Fenster befand. Er lugte um die Ecke und sah den alten Mercedes auf einer unebenen Betonfläche stehen, außerdem hörte er aufgeregte Stimmen aus dem Häuschen. Vorsichtig schlich er zur Vorderseite, wo noch die Reste des polizeilichen Absperrbands im Wind flatterten. Die Eingangstür stand offen, das Polizeisiegel war zerrissen.

»Was, zum Teufel, willst du eigentlich von mir?«, drang in diesem Moment die Stimme eines jungen Mannes durch ein zweiflügeliges Fenster, dessen Glas zerbrochen war. Tenbrink überlegte, ob er das Häuschen durch die Tür betreten sollte, entschied sich dann aber dafür, sich direkt neben das Fenster zu stellen, auch wenn er auf diese Weise nicht sehen konnte, was drinnen geschah.

»Du weißt ganz genau, was ich von dir will, Johnny!«, antwortete eine zweite, sehr viel hellere Stimme. »Ich will wissen, was du mit Papa gemacht hast.« Tenbrink hatte die Stimme sofort erkannt; sie gehörte Daniel Hagemann. Er holte sein Handy aus der Tasche und schickte Bertram eine SMS: *Sie sind in der Knochenmühle!* Dann schaltete er das Telefon stumm.

»Gar nichts hab ich mit ihm gemacht!« Johannes Große-Daltrup lachte höhnisch. »Und steck endlich die dämliche Knarre ein! Glaubst du, ich weiß nicht, dass das ›ne Schreckschusspistole ist? Oder willst du damit meine Trommelfelle zum Platzen bringen?«

»Das ist eine Walther P22. Du kannst gar nicht wissen, ob die echt ist.«

»Dein Vater hat mir vor ein paar Wochen im Suff erzählt, dass er sich eine Schreckschusspistole besorgt hat. Wegen der vielen Einbrüche in letzter Zeit. Also lass den Quatsch, Daniel!«

Es folgte ein missfälliges Knurren, dann ein dumpfes Geräusch. Als würde etwas Metallisches auf einen Tisch gelegt. Dann fragte Hagemann: »Also? Was hast du mit ihm gemacht?«

»Nichts! Was glaubst du eigentlich? Dass ich mich mit deinem Alten mitten in der Nacht auf dem Friedhof treffe, ihn mit Schnaps auf das Baugerüst locke und dann hinunterstoße, in der Hoffnung, dass er sich das Genick bricht? Für wie bescheuert hältst du mich eigentlich?«

»Er wollte zur Polizei gehen. Ich glaube nicht, dass dir das so egal war, wie du jetzt tust.«

Wieder lachte Johannes Große-Daltrup. »Ich weiß, dass er zur Polizei wollte. Das hat er mir ja deutlich genug zu verstehen gegeben, als er bei uns in der Einfahrt stand und wie ein Bekloppter herumkrakeelt hat. ›Ich bring dich hinter Gitter, Daltrup!‹, hat er geschrien. Und weißt du, was ich ihm gesagt hab? Dass er sich die Polizei sonst wo hinstecken kann! Weil er nämlich nichts von alledem beweisen kann.«

»Sie haben DNA unter den Fingernägeln des Mädchens gefunden. Deine DNA!«

»Und wenn schon!«, rief Große-Daltrup beinahe triumphierend. »Wir haben das Mädchen schließlich über hundert Meter bis zu ihrem Bungalow geschleppt. Schon vergessen? Am Anfang hat sie sich mit Händen und Füßen gewehrt. Daran erinnerst du dich doch bestimmt, oder? Kein Wunder, dass bei dem Kratzen und Schlagen irgendwelche Hautpartikel unter ihren Nägeln gelandet sind. Das beweist gar nichts!«

Einige Sekunden lang herrschte Stille. Dann fragte Hagemann, so leise, dass Tenbrink es kaum verstehen konnte: »Warum hast du es getan?«

»Wenn man so will, hast du mich erst auf die Idee gebracht. Es war einfach zu verlockend. Ich hab nur das getan, was du auch tun wolltest.«

»Ich wollte sie nicht umbringen.«

»Nein, nur vergewaltigen!« Große-Daltrup schnaufte verächtlich. »Und jetzt spielst du den Moralapostel! Glaubst du vielleicht, dass ich vorhatte, sie zu töten? Das war doch keine Absicht! Sie ist plötzlich aufgewacht und hat geschrien und um sich geschlagen. Ich wollte nur, dass sie sich beruhigt und die Klappe hält. Das ist alles.«

»Deshalb hast du ihr das Kissen mit aller Kraft aufs Gesicht gedrückt.«

»Ich wollte nur, dass sie aufhört, Lärm zu machen.«

Wieder herrschte Stille. Als wäre damit alles gesagt.

In Tenbrinks Hosentasche vibrierte es. Er las Bertrams Antwort-SMS: *OK.* Tenbrink spürte die ersten Regentropfen auf seinem Kopf und schaute nach oben. Der Himmel war inzwischen pechschwarz, und der Wind wurde immer stärker: Von Westen näherte sich ein Unwetter. Auch Locke spürte das und wurde unruhig.

Plötzlich klingelte drinnen ein Handy. »Das ist schon wieder Lisa«, sagte Hagemann. »Sie scheint sich Sorgen zu machen. Blöd, dass sie uns vorhin gesehen hat. Aber ich kann jetzt leider nicht rangehen.« Er beendete das Klingeln und setzte hinzu: »Was Lisa wohl sagen würde, wenn sie wüsste, dass wir in der Knochenmühle sind. Wenn sie den Grund kennen würde, warum ich dich hergebracht hab. Das würde sie ganz schön überraschen.«

Tenbrink stutzte. Daniel Hagemann sprach nun eindringlicher und deutlicher als zuvor. Und lauter. Vorsichtig näherte sich Tenbrink dem Fenster, schielte um die Ecke und versuchte, irgendetwas zu erkennen, doch im Inneren war es so dunkel, dass er nur zwei Schemen wahrnahm. Der eine stand mit dem Rücken zum Fenster, der andere saß auf einem Stuhl.

»Was soll das ganze Theater?«, rief Große-Daltrup. »Wir sind hier doch nicht in einem Scheiß-Kriminalstück, wo der Polizist oder Privatdetektiv den Täter an den Tatort zurückbringt, um ein Geständnis zu erzwingen. Das ist doch lächerlich!«

»Warum ausgerechnet hier?«

»Die Knochenmühle war Gauslings Idee. Wir hatten uns drüben am Fußballstadion getroffen, aber dann hat er mich hierher geführt. Er fand das irgendwie passend oder lustig. Wegen Frau Holters. Dabei wusste ich nicht mal, dass der blöden Kuh früher mal die Knochenmühle gehört hat.«

»Mit Papa hat er sich auch hier getroffen.« Hagemann drehte sich um und schaute aus dem Fenster. Im letzten Moment konnte sich Tenbrink wegducken. »Das war einen Tag vorher.« Hagemann lachte auf. Erneut klang er etwas zu laut und deutlich, als er hinzusetzte: »Peter war echt nicht ganz dicht in der Birne. Der hat sich völlig verrannt. Und genau deshalb versteh ich dich nicht.«

»Wieso?«

»Vorhin hast du gesagt, dass es dir egal war, ob Papa dich anzeigt oder nicht. Dass er sich die Polizei sonst wo hinstecken kann. Weil er nämlich gar nichts beweisen konnte. Wenn das so war, weshalb hast du dann Peter den Schädel eingeschlagen? Der konnte doch auch nichts beweisen. Weniger noch als Papa!«

»Gausling wollte nicht zur Polizei. Er wollte Lisa zurückhaben! Am Tag vorher war ich noch bei ihm im Altenheim gewesen und hab ihn zusammengestaucht. Aber noch am selben Tag hat dein Vater ihm irgendwas von Kreta gesteckt, und deshalb dachte er wohl, er könnte es mir heimzahlen. Er hat genau da gestanden, wo du jetzt stehst, und hat gedroht, dass er Lisa alles erzählt. Er wollte ernsthaft, dass ich sie verlasse. ›*Quid pro quo*‹, hat der Schwachkopf tatsächlich gesagt.«

»Wie Hannibal Lecter.«

»So ein Blödmann!«

»Und dann hast du ihm ein Stuhlbein über den Kopf gezogen? Oder war's ein Kantholz?«

»Es war ein Spaten. Der stand da in der Ecke. Plötzlich hatte ich den in der Hand und hab zugeschlagen. Nur einmal, aber er ist sofort zu Boden gegangen und hat sich nicht mehr geregt. Ich dachte, er wäre tot; aber offenbar hat er nur das Bewusstsein verloren, denn er ist ja danach wieder aufgestanden.«

»Du hast Peter umgebracht!«, rief Daniel Hagemann. Als wollte er das Offenkundige noch mal auf den Punkt bringen. »Es ist völlig egal, ob er sofort tot war oder erst später im Stadtpark gestorben ist.«

»Was soll das werden, Daniel? Was, zum Teufel, willst du von mir? Du kannst mir nicht erzählen, dass du den ganzen Zirkus wegen Peter Gausling veranstaltest.« Er lachte, als wollte er Hagemann ins Gesicht spucken. »Und wegen deinem Vater ja wohl auch nicht. Ich hab dir doch gesagt, dass ich ihm kein Haar gekrümmt hab. Mit seinem Tod hab ich nichts zu tun. Er war betrunken und ist gestürzt. Ein Unfall. Dumm gelaufen!«

»Ja, dumm gelaufen, Johnny!«

Es regnete inzwischen in Strömen, Tenbrink war klitschnass, und auch Locke auf seinem Arm bibberte und gab kaum hörbare, ängstliche Laute von sich. Wo bleibt Bertram nur, dachte Tenbrink und versuchte vergeblich, den Hund zu beruhigen.

»Ring, ring!«, machte es plötzlich. Aber es war kein Telefon, sondern Daniel Hagemann, der das Klingeln mit seiner Stimme imitierte. »Ring, ring!«

»Was soll ›n das jetzt?«, fauchte sein Gegenüber.

»Na, so was«, sagte Hagemann nach einer kurzen Pause, »da ist ja Lisa immer noch am Apparat! Hab ich vorhin etwa den falschen Knopf gedrückt? So was Dummes! Hallo, Lisa, ich vermute, du hast alles gehört?« Wieder folgte eine kurze Pause, dann setzte er hinzu: »Für dich, Johnny! Deine Freundin hat offenbar ein paar Fragen.«

Einen Moment lang war es ruhig. Dann schrie Große-Daltrup: »Du verdammtes Arschloch!«

Ein Blitz zuckte vom Himmel, beinahe im selben Augenblick krachte es ohrenbetäubend. Der Pudel zuckte zusammen und sprang vom Arm. »Locke!«, flüsterte

Tenbrink. »Komm her!« Doch der Hund flitzte panisch los und verschwand durch die Tür im Flachbau. »Scheiße!«, fluchte Tenbrink nahezu lautlos und betrat das Haus.

Im selben Moment krachte es erneut. Doch diesmal war es kein Donner, sondern ein Schuss. Locke rannte erschrocken zum Ausgang und versteckte sich hinter Tenbrinks Beinen. Durch eine weitere, schmale Tür, die offenstand, blickte Tenbrink in den nächsten Raum hinein. Dort stand Johnny Große-Daltrup mit dem Rücken zum Eingang und hielt eine Pistole in der ausgestreckten Hand. Daniel Hagemann lag gekrümmt auf dem Boden. Er hatte die Augen geöffnet und hielt sich mit beiden Händen den Kopf, Blut quoll zwischen seinen Fingern hervor. Ein Handy lag direkt neben ihm auf dem Linoleumboden.

Große-Daltrup beugte sich über den Verletzten, griff in dessen Jackentasche und zog einen Autoschlüssel heraus.

»Lassen Sie die Waffe fallen!«, rief Tenbrink.

»Fuck!«, brüllte Große-Daltrup und fuhr herum. »Wo kommen Sie denn jetzt her?« Er baute sich vor Tenbrink auf und richtete die Pistole direkt auf seinen Kopf. »Weg da!«

Aus einer solchen Nähe waren auch Platzpatronen höchst gefährlich. Hitze und Druckwelle konnten erheblichen Schaden anrichten. Wie man an Daniel Hagemann sah.

»Hören Sie auf!«, sagte Tenbrink, hob die Arme, blieb aber in der Tür stehen. »Sie machen alles nur noch schlimmer!«

»Noch schlimmer?« Johannes Große-Daltrup lachte gallig auf und rannte los. Er rammte Tenbrink zur Seite, der daraufhin zu Boden ging, und verschwand nach draußen. Locke bellte ihm piepsend hinterher. Er klang wie ein Spielzeughund.

»Alles in Ordnung, Herr Hagemann?«, fragte Tenbrink mit lauter Stimme, rappelte sich auf und hielt sich die schmerzenden Rippen. »Können Sie mich hören?«

Hagemann nahm die Hände vom Kopf. Die rechte Seite war schwarz versengt und über dem Wangenknochen aufgeplatzt. Blut lief ihm über das Gesicht und aus dem Ohr. Er starrte Tenbrink entsetzt an und schüttelte fassungslos den Kopf. Es war offensichtlich, dass er kein Wort verstanden hatte.

6

»Verdammt, Karlheinz! Warum hast du uns das nicht gleich gesagt?«, bellte Bertram ins Telefon. »Das ist doch eine wichtige Information.«

»Woher soll ich das denn wissen?«, antwortete Ewerding kleinlaut. »Das kann ich doch nicht ahnen, was der für ›n Wagen fährt.«

Bertram und Bremer standen im Wohnzimmer des alten Pastorats und starrten durch das Panoramafenster auf den Kirchturm. Weil sie eine mögliche Gewalttat hatten verhindern wollen, hatten sie die Eingangstür kurzerhand eingetreten und das Haus mit gezückten Waffen durchsucht. Von oben bis unten. Ohne Ergebnis. Zwar war der rote Fiesta immer noch vor dem Haus, und im ersten Stock brannte nach wie vor das Licht, doch von Daniel Hagemann und Johannes Große-Daltrup gab es keine Spur. Und mittlerweile wussten sie auch, wieso. Auf Bertrams Nachfrage war Ewerding seine Unterlagen noch einmal durchgegangen und dabei auf die Notiz gestoßen, dass Lisa Körkemann von einem Mercedes gesprochen hatte. Daniel Hagemann war also nicht mit seinem Wagen, sondern mit dem Kombi seines Vaters in Altwick gewesen.

»Verdammt!«, fluchte Bremer. »Ewerding soll das Kennzeichen herausfinden und sofort die Fahndung rausgeben!«

Bertram gab den Befehl an den Polizeihauptkommissar weiter und beendete das Telefonat. Im selben Moment piepte sein Handy, dreimal kurz, zweimal lang, dreimal kurz. Eine SMS von Tenbrink, die dieser vor fünf Minuten geschickt hatte. Bertram las die Nachricht, wunderte sich kurz und sagte dann zu seinem Chef: »Die beiden sind in der Knochenmühle!«

»Woher weißt du das?«

»Von Tenbrink.«

»Und woher weiß der das?«

Anstatt zu antworten, zuckte Bertram nur mit den Schultern, simste Tenbrink ein kurzes *OK* zu und rannte nach draußen. Bremer eilte ihm hinterher. Mit zwei Wagen fuhren sie los, erst durchs Dorf, dann am Friedhof und am Altenheim vorbei und schließlich auf die Altwicker Landstraße.

Bis zur Knochenmühle waren es etwa fünf Minuten, schätzte Bertram, der vorausfuhr und Mühe hatte, seinen schlingernden Wagen unter Kontrolle zu halten. Es hatte angefangen zu regnen, und die Straßen waren nass und glitschig. Im Westen hatte sich ein Gewitter zusammengebraut, es blitzte und donnerte. Der Himmel war inzwischen beinahe so dunkel wie in der Nacht.

Bertram hatte Angst, wie beim ersten Mal die kaum zu erkennende Einfahrt zur Knochenmühle zu verpassen, wollte das Tempo aber dennoch nicht drosseln. Der Regen nahm immer mehr zu und behinderte die Sicht, zumal die Scheibenwischer nicht mehr schnell genug das herabprasselnde Wasser zur Seite schleudern konnten. Rechter Hand glaubte er schließlich in der Ferne ein Wäldchen zu sehen. Das musste der Altwicker Stadtpark sein, also befand sich die Knochenmühle irgendwo hier auf der linken Seite. Er setzte den Blinker. Obwohl er noch nicht erkennen konnte, wo er abbiegen musste. Etwa fünfzig Meter entfernt kam ihm ein Bus der Linie L 781 auf der Gegenfahrbahn entgegen. Wieder zuckte ein Blitz, und der Donner ließ nicht lange auf sich warten.

Plötzlich schoss von links ein Wagen auf die Straße - ohne Beleuchtung. Und ohne auf den Verkehr zu achten. Bertram trat verzweifelt die Bremse durch, doch auf dem nassen Asphalt kam er nicht rechtzeitig zum Stehen und rutschte dem Fahrzeug – einem Mercedes-Kombi, der links abbiegen und in Richtung Altwick fahren wollte - mit voller Wucht in die Beifahrerseite. Der Lenkrad-Airbag explodierte mit einem lauten Knall. Bertrams Wagen flog zur Seite und mit dem Heck gegen ein Straßenschild. Nur Bruchteile von Sekunden später krachte es erneut, als Bremer herangerast kam. Er hatte noch versucht auszuweichen – vergeblich. Sein Wagen erwischte Bertrams Auto am vorderen Kotflügel, wurde herumgeschleudert und rammte dabei das Heck des Mercedes. Die drei Fahrzeuge standen nun ineinander verkeilt auf der Fahrbahn.

Bertram atmete erleichtert auf und glaubte bereits, dass alles überstanden und glimpflich ausgegangen sei. Doch dann hörte er das Horn. Und das wütende Kreischen und Quietschen eines bremsenden Busses. L 781. Leuchtend gelbe Dioden auf schwarzem Grund. Wieder prallte Metall auf Metall. Glas splitterte. Autos wirbelten herum. Bertrams Kopf knallte seitlich gegen die Tür.

Schlagartig wurde es dunkel.

Letzter Teil

Später

1

»Hunde sind hier eigentlich nicht erlaubt, Heinrich.«

»Weiß ich, Gertrud. Aber das ist eigentlich kein Hund, sondern ein Pudel.«

»Auch die sind auf Friedhöfen verboten.«

Tenbrink zuckte mit den Schultern und konnte gerade noch durch einen Ruck an der Leine verhindern, dass Locke das Bein hob und an einen Grabstein pinkelte.

»Siehste!«, empörte sich Gertrud und fuchtelte mit ihrem Krückstock in der Luft herum. »Genau deswegen sollen die Tölen hier nicht rumlaufen.«

»Locke ist eben stolz darauf, dass er endlich das Bein heben und wie ein erwachsener Rüde pinkeln kann. Bis vor Kurzem hat er sich noch wie ein Weibchen hingehockt.«

»Männer!«, knurrte Gertrud. Es war nicht klar, ob sie ihren Schwippschwager oder den Hund meinte.

Tenbrink und Gertrud gingen auf dem gepflasterten Hauptweg in Richtung Friedhofskapelle, deren Ziegeldach frisch gedeckt und gerichtet war. Das Baugerüst war verschwunden, und nichts erinnerte mehr an den tödlichen Unfall von Holger Hagemann. Nur Tenbrink erinnerte sich, aber das fand er nicht schlimm. Erinnern war gut.

»Wie geht's eigentlich deinem Kollegen?«, erkundigte sich Gertrud und hakte sich bei ihm ein.

»Das kannst du ihn gleich selbst fragen.«

»Nein, ich meine deinen anderen Kollegen.«

»Arno?« Tenbrink hob die Achseln und seufzte. »Er ist seit zwei Wochen in der Reha. Der Kopf scheint wieder okay zu sein, und die Knochenbrüche sind inzwischen weitgehend verheilt, aber das Laufen fällt ihm noch schwer. Vor allem der Oberschenkelhalsbruch macht ihm zu schaffen. Irgendwas scheint mit seiner Knochendichte nicht zu stimmen.«

»Osteoporose?«

Wieder hob Tenbrink die Achseln. »Wo ist denn nun das Grab?«

»Die neuen Gräber sind alle dort drüben«, antwortete Gertrud und deutete mit dem Stock nach links, wo sich noch ungenutzte Rasenflächen befanden und die immergrünen Bäume viel kleiner waren als auf dem Rest des Geländes. Offensichtlich handelte es sich um eine erst kürzlich erschlossene Erweiterung des Friedhofs.

»Maik ist bestimmt schon ungeduldig«, sagte Tenbrink und ging in die gewiesene Richtung. »Ich hab ihn vorhin am Eingang rausgelassen und ihm gesagt, dass ich nur kurz die Dorfchronik zurückbringe.«

»Jetzt bin ich's wieder in Schuld«, erwiderte Gertrud in feinstem Ruhrdeutsch. »Also ehrlich! Für ›n Kaffee wird ja wohl noch Zeit sein. Er hätt‹ ja anrufen können.«

Tenbrink sah ihn schon von Weitem. Kahl rasierter Schädel, schwarze Lederjacke und eine Gehhilfe. Bertram war erst vor wenigen Tagen der Gips abgenommen und durch eine Schiene ersetzt worden. Trümmerbruch des linken Knöchels und Unterschenkels. So was dauerte. Viel mehr litt er jedoch unter den Verletzungen am Kopf. Sein hübsches Gesicht hatte zahlreiche Platz- und Schnittwunden davongetragen, und trotz der Wunder der modernen Chirurgie würde er einige markante Narben behalten.

»Jetzt bin ich *Scarface*«, hatte Bertram halb im Scherz geunkt.

»Narben machen dich doch erst interessant«, hatte Tenbrink behauptet.

Bertram sah sie kommen und hob die Krücke zum Gruß. Gertrud tat es ihm mit ihrem Stock nach. Tenbrink winkte in Ermangelung einer Gehhilfe mit der Hand. Erst jetzt bemerkte er, dass Bertram nicht allein war. Eine junge Frau mit kurzen blondierten Haaren stand rauchend neben ihm und starrte unverwandt auf ein relativ frisches Grab. Die wenigen Blumen und Kränze darauf waren allerdings schon verwelkt und sahen recht unansehnlich aus.

»Das hat aber lange gedauert«, wurden sie von Bertram begrüßt.

»Gertrud hatte gerade Kaffee gekocht«, antwortete Tenbrink und stellte kurz seine Schwägerin vor.

Bertram lächelte und wies auf die junge Frau an seiner Seite. »Das ist Lisa. Lisa Körkemann.« Er räusperte sich und glaubte, aus irgendeinem Grund hinzufügen zu müssen: »Wir haben uns zufällig hier getroffen.«

Alle nickten sich zu und gaben sich die Hand. Und starrten auf die beiden nebeneinander liegenden Gräber, die sehr unterschiedlich aussahen, obwohl sie ungefähr zur gleichen Zeit ausgehoben worden waren. Das eine ungepflegt und mit einem schlichten Holzkreuz am Kopfende, das andere hübsch bepflanzt, sorgfältig vom Unkraut befreit und mit einem marmornen Grabstein, auf dem allerdings nur ein Name stand: Peter Gausling.

»Sie haben die beiden tatsächlich direkt nebeneinander beerdigt?«, wunderte sich Tenbrink und hatte Mühe, den Hund von den verrottenden und deswegen für Locke höchst interessant riechenden Blumen fernzuhalten. »Ist das nicht ein bisschen pietätlos?«

»In Oldenhook hat alles seine westfälisch-preußische Ordnung«, erklärte Gertrud und zog eine missfällige Schnute. »Immer hübsch der Reihe nach. Die Toten liegen, wie sie gestorben sind. Damit der Friedhof nicht wie ein Flickenteppich aussieht. Ingrid Holters liegt hier auch irgendwo in der Nähe.«

»Haben die Große-Daltrups denn kein Familiengrab?«

»Doch«, antwortete Gertrud, deutete vage in Richtung Friedhofskapelle und hob bedeutsam die Augenbrauen. »Aber sein Vater hat nicht zugelassen, dass er dort beerdigt wird. Angeblich hat er seiner Frau sogar verboten, sich um das Grab zu kümmern. Es soll auch keinen Grabstein bekommen. Das hat jedenfalls Frieda Lütkebohmert behauptet. Und die weiß im Dorf über alles Bescheid.«

»Dass es so schlimm aussieht, wusste ich nicht«, sagte Lisa Körkemann und schaute drein, als wären Gertruds Worte ein Vorwurf an sie gewesen. »Ich war seit der Beerdigung nicht hier.« Sie warf die Zigarette zu Boden und trat sie stampfend aus.

»Ein namenloses Mördergrab«, stellte Gertrud auf ihre treffende, schlichte Art fest. »Aber wenigstens die kaputten Blumen und Kränze hätte man entsorgen können.«

»Ich kümmere mich morgen darum«, versprach Lisa Körkemann und schüttelte den Kopf. »Ein bisschen Grün werde ich auch pflanzen. Damit es nicht so trostlos aussieht.«

»Bodendecker«, schlug Gertrud vor und tätschelte den Unterarm der jungen Frau. »Die machen am wenigsten Arbeit. Und man sieht das lästige Unkraut nicht so.«

Lisa Körkemann schluckte und kämpfte sichtlich gegen die Tränen an. »Warum hat er das gemacht? Zwei Menschen umbringen! Ich versteh das nicht. Das ist doch Wahnsinn!«

»Man steckt nie drin«, murmelte Tenbrink leise.

»Wenigstens wissen jetzt die Eltern von dem englischen Mädchen, was mit ihrer Tochter passiert ist«, sagte Gertrud. »Jahrelang nicht zu wissen, was genau geschehen ist, muss ganz schön belastend gewesen sein. Nun haben sie wenigstens Klarheit.«

Tenbrink schluckte, als hätten Gertruds Worte ihm gegolten. Er nahm Bertram beiseite und fragte: »War das eine gute Idee herzukommen? Geht's dir jetzt besser?«

»Nicht wirklich.« Bertram schüttelte unwirsch den Kopf. »Aber es war nötig. Es musste sein.«

»Es war nicht deine Schuld.«

»Ich weiß.«

»Niemand konnte etwas dafür. Außer er selbst.«

»Ich weiß. Aber darum geht es nicht.«

»Doch, genau darum geht es. Du kannst …«

»Heinrich!«, fauchte Bertram und funkelte ihn wütend an. »Lass es!«

Tenbrink verstummte und hob entschuldigend die Hände. Bertram hatte ja recht. Wer hätte das besser gewusst als Tenbrink.

»Das Grab von Peter Gausling ist aber schön, oder?«, fragte Gertrud in die Runde und wies mit dem Gehstock darauf. »Das muss man Frau Lohmann wirklich lassen. Für Blumen und Pflanzen hat sie ein Händchen. Jeden Samstag ist sie hier und kümmert sich eigenhändig um das Grab.«

»Frau Lohmann?«, wunderte sich Lisa Körkemann. »Peters Chefin?«

»Seine Tante«, korrigierte Bertram sie. »Er war der Sohn ihrer verstorbenen Schwester.«

»Tatsächlich?« Lisa Körkemann sah ihn überrascht an, dann zog sie die Augenbrauen zusammen und schüttelte den Kopf. »Das wusste ich nicht. Und ich dachte schon …« Plötzlich liefen ihr die Tränen über die Wangen, es schüttelte sie regelrecht. »Und alles wegen mir!«, rief sie.

»Ach, Kindchen!« Gertrud nahm sie in den Arm. »Das darfst du nicht denken!«

»Ist doch wahr! Peter ist tot. Johnny ist tot. Das wäre alles nicht passiert, wenn es mich nicht gäbe. Wer mit mir zu tun hat …« Sie ließ den Satz unbeendet und fuhr sich mit dem Ärmel über das tränennasse Gesicht.

«Was ist eigentlich mit dem anderen Jungen?«, erkundigte sich Gertrud und klopfte Lisa Körkemann aufmunternd auf den Rücken. »Frieda hat erzählt, dass das Pastorat und die Baufirma zum Verkauf stehen.«

»Daniel ist nicht mehr hier«, sagte die junge Frau achselzuckend. »Keine Ahnung, wo der steckt.«

»Er ist auf Kreta«, wusste Bertram zu berichten. »Um seine Aussage zu machen. Hölscher hat mir das erzählt. Wir haben den Kollegen in Griechenland zwar alle Unterlagen zum Fall Hopkins geschickt, aber Hagemann wollte unbedingt persönlich hin. ›Sich stellen‹, wie er gemeint hat.«

Mutig, fand Tenbrink und nickte beifällig.

»Heinrich, der Hund!«, rief Bertram plötzlich und deutete mit der Krücke zum Grab.

»Oh, Entschuldigung.« Tenbrink zog Locke von den welken Blumen fort. Der kleine Pudel hatte der Versuchung nicht länger widerstehen können und den modrigen Pflanzen eine eigene Duftnote hinzugefügt.

»Macht nichts!«, sagte Lisa Körkemann schniefend. »Das kommt morgen eh alles weg.«

2

Bertram war froh, endlich wieder in seine Wohnung zurückzukehren. Zwar war es sehr praktisch gewesen, nach dem Krankenhausaufenthalt zunächst in Tenbrinks Gästezimmer unterzukommen, denn so sparte er sich das Treppensteigen und hatte zudem immer Gesellschaft und obendrein einen Chauffeur zur Hand, wenn er zum Physiotherapeuten oder Arzt musste. Auch dass er sein Badezimmer, in dem Michaela auf so obskure Weise gestorben war, eine Zeitlang nicht betreten musste, war ihm durchaus willkommen gewesen. (»Kein Hinweis auf Fremdeinwirkung«, hatte im Bericht des KK13 gestanden.)

Doch die traute und von bestimmten unschönen Dingen ablenkende Zweisamkeit (oder Dreisamkeit, wenn man den Hund mit einbezog) war ihm mit der Zeit zunehmend auf den Geist gegangen, trotz all der Annehmlichkeiten, die gar nicht zu bestreiten waren. Zu Letzteren gehörte auch die Tatsache, dass er in Tenbrinks Haus keine Angst haben musste, von Martina Derksen überrascht zu werden. Nach dem Unfall war sie mehrmals im Krankenhaus gewesen, um ihm zwischen den Zeilen zu verstehen zu geben, dass Vergangenes doch vergangen und vergessen sei und sie sich in Zukunft gern wieder etwas mehr um ihn kümmern wolle. Eine Vorstellung, die Bertram bei aller Verlockung den Angstschweiß auf die an mehreren Stellen genähte Stirn getrieben hatte.

Doch nun waren die Wunden annähernd verheilt, und auch den Gips hatte man abgenommen. Die Treppenstufen stellten kein großes Problem mehr dar, und den Automatik-Wagen, den er für die nächsten Wochen gemietet hatte, konnte er auch mit nur einem heilen Bein lenken. Tenbrink hatte zwar vorgeschlagen, er könne ruhig noch etwas länger bei ihm in Schöppingen bleiben, doch er hatte dankend abgelehnt und mit einem Grinsen hinzugefügt, er schaue »Wer wird Millionär?« lieber allein. Ohne Zeugen oder Mitwisser könne man besser klugscheißen.

»Schade«, hatte Tenbrink gemeint. »Hab mich fast an dich gewöhnt. Sogar an deinen fürchterlichen Kaffee.«

Auf der Rückfahrt vom Oldenhooker Friedhof sprach keiner der beiden ein Wort. Es war ohnehin alles gesagt. Auch das gemeinsame Schweigen war zu einer Art liebgewordenem Ritual zwischen ihnen geworden, wie bei einem alten Ehepaar. Beruhigend und beängstigend zugleich.

Erst als Tenbrink den Wagen vor dem Haus geparkt hatte, brach er das Schweigen: »Ich hab übrigens nächste Woche einen Termin beim Therapeuten. Hat Dr. Eichler mir vermittelt. Wegen der Aussetzer.«

»Gut«, antwortete Bertram und mühte sich aus dem Auto, ohne dabei die Gehhilfe zu benutzen. »Bist du sicher, dass du dafür bereit bist? Dass du darüber reden kannst?«

»Für Therapeuten gilt die Schweigepflicht«, sagte Tenbrink und holte Bertrams Tasche aus dem Kofferraum. »Wie beim Arzt. Oder Priester.«

»Das meinte ich nicht.« Bertram humpelte zur Haustür, die in der Zwischenzeit mit einer Gegensprechanlage versehen worden war. Es geschahen noch Zeichen und Wunder!

»Ich weiß, was du meinst«, erwiderte Tenbrink, folgte ihm in den Hausflur und nahm ihm die Krücke ab. »Wir werden sehen. Kann nicht schaden, oder?«

Bertram nickte, hielt sich am Geländer fest und stieg die Treppe hinauf. Schwerfällig und mühsam, aber es ging. Und es würde von Tag zu Tag besser werden. Weniger schmerzhaft. Damit meinte er nicht nur sein Bein oder die Narben im Gesicht.

Als er den Treppenabsatz vor seiner Wohnungstür erreicht hatte, sah er die weiße Blume, die jemand hinter den Türgriff geklemmt hatte. Bereits verwelkt. Ein Kärtchen baumelte daran. Vergangen und vergessen, gingen ihm Martinas Worte durch den Kopf. Sie schien Nägel mit Köpfen machen zu wollen. Doch dann erkannte Bertram, dass es keine Rose war, sondern eine weiße Chrysantheme. Eine Todesblume.

»Oh, das ist aber eine nette …«, begann Tenbrink, beendete den Satz jedoch nicht, als er Bertrams verstörten Blick sah. »Nicht nett?«

»Nein«, sagte Bertram, nachdem er das Kärtchen gelesen und Tenbrink gereicht hatte. »Nicht nett!«

Auf der Karte stand in krakeligen Großbuchstaben: »MER SIN NO NICH FERTSCH, MEI LIEBER.«